GEBROCHENES GELÜBDE

SCHATTENBLUT-SEELEN

BUCH EINS

EVA CHASE

ZUVOR

Riva

Bei unserer letzten Verabschiedung sah mir jeder der Jungs etwas länger in die Augen als sonst. Als wollten sie mit ihren Augen etwas von ihrer Kraft auf mich übertragen.

Der Drang, sie alle zu umarmen, stach wie Stacheldraht, doch ich widerstand ihm. Ich konnte der Sehnsucht nicht nachgeben.

Wir machten nie viel Aufhebens darum, dass wir uns am Ende des Tages trennten, und wir konnten es nicht riskieren, uns anmerken zu lassen, dass diese Verabschiedung anders war. Nicht, wenn die Wärter zuschauten. Einige waren mit uns in der Sporthalle, andere beobachteten uns über die an der Decke montierten Kameras.

Wenn wir sicherstellen wollten, dass sie uns nach heute Abend nie wieder trennen konnten, mussten wir vorsichtig sein. Sie mussten glauben, dass *wir* glaubten, dass wir uns morgen früh wie gewohnt hier wiedersehen würden.

Wer wusste schon, was sie uns antun würden, wenn sie merkten, was wir vorhatten.

Bis jetzt hatten wir sechs es geschafft, uns während des heutigen Trainings und des Kennenlernens so zu verhalten, als ob alles normal wäre. Es half, dass heute ein ruhiger Tag gewesen war. Im Gegensatz zu den Qualen, die wir manchmal erleiden mussten, war der heutige Test relativ einfach gewesen.

Auf der Laufbahn war ich gegen Zian doppelt so schnell gerannt, wie es die anderen geschafft hätten, bis uns die Puste ausgegangen war.

Mit Jacob hatte ich darüber debattiert, welches der Messer das effektivste Langstreckenprojektil wäre.

Mit Dominics zögerlicher, aber gut durchdachter Hilfe, hatte ich einen hypothetischen Weg über das kartierte Gelände gezeichnet.

Ich hatte über Andreas' Geplänkel gelacht, der mit nur teilweisem Erfolg versuchte, sich das Jonglieren beizubringen.

Während einer Pause hatte ich mich neben Griffin auf das Sofa fallen lassen, und er hatte meine heimliche Lieblingssendung eingeschaltet.

Die anderen Jungs fanden die Seifenoper kitschig, weil sich die Beziehungen nach den melodramatischen Ausbrüchen der Figuren immer wieder neu arrangierten. Deswegen tat Griffin so, als sei es *seine* Lieblingssendung, damit sie sich über ihn statt über mich lustig machten. So war er einfach.

„Du musst deinen Ruf als hartes Mädchen aufrechterhalten, Riva", hatte er mir einmal mit seinem sanften, aber strahlenden Lächeln gesagt, als ich versucht hatte, ihm klarzumachen, dass er das nicht auf sich nehmen musste. „Ich darf auf Schnulzen stehen."

Trotz all unserer Bemühungen fühlte sich der heutige Tag nicht normal an. Das Wissen um das, was wir heute Abend vorhatten, lastete wie ein Rucksack voller Ziegelsteine auf meinen Schultern. Schwerere Ziegelsteine als alle, die ich bisher getragen hatte.

Unsere Flucht hing von mir ab – von der Härte, von der Griffin gesprochen hatte.

Das Gewicht erdrückte mich fast, als die Wärter Griffin und mich zuerst hinausbegleiteten, und ich den Jungs zuwinkte.

Andreas zwinkerte mir zu. „Bis morgen, Tinkerbell." Der alberne Spitzname war entstanden, nachdem wir als kleine Kinder *Peter Pan* gesehen hatten. Drey hatte gemeint, ich wäre fast so klein wie Tinkerbell, was mein Selbstbewusstsein nicht gerade gesteigert hatte.

Doch dann sagte Zian die Worte, die in den Jahren der Vorbereitung auf diesen Moment zu unserem Mantra geworden waren: *Wir sind vom gleichen Blut.*

Dieser Satz, der zusammen mit meinem Puls durch meinen Körper pulsierte, sorgte dafür, dass ich mit stolzgeschwellter Brust herumlief.

Auch wenn alles von mir abhing, saßen wir im selben Boot. Unsere seltsamen Kräfte und die unheimliche Substanz, die durch unsere Adern floss, verbanden uns miteinander.

Die Wärter holten Griffin und mich immer zuerst, weil sich unsere Zimmer im obersten Stockwerk des unterirdischen Komplexes befanden. In heimlichen Gesprächen hatten wir sechs festgestellt, dass Andreas und Dominic eine Etage tiefer untergebracht waren und Jacob und Zian eine Etage unter ihnen.

Darunter befanden sich die Schulungsräume, die wir jetzt verließen. Wir hatten keine Ahnung, wie weit die Anlage in die Tiefe reichte.

Manchmal stellte ich sie mir als eine riesige Grube in der Erde vor, die tief in den Kern hinabreichte, der von manchen die Hölle genannt wurde. Die Bezeichnung schien passend.

Die Hölle war genau der richtige Ausdruck für die pochende Anspannung, die ich an den Tagen verspürte, an denen sie meine überirdische Kraft mit ihren seltsamen Maschinen anstachelten. Für den abscheulichen Anblick der Versuchstiere – und manchmal auch Menschen –, die sie vor meinen Augen folterten, um meine Reaktionen zu testen.

Für die qualvollen Dinge, die sie den Jungs in ihren Einzelsitzungen angetan hatten.

Wahrscheinlich waren sie sogar der Meinung, sie wären heute *nett* zu uns gewesen, anstatt weniger grausam.

Selbst auf dem Weg zurück zu unseren Zimmern waren die Wärter immer in der Überzahl. Vier von ihnen flankierten Griffin und mich, wobei das grelle künstliche Licht von ihren seltsamen Metallhelmen und -westen reflektiert wurde.

Ich sog ein wenig Luft durch meinen Mund ein, wobei ich sie gleichzeitig schmeckte und roch. Die vier Aufseher verströmten Pheromone mit einem schwachen Hauch von Nervosität, aber nicht allzu extrem.

Sie waren nicht annähernd so besorgt darüber, was wir tun könnten, wie sie es wahrscheinlich sein sollten.

Sie wussten nicht, dass ich jetzt noch schneller laufen konnte als bei dem Wettlauf gegen Zian heute. Oder dass der Typ, der neben mir herging, nicht nur die Emotionen anderer Menschen wahrnehmen, sondern ihnen auch seine eigenen auferlegen konnte.

Wir hatten gelernt, unsere neuen Fähigkeiten so gut wie möglich zu verbergen, wenn sie uns ihren brutalen Beurteilungen unterzogen. Und solange unsere Kerkermeister diese Talente bei ihren Tests nicht entdeckten, würden sie sich nicht davor in Acht nehmen.

Wir marschierten die weiße Treppe hinauf zu einem weißen Flur mit ebenso weißen Türen, die genauso gut Gefängniszellen hätten sein können. Die Wärter öffneten zwei Türen auf den gegenüberliegenden Seiten des Flurs mit einer blauen Schlüsselkarte.

Griffin legte seine Hand an meine Wange und zog sanft an einer der silbernen Strähnen, die sich aus meinem Zopf gelöst hatten. Als wir klein waren, hatte er mir gesagt, dass meine hellen Strähnen, die über das schiefergraue Unterhaar fielen, wie Mondlicht aussahen, das die Nacht durchbrach.

Er lächelte mich an, und seine himmelblauen Augen leuchteten. „Schlaf gut, Mondstrahl.“

„Du auch, Emo Boy“, erwiderte ich und hörte sein schallendes Lachen, als sich die Tür zwischen uns schloss.

Auf dem kleinen Tisch gegenüber von meinem Bett wartete mein Abendessen: Eine gebratene Hähnchenkeule, Kartoffelpüree, gekochte Möhren. Ich verschlang es, ohne den Geschmack wahrzunehmen. Schließlich gab es da ohnehin nicht viel zu verpassen.

Danach schaltete ich über die Regler auf dem Bedienfeld über dem Tisch den Musikkanal ein, der mir am besten gefiel. Schwungvolle Melodien und wummernde Rhythmen dröhnten durch den Raum.

Normalerweise hätte ich mitgewippt, wäre vielleicht sogar aufgestanden und hätte mich zur Musik bewegt, wie ich es im Beisein der Jungs nie tat. Wahrscheinlich sah ich lächerlich aus, wenn ich tanzte, doch wenn ich allein war, war mir das egal. Es fühlte sich gut an.

Es war einer der wenigen Lichtblicke, an die ich mich an diesem Ort klammern *konnte*, wenn ich allein war.

Heute Abend war ich allerdings zu aufgewühlt, um in der Musik zu versinken. Und wenn die Wärter mich über ihre Kameras beobachteten, würden sie die Anspannung in meinen Bewegungen erkennen.

Ich konnte es nicht riskieren, dass sie Verdacht schöpften.

Stattdessen ließ ich mich auf mein Bett sinken und hörte

einfach zu. Meine Hand wanderte zu dem Anhänger, der auf meinem Brustbein lag.

Griffin hatte uns allen Zinnketten mitgebracht, als er das erste Mal allein in der weiten Welt unterwegs gewesen war. Er hatte sie von dem Geld bezahlt, das die Wächter ihm gegeben hatten. Obwohl ich mir nicht vorstellen konnte, dass es für diesen Zweck vorgesehen war, hatten sie uns die Geschenke behalten lassen.

Vielleicht fühlten sie sich durch diesen kleinen Akt der Großzügigkeit besser mit allem, was sie uns antaten.

Meine Finger lösten die metallene Katze von dem Garnknäuel, bevor sie sie wieder einrasten ließen.

Klick. Schnapp. Klick. Schnapp.

Der Rhythmus beruhigte meine Nerven ein wenig. Ich schloss die Augen, als wäre ich müde vom heutigen Training, obwohl ich nicht annähernd an meine wirklichen Grenzen gestoßen war.

Ein Lied ging in das nächste über, bis die Lichter erloschen. In der Dunkelheit hielt ich meine Augen geschlossen und tat so, als würde ich schlafen. Doch meine Gedanken wurden nur noch lauter.

Wie war es wohl draußen in der weiten Welt, ohne dass die Wärter jede unserer Bewegungen kontrollierten, uns stachen und verletzten, wenn wir uns wehrten – oder einfach, weil ihnen danach war?

Auf meinen Missionen hatte ich einen Vorgeschmack auf die Freiheit bekommen. Allerdings war ich immer allein gewesen. Allein und mit dem Wissen, dass die Jungs, die ich hier in der Einrichtung zurückgelassen hatte, für meinen Ungehorsam bezahlen würden, wenn ich meine Befehle missachtete.

Würde ich den Jungs sagen können, was ich für sie empfand, sobald wir erst einmal draußen in der Freiheit waren? Die Sehnsüchte und das Verlangen mit ihnen teilen, die noch viel geheimer waren als die Fernsehsendungen, die ich mochte oder wie ich tanzte?

Griffin wusste es, denn Griffin konnte Gefühle wahrnehmen, so wie ich Stress-Pheromone riechen konnte. Wir hatten nie offen darüber gesprochen, doch manchmal, wenn ich in der Nähe der anderen Jungs einen Anflug von Verlangen oder Zuneigung verspürte, bemerkte er meinen Blick und nickte mir subtil zu, wie um mir zu verstehen zu geben, dass alles in Ordnung war.

„Wir sind Blut, erinnerst du dich?", hatte er mir einmal versichert, ohne genau zu erklären, was er damit meinte. „Wir werden in jeder Hinsicht füreinander da sein. Es ist *besser*, wenn niemand ausgeschlossen wird. Die anderen werden das genauso sehen."

War er sich dessen wirklich so sicher? Wenn ich mit Jacob in ein freundschaftliches Gezänk geriet, glaubte ich oft, in seinen Augen mehr als nur Leidenschaft für die Debatte aufflammen zu sehen. Und beim Ringen mit Zian stockte sein Atem meist genau im selben Moment wie meiner, wenn unsere Körper aufeinandertrafen.

Dominic rückte oft ein wenig näher an mich heran, wenn wir in geselligem Schweigen zusammensaßen. Und Andreas' Blick verweilte häufig auf meinen Lippen, wenn er mir ein Kompliment machte, das ich sonst als Stichelei aufgefasst hätte.

Das bedeutete allerdings nicht, dass sie damit einverstanden waren, dass ich sie *alle* wollte. Wenn mich Seifenopern etwas gelehrt hatten, dann, dass die Leute ziemlich sauer werden konnten, wenn jemand mehr als eine Person zur gleichen Zeit küssen wollte.

Ich verdrängte die Bilder, die mir durch den Kopf gingen. Der Rest würde sich schon ergeben, sobald wir erst einmal den nötigen Freiraum hatten, ohne dass die Wärter jeden unserer Schritte überwachten und vorschrieben.

Nach einer Weile ging auch die Musik aus. Das bedeutete, dass es wirklich spät war. Ich versuchte, mich nicht zu verkrampfen, und tat weiter so, als würde ich friedlich schlummern.

Das Schloss an meiner Tür piepte, und mein Herz raste. Als die Tür aufschwang, sprang ich aus dem Bett, und mit einem Adrenalinstoß schossen Krallen aus meinen Fingerspitzen.

Der Wärter im schummrigen Flur starrte mich verwirrt an. Direkt hinter ihm konnte ich Griffins angespanntes Gesicht erkennen.

Es muss ihn viel Energie gekostet haben, dem Wächter so viele Emotionen aufzudrängen, dass der Mann sich gezwungen sah, nicht nur Griffins Zimmer aufzuschließen, sondern auch meines.

Jetzt war ich an der Reihe.

Bevor Griffins emotionale Kontrolle nachließ, sprang ich auf den Aufseher zu.

Mit der einen Hand schlug ich ihm den Helm vom Kopf. Meine andere Faust prallte in genau dem richtigen Winkel und mit der richtigen Kraft gegen seine Schläfe, sodass er bewusstlos zu Boden sank.

Unsere Kerkermeister hatten uns gut trainiert. Mit einem dumpfen Aufprall und einem leisen Stöhnen ging der Mann zu Boden.

Einer weniger. Wer weiß, wie viele noch übrig waren.

Ich zerrte den Mann in mein Zimmer und zerriss mit raschen Bewegungen meiner unmenschlich starken Arme mein Laken. Einen Streifen wickelte ich um den Mund des Mannes, um ihn zu knebeln. Mit den anderen fesselte ich seine Handgelenke und Knöchel an die Bettpfosten.

Er würde nicht lange bewusstlos sein, und ich wollte nicht, dass er Alarm schlug, wenn er aufwachte.

Griffin stürmte hinter mir herein und tastete den Mann

ab. Er schnappte sich die blaue Schlüsselkarte und verzog das Gesicht.

„Er hat keine der anderen Karten", flüsterte er. Die Karten für die Zimmer unserer Freunde waren grün und rot.

Mit einem frustrierten Zischen sog ich den Atem ein. Wir hatten gewusst, dass wir auf dieses Problem stoßen könnten. Deshalb hatten wir den Plan auch erst in die Tat umgesetzt, nachdem wir herausgefunden hatten, wo sich der Hauptkontrollraum befand.

„Komm mit", sagte ich und stürmte aus meinem Zimmer.

Da keine Warnsirene schrillte, schien derjenige, der heute Nacht Dienst hatte, noch nichts bemerkt zu haben. Wir hatten unseren Gefängniswärtern in all diesen Jahren noch nie Ärger gemacht.

Das wirkte sich nun zu unseren Gunsten aus.

Ich eilte den Flur entlang, wobei ich darauf achtete, dass Griffin mit mir Schritt halten konnte. Wir rannten die Treppe hinauf in das Stockwerk unter dem Erdgeschoss.

Nachdem ich mich vergewissert hatte, dass der nächste Flur leer war, stürzte ich direkt auf die Tür zum Kontrollraum zu.

Ich warf mich mit meiner übernatürlichen Geschwindigkeit gegen die Tür und schlug mit der ganzen Körperseite dagegen. Sie wurde aus den Angeln gerissen und flog in den Raum.

Sofort stürzte ich auf die Frau zu, die vor eine Reihe von Anzeigen und Knöpfen stand und gerade herumgewirbelt war.

Sie brachte nicht mehr als ein Keuchen heraus. Ich schlug sie mit der gleichen Kraft, die ich bei dem Wärter unten angewandt hatte, und sie sackte auf ihrem Stuhl zusammen, als hätten sich ihre Knochen in Knetmasse verwandelt.

Griffin schloss zu mir auf. Wir starrten beide auf die Touchscreens, und mein Herz klopfte wild, als ich spürte, wie uns die Sekunden entglitten.

Mit stockendem Atem zeigte er auf etwas. „Da!"

Auf einer der Glasscheiben war ein Bild zu sehen, das wie eine Blaupause aussah. Ich tippte darauf und schaffte es, durch die verschiedenen Stockwerke zu scrollen.

Ebene 3. Dominic und Andreas hatten uns die Nummern neben ihren Türen mitgeteilt: 3-7 und 3-8.

Ich tippte auf die erste, und ein Fenster mit verschiedenen Optionen öffnete sich. Ich tippte erneut: *Tür entriegeln.*

Der Bildschirm forderte eine Autorisierung per Fingerabdruck. Leise fluchend zog ich die Frau hoch, die ich umgestoßen hatte. Griffin kam mir zu Hilfe und drückte ihren Zeigefinger auf den Kreis auf dem Bildschirm.

Der Raum blinkte. *Schloss entriegelt.*

Begeisterung stieg in mir auf. Es funktionierte!

Rasch erteilte ich mithilfe des Fingers der Frau weitere Befehle: ein, zwei, dreimal mehr. Alle Zimmer waren offen.

Dann drehte ich mich zur Tür. Wir mussten sicherstellen, dass der Weg frei war.

Nun, *ich* musste das sicherstellen. Trotz unserer Ausbildung war Griffin kein großer Kämpfer.

Wir stürmten die letzte Treppe hinauf zum obersten Treppenabsatz und schlüpften langsam durch die Haupttür hinaus in die Nacht. Kühle, frische Luft umwehte uns.

Griffin atmete tief ein und grinste. „Niemand da", sagte er. Das bedeutete, dass keine Wärter in der Nähe waren, deren Emotionen er wahrnehmen konnte.

Trotzdem suchte ich unsere Umgebung vorsichtshalber ab und nahm den Parkplatz, die Felder, den Zaun und den Wald dahinter in Augenschein.

Alles war ruhig. Regelrecht friedlich, so lächerlich das auch schien.

Am Himmel funkelten Sterne, und der Duft von Kiefern lag in der Luft. Ich wollte ihn hinunterschlucken, wie Limonade nach einem langen, schweißtreibenden Training.

Die Jungs eilten wahrscheinlich in diesem Moment die Treppe hinauf, um zu uns zu stoßen. Andreas hatte seinen Charme und sein Gedächtnistalent eingesetzt, um zu lernen, wie man ein Auto kurzschloss. Zians Röntgenblick hatte uns den Code für das Tor verraten.

Alles verlief nach Plan. Nichts konnte uns aufhalten.

Ein freudiges Grinsen breitete sich auf meinem Gesicht aus. Ich sah Griffin in die Augen, und die Begeisterung in seinem Gesicht machte ihn so umwerfend, dass mir der Anblick den Atem raubte.

Als mich dieses Mal ein vertrauter Impuls überkam, wehrte ich ihn nicht ab, wie ich es die Male zuvor getan hatte. Ich ließ mich von der Welle des Hochgefühls zu ihm treiben, legte meine Hand in seinen Nacken und presste meine Lippen auf seine.

Ein begieriger Laut drang aus Griffins Brust, als er meinen Kuss erwiderte. Ich hätte mich in diesem Moment in ihm verlieren und alles vergessen können, außer dem Gefühl seines Körpers an meinem.

Nichts hatte jemals süßer geschmeckt als die Begegnung unserer Münder. Es war wie das perfekte Anschwellen einer Melodie in einem Lied, das durch jede Faser meines Körpers hallte und ihn zum Kribbeln brachte.

Das könnten wir sein. Das könnten wir haben, wenn wir nur noch wir selbst wären und nicht mehr das Eigentum von jemand anderem.

Mit dem Rausch kam ein stärkeres, bedürftigeres Gefühl, das sich in meiner Brust festsetzte. Mehr. Ich wollte so viel mehr als das.

Doch ich hatte den Bezug zur Realität noch nicht ganz verloren. Wir waren noch nicht in Sicherheit.

Ich zwang mich, mich zurückzuziehen, und ließ meinen Blick wieder über die Gegend um uns herum schweifen.

Ein Knall hallte durch die Nacht.

Griffins Körper zuckte, und auf seiner Brust bildeten sich ein dunkler Fleck und eine schwarze Rauchwolke. Mir entwich ein Schrei, den ich nicht unterdrücken konnte, und seine hellen Augen wurden glasig. Seine Knie knickten ein.

Ich stürzte zu ihm, um ihn aufzufangen, bevor er auf dem Boden aufschlug. Sein Körper fühlte sich schlaff und schwach an, und ich stieß einen weiteren Schrei aus.

Sein Herz pochte, und mehr Blut floss über meine Hände, zusammen mit dem dunklen Rauch, der unseren Adern entwich, wenn wir bluteten. Ich wusste nicht, wie ich es aufhalten sollte.

Wo war Dom? Wo war …

Das Dröhnen der Motoren erschütterte mein Trommelfell, und mein Kopf schnellte nach oben, wobei Tränen meine Sicht trübten. Überall um mich herum tauchten Fahrzeuge auf, und Scharfschützengewehre ragten aus Fenstern und Dächern.

Ich sprang auf. Meine Krallen schnitten durch die Luft, und meine Muskeln waren angespannt. Ich war mir nicht sicher, was ich tun würde, aber ich würde bis in den Tod kämpfen, um das Leben zu verteidigen, das vielleicht noch in dem Kerl zu meinen Füßen steckte.

Ein weiterer Schuss ertönte. Ein Schmerz durchzuckte meine Schulter und warf mich nach hinten.

Dann erbebte mein Körper unter einem heftigen Stromstoß. Meine Nerven knisterten und zischten wie stromführende Drähte, und mir wurde schwindlig.

Donnernde Schritte ertönten um mich herum. Ich schlug mit aller Kraft zu, die ich noch aufbringen konnte.

Tränen liefen mir über die Wangen, und ich biss mir auf die Lippe. Der metallische Geschmack meines eigenen Blutes sickerte in meinen Mund.

Mit Fäusten und Füßen hieb ich auf eine Gestalt ein und dann auf eine andere, bis ich von einem weiteren Stromstoß geschockt wurde und die Kontrolle über meine Gliedmaßen verlor. Ich sackte zusammen, und die Welt um mich herum verschwamm.

Ein furchteinflößender Schrei durchdrang meine wachsende Benommenheit. „Wir haben die anderen!"

Raue Hände packten meine Arme und Beine.

„Die Frau war ein Fehler", murmelte jemand.

Eine andere Stimme kicherte, während ich vom Boden gehievt wurde. „Nun, diese Tatsache werden wir jetzt ändern. Und wie ich höre, bekommen wir einen guten Preis für sie."

Ich kämpfte um jeden Rest von Kontrolle über meinen Körper, bis ich in der Schwärze versank.

Eins

Riva

Es sind vier Jahre, acht Tage und ich weiß nicht, wie viele Stunden vergangen, seit ich meine Jungs das letzte Mal gesehen habe.

Einer meiner derzeitigen Gefängniswärter öffnet die Tür zu meinem Zimmer gerade weit genug, um mir eine Flasche Wasser zuzuwerfen. Der Lärm der wachsenden Menschenmenge in der Arena am Ende des Flurs wird lauter, bevor er verstummt, als er die Tür wieder schließt.

Die Flasche landet mit einem dumpfen Aufprall neben meinen Füßen. Ich greife danach und öffne sofort den Verschluss, wobei die schweren Fesseln an meinen Handgelenken zerren.

Meine Kehle ist wie ausgedörrt. Normalerweise lassen mir meine Wärter immer ein paar Flaschen da, doch ich habe heute Morgen die letzte ausgetrunken, und die Wichser haben sich nicht einmal die Mühe gemacht, mir ein Getränk zum Abendessen zu geben.

Aber natürlich wollen sie, dass ich für den Käfigkampf diese Woche ordentlich hydriert bin. Schließlich ist es nicht in ihrem Sinne, dass der Star der Show einen suboptimalen Auftritt hinlegt.

Die lauwarme Flüssigkeit, die meine Kehle hinunterrinnt, ist nicht halb so erfrischend, wie ich es mir gewünscht hätte. Als ich ausgetrunken habe, verziehe ich das Gesicht und werfe die leere Flasche zurück in Richtung der geschlossenen Tür.

Ich rolle meine Schultern nach hinten und schaue zum Trainingsbereich in meinem Zimmer. Normalerweise gönne ich meinem Körper am Tag eines Wettkampfs eine Pause. Heute Morgen habe ich nur leichte Dehnübungen und ein wenig Ausdauertraining auf der Matte gemacht.

Ich muss meine Energiereserven aufsparen – sowohl um den Kampf zu gewinnen als auch um sicherzustellen, dass ich ihn auf *meine* Weise gewinne.

In den letzten Monaten hat der Boss, der diesen Ort leitet, immer unberechenbarere Gegner ausgewählt. Wenn ich eine Chance gegen ihre unvorhersehbaren Schachzüge haben will, muss ich topfit und konzentriert sein.

Mein Blick schweift zu dem an der Betonwand montierten Fernseher, der einzigen Unterhaltung, die mir in meinem neuen Gefängnis geboten wird. Ich kann mir nicht aussuchen, was ich sehen möchte. Vom Frühstück bis Sonnenuntergang werden ständig verschiedene Sendungen ausgestrahlt. Ich nehme an, dass sie von meinen Wärtern ausgewählt werden.

Ich kann nur entscheiden, wie oft ich einschalte.

Ich möchte die Gruppe von Freunden auf dem Bildschirm nicht mehr sehen, die lachen und anstoßen, auch wenn der Ton durch die Stimmen, die aus der Arena durch die Wand dringen, gedämpft wird. Bei dem Anblick wird mir immer bewusst, was ich verloren habe.

Ich schließe die Augen, und für einen Moment ist Zian hier bei mir. Seine dunkelbraunen Augen funkeln entschlossen, als er mir eine sanfte Ohrfeige gibt. *Du wirst diese Arschlöcher zu Fall bringen, auch wenn du ein Shrimp bist.*

Noch ist es mir nicht gelungen, sage ich zu meiner imaginären Version von ihm.

Ich stelle mir vor, wie Dominic uns mit seiner üblichen nachdenklichen Miene beobachtet. *Du hast alles getan, was du konntest,* sagt er in seiner vorsichtigen Art, als hätte er jedes Wort abgewogen. *Sie haben dir nicht viele Möglichkeiten gelassen.*

Nein, das haben sie nicht. Abgesehen von den Kämpfen bin ich auf diesen Raum und diese Handschellen beschränkt. Ich habe genug Wachen gesehen, die mich zur Arena und zurück in mein Zimmer begleitet haben, um zu wissen, dass der Boss eine große Truppe hat.

Ich könnte fünf, vielleicht zehn von ihnen erledigen, aber was dann? Ich würde von Kugeln durchlöchert werden und hätte keine Chance, zu meinen Jungs zurückzukehren.

Oder schlimmer noch, diese Bastarde könnten der Einrichtung berichten, dass die Ware, die sie erstanden haben, die Erwartungen nicht erfüllt. Dann würden die Jungs am Ende auch in meinem Namen bluten.

Einer von ihnen ist bereits meinetwegen gestorben.

Die Erinnerung an Griffins zusammengesunkenen, blutüberströmten Körper schießt mir durch den Kopf, und meine Muskeln spannen sich an, als sich meine Augen mit Tränen füllen. Ich will nicht, dass meine Wärter auch nur die kleinste Schwäche in mir sehen.

Doch nicht einmal die imaginären Gestalten in meinem

Kopf wissen, was sie über meinen schrecklichen Fehler sagen sollen.

Was ist, wenn die anderen *nicht* mehr am Leben sind? Was ist, wenn …

Mir wird flau im Magen. Ohne weiter darüber nachzudenken, fahre ich mit einer Kralle über die Innenseite meines Arms, direkt unter der Achselhöhle, wo Dutzende von Narben meine blasse Haut durchziehen.

Ich habe diesen Test schon so oft gemacht, aber ich brauche die sichtbare Bestätigung.

Ein winziges Rinnsal Blut tritt aus – ebenso wie schwarzer Rauch. Während ich die Stelle betrachte, wandert meine linke Hand zu meinem Oberschenkel, wo sich ein Tattoo unter der Jogginghose befindet.

Die Jungs hatten alle das gleiche Motiv in Schwarz an der gleichen Stelle: einen Mond, von dessen oberer Spitze ein Tropfen baumelt. Die Wärter haben uns während des Schwimmunterrichts darauf hingewiesen.

Diese Tätowierung zeigt, dass ihr alle zu dieser Einrichtung gehört. Ihr tut euer Bestes für uns, und wir kümmern uns um euch.

Ja, genau. Das hat hervorragend funktioniert.

Doch das ist nicht die einzige Verbindung zwischen uns sechs.

Mehr Erinnerungen an die Jungs gehen mir durch den Kopf. Dreys breites Grinsen. Jakes eindringlicher Blick. Doms ruhige Stimme. Zees animalischer Geruch.

Die Rauchfahne, die aus meinem Arm aufsteigt, wabert und fließt dann in einem dünnen, aber stetigen Strom zur Wand. Ich entspanne mich ein wenig.

Wir haben diesen Trick entdeckt, als wir bei einer unserer Outdoor-Trainingseinheiten herumgealbert haben. Die Seltsamkeit in uns sucht sich sein Gegenstück, wenn man sie anstupst.

Wir sind vom gleichen Blut.

Solange sich der Rauch, den ich blute, auf meine Anweisung hin auf ein Ziel zubewegt, weiß ich, dass die Jungs noch da draußen sind. Irgendwo, wo ich sie finden kann.

Sofern ich jemals aus diesem Drecksloch herauskomme.

Pulsierende Bässe lenken meine Aufmerksamkeit zurück auf den Fernseher. Auf dem Bildschirm wippen und drehen sich Personen auf einer Hausparty zur Musik.

Ich starre sie ein paar Augenblicke lang an. Die Musik weckt nicht das geringste Bedürfnis in mir, mitzutanzen. Mittlerweile bewege ich meinen Körper nur noch aus einem einzigen Grund: um zu überleben.

Als das Lied verklingt, knarrt der Türriegel erneut. Drei Wachen kommen mit Pistolen und Tasern an den Hüften herein. Die leere Wasserflasche knirscht unter einem stiefelbewehrten Fuß.

Ich stehe auf, und mein Magen verkrampft sich schmerzhaft. Die Wachen führen mich zügig und geräuschlos in die Halle hinaus, wo weitere Männer warten. Als ich einatme, liegt ein Hauch von Stress in der Luft.

Sie sind nervöser als sonst, und ich glaube sogar, einen Hauch von Angst wahrzunehmen. Doch als die Aufseher letzte Woche kamen, um mich zum Kampf zu begleiten, war ich aufgeregt und nervös, weil mir klar wurde, dass wieder ein Jahr vergangen war und ich noch immer hier festsaß.

Ein weiteres Jahr getrennt von den Jungs, die mein Blut sind. Den Jungs, die ich liebe. Ein weiteres Jahr des Versagens.

In jener Nacht kam mir einer der Wärter näher, als mir lieb war, und in meiner gereizten Stimmung stieß ich ihm meinen Ellbogen mit mehr Schwung, als ich beabsichtigte, in die Rippen. Dem Knacken der Knochen nach zu urteilen, als er gegen die Wand knallte, habe ich ihm wohl den Arm gebrochen.

Ich kann ihnen also keinen Vorwurf machen, dass sie heute Abend besonders vorsichtig sind. Ich gebe ihnen einfach die Schuld für alles andere, was sie mir angetan haben.

„Schöner Abend heute, oder?", frage ich und werfe einen Blick auf die Männer um mich herum, um zu sehen, wie sie reagieren. Ich achte auf jeden Hinweis, der mir helfen könnte, egal, wie unbedeutend er auf den ersten Blick auch aussehen mag. „Klingt so, als wäre die Menge da draußen gut drauf. Ich wette, der Boss freut sich."

„Sei still, Freak", schnauzt einer von ihnen.

Die anderen ignorieren mich und erwidern nicht einmal meinen Blick. Ihre Mienen sind streng und unnachgiebig, doch das Kribbeln der Angst in der Luft wird stärker.

Ich *könnte* mindestens fünf von ihnen umbringen, bevor die anderen mich zur Strecke bringen, und das wissen sie. Keiner von ihnen will herausfinden, ob er zu den Unglücklichen gehören würde.

Mein Blick schweift weiter über den Flur, aber ich kenne die Details dieses Korridors genauso gut wie mein Zimmer. Der Lüftungsschacht ist zu klein, als dass ich hineinpassen würde. Und die Stahltür führt nur zu einem fensterlosen Lagerraum.

Wenn es einen einfachen Fluchtweg gäbe, hätte ich ihn schon vor Jahren gefunden.

Das Getöse der Menge wird lauter, als wir uns der Arena nähern. Mein Puls rast.

Es hört sich nach einem großen Publikum an, und sie scheinen schon jetzt unruhiger zu sein als sonst. Gegen wen werde ich heute Abend antreten?

In meinem Hinterkopf lächelt mir Jacob lässig zu. Die gemeißelten Konturen seines Gesichts ähneln dem von

Griffin so sehr, dass es wehtut, doch seine Stimme ist eindringlicher als die seines Zwillings.

Egal, womit sie dich konfrontieren, du schaffst das.

Ich besinne mich auf die kühle Gelassenheit, die ich bei den ersten Sparringsrunden in der Einrichtung entwickelt habe. In der nächsten halben Stunde zählt nur der Kampf.

Die Aufseher am Eingang stoßen die Tür zur Arena auf, und eine Explosion ungedämpften Lärms schlägt mir zusammen mit einem Schwall von Gerüchen entgegen.

Mehr als hundert Menschen – überwiegend Männer, aber auch vereinzelt Frauen – sitzen rund um den Ring. Es sind sowohl freundliche Gespräche als auch erbitterte Diskussionen zu hören, und in dem Moment, in dem sie mich sehen, steigt ihre Erregung.

Ein paar aufmunternde Rufe dringen an meine Ohren, aber es gibt auch viel Spott und Gelächter.

„Schau dir das kleine Ding an. Wie soll die denn jemanden schlagen?"

„Er wird sie zerbrechen wie einen Zweig."

„Das soll wohl ein Scherz sein. Wo ist die echte Kämpferin?"

Das sind die Neulinge im Publikum, die mich noch nie haben kämpfen sehen. Alle, die Bescheid wissen, versuchen vergeblich, sie zum Schweigen zu bringen, doch ihnen wird noch früh genug klarwerden, wie falsch sie liegen.

Meine Größe von einem Meter fünfundfünfzig und mein Gewicht von achtundsechzig Kilogramm machen mich zu einer Attraktion und bringen meinen Wärtern am Wetttisch viel Geld ein. Niemand scheint genug von dem Anblick zu bekommen, wie ich einen Gegner zu Fall bringe, der doppelt so groß ist wie ich.

Ich lasse die Stimmen durch mich hindurchfließen und mich weder davon noch von dem Gestank nach Schweiß, schalem Bier und Adrenalin in der Arena beeindrucken. Den

Blick auf die erhöhte Plattform vor mir gerichtet, starre ich geradeaus, während wir zum Ring gehen.

Als wir die Treppe erreichen, überkommt mich eine eisige Welle von Schwindelgefühlen. Ich muss kurz stehenbleiben, damit meine Knie nicht wackeln.

Verärgert knirsche ich mit den Zähnen. Reiß dich zusammen, Riva.

Ich darf nichts von dem, was diese Leute tun, an mich heranlassen. Ich darf nichts tun, außer zu *gewinnen*.

Ein Wächter öffnet die Tür auf der einen Seite des Metallkäfigs, der den Ring umgibt, und schubst mich hinein. Normalerweise kann ich mein Gleichgewicht problemlos halten, aber heute Abend stolpere ich ein wenig.

Wieder schießt ein Kälteschauer durch meine Nerven und unterbricht meine Konzentration. Was ist nur los mit mir?

Ein massiger Mann mit Narben, die im Zickzack über seine nackte Brust und seine Arme verlaufen, baut sich auf der anderen Seite des Käfigs auf. Er trägt nichts außer einer grellen, neongrünen Trainingsshorts, wirbelt die Machete herum, die er aus den ihm angebotenen Waffen ausgewählt hat, und lacht, als bezweifle er, dass er sie überhaupt brauchen wird.

Nur meine Gegner kommen in den Genuss einer Waffe. Dadurch soll der Kampf für sie etwas fairer sein, auch wenn sie das anfangs selten so sehen.

Ich biege meine Finger und drehe mich zu den Wärtern um, damit sie meine Handschellen durch die Gitterstäbe öffnen können. Als sie mit einem Klirren zu Boden fallen, schiebe ich meinen Anhänger mit der Katze und dem Garn unter den Ausschnitt meines eng anliegenden Tanktops.

Es ist ein Risiko, meine Kette anzubehalten, doch ich traue mich nicht, sie in meinem Zimmer zu lassen. Es ist ein Wunder, dass meine Wärter mir überhaupt erlaubt haben, diese eine Sache aus meinem früheren Leben zu behalten.

Ich werde ihnen nicht die Chance geben, mir das auch noch wegzunehmen.

Kaum habe ich mich wieder zu meinem Gegner umgedreht, pfeift der Schiedsrichter den Kampf an. Dies ist das einzige Mal, das er aktiv wird, bis der Sieger feststeht.

Der Boss mag es am liebsten, wenn der Kampf auf Leben und Tod ausgetragen wird und mit einer aufgeschlitzten Kehle endet oder damit, dass ein Schädel gegen die Gitterstäbe knallt. Meine Wärter können mich zwar zum Kämpfen zwingen, doch sie können mir nicht vorschreiben, wie ich zu kämpfen habe.

Wenn ich die Wahl habe und den anderen Kämpfer einfach k.o. schlagen kann, um den Kampf zu beenden, werde ich das tun, auch wenn es schwieriger ist.

Von etwa zweihundert Gegnern haben alle bis auf achtzehn diesen Ring lebend verlassen.

Der bullige Mann mit der Machete macht einen Schritt zur Seite, anstatt direkt auf mich zu. Er mag selbstbewusst sein, aber er ist nicht dumm.

Wir umkreisen uns an den gegenüberliegenden Enden des Rings und studieren die Bewegungen des jeweils anderen. Er ist groß, doch ich weiß aus Erfahrung, dass seine Masse ihn bremst und ausschweifendere Bewegungen erfordert, während ich schnell und präzise bin.

Zumindest normalerweise. Mir ist immer noch ein wenig schwindlig. Meine Füße fühlen sich an, als würde ich durch seichtes Wasser waten.

Ein Alarm ertönt in mir, der über einfache Frustration hinausgeht. Irgendetwas stimmt *wirklich* nicht. In zweihundert Kämpfen habe ich mich noch nie so gefühlt.

Ich lasse meine Krallen aus meinen Fingerspitzen schießen, um meine wilde Seite an die Oberfläche zu bringen. Meine leicht behaarten, spitzen Ohren kribbeln und eine übermenschliche Kraft pulsiert durch meine Glieder.

Doch das reicht nicht ganz.

Der Mann stürzt sich auf mich. Eigentlich hätte ich die Änderung seiner Absicht an den Pheromonen erkennen müssen, die er ausströmt, aber meine Sinne sind abgestumpft.

Als ich zur Seite springe, fühlt es sich so an, als würde ich eher durch Schlamm als durch Wasser stapfen. Zu langsam.

Die Klinge der Machete ritzt die Haut an meiner Schulter auf. Blut rinnt meinen Arm hinunter und etwas Rauch steigt auf.

Mein Angreifer wittert seine Chance und greift mit einer Hand nach meinem Zopf, während er mit der anderen zusticht. Es gelingt mir, sowohl seinen Fingern als auch dem schwingenden Messer auszuweichen, und ich trete ihm so fest in den Magen, dass er rückwärts auf dem Hintern landet.

Mit einem erschrockenen Grunzen schlittert er durch den halben Ring.

Noch mehr Schwindel vernebelt meinen Geist, und ich hake mich mit meinen krallenbewehrten Fingern an den Gitterstäben des Käfigs ein, um mein Gleichgewicht nicht zu verlieren. Mein Blick schweift über den Käfig hinaus und bleibt an dem auffälligsten meiner Wärter hängen: dem korpulenten, glatzköpfigen Boss, der mehrere Goldketten um den Hals trägt und auf einem erhöhten Platz auf der Tribüne am anderen Ende der Arena sitzt.

Er muss merken, dass ich schwanke. Er sollte entsetzt aussehen. Der Gedanke an all das Geld, das es ihn kosten wird, wenn ich verliere, sollte ihn in Panik versetzen.

Stattdessen umspielt ein leichtes Grinsen seine Lippen. Er nimmt einen lässigen Zug von seiner Zigarre und lässt sich tiefer in seinen Sitz sinken.

Als ich mich wieder zu meinem Gegner umdrehe, überkommt mich auf einmal ein Gefühl der Gewissheit.

Er weiß, dass etwas nicht stimmt, und er *will* mich zu Fall bringen.

Plötzlich erinnere ich mich an die Wasserflasche, die er mir kurz vor dem Kampf gegeben hat, nachdem ich so lange nichts zu trinken bekommen hatte. Er wollte sichergehen, dass ich es trinken würde.

Vermutlich war darin nicht nur Wasser.

Mein Kiefer verkrampft sich vor Wut. Nach vier Jahren hat er beschlossen, dass ich nicht mehr von Nutzen bin. Lag es an dem Vorfall mit dem Wärter letzte Woche, oder war schon davor geplant, dass es zu Ende gehen soll?

Bestimmt hat er sein ganzes Geld darauf verwettet, dass ich diesen Kampf verliere. Wahrscheinlich hat er sogar noch eine zusätzliche Summe darauf gesetzt, zu sehen, wie ich bis zur Unkenntlichkeit verprügelt werde.

Der Hüne kommt wieder auf mich zu, ein wenig vorsichtiger als zuvor, jedoch nicht weniger bedrohlich. Er macht einen Schritt zur Seite und greift nach meinem Handgelenk, um mich zu sich zu ziehen.

Ich ducke mich erneut und rolle über den Boden. Mein Atem brennt in meiner Lunge.

Was wird mit mir geschehen, selbst wenn ich gewinne? Wird der Boss den Wachen befehlen, mich umzubringen wie einen Hund, der eingeschläfert werden muss?

Er wird sauer sein, dass ich mich seinen Launen nicht beuge – und er wird mir nicht mehr vertrauen, dass ich mich an die Regeln halte, jetzt, wo ich weiß, dass er mich sabotieren will. Dieser undankbare Scheißkerl.

Mein Angreifer stürzt sich auf mich und schleudert mich gegen die Gitterstäbe, bevor ich mich losreißen kann. Als ich unter seinem Arm wegspringe, fahre ich mit meinen Krallen über seine Seite. Meine Beine schwanken unter mir, aber seine sind fest wie immer, als er wieder auf mich zustürmt.

Ich könnte genauso gut schon tot sein. So komme ich nie wieder zu meinen Jungs zurück. Auf keinen Fall.

Ich beiße die Zähne gegen die aufsteigende Angst zusammen und werfe mich vor dem Angreifer auf den Boden. Seine Knie knicken ein, aber er trifft mich mit der Machete an der Hüfte, als ich ihm ausweiche. Schmerz schießt durch meinen Oberschenkel.

Schon wieder habe ich sie im Stich gelassen. Dieses aufgeblasene Arschloch hat mich verarscht. Und all die anderen Arschlöcher im Publikum beobachten meinen Untergang und feuern ihn an.

Ihre Stimmen klingen in meinen Ohren. Füße stampfen auf den Betonboden.

Mein Gegner rammt mir seine Faust in die Seite meines Schädels.

Noch mehr Wut flackert in mir auf, schärfer und heißer als mein Elend. Der Boss steht da oben und grinst, als ob er nicht gerade fünf Menschen tötet, statt nur einen. Meine Jungs warten auf mich, und er *grinst* nur, verdammt noch mal.

Ich habe geschworen, sie aus unserem Gefängnis zu befreien, und diese Bastarde feuern meinen Angreifer nur an, als er meinen Arm ergreift.

Seine Hand spannt sich an, um mich direkt in die bereitgehaltene Machete zu zerren, und all meine aufgestauten Emotionen explodieren aus meiner Brust.

Wut steigt in meiner Kehle auf und entlädt sich in einem ohrenbetäubenden Schrei, der meine Knochen erschüttert und in jeder Faser meines Wesens widerhallt.

Der Schrei dauert immer weiter an, übertönt den Jubel und das Getrampel und schallt durch mein Gehirn. Dann spüre ich einen rasenden, stechenden Schmerz, der metallische Geschmack nach Blut erfüllt meinen Mund und

…

ZWEI

Riva

Ich blinzle und meine Wimpern kleben kurz zusammen, bevor sie sich lösen, und ich auf den Boden des Kampfrings starre. Ich sitze vornübergebeugt da, die Hände unter mir abgestützt, und frische Kratzspuren meiner Krallen ziehen sich über den abgenutzten beigefarbenen Boden.

Der widerlichste Gestank, den ich je gerochen habe, hängt mir in der Nase. Wie rohes Fleisch, das in eine schmutzige öffentliche Toilette geworfen wurde.

Mir dreht sich der Magen um, und Säure steigt mir in die Kehle. Ich röchle und hebe den Kopf, bevor ich erstarre.

Um mich herum ist es genauso totenstill.

Ich bin umgeben von *Tod*.

Keiner der Schrecken, denen meine Wärter mich ausgesetzt haben, hat mich auf das hier vorbereitet.

Überall auf den Tribünen rund um die Arena liegen

Leichen. Nur dass sie nicht so aussehen, wie Leichen aussehen sollten. Ich starre auf die blutüberströmten, verdrehten Gliedmaßen, Oberkörper und die aufgerissene Haut.

Es ist, als wäre ein Riese über die Menge getrampelt und hätte sie anschließend noch ein wenig mehr aufgemischt.

Mein Blick fällt auf die Leiche meines ehemaligen Gegners, die nur ein paar Meter von mir entfernt auf dem Boden liegt.

Sein Mund ist ein riesiger, zerbrochener Schlund, als hätte jemand sein Kinn mit der einen und seine Wange mit der anderen Hand gepackt und sie in entgegengesetzte Richtungen geschlagen, wodurch sein Kiefer aus den Angeln gerissen wurde. Entwurzelte Zähne liegen in der Blutlache unter seinem Kopf, und leblose Augen quellen so stark hervor, dass sie fast aus ihren Höhlen fallen.

Seine Gliedmaßen sind abgeknickt und an mehreren Stellen so verbogen, dass sie weit mehr Gelenke bilden, als für einen Arm oder ein Bein normal wären. Gezackte Knochenenden schimmern an den Stellen, wo das Fleisch völlig zerfetzt ist.

Sein Torso ist ein Krater, und die Rippen sind nach innen eingebrochen. Auf seiner neongrünen Trainingshose zeichnet sich ein dunkler Fleck ab, der in eine gelbbraune Pfütze unter seinem Hintern sickert, was darauf schließen lässt, dass er sowohl gepisst als auch geschissen hat.

Als ich das Trümmerfeld betrachte, steigt mir die Galle in die Kehle. Ich kippe vornüber und übergebe mich.

Mein halb verdautes Abendessen aus Spaghetti und Fleischbällchen – der Boss will, dass ich vor einem Kampf Kohlenhydrate zu mir nehme – landet auf dem Boden. Ruckartig ziehe ich meine Hände zurück und stehe auf, um mich erneut in der Arena umzusehen.

Während mein Blick über das Gemetzel jenseits des

Käfigs schweift, wo Dutzende von Leichen liegen, die ebenso verrenkt und deformiert sind wie die neben mir, wird mir vage bewusst, dass ich vollkommen stabil auf den Beinen stehe. Mir ist flau im Magen, und meine Brust ist eng vor Entsetzen. Dafür ist die schwindelerregende Unsicherheit verschwunden, die das Mittel, das mir der Chef verabreicht hat, ausgelöst hat.

Der Boss. Mein Blick fällt auf seinen Hochsitz, und ich nehme einen zittrigen Atemzug, der meine Lunge mit noch mehr von dem furchtbaren Gestank flutet.

Er ist rückwärts über eine der Stuhllehnen gekrümmt, und seine Wirbelsäule ist so stark gebogen, dass sein Kopf die Kniekehlen berühren könnte. Seine Augäpfel baumeln aus den Höhlen, und ein Stück seines Kiefers ist abgebrochen und liegt auf dem Sitz neben ihm. Der eine Arm, den ich sehen kann, ist so verdreht, als wäre er wie ein nasses Handtuch ausgewrungen worden.

Was zum Teufel ist hier *passiert*?

Die letzten Momente, bevor ich ohnmächtig wurde, schießen mir durch den Kopf. Meine verzweifelte Wut, das Grinsen des Bosses. Die Hand meines Angreifers, die meinen Arm umklammerte, und der Schrei, der blitzartig in meiner Kehle aufstieg.

Wie eine Art Macht.

Ich schlinge meine Arme fest um meine Brust.

Habe *ich* das etwa getan? Das ist doch nicht möglich … oder doch? Meine Stimme verfügte noch nie über eine Art von Macht. Noch nie habe ich einen Körper durch etwas anderes als physische Gewalt beschädigt.

Doch ich bin die Einzige, die noch steht, und bis auf eine liegen alle Leichen weit außerhalb meiner Reichweite, während ich in dem Käfig gefangen bin. Und dieser Schrei …

Die Erinnerung daran jagt mir einen Schauer über den Rücken, der von Erstaunen und Abscheu gleichermaßen geprägt ist. Ich schlinge meine Arme noch ein wenig fester um mich.

Nur ein Monster kann so etwas getan haben. Ein viel schrecklicheres und unmenschlicheres Monster, als ich es je war.

Als ich es jemals sein möchte.

Die schwungvolle Melodie eines Popsongs ertönt von der Tribüne und durchbricht meinen Schockzustand. Ich zucke zusammen und nehme sofort eine Verteidigungshaltung ein, bevor ich feststelle, dass es ein Klingelton ist.

Das Telefon von jemandem hat das Gemetzel überlebt.

Es sind so viele Leute hier. So viele verstümmelte Leichen. Es wird nicht lange dauern, bis jemand von draußen merkt, dass es ein Problem gibt, und sich auf die Suche nach dem Verantwortlichen macht.

Doch im Moment bin ich ganz allein.

Mein Herz schlägt so heftig, dass es mein Entsetzen übertönt. Das ist meine Chance. Keiner steht mir im Weg.

Ich kann hier herauskommen. Ich kann zu meinen Jungs zurückkehren, wie ich es mir schon so lange gewünscht habe.

Ich muss schnell handeln. Sobald einer der Handlanger des Bosses dieses Blutbad entdeckt und merkt, dass ich verschwunden bin, werden sie die Wärter warnen, dass ich auf freiem Fuß bin. Dann wäre das Überraschungsmoment dahin.

Und ich brauche jeden erdenklichen Vorteil, wenn ich die Jungs aus eigener Kraft aus der Einrichtung befreien will.

Mit zusammengebissenen Zähnen konzentriere ich mich mit der gleichen kühlen Distanz, mit der ich normalerweise in einen Kampf gehe, und blende alle anderen Gedanken aus, außer der Aufgabe, die ich erledigen muss.

Zuerst muss ich aus diesem Käfig herauskommen.

Der Wärter, der mich zur Tür begleitet hat, liegt am Rande des Rings, wo er gewartet hatte. Ich wende meinen Blick von dem Entsetzen in seinem verzerrten Gesicht ab und strecke meinen Arm durch die Gitterstäbe in Richtung seiner Hüfte.

Gerade so schaffe ich es, meine Finger in seiner Jeanstasche einzuhaken und den Schlüsselring herauszuziehen. Ich atme flach durch den Mund, als ich den Schlüssel für den Käfig ins Schloss schiebe und herumdrehe.

Die Tür springt auf. Ich bin frei.

Meine Gliedmaßen verkrampfen sich bei dem Impuls, durch das Massaker zum Ausgang zu rennen, aber ich entdecke einen anderen Gegenstand in der Nähe des gebrochenen Oberschenkels des Aufsehers: eine Pistole.

Auch wenn ich lieber meine Klauen benutze, kann ich nicht leugnen, dass eine Waffe von Vorteil sein könnte. Vor allem, weil ich nicht weiß, wie hoch die Sicherheitsvorkehrungen nach unserem letzten Beinahe-Ausbruch aus der Einrichtung sind.

Möglicherweise sind die Jungs gar nicht mehr in dem Gebäude, sondern an einem anderen Ort untergebracht, der durch zusätzliche Schutzmaßnahmen abgesichert ist.

Ich schnappe mir die Pistole und bahne mir einen Weg durch die sterblichen Überreste, wobei ich meinen Blick über Hüften und die dazwischen verstreuten Gegenstände schweifen lasse und versuche, nicht auf Gesichter zu treten.

Ich finde noch eine Pistole, ein Klappmesser und eine dünne Klinge, die sich perfekt zum Werfen eignet und unter einem verrenkten Becken verkeilt ist. Mit zusammengepressten Lippen ziehe ich sie heraus.

Es ist nur noch Fleisch. Nicht schlimmer als eine Metzgerei.

Wenn ich mir das oft genug sage, glaube ich es vielleicht irgendwann.

Kurz überlege ich, ob ich ein heruntergefallenes Handy mitnehmen soll, bis ich beschließe, dass elektronische Geräte zu leicht aufgespürt werden können. Ich schnappe mir die am wenigsten blutigen Geldbörsen – denn ich werde eher früher als später Geld brauchen – sowie Feuerzeuge, ein paar Schmuckstücke, die verpfändbar aussehen, wenn das Geld ausgeht, und eine große Lederhandtasche mit nur wenigen scharlachroten Flecken, in der ich meine Beute verstaue.

Ich will lieber nicht darüber nachdenken, wem diese Halskette oder jenes Armband einmal gehört hat. Ebenso wenig wie darüber, ob sie so unmoralisch waren wie die Leute, die die Käfigkämpfe veranstalteten, oder ob sie sich einfach nur im falschen Moment mit den falschen Leuten eingelassen hatten.

Und ich denke auch nicht daran, wie sehr sie gelitten haben müssen und wer ihnen dieses Leid zugefügt hat.

Jacob. Zian. Andreas. Dominic. Sie sind alles, was zählt. Endlich werde ich wieder mit ihnen vereint sein.

Als ich den Zugang erreiche, den das Publikum normalerweise benutzt und der sich direkt hinter dem Sitz des Bosses befindet, habe ich drei weitere Waffen und eine weitere Klinge zu meiner Sammlung hinzugefügt. Eine Schusswaffe für jeden von uns, wenn die Munition so lange reicht.

Ich weiß nicht, wie viele Kugeln ich habe und ich werde auch ganz bestimmt nicht hier verweilen, um nachzusehen.

Mein Blick gleitet über den Boss. Über die dicken Goldketten um seinen purpurfarbenen Hals.

Obwohl ich wette, dass sie viel wert sind, schrecke ich vor dem Gedanken zurück, etwas von diesem Mann mitzunehmen.

Ich dränge mich an der Tür vorbei in einen breiten, aber

kurzen Flur, der zu einer Treppe führt. Hier liegen drei weitere entstellte Leichen auf dem Boden.

Ich will auch nicht darüber nachdenken, was das bedeutet. Oder an die Tatsache, dass die Verletzungen, die ich mir bei diesem Kampf zugezogen habe, gar nicht mehr so stark brennen.

Bei diesem plötzlichen Gedanken schaue ich an mir hinunter. Die Wunde an meiner Schulter ist schon fast verheilt. Es ist nur noch eine rötliche Linie zu erkennen. Das Gleiche gilt für die Wunde an meiner Hüfte, die durch den Schlitz in meiner Jogginghose zu sehen ist.

Meine Wunden sind immer schnell verheilt. Wie bei uns allen. Das ist den Wärtern mehrmals aufgefallen. Aber nicht *so* schnell. Wie ...?

Eigentlich spielt es keine Rolle. Ich muss nicht darüber nachdenken. Wichtig ist nur, dass sich mir niemand in den Weg stellt, wenn ich in die Nacht hinausrenne.

Ich befinde mich unter einer einzigen schummrigen Sicherheitslampe am Rande eines Parkplatzes voller Autos, von denen ich weder weiß, wie man sie kurzschließt, noch wie man sie fährt. Die Wärter haben uns so viel beigebracht, aber ausgerechnet diese Fähigkeit nicht, diese Mistkerle.

Ich lege mir den Riemen der Umhängetasche über die Schulter und ziehe ihn fest, bis die Tasche fest auf meinem Rücken liegt. Nachdem ich die Umgebung nach Bewegungen abgesucht habe, fahre ich meine Krallen aus und ritze meine Haut direkt unter dem Kratzer auf, den ich mir vorhin zugefügt habe.

Blut sickert heraus, und Rauch steigt auf und zieht nach rechts, als ich mich auf meine Jungs konzentriere.

Jetzt weiß ich, wohin ich gehen muss.

Schnell laufe ich los, und mein Zopf schwingt auf meinem Rücken hin und her. Das Betongebäude, in dem die Arena untergebracht ist, steht zwischen mehreren verfallenen

Industriegebäuden am Rande einer Stadt – oder vielleicht sogar einer Großstadt. Ich sehe die nächstgelegene Autobahn, als Scheinwerfer vorbeiziehen, und halte einen großen Abstand zu den wenigen Autos, die so spät vorbeikommen.

Die schäbigen Lagerhäuser weichen kargen Feldern und dann weiten Ackerflächen mit verwitterten Holzzäunen und dem einen oder anderen heruntergekommenen Haus am Ende einer langen Einfahrt. Ich behalte das gleiche Tempo bei, egal ob ich durch Maisfelder oder an Weiden entlangjogge.

In der Nähe einiger Häuser entdecke ich ein Fahrrad, das an einem Pfosten direkt an der Einfahrt lehnt. Hastig hebe ich es auf und steige auf.

Ich trete in die Pedale und komme etwas schneller voran, doch ich brauche einen festen Untergrund unter den Rädern. Zum Glück kommen immer weniger Autos vorbei, je weiter die Nacht voranschreitet.

Wann immer ich kann, fahre ich auf verlassenen Fahrspuren und wenn nicht, rase ich über die Autobahn. Ab und zu werde ich langsam genug, um mehr Blut und Rauch aus meiner Schnittwunde zu pressen und mich zu vergewissern, dass ich noch in die richtige Richtung fahre.

Es kommt mir immer noch zu langsam vor. Ich weiß nicht, wie viele Stunden Dunkelheit mir noch bleiben.

Als ein LKW auf mich zurollt und ich auf den Seitenstreifen fahre, beschließe ich, ein Wagnis einzugehen. Ich springe vom Fahrrad und in letzter Sekunde auf das Heck des Lasters.

Ich schlinge meine Beine um die Metallstange unter den Türen und greife nach einer der Metallstützen, an denen sie befestigt ist. Der LKW fährt weiter, ohne dass ich bemerkt werde.

Ich lasse einen stetigen Rauchstrom aus meinem Arm aufsteigen. Er wabert durch den rötlichen Schein der Lichter auf der Rückseite des LKWs und bewegt sich trotz des Windes vorwärts.

Wir lassen die Stadt, ein paar Kleinstädte und ein langes Waldstück hinter uns, bevor die dunklen Schwaden abrupt nach links abbiegen.

Mit rasendem Herzen springe ich von dem LKW, rolle über den grasbewachsenen Seitenstreifen und pralle gegen einen Baumstamm.

Nach wenigen Sekunden bin ich wieder auf den Beinen und renne weiter.

Während ich durch das Unterholz sprinte, stolpere ich auf einem überwucherten Feldweg. Die Unkrautbüschel scheinen vor kurzem von Reifenprofilen plattgedrückt worden zu sein. Meine Sinne sind in höchster Alarmbereitschaft.

Ich laufe weiter und schnappe nach Luft, um meine Muskeln mit Sauerstoff zu versorgen und Pheromone aufzunehmen, die von Menschen in meiner Nähe hinweisen könnten. Der Weg schlängelt sich durch den Wald, über eine Strecke mit hohem Gras und verschwindet schließlich in einem dichteren Waldgebiet.

Ich begegne niemandem. Doch vermutlich machen sich die Wärter eher Sorgen darum, dass ihre Schützlinge *ausbrechen*, und nicht darum, dass jemand von außen *eindringt*.

Als ich hinter einer Kurve einen Zaun entdecke, werde ich langsamer, halte mich aber im Schatten am Straßenrand. Im Schutz der Bäume schleiche ich mich näher heran.

Einige Meter vor der Stelle, wo sich der Wald lichtet, bleibe ich stehen. Die Gewissheit, dass ich hier richtig bin, durchdringt jeden Zentimeter meines Körpers.

Ich glaube nicht, dass es dieselbe Einrichtung ist, in der die Wärter uns zuvor gefangen hielten. Nachdem wir die

Schutzmaßnahmen dort teilweise unterwandert haben, ist das keine Überraschung.

Der Aufbau ist jedoch ähnlich: eine Lichtung von der Größe mehrerer Fußballfelder, umgeben von Wald und ein einsamer Betonbau unweit des Tors, der nicht größer als ein Bungalow aussieht. Es ist nicht zu erkennen, wie viel von dem Gebäude sich unter der Erde befindet.

Weit und breit sind keine Autos in Sicht. Die Aufseher scheinen eine Tiefgarage gebaut zu haben, damit sie nicht in fremde Hände geraten.

Der Zaun ist höher, etwa doppelt so hoch wie ich, und bis oben mit Stacheldraht umwickelt. Die Kabel, die zwischen den Metallpfosten direkt über dem Stacheldraht verlaufen, lassen mich innehalten.

Dann wird mir etwas klar.

Der Zaun ist nicht nur mit Stacheldraht ausgestattet, sondern auch elektrisch. Die Wärter wollen jeden vernichten, der versucht, ihn zu überwinden.

Ich befeuchte meine Lippen. Mir bliebt nicht viel Zeit. Die Dämmerung rückt mit jedem Herzschlag näher.

Anscheinend hat bisher niemand Alarm wegen meiner Flucht geschlagen, oder falls doch, machen sich die Wärter keine Sorgen, dass ich es bereits hierhergeschafft haben könnte. Ich sehe nur ein paar bewaffnete Wachen über das Feld um das Gebäude schlendern.

Auch wenn meine Nerven danach schreien, dass ich sofort zu meinen Jungs rennen soll, muss ich klug vorgehen, wenn ich meine wahrscheinlich letzte Chance nicht vermasseln will.

Ich schleiche um das Feld herum, bis ich es vollständig vermessen habe. Ich beschließe, später zu einer Kiefer zurückzukehren, die hoch genug ist und nahe am Zaun steht.

Davor muss ich dafür sorgen, dass so viele Wärter wie möglich abgelenkt sind.

Ich schleiche zurück, bis ich auf der Seite des Gebäudes gegenüber von meiner Kiefer bin. Aus meiner gestohlenen Handtasche krame ich ein Feuerzeug hervor.

Nachdem ich mich vergewissert habe, dass es funktioniert, greife ich nach einem heruntergefallenen Ast mit welken, toten Blättern, lehne ihn gegen einen bröckelnden Baumstamm und zünde ihn an.

DREI

Jacob

Wie immer wache ich viel zu früh auf.

Das Zimmer ist stockdunkel. Meine Muskeln brennen nach einem Training, das nicht anstrengend genug war, um mich bis zum Morgen außer Gefecht zu setzen.

Das ist es nie. Viel zu oft liege ich hier im Dunkeln mit der festen Matratze unter und dem leisen Surren der Luftfilteranlage über mir.

Ein weiterer Tag, den ich überstanden habe. Ein weiterer Tag mehr als mein Bruder bekommen hat. Vierundzwanzig weitere Stunden nutzlosen Daseins.

Die Gedanken gleiten durch meinen Kopf wie Eissplitter auf einem tauenden Fluss. Klirrend kalt. Ich bin eine Leere, so endlos wie die totale Dunkelheit meiner Zelle.

Griffin hätte mir gesagt, dass ich mich schonen soll, dass ich die Vergangenheit nicht an mich heranlassen soll. Aber

Griffin ist tot, und die Tatsache, dass ich mir meiner Existenz bewusst bin, weckt keine Gefühle in mir. Es ist einfach, wie es ist.

Jemand hier muss einen klaren Kopf behalten.

Ich schließe meine Augen und konzentriere mich auf meinen Atem. Einatmen. Ausatmen. Wieder und wieder. Genauso monoton wie unsere Tage hier.

In ein oder zwei Stunden wird das Deckenlicht angehen, und ein Tablett mit Frühstück wird durch die Klappe in der Tür geschoben werden.

Ich werde essen, dann werde ich getestet, dann werde ich wieder essen und dann werde ich trainieren. Dann zurück in die Zelle zum Abendessen. Dann gehen die Lichter aus.

Ich absolviere eine Sache nach der anderen, während ich beobachte und warte. Ich merke mir all die kleinen Details, die möglicherweise eines Tages einen Unterschied machen könnten.

Noch während ich darüber nachdenke, taucht wie aus dem Nichts meine Chance auf, und das Heulen einer Sirene schallt durch die Wände.

Ruckartig richte ich mich auf. Mein Herz pocht ein wenig stärker als sonst, aber mein ganzer Körper ist starr.

Der Alarm schrillt immer wieder durch die Dunkelheit. Irgendetwas ist vorgefallen.

Die Wärter wurden gestört, ihre Pläne auf unerwartete Weise durchkreuzt.

Es ist eine Gelegenheit. Genau das, was wir gebraucht haben.

Zumindest wird es das, wenn ich sie nutzen kann. Diesmal hängt der erste Schritt des zaghaften Plans, den wir über die letzten Jahre hinweg in Gesprächsfetzen geschmiedet haben, von mir ab, nicht von meinem Bruder.

Das hätte von Anfang an so sein sollen. Hätte ich damals

den ersten Schritt gemacht, wäre ich vielleicht derjenige gewesen, der …

Wie eine Stahlfalle schnappt mein Verstand um den irren Gedanken zu und sperrt ihn weg. Ich steige aus dem Bett und gehe zur Tür.

Dort lege ich meine Stirn an die kühle Metalloberfläche und horche angestrengt auf die Geräusche im Flur. Ich habe weder Zians scharfes Gehör noch seine Fähigkeit, durch feste Oberflächen zu sehen, doch die Leute da draußen machen genug Lärm, dass ich über das Heulen der Sirene hinweg schwache Anzeichen ihrer Anwesenheit wahrnehme.

Sobald ich die Geräusche höre, donnern schwere Schritte über den Flur neben meiner Tür. Als ich sie registriere, sind sie schon vorbei, sodass ich sie nicht genau zuordnen kann.

Ich knirsche mit den Zähnen und spitze meine Ohren noch mehr.

Ist die Lage so schlimm, dass noch mehr Mitarbeiter der Einrichtung kommen werden, oder ist mir die Gelegenheit bereits durch die Lappen gegangen? Zum ersten Mal, seit wir alle für unseren Plan benötigten Teile zusammengetragen haben, sind unsere Gefängniswärter potenziell im Nachteil.

Wer weiß, wann das wieder vorkommen wird.

Während ich lausche, drücke ich auch meine Finger gegen die Tür und spüre, wie sich meine Macht von meinem Schädel aus über meine Brust und meine Arme ausbreitet. Ich muss bereit sein. Und um dieses Spiel durchzuziehen, brauche ich meine gesamte Kraft, die mir die Wärter noch gelassen haben.

Seit wir in der neuen Einrichtung angekommen sind, haben wir alle festgestellt, dass unsere Talente, selbst die, die wir verborgen gehalten hatten, unterdrückt wurden. Gebremst. Vermutlich versetzen sie das Essen oder die Luft mit einer Substanz, die uns abstumpfen lässt und die Waffen in uns entschärft.

Die Wärter dachten, sie könnten uns daran hindern, eine weitere Rebellion anzuzetteln. Aber sie haben uns nicht völlig außer Gefecht gesetzt. Dazu müssten sie uns zweifellos in einen totalen Stupor versetzen, und sie wollen, dass wir wach genug sind, um durch ihre Reifen zu springen und ihre Befehle auszuführen.

Es dauerte zwar länger, einen Plan auszuhecken, als es sonst der Fall gewesen wäre, aber wir haben das Beste aus den eingeschränkten Fähigkeiten gemacht, die wir noch haben.

Ich höre nichts außer dem anhaltenden Schrillen des Alarms. Die Leere breitet sich wieder in mir aus und versucht, mich dazu zu bewegen, aufzugeben, mich ins Bett zu legen und ins Nichts zurückzukehren.

Doch ich bin es meinem Bruder schuldig. Ich bin es ihm schuldig, jeden, der ihn verletzt hat, dafür bezahlen zu lassen.

Wozu habe ich sonst so lange durchgehalten?

Also verharre ich dort und drücke meine Stirn und meine Fingerspitzen fest gegen das Metall. Energie fließt durch meine Adern.

Und dann höre ich es: ein gedämpftes Rufen und das Donnern weiterer Schritte.

Ein leichtes Lächeln umspielt meine Lippen. Ich drücke meine Hände fester gegen die Tür, während die Geräusche ein Bild des Mannes formen, der den Flur hinunterläuft. Dann schleudere ich meine gesamte konzentrierte Willenskraft auf die Gestalt draußen.

Meine Nerven liegen blank, als mein Talent zuschlägt. Ich kann ihn jetzt spüren, gefangen in meiner Kraft wie eine Fliege in einem Spinnennetz.

Er wehrt sich dagegen. Sein Fuß rutscht auf dem gefliesten Boden aus, und sein Kopf wackelt hin und her. Ich brauche nur einen Finger.

Mit meiner vollen Kraft wäre das ein Leichtes. So aber stehen mir Schweißperlen auf der Stirn, und der Schweiß rinnt mir den Nacken hinunter, während ich ihn zur Tür ziehe.

Mein Kiefer verkrampft sich so fest, dass meine Zähne wehtun. Die Zuckungen in meinen Schultern und meiner Wirbelsäule werden stärker.

Der Wärter knallt gegen die andere Seite der Tür, und ich konzentriere mich stirnrunzelnd darauf, seinen Körper dort zu halten, während ich seine Hand zum Tastenfeld des Schlosses ziehe.

Die Mechanismen im Inneren verfügen über eine Art Schutzvorrichtung, die ich mit meinen telekinetischen Fähigkeiten nicht umgehen kann, zumindest nicht in meinem derzeitigen geschwächten Zustand. Es gibt keine Schlüsselkarten mehr. Sie waren zu leicht zu stehlen. Also mussten wir stattdessen die Codes herausfinden.

Ich habe die Außenseite meiner Tür schon tausendmal gesehen. Ich fixiere das Bild der Tastatur in meinem Kopf und drücke mit dem Zeigefinger des Wärters die sechsstellige Zahlenfolge. Zian hat durch die Wand seiner Zelle am Ende des Flurs beobachtet, wie sie eingetippt wurde.

Auch unsere Zellen lagen diesmal weiter auseinander, wenn auch nicht weit genug.

4-8-9-1-3-4. Das Schloss piepst, und mehrere Riegel rattern.

Meine Muskeln zittern unter der Anstrengung, die ich aufbringen muss, um den Mann unter Kontrolle zu halten. Während die Alarmanlage weiterheult und rote Lichter blinken, reiße ich den Mann zur Seite, stoße meine Tür auf und stürze mich auf ihn.

Einen Augenblick später habe ich meine Hände am Kinn und am Hinterkopf des Wärters und breche ihm das Genick.

Während des Trainings, den Tests, in denen unsere Stärke und Schnelligkeit auf die Probe gestellt wurden, und den Waffen- und Zielübungen habe ich noch nie jemanden getötet. Tiere, ja, wenn die Wärter mich dazu gezwungen haben, aber noch nie einen Menschen.

Eine Sekunde lang starre ich in dem pulsierenden karminroten Licht auf ihn hinab und warte auf eine Welle von Emotionen. Irgendwelche Empfindungen.

Der Mann bricht zusammen, und sein Helm schlägt scheppernd auf dem Boden auf. Doch ich empfinde nichts als eine gedämpfte Genugtuung. Es ist vorbei. Er hat bekommen, was er verdient hat.

Ich glaube auch nicht, dass Griffin diese Reaktion gutheißen würde, doch ich bin im Moment der Einzige hier, also wird es auf meine Art gemacht.

Doch ich bin noch nicht ganz fertig. Ich entferne mich von dem Wärter und renne den Flur entlang zu Zians Zimmer.

Er konnte zwar den Zugangscode zu seinem Zimmer sehen, hatte aber keine Möglichkeit, ihn einzugeben. Rasch tippte ich die Zahlenfolge ein.

Er wartet, zweifellos genauso aufgeregt wegen des Alarms wie ich. Sobald sich das Schloss öffnet, zucke ich zur Seite und das ist auch gut so, denn im nächsten Moment stürmt Zees bullige Gestalt durch die Tür.

Keuchend kommt er auf den Fliesen draußen zum Stehen, und sein Brustkorb hebt und senkt sich. Normalerweise ist er nur ein paar Zentimeter größer als ich, aber durch seine Teilverwandlung ist er noch größer und kräftiger als sonst.

Fellbüschel bedecken seinen Nacken und seine Schultern. Sie sind genauso schwarz wie das kurzgeschorene Haar auf seinem Kopf, nur struppiger. Und die Spitzen der Reißzähne ragen über seine Unterlippe hinaus.

Mit einem Knurren wirbelt er herum und sucht den Flur ab. Seine Glieder sind angespannt. Doch als er seinen Blick wieder auf mich richtet, durchfährt ein Zittern seinen Körper.

Er schrumpft ein wenig zu dem immer noch einschüchternden, aber menschlicheren Kerl, mit dem ich aufgewachsen bin, und das Fell und die Reißzähne verschwinden.

„Die anderen", knurrt er, und eine wilde Intensität flackert in seinen dunkelbraunen Augen auf.

Mit einem Nicken setze ich mich in Bewegung. Wir rennen gemeinsam zur nächsten Treppe. Zian drosselt seine volle Geschwindigkeit ein wenig, damit ich mit ihm Schritt halten kann.

Wir rasen die Treppe hinauf in den nächsten Stock, wo sich Andreas' Zelle befindet. Er hat einem Wärter die Erinnerung an das Eintippen des Codes direkt aus dem Kopf gestohlen.

Die Aufseher, die auf dieser Etage stationiert waren, sind bereits losgezogen, um sich um den Notfall zu kümmern. Ich gebe den Code ein und stoße die Tür auf.

Andreas stürmt heraus, und seine sonst so lässige Energie ist so aufgedreht, dass er auf den Füßen wippt, als er vor mir zum Stehen kommt. Er blickt zu mir und in seinen dunkelgrauen Augen liegt ein rötliches Glühen, das nichts mit den blinkenden Lichtern zu tun hat.

„Hol lieber Dominic", sagt er und zeigt eine breitere Version seines üblichen Grinsens.

Im selben Moment kommt ein Wärter aus einem Raum ein paar Türen weiter. Sein Kopf zuckt in unsere Richtung, und der Schrei, der aus seiner Kehle dringt, ist laut genug, um der Sirene Konkurrenz zu machen.

Er greift nach seinem Funkgerät, doch Zee ist schneller. Der massige Kerl fliegt förmlich über die Fliesen und schleudert den Wärter mit der vollen Wucht seiner tierischen Kraft gegen die Wand.

Der Mann sackt auf dem Boden zusammen. In seinem Helm ist eine Delle, die die Seite seines Kopfes konkav macht. Blut sickert unter dem Metall hervor und sammelt sich auf dem Boden.

Zian versteift sich. Seine Zähne sind gefletscht, und seine Hände zittern. Ich erstarre und merke, wie er sich quält. Ich habe keine Ahnung, wie ich reagieren soll, aber Andreas ist schon auf dem Weg zu ihm.

Der schlanke Mann greift nach Zians kräftigem Arm und zieht ihn in Richtung Treppe. „Gut gemacht, Wolfsmensch. Du kannst hier nicht weg, ohne ein paar Dosen zu verbeulen."

Ein unterdrücktes Kichern, das halb ein Knurren ist, bricht aus Zees Brust, und er eilt mit uns in die nächste Etage.

Dank Andreas' Fähigkeiten haben wir auch Dominics Code herausgefunden. Es war um einiges schwieriger als bei seinem eigenen, da Drey die Person sehen muss, deren Erinnerungen er durchforstet. Und er kann nicht auswählen, was er sieht. Die Erinnerungen werden nur durch andere anwesende Personen eingegrenzt.

Erst vor ein paar Monaten, nach über einem Jahr, hatte er genug Fragmente gesehen, sodass wir die vollständige Sequenz kannten.

Inzwischen befinden wir uns nur noch eine Etage unter der Hauptebene, und ein schwerer Schlag hallt durch die Decke. Die blinkenden Lichter flackern, und ein entsprechendes Zittern hallt durch meine Nerven.

Ich bleibe im Flur stehen und scanne unsere Umgebung, während Andreas sich an Dominics Tür zu schaffen macht. Ich kann das Gefühl, das mich gerade überkam, nicht identifizieren, doch es hält an und kribbelt unter meiner Haut. Es ist keine einfache Befürchtung.

Dom stürmt heraus, seinen obligatorischen Trenchcoat

eng um seinen schlanken Körper gezogen, und die Hälfte seiner dunklen, kastanienbraunen Wellen hängen aus seinem unordentlichen Pferdeschwanz und fallen um sein gebräuntes Gesicht. Als wir uns wieder auf den Weg zum Treppenhaus machen, ballen sich meine Hände zu Fäusten.

„Oben sind sicherlich noch mehr Wärter", sage ich mit erhobener Stimme, um das schrille Heulen zu übertönen. „Wir werden sie alle niedermähen müssen."

Zian hebt die Fäuste, und jegliche Spuren seiner momentanen Unsicherheit sind verschwunden. „Kein Problem."

Ein weiterer merkwürdiger Geistesblitz kitzelt meine Nerven. Ich runzle die Stirn. „Und …"

Andreas blickt zu mir zurück, während er die Treppe hinaufsprintet. „Und was?"

„Ich weiß es nicht", gebe ich zu. „Aber seid einfach wachsam. Ich glaube, da ist noch etwas anderes. Etwas … Neues."

Vier

Riva

Eine weitere Flamme züngelt aus einem Ast, den ich angezündet habe. Ich lasse ihn auf den Haufen Zweige fallen, den ich eilig zusammengetragen habe, und renne davon.

Schreie ertönen vom Gelände aus. Die Wächter stürmen zum Zaun und durch das Tor, um die verschiedenen Feuer zu begutachten, die ich bereits gelegt habe. Die Flammen knistern, und Rauch steigt in den Sternenhimmel auf. Die Zaunlatten schimmern in dem flackernden orangefarbenen Schein.

Die Feuer reichen möglicherweise aus, doch ich mein Ziel ist es, so viele Mitarbeiter wie möglich aus der Einrichtung herauszulocken. Ich weiß weder, wie lange ich brauchen werde, um die Jungs zu befreien, noch ob es neue Sicherheitsmaßnahmen gibt.

Je weniger bewaffnete Personen zwischen mir und

meinem Ziel stehen, desto einfacher wird es sein.

Ich ziehe eine der Pistolen aus meiner gestohlenen Handtasche und richte sie auf die Baumkronen. Ich bin seit Jahren nicht mehr dazu gekommen, meine Schießkünste zu üben, sodass ich beim Abdrücken des Abzugs nach hinten gerissen werde.

Doch ich kann immer noch gut zielen. Die Kugel trifft einen dünnen Ast, der an der Basis zerbricht. Er fällt zu Boden, und der Aufschlag unterstreicht den Knall des Schusses, der die Luft durchschneidet.

Ich will keine Kugeln verschwenden, doch es wird sich zu meinen Gunsten auswirken, wenn die Wärter denken, dass eine ganze Armee von Feinden hier draußen ist. Ich bewege mich in einem Halbkreis um den Bereich, in dem ich das Feuer entzündet habe, und schieße fünf weitere Male kurz hintereinander, und zwar von Stellen aus, die weiter auseinanderliegen, als ein normaler Mensch in dieser Zeit hätte zurücklegen können.

Schließlich ertönt ein hohles, klickendes Geräusch. Die Kammer ist leer.

Ich schiebe die Pistole zurück in die Tasche, falls wir sie später brauchen, wenn wir mehr Munition haben, und ziehe am Gurt, sodass die Tasche wieder eng an meinem Rücken anliegt. Dann renne ich um das Gelände herum zu der Kiefer, die ich vorhin ausgesucht habe.

Das Tor steht offen, aber die Wärter stürmen hindurch, und ich weiß, ohne hinsehen zu müssen, dass zumindest ein paar von ihnen zurückbleiben, um Wache zu halten. Der Versuch, auf diesem Weg hineinzugelangen, würde mich direkt in ihre Mitte führen.

Doch während alle mit dem Chaos beschäftigt sind, das ich auf der Ostseite des Geländes angerichtet habe, behält niemand die südwestliche Ecke im Auge.

Als der Baum vor mir in Sicht kommt, sprinte ich

geradewegs darauf zu, lasse meine Krallen aus den Fingerspitzen schießen und springe auf den Stamm.

Ich schlinge meine Arme mehrere Meter über dem Boden darum und grabe meine Krallen in die Ringe, um besseren Halt zu haben. Mithilfe meiner Knie klettere ich nach oben, bis ich die Äste erreiche und mich von ihnen abstoße, um schneller voranzukommen.

Je mehr ich mich dem Wipfel nähere, desto mehr schwankt der sich verjüngende Baumstamm unter meinem Gewicht. Ich schwinge mich darum herum, vergewissere mich kurz, wie weit ich vom Zaun entfernt bin, und springe ab.

Mein Zopf peitscht hinter mir durch die Luft, und ich strecke meinen Rücken durch und spreize die Beine, um mich in die perfekte Landeposition zu bringen.

Ich fliege über den Stacheldraht und die Stromkabel hinweg und lande mit einem sanften Aufprall im Gras weit hinter der oberirdischen Struktur.

Ich rolle mich ab, wodurch der Aufprall ein wenig abgefedert wird. Einen Augenblick später bin ich wieder auf den Beinen und renne auf das Gebäude zu.

Als ich mich der Betonmauer nähere, werde ich langsamer und schleiche weiter. Ich halte mich dicht am Gebäude, husche an der Mauer entlang und spähe um die Ecke zu dem einsamen Eingang und dem dahinter liegenden Tor.

Wie ich erwartet hatte, sind zwei Wärter auf beiden Seiten des Tors postiert, das nun geschlossen ist, während verschiedene andere gepanzerte Gestalten jenseits des Zauns in der Nähe des wachsenden Feuers herumeilen. Wie ich gehofft hatte, richten selbst die beiden am Tor ihre Aufmerksamkeit eher auf den Wald als auf das Gebäude hinter ihnen.

Sie denken, die Bedrohung wäre noch da draußen. Idioten.

Die Tür zum Gebäude steht halb offen, und eine Aufseherin steht mit ihrem typischen Helm und der Weste da, als warte sie darauf, dass ihre Hilfe benötigt wird. Ich muss an ihr vorbei. Und zwar schnell genug, um sie zum Schweigen zu bringen, bevor sie jemanden warnen kann.

Sie und alle anderen, die hinter ihr im Flur sein könnten.

Meine Muskeln spannen sich an, und mein Kiefer verkrampft sich. Ich habe keine Zeit, sie einfach k.o. zu schlagen und zu fesseln, wie ich es bei unserer ersten Flucht getan habe.

Sie ist kein Mensch, sondern ein Hindernis zwischen mir und den Männern, die ich retten muss.

Sie ist eine der Personen, die *uns* wie Objekte behandelt haben. Die uns getestet und gequält haben, solange wir denken können. Warum sollte ich in ihr mehr als nur ein Objekt sehen?

Ich warte, bis sie sich von mir wegdreht und horche auf die anhaltenden Rufe von diesem Ende des Geländes. Dann stürze ich mich auf sie.

Wir stürzen beide in den Flur, und die Tür knallt hinter uns zu. Mit einer krallenbewehrten Hand bringe ich ihren Schrei zum Schweigen, den sie im Begriff ist, auszustoßen, mit der anderen schneide ich ihr die Kehle durch.

Blut spritzt durch die Luft, und ihr Körper wird schlaff.

Keiner eilt ihr zu Hilfe. Ich öffne die erstbeste Tür, schiebe die Leiche in etwas, das wie ein Geräteschrank aussieht, und drehe sie dabei so, dass ihre Hose das meiste Blut auf dem Boden aufsaugt.

Ich will keinen Hinweis hinterlassen, der den Verdacht vorbeikommender Wärter erregen könnte.

Jetzt bin ich allein auf dem Flur. Ein Alarm schrillt und Warnlichter blinken rot an der Deckenkante.

Ich darf mich von dem Lärm nicht aus der Ruhe bringen lassen. Der Kontrollraum muss hier irgendwo sein, höchstwahrscheinlich auf dieser Etage. Vermutlich so weit wie möglich von den Arrestzellen und den Schulungsräumen entfernt, oder?

So leise wie möglich schleiche ich den kurzen Flur entlang. Eine Tür öffnet sich zu einem Besprechungsraum mit einem Tisch und Stühlen im Stil eines Sitzungssaals.

Die nächste Tür ist mein Jackpot.

Mehrere Monitore ragen über den Konsolen auf, die in dem quadratischen Raum verteilt sind. Auf mehreren der Bildschirme blinken Warnmeldungen auf.

Zu meiner Überraschung ist der Raum leer. Habe ich die Wärter wirklich so sehr in Panik versetzt, dass sie niemanden zurückgelassen haben, um die Anlage von innen zu überwachen?

Ich schnappe mir einen der Stühle und klemme ihn unter die Türklinke, um ungebetene Gäste auszusperren. Mein Blick schweift über die Kontrollen.

Da – die Systeme für die Außenanlagen. Für eine schnelle Flucht, wäre es gut, wenn das Tor offen bliebe und der Zaun nicht unter Strom stünde, falls wir darüber klettern müssen.

Doch das mit dem Tor kann warten, bis ich die Jungs bei mir habe, um die Wärter draußen nicht zu warnen. Doch ich tippe auf den Bildschirm, um den Stromfluss durch die Kabel abzuschalten.

Der Befehl erfordert keine Bestätigung. Liegt das daran, dass jemand mit Sicherheitszugang die Kontrollen vor kurzem so oft benutzt hat, dass das System nicht mehr danach fragt, oder ist das nur bei den Arrestzellen erforderlich?

Um das herauszufinden, werde ich es versuchen müssen.

Ich habe damit gerechnet, dass hier jemand arbeitet, den ich benutzen kann.

Doch wenn ich einen Fingerabdruck brauche, kann ich immer noch diese Frau aus dem Lagerraum holen – oder zumindest ihre Hand. Hoffentlich hat sie eine Freigabeberechtigung.

Ich eile um die vielen Konsolen herum und bleibe stehen.

Das ist der Monitor mit den Arrestzellen. Alles sieht genauso aus wie vor vier Jahren. Außer dass vier dieser Zellen bereits gelb leuchten und blinken.

Schloss entriegelt.

Unter den Nummern jeder Zelle befindet sich ein Schild, auf dem jeweils fünf Buchstaben stehen. JACOB. ZIAN-. ANDRE. DOMIN.

Meine Jungs. Sie sind schon draußen.

Wie … Ist *deswegen* niemand im Kontrollraum? Haben die Wärter gemerkt, dass ich hinter dem Chaos da draußen stecke und die Jungs an einen sichereren Ort gebracht?

Wo sind sie jetzt?

Ich suche die Bildschirme nach Hinweisen ab, die mir den Weg weisen könnten. Mein Blick bleibt an einer Anzeige in der Ecke hängen, die wie eine Blaupause aussieht und auf der kleine leuchtende Punkte zu sehen sind. Ein paar von ihnen bewegen sich.

Der Türknauf klappert. Bevor ich mehr tun kann, als mich zu drehen, prallt etwas mit einer solchen Wucht gegen die Tür, dass der Stuhl durch die Luft fliegt und die Türangeln zerspringen.

Die Tür knallt auf den Boden, und eine große, bullige Gestalt stürmt herein, bleibt stehen und starrt mich an.

Es dauert eine Sekunde, bis ich ihn erkenne, denn in den vier Jahren ist aus dem spindeldürren Teenager, der noch einen Hauch von Weichheit in seinen Zügen hatte, ein abgebrühter, muskelbepackter Mann geworden. Doch diese gebräunte Pfirsichhaut, die schrägen Wangenknochen und die dunkelbraunen Augen, die mich jetzt anstarren – all das ist mein Zian, so vertraut und noch atemberaubender als in meiner Erinnerung.

Er raubt mir den Atem, und mein Herz klopft schneller.

Meine Stimme ist ein heiseres Flüstern. „Zee?"

Zian sieht erschrocken und verwirrt aus, aber auch fast … verärgert? Nichts in seinem Gesicht spiegelt die Welle der Erleichterung wider, die ich in dem Moment verspürte, als mir klar wurde, dass ich bereits einen der Kerle gefunden hatte, nach denen ich suchte.

Bevor ich etwas dazu sagen kann, platzen hinter ihm zwei weitere bekannte, gut aussehende Männer in den Raum.

„Worauf wartet ihr?", fragt einer von ihnen, und mein Herz macht einen Sprung, als ich Andreas' vertrauten übermütigen Tonfall höre, auch wenn seine Stimme im Moment eher schroff klingt.

Auch er bleibt ruckartig stehen, seine dichten Locken schwingen an seinen Schläfen. Der andere Mann neben ihm erstarrt völlig, als wären die scharfen Winkel seines Gesichts und sein hellblondes Haar aus Marmor gemeißelt.

Jacob. Es ist das erste Mal, dass ich ihn sehe, seit Griffin gestorben ist, und das Echo seines Zwillingsbruders schimmert so deutlich in seinem Gesicht, dass ich nicht anders kann, als zusammenzuzucken. Er sieht mich eindringlich an und hebt die Fäuste.

Dann stellt sich Andreas vor die beiden anderen, sein Blick ist ein wenig wild und sein Tonfall drängend. „Zee, schnapp sie dir und bring sie her. Jake, komm schon, wir brauchen das Tor."

Jacob nickt und wendet seine Aufmerksamkeit von mir ab. Andreas und er springen zu den Kontrollen, während Zian sich auf mich stürzt.

Meine Gedanken sind zu vernebelt von einer Mischung aus Freude und Verwirrung, als dass ich ihm ausweichen könnte.

Warum sollte ich ihm ausweichen müssen? Wir sind vom gleichen Blut.

Er reißt mich von den Füßen, als würde ich nichts wiegen, und wirft mich über seine breite Schulter, wobei er einen kräftigen Arm fest um meine Taille legt. Die Hitze seines Körpers strahlt über meine Haut, und sein moschusartiger Geruch steigt mir in die Nase und jagt nicht nur Adrenalin, sondern auch ein Kribbeln durch meine Adern.

Ich möchte ihn umarmen und vor Erleichterung schluchzen, dass ich sie gefunden habe, doch gleichzeitig ergeben ihre Reaktionen keinen Sinn.

Warum haben sie mich so angeschaut? Warum hat keiner von ihnen ein Wort zu mir gesagt?

Doch letztendlich weiß ich nicht, was sie durchgemacht haben, um diesen Fluchtversuch zu unternehmen. Und wir müssen so schnell wie möglich von hier weg.

Ich drücke mich an Zians massiven Körper, um mich so leicht wie möglich zu machen.

„Ich habe …", beginne ich zu sagen und will ihnen eine meiner Waffen anbieten, doch ich werde von Andreas' triumphierendem Schrei unterbrochen.

„Nichts wie raus hier!"

Alle drei stürmen ohne ein weiteres Wort aus dem Zimmer. Der Letzte meiner vier Freunde und derjenige, um den ich mir bereits Sorgen gemacht habe, hat im Flur gewartet und starrt uns an.

„Was …?", fragt Dominic, doch Jacob unterbricht ihn mit einer Handbewegung. Er deutet auf die Tür.

Daraufhin wird nichts mehr gesagt. Die vier Männer stürmen mit mir im Schlepptau in die Nacht hinaus.

Ich würde ja darauf bestehen, heruntergelassen zu werden, doch ich bin mir nicht sicher, ob ich schneller laufen kann als Zian. Vor allem, da ich in den letzten vier Jahren nicht für lange Strecken trainiert habe. Meine Jungs scheinen einen Plan zu haben, und wenn ich mich aufrege, könnte ich alles durcheinanderbringen.

Als wir über das Feld und durch das Tor rennen und Jacob die beiden Wärter dort mit einem Stoß seiner unsichtbaren Kraft in die Bäume schleudert, dreht sich mir der Magen um.

Schreie schallen durch die Nacht, und die Jungs stürmen in den Schutz des Waldes.

Zian hat mich so fest im Griff, dass ich blaue Flecken bekomme. Sein Duft durchflutet meine Lunge, doch er kann mein Unbehagen nicht vertreiben.

Ich wippe im Rhythmus seiner Schritte auf und ab, während ich seinen breiten Rücken und sein marineblaues T-Shirt betrachte. Ich versuche es erneut. „Zee?"

Er antwortet nicht. Er gibt nicht den geringsten Hinweis darauf, dass er mich überhaupt gehört hat.

Ich verstehe das nicht.

Ich weiß nicht, wie ich mir unser Wiedersehen vorgestellt habe, aber definitiv nicht so. Und ich werde das Gefühl nicht los, dass ich etwas übersehen habe.

FÜNF

Riva

Zweige und totes Laub knistern unter den stampfenden Füßen der Jungs. Ich kann nicht viel sehen, nur den dunklen Boden, der unter mir vorbeifliegt.

Als ich versuche, meinen Kopf zu heben, pralle ich noch stärker gegen Zians Schulter. Dafür erhasche ich einen Blick auf Taschenlampen, die durch die Bäume hinter uns leuchten. Die Wärter jagen uns und rufen sich gegenseitig etwas zu, während sie uns folgen.

Es war eine gute Idee von den Jungs, in den Wald zu laufen. Wir alle sind darin geübt, uns schnell über unebenes Gelände zu bewegen, sie wahrscheinlich noch viel mehr als ich. In den Bäumen können uns die Wärter mit ihren Fahrzeugen nicht überholen, und die Stämme schützen uns vor den Kugeln, solange unsere Verfolger nicht näher kommen.

Doch wo sollen wir jetzt hin?

Ich war so im Adrenalinrausch und darauf konzentriert, die Jungs aus der Einrichtung zu holen, dass ich nicht wirklich darüber nachgedacht habe, wie es weitergehen soll, nachdem ich mein ursprüngliches Ziel erreicht habe. Ich weiß nur, dass ich uns von unseren Entführern wegbringen will. Irgendwohin, wo sie uns nie wieder finden werden.

Das bedeutet, dass wir mehr Abstand zwischen sie und uns bringen müssen, als zu Fuß möglich ist.

Zian rennt unaufhaltsam weiter, sein Atem geht schnell, aber gleichmäßig mit dem Auf und Ab seiner Brust gegen meine Oberschenkel. Er hält sich zurück, um die anderen drei nicht zu überholen.

In der Dunkelheit kann ich nur Bruchstücke ihrer Gestalten ausmachen, aber zumindest einer der anderen keucht jetzt.

Ich beiße mir auf die Lippe, um nicht zu fragen, was sie als Nächstes vorhaben. Je ruhiger wir sind, desto größer ist die Chance, dass die Wärter uns in der kurzen Nacht, die uns noch bleibt, aus den Augen verlieren.

Zwei der anderen unterhalten sich murmelnd, und Zian biegt mit ihnen nach rechts ab, ohne selbst einen Kommentar abzugeben. Er springt geradewegs über einen Baumstamm, als wäre er nichts weiter als ein Zweig.

Ich konzentriere mich darauf, mein Gewicht auf ihm auszubalancieren, solange ich es aushalte, meine Gedanken auszuschalten. Schließlich kann ich jedoch nicht anders, als den Kopf zu heben und einen weiteren Blick hinter uns zu werfen.

Was ich sehe, lässt mir den Atem stocken. Ein schwaches Leuchten trübt den Himmel jenseits der Baumkronen und die Äste heben sich von dem mittlerweile dunkelblauen Firmament ab.

Es dämmert, und bald wird es noch heller werden.

Unter den Baumwipfeln ist der Wald noch dunkel wie die Nacht. Die Jungs scheinen die aufkommende Dämmerung ebenfalls zu bemerken, denn sie drängen alle ein wenig schneller vorwärts.

Von unseren Jägern ist nichts mehr zu hören, doch in der Ferne ist noch der Schein ihrer Taschenlampen zu sehen. Sie haben sich beruhigt und konzentrieren sich auf die Verfolgung.

Wenn wir anhalten, würden sie uns in wenigen Minuten einholen.

Plötzlich brechen wir aus den Bäumen hervor und laufen auf ein freies Stück Feld. Ein scharfer, kühler Wind peitscht über mich hinweg.

Als die Jungs weiter nach rechts laufen, klopft mein Herz schneller, weil ich das Gefühl habe, unseren Verfolgern außerhalb der Bäume ausgeliefert zu sein. Erst nach ein paar Sekunden verstehe ich, warum sie den Schutz des Waldes verlassen haben.

Wir laufen jetzt am Rande einer niedrigen Klippe entlang, die sich über einer vierspurigen Autobahn erhebt. Ein paar Autos rasen vorbei, doch die Straße ist zu dieser frühen Stunde weitgehend leer. Scheinwerfer erhellen die dunkle Landschaft.

Einer der Männer atmet zischend durch die Zähne ein, ein anderer stößt einen wortlosen Laut der Ermutigung aus.

Sie sind jetzt alle vor Zian, sodass ich sie nicht sehen kann, doch auf einmal beschleunigt er sein Tempo, atmet er tief ein und springt in die Luft.

Ein erschrockenes Keuchen entweicht meinen Lippen. Er drückt mich fest an seine Brust, während wir in die Tiefe stürzen, und als wir mit einem Aufprall auf dem Boden landen, pralle ich gegen ihn, abgefedert durch seine Muskeln.

Trotzdem ist der Aufprall hart genug, dass mir die Luft aus der Lunge weicht. Sein Griff lockert sich, und ich winde mich aus seinen Armen, um unsere Umgebung in Augenschein zu nehmen.

Wir sind auf der Ladefläche eines Umzugswagens gelandet, der mit etwa achtzig Kilometern pro Stunde über die Schnellstraße braust. Die anderen Jungs sind um uns herum aufgesprungen, Andreas schwankt ein wenig, als er sich aufrichtet.

Dominic hebt die Plane über den Baumstämmen auf der Ladefläche an und bedeutet uns, darunter in Deckung zu gehen. Rasch krieche ich darunter, damit die Wärter uns nicht sehen, falls sie die Klippe erreichen, bevor der LKW außer Sichtweite ist.

Kaum sind wir in unserem provisorischen Zelt, drehe ich mich zu den Jungs um. Mein Blick begegnet dem von Jacob.

Sein hübsches Gesicht verhärtet sich, und Kälte blitzt in seinen Augen auf. Dann stürzt er sich ohne Vorwarnung auf mich.

Die Bewegung meines lang verlorenen Freundes kommt so plötzlich und unerwartet, dass meine Reflexe aussetzen und meine Muskeln nur zucken, bevor er mich auf den Boden schleudert. Meine Arme schießen instinktiv nach oben, doch er umklammert bereits meine Kehle und drückt so fest zu, dass mir der Schmerz den Atem raubt.

Jacob funkelt mich an. Sein Blick ist eisig und hasserfüllt. Ich erschaudere und versuche, ihn wegzuschieben.

Unter normalen Umständen könnte ich ihn leicht überwältigen. Doch ich war die ganze Nacht auf der Flucht, und er wiegt fast doppelt so viel wie ich.

Ich wehre mich mit Händen und Füßen gegen den unsichtbaren Griff seiner telekinetischen Kraft und bin nach wie vor zu verwirrt, um mich aus seinem Griff zu befreien.

Was zum Teufel ist hier los? Warum sollte Jake mir etwas *antun* wollen?

„Wir haben also unsere Freiheit bekommen und du

auch", sagt er mit flacher Stimme. „Es ist unser Glückstag. Und jetzt darf ich …"

„Jake!", schnauzt Andreas. Sein scharfer Tonfall ist so ungewohnt für den sonst so gelassenen Kerl, dass Jacob den Kopf dreht. „Lass sie in Ruhe. Wir *brauchen* sie. Bestimmt weiß sie etwas."

Wovon redet er? Als ich mich noch heftiger gegen Jacobs Griff wehre, durchbohrt ein Schmerz meine Lunge, und meine Sicht trübt sich.

Trotz seines Würgegriffs weckt der Druck seines muskelbepackten Körpers alte Sehnsüchte, gemischt mit Schrecken.

Ich wollte ihm zwar nahe sein, aber nicht so. Nicht so wie jetzt.

„Drey hat recht." Ich erkenne Dominics ruhige, gleichmäßige Stimme, obwohl er nicht zu sehen ist.

Jacob flucht, und Spucke trifft meine Wangen. Dann stößt er sich so schnell von mir ab, wie er sich auf mich gestürzt hat, als könne er es nicht ertragen, mich auch nur eine Sekunde länger zu berühren.

Seine Züge waren schon immer markant, doch jetzt könnten sie beinahe aus Marmor gemeißelt sein. Er streckt eine Hand nach Zian aus.

„Bleib bei ihr. Pass auf, dass sie nicht wegläuft."

Ich starre erst ihn und dann die anderen Jungs an, während Zian sich über mich stellt und den höchsten Punkt unseres behelfsmäßigen Zeltes hochhält. Eine seltsame Energie knistert in der Luft zwischen uns. Sie erstickt mich sogar jetzt, da meine Atemwege offen sind.

Ich bin umgeben von den Jungs, die ich seit über vier Jahren unbedingt retten wollte, und wir sitzen alle nur eine Armlänge voneinander entfernt auf engstem Raum zusammen. Ihre Gegenwart jagt mir einen Schauer über den Rücken, während ich mich mit meiner Verwirrung auseinandersetze.

Als ich zu sprechen versuche, ist meine Kehle wie zugeschnürt. Ich schlucke und huste und schlucke wieder. Schließlich stoße ich mit heiserer Stimme hervor: „Warum sollte ich weglaufen? Ich bin *euretwegen* gekommen. Natürlich dachte ich, wir würden zusammenbleiben. So sollte es doch immer ...“

Jacob kommt auf mich zu, als wolle er mich doch noch erwürgen. *„Halt die Klappe.“*

Wie kann er derselbe Kerl sein, der mich einst so breit angrinste, als wir unsere Siegertaktik für eine Partie Fangen planten? Der mir mit bewundernder Miene beim Sparring zusah und mich „Wildkatze“ nannte, wenn ich siegte?

Haben die Aufseher den Jungs etwas angetan, was ich nicht verstehen kann?

Meine Augen brennen vor Fassungslosigkeit, und ich beiße die Zähne zusammen. In Tränen auszubrechen, bringt mich nicht weiter.

Ich muss ruhig und konzentriert bleiben. Wir werden das durchstehen.

Wir *müssen* das durchstehen.

Die Jungs beobachten meine Reaktionen. Andreas fährt sich mit den Fingern durch seine dichten Locken. Sein kupferbrauner Teint ist fahl, und ich glaube nicht, dass es nur an der Dunkelheit unter der Plane liegt.

„Wir wissen es, Riva“, sagt er. „Dachtest du wirklich, sie würden es uns nicht sagen? Dass wir einfach annehmen würden, du wärst tot oder so?“

Offen gestanden hatte ich keine Ahnung, was die Jungs über mich wussten, doch egal, was sie glaubten, ich erwartete, dass sie genauso froh sein würden, mich zu sehen, wie ich darüber, zu ihnen zurückzukehren.

Ich blicke zu ihm auf und schaue in seine dunkelgrauen Augen, in denen früher immer Belustigung oder freundliche

Wärme glänzte. „Ich weiß nicht, was du meinst. Die Wärter haben mich mitgenommen, nachdem … Ich nehme an, sie dachten, es wäre weniger wahrscheinlich, dass wir einen weiteren Fluchtversuch unternehmen, wenn wir getrennt sind.“

Die Frau war ein Fehler.

Jacob stößt ein Schnauben aus, das fast einem Knurren gleicht.

Dominic kommt näher. Er muss sich bücken, denn obwohl er der kleinste der Jungs ist, ist die Plastikplane nur wenige Zentimeter über seinem Kopf. Sein dunkles Haar hängt locker aus seinem üblichen Pferdeschwanz, aber der Blick in seinen hellgrün-haselnussbraunen Augen ist genauso nachdenklich wie immer.

„Es hat keinen Sinn zu lügen“, sagt er mit derselben sanften, gemessenen Stimme wie zuvor und schwankt ein wenig, als der LKW ruckelt. „Wir haben von dem Abkommen gehört. Und von allem anderen.“

Ich balle die Hände zu Fäusten, während ich versuche, meine Frustration zu unterdrücken. „Das klingt für mich, als hätten die *Wärter* gelogen. Welches Abkommen? Und was ist ‚alles andere‘? Ich habe euch gerade aus diesem Foltergebäude befreit …“

Jacob schnaubt und kann sich seine bissigen Bemerkungen nicht länger verkneifen. „*Du?* Als wir dich gefunden haben, warst du im Kontrollraum und hast wahrscheinlich versucht, herauszufinden, wie man das Gebäude abriegelt, damit wir nicht fliehen können.“

„Warum sollte ich … Ich bin hineingegangen, um euch da herauszuholen. Ich hatte keine Ahnung, dass ihr es schon geschafft habt.“

„Du hast die Tür verbarrikadiert“, wirft Zian knurrend ein. „Es schien eher so, als wolltest du dich selbst retten.“

„Ja, vor den Wärtern.“ Ich mache eine vage Geste. „Ich

habe schon einen erledigt, als ich in das Gebäude kam. Ich wusste nicht, wie viele noch drinnen waren und sich einmischen würden."

Andreas legt den Kopf schief. „Ich kann mich nicht daran erinnern, eine Leiche gesehen zu haben, als wir gegangen sind."

„Ich habe sie in einen Schrank gesteckt, um keinen Verdacht zu erregen!"

„Also gibt es keine Beweise. Wie praktisch", spottet Jacob.

Warum wollen sie mich nicht verstehen?

Ich bemühe mich, meine Stimme ruhig klingen zu lassen. Der Kloß in meiner Kehle schmerzt mehr als der Schmerz, den Jacob mir mit seinem Angriff zugefügt hat. „Was glaubt ihr, warum die Wächter überhaupt aus der Einrichtung gestürmt sind? Was glaubt ihr, wie ihr die Gelegenheit bekommen habt, aus euren Zellen auszubrechen? Warum zur Hölle sollte ich etwas *anderes* tun, als zu versuchen, euch zu helfen?"

Seid ihr alle verdammt noch mal verrückt geworden?, hätte ich am liebsten hinzugefügt.

Was haben die Wärter mit ihnen gemacht? Wie haben sie die Jungs, die ich liebte, so furchtbar verändert, dass sie mich nicht einmal mehr richtig *kennen*?

Jacob funkelt mich an, und sein Blick ist so voller Abscheu, dass er mich bis ins Mark trifft. „Ich weiß nicht, welche Feinde sich diese Arschlöcher gemacht haben, die sich heute Nacht mit ihnen anlegen wollten. Ich *weiß nur*, dass du mit den Arschlöchern um eine bessere Behandlung gefeilscht und meinen Bruder als verdammtes Blutopfer ausgeliefert, bevor du abgehauen bist, um deine bequemen neuen Privilegien irgendwo zu genießen, wo du uns nie wieder sehen musst."

Ich schüttle den Kopf, bevor ich die Bewegung

überhaupt bewusst wahrnehme. Das können sie doch nicht wirklich denken!

„So etwas würde ich nie tun. Wie könnt ihr nur glauben … Sie haben uns erwischt. Direkt vor der Einrichtung, als wir auf euch gewartet haben. Wir haben uns an unseren Plan gehalten, doch sie haben wohl etwas geahnt und waren vorbereitet …"

„Warum erzählst du uns nicht, was genau deiner Meinung nach in jener Nacht geschehen ist?", fragt Andreas, immer noch ungewöhnlich kurz angebunden.

Ich atme tief ein. Können wir das jetzt endlich klären?

„Griffin hat seine Fähigkeit eingesetzt, um einen der Wärter dazu zu bringen, erst seine und dann meine Tür zu öffnen, so wie wir es besprochen hatten. Ich habe den Kerl k.o. geschlagen, aber er hatte keine Schlüsselkarten für die anderen Stockwerke. Also gingen wir hoch zum Kontrollraum, um eure Zellen zu öffnen."

Zian nickt langsam. „Sie haben sich geöffnet."

Jacob wirft den anderen einen Blick zu, bevor er wieder mich ansieht. „Und dann?"

„Dann sind wir losgezogen, um sicherzugehen, dass die Luft auf dem Vorplatz rein ist. Zuerst dachten wir, sie wäre es. Griffin konnte niemanden in der Nähe spüren, und auch ich habe niemanden gesehen oder gehört. Ein Scharfschütze muss ihn erschossen haben."

Ein Kloß im Hals hindert mich für eine Sekunde am Sprechen, bevor ich mich wieder fange. „Und dann stürmte ein Haufen Wärter auf uns zu, die auf mich schossen und mich mit Tasern betäubten, sodass ich mich nicht bewegen konnte …"

Eine meiner Hände hebt sich instinktiv zu meiner Schulter, doch bevor ich noch etwas sage, ist mir klar, dass sie meine Narbe nicht überzeugend finden werden. Nicht, wenn sie alles andere anzweifeln, was ich gesagt habe.

Die Wärter haben mich gut zusammengeflickt, bevor sie mich dem Chef der Arena als Handelsware übergeben haben. Das Überbleibsel der Schusswunde sieht eher wie ein oberflächlicher Stich aus und nicht wie ein Schuss.

„Das ist alles, was passiert ist?", fragt Dominic.

Kurz überlege ich, ob ich ihnen von dem Kuss erzählen soll. Diese schwindelerregende, glorreiche, *dumme* Tat, die uns womöglich alles gekostet hat. Jeder Nerv in meinem Körper sträubt sich dagegen, diesen einen Faktor meiner Unachtsamkeit zuzugeben.

Es macht keinen Unterschied … außer, dass es mich erbärmlich aussehen lässt.

„Das ist alles", sage ich. „Offensichtlich war ich nicht wachsam genug. Ihr habt keine Ahnung, wie sehr ich mir wünsche, ich hätte die Bedrohung rechtzeitig bemerkt …"

Jacob verschränkt die Arme vor der Brust. „Wo warst du überhaupt die letzten vier Jahre?"

Ich bemühe mich, meinen verkrampften Kiefer zu entspannen. „Die Wärter haben mich an einen Verbrecherboss verkauft, der im Untergrund Käfigkämpfe veranstaltete. Ich wurde seine beste Kämpferin. Sie drohten damit, mich umzubringen, wenn ich nicht kämpfte. Und wenn ich gestorben wäre, hätte ich nicht mehr zu euch zurückkommen können. Ich stand unter strenger Bewachung. Abgesehen von den wöchentlichen Kämpfen verließ ich nie mein Zimmer."

Jacob stößt ein schallendes Lachen aus. „Was für eine rührselige Mitleidsnummer. Und wie schön, dass du das alles *unseretwegen* getan hast. Wie lange hast du gebraucht, um dir dieses Drehbuch auszudenken? Was für ein absoluter Schwachsinn!"

Ich bemühe mich, nicht zusammenzuzucken. „Das ist kein Schwachsinn. So war es."

Zwischen den Jungs herrscht eine Zeit lang betretenes

Schweigen. Ich kann nicht sagen, ob einer von ihnen überhaupt in Betracht zieht, dass ich die Wahrheit sagen könnte.

Was auch immer die Wärter ihnen für eine Geschichte ins Hirn geprügelt haben, sie scheinen sehr überzeugend gewesen zu sein. Aber trotzdem.

Sie waren meine Jungs. Wir waren alles, was wir hatten. Wir steckten bis zum Ende zusammen da drin.

Wir sind vom gleichen Blut.

Sie sollten wissen, dass ich mich nie gegen sie gewendet hätte.

Zian blickt zu Andreas, der die flatternde Plane festhält, während der LKW um eine Kurve biegt. „Kannst du ihre Erinnerungen überprüfen? Dann wüssten wir, was wirklich passiert ist."

Andreas verzieht das Gesicht. „Das könnte eine Weile dauern. Meine Fähigkeit ist nicht besonders zuverlässig, besonders, wenn ich nicht viel habe, um die Suche einzugrenzen."

Er hebt sein Kinn zu mir. „Hast du den Namen von jemandem, der bei diesem Käfigkampf dabei war. Von diesem Gangsterboss und seinen Schlägern, die dich zum Kämpfen gezwungen haben?"

Ich zucke innerlich zusammen. „Nein. Sie haben kaum mit mir geredet, und ich hatte keine Gelegenheit, etwas mitzuhören."

Jacob verlagert sein Gewicht, als die Ladefläche ruckelt. „Auch wieder praktisch, meinst du nicht?"

„Nicht wirklich", erwidere ich. „Denn ich würde dir gern beweisen, dass ich kein mordender Verräter bin."

Andreas' Lippen waren immer noch verzogen. Er verschränkt seine schlanken Hände vor seinem Körper. „Ich werde es versuchen. Vielleicht finde ich ja etwas."

Ohne mich um Erlaubnis zu bitten, starrt er mich einfach nur an.

Früher wäre Andreas nie ohne mein Einverständnis in meinen Kopf eingedrungen. Doch als ich aufschaue, flackert das rötliche Glühen seiner Kraft bereits in seinen Augen, als würde das Eindringen in meinen Kopf erfordern, dass ein Teil von ihm brennt.

Auch wenn ich ihn nicht in meinem Schädel spüren kann, juckt meine Haut bei dem Wissen, dass er sich durch die Fragmente von Bildern und Gesprächen wühlt. Doch wenn das bedeutet, dass er die Wahrheit über diese Nacht aufdeckt, dann ist es das wert.

Wir harren schweigend aus, während der Lastwagen noch ein paar Mal ruckelt und das Tageslicht durch die Plane dringt. Schweißperlen bedecken Andreas' Stirn. Seine Augen flackern, und er lenkt seine Aufmerksamkeit von mir ab, indem er mit dem Ärmel über seinen Haaransatz streicht.

„Ich habe nichts Eindeutiges gefunden", teilt er den anderen Jungs mit rauer Stimme mit. „Ich habe einen Blick auf einen Käfigkampf erhascht, aber ich kann nicht sagen, wie oft das stattgefunden oder ob sie freiwillig mitgemacht hat."

„Dann bleiben wir bei dem, was wir wissen." Jacob blickt finster auf mich herab. „Und wir wissen, dass diese Schlampe eine manipulative Intrigantin ist, die uns in den Rücken fällt, sobald sich ihr eine Gelegenheit bietet. Also warum zum Teufel lässt du mich nicht zu Ende bringen, was ich angefangen habe?"

„Jake", beginnt Zian und scheint nicht zu wissen, wie er fortfahren soll.

Andreas meldet sich wieder zu Wort. Er klingt müde, aber bestimmt. „Die Welt ist in einem bedauernswerten Zustand, wenn *ich* hier die Stimme der Vernunft bin, doch wie ich schon sagte, wir brauchen sie. Wenn sie mit den

Wärtern zusammengearbeitet hat, muss sie etwas über deren Pläne wissen und darüber, wie sie vorgehen werden.“

Dominic neigt langsam den Kopf. „Vielleicht weiß sie, wie die Wärter vorhaben, uns aufzuspüren, und wir können dieses Wissen nutzen, um ihnen besser auszuweichen.“

„Ganz genau. Und wer weiß, was sie gesehen oder gehört hat, das uns in der nächsten Phase helfen könnte?“

„Welche nächste Phase?“, frage ich. „Und ich weiß nichts darüber, was die Wärter tun, denn ich war seit vier Jahren nicht mehr in der Einrichtung und habe bis gestern Abend keinen von ihnen gesehen.“

Die Jungs ignorieren mich. „Dann halten wir sie fest, bis wir herausgefunden haben, was wir aus ihr herausholen können“, schlägt Zian vor.

Ich möchte glauben, dass ein leichtes Zögern in seiner Stimme liegt, doch im Moment bin ich nicht überzeugt, dass das mehr als Wunschdenken ist.

Jacob schürzt die Lippen, als ob ihn der Gedanke, mich hierzubehalten, anwidert. Schließlich seufzt er jedoch. „Na schön. Sie wird ohnehin bekommen, was sie verdient, so oder so.“

Er dreht sich auf dem Absatz um und schlendert zum Rand der Plane. Als er sie anhebt, blickt er auf die heller werdende Landschaft jenseits des Lastwagens.

„Der Verkehr nimmt langsam zu“, sagt er. „Bestimmt vermuten die Wärter inzwischen, dass wir in einem Fahrzeug sind, das auf diesem Highway in die eine oder andere Richtung fährt. Wir sollten aussteigen, solange wir noch unbemerkt von hier wegkönnen, und das Gespräch weit weg von hier fortsetzen.“

Sechs

Zian

Weniger als eine Minute, nachdem wir vom LKW gesprungen sind und durch ein lichteres Waldstück stapfen, schaut Jacob zu Riva hinüber und hält ihr seine Hand hin. „Lass mal sehen, was du in deiner Tasche hast."

Rivas Hand verkrampft sich für einen Moment um den Riemen, bevor sie ihn über ihren Kopf zieht und ihm die Tasche reicht. „Nur ein paar Dinge, von denen ich dachte, sie könnten bei der Flucht helfen. Einiges davon habe ich tatsächlich benutzt. Wie du siehst, ist eine der Pistolen leer."

Es ist eine merkwürdige Tasche, um sie zu einem Kampf mitzunehmen, eine Art Lederhandtasche mit einem dekorativen Fransenrand an der Seite. Ihre Stimme ist genauso fest wie bei den anderen Fragen, die sie bisher beantwortet hat.

„Waffen", murmelt Jacob und wirft mir einen Blick zu.

Er hat mir bereits gesagt, dass ich in ihrer Nähe bleiben soll, ohne darauf hinzuweisen, dass ich der Einzige in unserer Gruppe bin, der es mit Riva in Sachen Kraft und Geschwindigkeit aufnehmen kann.

Wenn sie sich aus dem Staub macht, liegt es an mir, sie zu fangen. Bei dem Gedanken dreht sich mir der Magen um.

Wo war sie wirklich die ganze Zeit gewesen? Was hat sie gemacht, als ich sie im Kontrollraum gefunden habe?

Sie *benimmt* sich nicht wie eine Person, die entsetzt darüber ist, dass ihre engsten Freunde denken, dass sie sie verraten hat. Abgesehen von der Wut, die ich bei ihr gesehen habe, hat sie kaum eine Emotion gezeigt.

Wenn auch nur ein Teil ihrer Geschichte wahr ist … Wenn sie in den letzten vier Jahren wirklich durch die Hölle gegangen und in der Erwartung eines freudigen Wiedersehens zu uns gekommen ist … Sollte man ihr das nicht anmerken?

Ich denke an den Moment zurück, als ich sie im Kontrollraum sah. Ich war so überrascht, dass die Erinnerung verschwommen ist. Hat sich ihr Gesicht in dem Moment aufgehellt, als sie mich sah? Sie sah eher erfreut statt besorgt darüber aus, dass ich hereingekommen war, oder?

Doch selbst wenn das der Fall war, könnte sie das auch einfach nur gespielt haben, als sie merkte, dass sie erwischt wurde.

„Ein Haufen Pistolen und Messer, Brieftaschen, Schmuck …" Jacob fixiert Riva mit seinem Blick. „Hast du heute eine Bank ausgeraubt?"

Sie funkelt ihn an. „Ich habe ein paar Sachen mitgenommen, die mir nützlich erschienen, als ich von der Arena weglief."

„Ja, richtig." Er kramt tiefer und zieht einen gläsernen Parfümflakon heraus. „Und du dachtest, gut zu riechen würde uns bei der Flucht helfen?" Er wirft das Parfüm wieder in die Tasche und holt einen Ticketabriss heraus. „Genauso wie ein Konzertbesuch. Vielbeschäftigte Frau."

Rivas Kiefer zuckt, und ihre Stimme ist immer noch angespannt. „Ich habe mir nicht die Mühe gemacht, die Handtasche zu leeren, als ich sie genommen habe. Ich hatte es ziemlich eilig, was keine Überraschung sein sollte. Das Zeug gehört mir nicht."

„Äh, ja. Also für mich sieht es eher so aus, als kämst du gerade von einem ihrer blöden Einsätze zurück und hättest etwas Freizeit." Jacob wirft sich den Riemen der Tasche über die Schulter. „Zee, überprüfe sie und vergewissere dich, dass sie nicht mehr dabeihat, als in der Tasche ist."

Rivas Schultern spannen sich an, doch sie weicht nicht vor mir zurück, als ich auf sie zugehe. Das eng anliegende Tanktop und die Jogginghose bieten nicht wirklich Platz, um Waffen zu verstecken. Selbst ohne meine geschärfte Sicht kann ich erkennen, dass sie keine Pistole in ihrem Hosenbund oder ein Messer an ihrer Hüfte trägt.

Doch weil er gefragt hat und jede winzige Fehleinschätzung uns alle vernichten könnte, betrachte ich sie mit meinem durchdringenden Blick.

Ich lasse ihn über ihre Hüften und ihren Rücken gleiten und wende ihn schnell von ihrem kleinen, wohlgeformten Po ab. Ich hoffe, dass die anderen Jungs nicht bemerken, wie heiß meine Haut ist. Dann trete ich neben sie, um kurz ihre Vorderseite zu mustern, und überfliege ihre Brüste mit einer ähnlichen Geschwindigkeit.

Noch mehr Hitze sammelt sich in meinem Nacken und versengt meine Wangen. Als ich meine Sehkraft wieder normalisiere, sehe ich einen Moment lang einfach nur zu, wie sie neben mir herläuft.

Sie sieht der Riva, die ich kannte, so ähnlich. Dieselben zarten Gesichtszüge. Dasselbe seltsame Haar, das unten dunkelgrau und oben silbern und zu ihrem typischen Zopf zurückgebunden ist, der sich bereits etwas zu lösen beginnt.

Dieselbe schlanke Figur, von der man denkt, dass sie von einer Brise weggeweht werden könnte, während man in Wirklichkeit von Glück sagen kann, wenn man nicht von *ihr* in der Luft zerrissen wird.

Sie ist immer noch genauso hübsch – vielleicht sogar noch hübscher, weil ihr Gesicht erwachsener und markanter, und ihre Kurven runder geworden sind. Ich verspüre immer noch denselben Drang, sie in den Arm zu nehmen und sie an meinen deutlich breiteren Körper zu drücken.

Früher habe ich mir vorgestellt, sie auch anders zu halten, doch bei diesen Erinnerungen erstarrt mein Verstand.

Ich dachte, ich würde sie kennen. Ich dachte, die Zuneigung in ihren Augen wäre echt, ebenso wie ihr entschlossenes Engagement für uns alle.

Wie konnte das Mädchen, das ich damals kannte, sich so gegen uns stellen – ausgerechnet gegen *Griffin*?

Was für eine Frau ist sie jetzt?

Mein Temperament brodelt, doch ich halte meine Wut zurück. Ein Ausraster hilft keinem von uns.

Und wie ist es möglich, dass ich wütend bin und mich trotzdem zurückhalten muss, mit meinen Fingern über ihr Haar und ihre nackte Schulter zu streichen, als könnte ich mich auf diese Weise wieder mit ihr verbinden?

Als dürfte jemand wie ich *jemanden* auf diese Weise berühren.

Ich verdränge diese Bilder, und ein anderer Gedanke trifft mich wie ein Schlag ins Gesicht.

„Die GPS-Tracker!"

Die anderen bleiben ruckartig stehen, Riva als Letzte.

Jacob stößt einen Fluch aus und zeigt mit dem Finger auf sie. „Freust du dich nun, dass dein Ablenkungsversuch funktioniert hat, und wir sie vergessen haben?"

Riva blinzelt ihn an. „*Was* vergessen? Wovon redest du?“

„Wir haben keine Zeit für Diskussionen“, schaltet sich Andreas ein. „Wir müssen sie *sofort* herausholen.“

Dominic räuspert sich mit unbehaglicher Miene. „Vielleicht hat Riva auch einen.“

Das hat sie mit ziemlicher Sicherheit.

Ich stelle mich vor sie. „Mach den Mund auf.“

So ist es einfacher.

Sie legt die Stirn in Falten. „Was …“

„Die Wärter haben uns Peilsender in die Zähne gesteckt“, stoße ich hervor. Warum ist mir das nicht schon früher eingefallen? Schließlich habe ich sie gefunden. „Wir haben es herausgefunden, nachdem einige Dinge passiert sind. Wenn wir nicht den richtigen Zahn ziehen, wird sie der Peilsender direkt zu uns führen.“

Riva verzieht das Gesicht. Ist es der Gedanke an das Zahnziehen, der Entsetzen bei ihr auslöst, oder der Verlust eines gewissen Schutzes durch die Wärter, an die sie uns verraten hat?

Es spielt keine Rolle, solange wir das hier hinter uns bringen.

Ihre Lippen öffnen sich, und sie macht ihren Mund weit auf. Einer ihrer Vorderzähne ist abgebrochen, und ein anderer, weiter hinten, sieht aus, als würde ein Stück davon fehlen.

Anstatt darüber nachzudenken, durchdringe ich auf der Suche nach dem Metallstückchen jeden Einzelnen mit meinem Blick.

Da. „Der erste Backenzahn oben links, wie bei uns allen“, verkünde ich, bevor ich zögere. „Ich muss …“

„Sie hat auch die Kraft dazu“, schnauzt Jacob. „Soll sie sich doch um ihren eigenen Mund kümmern. Du kannst dich zuerst um meinen kümmern.“

Er tritt vor. Seine Haltung ist starr, als er den Mund so

weit öffnet, wie es sein Kiefer zulässt. Ich wende meinen Blick von Riva ab, und Abscheu kribbelt in meinen Eingeweiden, während ich mich darauf vorbereite, mich an die Arbeit zu machen.

Wir haben über diesen Teil des Plans gesprochen, und ich habe mir den Vorgang vorgestellt, um mich darauf vorzubereiten, doch nichts davon kann mit dem schrecklichen Gefühl mithalten, tatsächlich in den Mund meines Freundes greifen zu müssen, einen Zahn zu packen und ihn mitsamt der Wurzel aus dem Zahnfleisch zu reißen.

Als ich den rechten Zahn zwischen Daumen und Zeigefinger nehme, wird die Übelkeit noch schlimmer. „Tut mir leid", krächze ich.

Dann reiße ich den Backenzahn mit einer schwungvollen Bewegung meines Arms heraus, so schnell ich kann.

Obwohl Jacob der Unempfindlichste von uns allen ist, stöhnt selbst er auf, als das Blut über seine Lippen spritzt, gefolgt von einer dunklen Rauchfahne. Im Nu ist Dominic an seiner Seite und legt seine Handfläche auf Jakes Kiefer neben der Wunde. Dom presst die Lippen aufeinander, und Jacobs Schultern sacken nach unten, als die Anspannung nachlässt.

Der Zweig mit den Wildblumen, den Dominic gepflückt hat, verwelkt und zerfällt in seiner Hand.

Ich möchte mich auch bei ihm entschuldigen, doch es ist sowieso zwecklos. Wir können nichts anderes tun, als es so schnell wie möglich hinter uns zu bringen.

„Zerschmettere den Zahn", drängt mich Andreas.

Ich lege Jacobs Backenzahn auf einen flachen Stein und trete mit meiner ganzen übermenschlichen Kraft darauf. Die Schaltkreise knistern, als er zerbricht.

Falls die Wärter uns darüber geortet haben, ist das Signal jetzt tot. Doch da sind noch vier weitere Geräte, die ihre Funkwellen ausstrahlen.

Andreas wartet, als ich meinen Kopf hebe. Mir dreht sich der Magen um, als ich die zweite Extraktion durchführe. Mit einem würgenden Geräusch krümmt er sich, und Dominic tritt an seine Seite.

Ein blättriger Zweig zerbröselt in Dominics Hand zu Staub. Dann wendet er sich mir zu. „Ich bin dran."

Bei ihm fällt es mir am schwersten. Dom hat dieselbe Ausbildung durchlaufen wie wir, und ich weiß, dass sein schlanker Körper muskulös ist, auch wenn er der Kleinste von uns vieren ist. Er zeigt am wenigsten offen, wie es ihm geht.

Ich weiß nie, was hinter seiner ruhigen Fassade wirklich vorgeht, doch wir alle wissen, dass ihn zumindest ein paar Dinge quälen.

Mit zusammengebissenem Kiefer reiße ich ihm den Zahn noch schneller heraus als bei den anderen. Während er schnell eine Hand auf seinen Mund legt, um die Wunde zu heilen, zerquetsche ich einen weiteren Peilsender unter meinem Absatz.

Als ich zurücktrete, stößt Riva einen leisen, erstickten Laut aus. Zitternd fasst sie sich an die Wange und lässt den Zahn, den sie sich gerade gezogen hat, auf den Stein fallen. Er zerbricht unter ihrem Fuß.

Blut rinnt über ihr Kinn, und ihre Schultern zittern. Mein Blick huscht zu Dominic, aber Jacob stellt sich zwischen ihn und Riva.

„Sie wartet", sagt er mit eiserner Stimme. „Wenn sie Schmerzen verursachen kann, kann sie auch welche aushalten. Kümmere dich um dich selbst, Zee. Dom wird zuerst sicherstellen, dass es dir gut geht."

Riva lässt ihren Kopf sinken. Sie protestiert nicht, aber ich habe ein flaues Gefühl im Magen.

Natürlich finde ich es schrecklich, was sie getan hat, aber

Jacobs teuflische Wut verunsichert sogar mich. Und normalerweise bin ich hier der Rohling.

Um die Sache so schnell wie möglich hinter mich zu bringen, sammle ich mich und greife nach meinem Backenzahn. Im ersten Moment sträuben sich meine Muskeln dagegen, meinen eigenen Körper zu verletzen, doch ich setze mich gegen den Widerstand durch und ziehe den Zahn heraus.

Der Schmerz schreit durch mein Gesicht. Ich keuche, und schon ist Dominic an meiner Seite und legt seine Handfläche auf meine Wange.

Eine wohltuende Wärme strömt durch mein Zahnfleisch. Als er sich zurückzieht, ist das klaffende Loch versiegelt, und es bleibt ein dumpfer Schmerz zurück.

Wir haben uns im Vorfeld darauf geeinigt, dass er nur so viel Energie aufwendet, wie nötig ist, um eine Infektion zu vermeiden.

Als Nächstes wendet er sich Riva zu, und Jacob widerspricht nicht. Sie hält still, während Dominic seine Heilkraft auf sie anwendet. Dann wischt sie sich mit dem Handrücken die blutige Spucke vom Mund und starrt uns alle mit ihren hellbraunen Augen an, die wie glühende Kohlen leuchten.

Ich muss den Blick abwenden.

Andreas schiebt mit den Füßen Dreck und heruntergefallene Blätter über die zerbröckelten Überreste unserer Zähne und die darin enthaltenen Geräte. „Wir sollten so schnell wie möglich weiterfahren, um mehr Abstand zwischen uns und den letzten Ort zu bringen, an dem sie uns orten konnten."

Jacob nickt. „Wir waren auf dem Weg zu einem anderen Highway, oder?"

„Es sind mindestens noch ein paar Kilometer, aber das ist die Idee."

„Dann lasst uns aufbrechen."

Als die Sonne schon hoch am Himmel steht, verstecken wir uns auf der Ladefläche eines Lastwagens, den wir an einer Raststätte entdeckt haben.

Andreas schnappt sich ein paar Äpfel aus einer der Obstkisten und wirft jedem von uns einen zu, nach einem kurzen Zögern sogar Riva.

„Danke", murmelt sie leise.

Gierig beiße ich hinein, genieße das säuerliche Fruchtfleisch und wünsche mir, es wäre genug, um das Grummeln meines leeren Magens auch nur annähernd zu beruhigen. Ich könnte im Moment fünf Steaks und eine Portion Speck verschlingen.

Jacob, der in der Nähe der Tür mit dem Rücken zur Wand sitzt, verlagert sein Gewicht. „Wenn wir von diesem Wagen springen, müssen wir strategischer vorgehen. Konzentriert euch auf unser Ziel."

Mein Herz klopft etwas schneller. „Ursula."

In der Einrichtung konnten wir unsere Pläne nicht im Detail besprechen. Wir haben nur die Grundzüge ausgearbeitet.

Jetzt scheinen die Möglichkeiten für unsere nächsten Schritte endlos zu sein.

„Der Wärter sagte, dass sie vermutlich nach Pennsylvania zurückkehren würde." Andreas lehnt sich gegen die Kiste. „Es würde Sinn machen, dort mit der Suche anzufangen."

Ich runzle die Stirn. „*Wie* sollen wir denn suchen? Wir haben nur einen Vornamen und ein paar vage Angaben. Es gibt kein offizielles Mitarbeiterregister für die Einrichtung oder so."

Drey gluckst. „Nein, ganz bestimmt nicht."

„Wie wäre es mit einer Universität?", schlägt Dominic vor. Er erhebt seine sonst so leise Stimme ein wenig, um das Rumpeln des Motors zu übertönen. „Wir sind im richtigen Alter – wir würden gut hineinpassen. Und wir könnten uns unerkannt unter viele Leute mischen. Außerdem gibt es dort Bibliotheken und Computerräume und so weiter, oder?"

Abgesehen von einer Mission, die ich durchgeführt habe, beschränken sich meine Erfahrungen mit dem amerikanischen College-System auf Fernsehsendungen und Filme. Doch sein Vorschlag klingt vernünftig.

„Wer ist Ursula?", meldet sich Riva abrupt zu Wort. „Sollten wir uns nicht einfach irgendwo verstecken, wo uns niemand findet?"

Jacob schnaubt. „Nicht, wenn wir Antworten wollen. Auch wenn es dir wahrscheinlich lieber wäre, wenn wir keine mehr bekommen würden."

Ich zögere, weil ich mir nicht sicher bin, wie viel wir ihr überhaupt erzählen wollen, aber Andreas zuckt mit den Schultern. „Es scheint eine wichtige Person zu geben, die in der Vergangenheit in der Einrichtung gearbeitet hat, dann aber gegangen ist – oder ausgeschlossen wurde. Wenn wir herausfinden wollen, was genau sie mit uns gemacht haben und was wir dagegen tun können, scheint sie unsere beste Chance zu sein. Es sei denn, wir wollen es mit der gesamten Einrichtung auf einmal aufnehmen."

Ich kann mir ein Schnauben nicht verkneifen, aber gleichzeitig schießt ein bittersüßer Schmerz durch meine Brust.

Wird das wirklich funktionieren? Könnten wir wirklich eine *Lösung* für alles finden, was in uns falsch läuft?

Rivas Stirn legt sich in Falten. „Ist es nicht viel wahrscheinlicher, dass wir geschnappt werden, wenn wir jemanden verfolgen, der mit der Einrichtung in Verbindung steht? Was spielt das überhaupt für eine *Rolle*?"

Jacob wirft ihr einen kalten Blick zu. „Für uns spielt es eine Rolle. Und wenn du eine von uns wärst, würde es dir auch etwas bedeuten. Du wirst nirgendwo hingehen."

„*Will* ich auch nicht. Ich wollte nur sagen … Gut. Wir werden tun, was immer ihr für richtig haltet. Ich bin *eine* von euch, und ich werde euch zur Seite stehen."

Jacob musterte sie eine Weile. Dann wirft er einen Blick auf den Rest von uns. Ein leichtes Lächeln umspielt seine Lippen, das mich jedoch eher erschreckt als beruhigt.

„Zian kann nicht rund um die Uhr den Wachhund für sie spielen", sagt er. „Wir müssen einen anderen Weg finden, um sicherzustellen, dass sie ihr Wort hält. Und mir ist gerade die perfekte Lösung eingefallen."

Sieben

Riva

In der Sekunde, in der die Worte *perfekte Lösung* aus Jacobs Mund kommen, weiß ich, dass mir sein Vorschlag nicht gefallen wird. Trotzdem bin ich nicht auf seinen nächsten Schritt vorbereitet.

Er streckt seinen Arm aus, der es beinahe mit Zians Muskelkraft aufnehmen kann, und ballt seine Finger zur Faust. Violette Stacheln schießen von der Seite des Handgelenks bis kurz vor dem Ellbogen aus seiner Haut.

Mir stockt der Atem, und mein Körper spannt sich an, weil ich instinktiv spüre, dass das, was auch immer das ist, eine Bedrohung darstellt. Sie sehen aus wie die Stacheln eines exotischen Reptils.

Seit ich ihn kenne, habe ich so etwas bei Jacob noch nie gesehen.

Er starrt mich eisig an, als wolle er mich zu einem Kommentar herausfordern.

Andreas räuspert sich. „Jake, Mann, ich bin mir nicht sicher …"

„Es ist ganz einfach", unterbricht Jacob. „Ich gebe ihr eine leichte Dosis des Giftes. Dann muss sie bei uns bleiben, damit Dom sie regelmäßig genug heilen kann, um sie am Leben zu erhalten."

Seine Lippen verziehen sich zu einem bösartigen Lächeln, und er sieht mich eindringlich an. „Ich habe ein paar neue Fähigkeiten entwickelt, während du das schöne Leben genossen hast. Wenn ich nicht zu oft zusteche, wird es eine Weile dauern, bis das tödlich ist. Es gibt kein normales Heilmittel. Das haben die Wärter gründlich getestet. Wenn du abhaust, bist du tot."

Zians dunkle Augenbrauen haben sich zusammengezogen. Kurz denke ich, er könnte gegen diesen schrecklichen Vorschlag protestieren, doch stattdessen blickt er Dominic an. „Aber wenn Dom sie heilen muss …"

Jacob schaut über seine Schulter zu Dominic, und zum ersten Mal seit unserer Wiedervereinigung wird sein Blick ein wenig weicher. Denn er sorgt sich immer noch um die anderen Jungs, nur nicht um mich.

„Nur wenn du damit einverstanden bist", sagt er. „Es wird nicht *viel* nötig sein, nur ein- oder zweimal am Tag, damit sie funktioniert. Und hoffentlich brauchen wir sie nicht allzu lang."

Wie der Junge, an den ich mich erinnere, nimmt sich Dominic einen Moment Zeit zum Nachdenken. Ich verstehe nicht ganz, warum sie gerade um ihn so besorgt sind. Muss er wirklich so viel Energie aufwenden, um die Auswirkungen des Giftes zu neutralisieren?

Die Heilung unseres Zahnfleisches nach dem Ziehen unserer Zähne schien ihn nicht sonderlich zu belasten. Meine Zunge fährt unwillkürlich über die neue Lücke im hinteren

Teil meines Mundes, denn das Gewebe dort ist noch empfindlich.

Dominics Haltung ist ein wenig steif, aber bald antwortet er mit seiner tiefen, gemessenen Stimme. „Es ist alles in Ordnung. Ich schaffe das schon."

Übelkeit steigt in mir auf, als ich mich an Jacobs Worte erinnere. *Um sie am Leben zu erhalten.*

„Ich werde vielleicht nicht *sterben*, aber dein Gift wird meinen Körper schädigen, nicht wahr?", sage ich zu ihm. „Wenn mein Körper geschwächt ist, werde ich euch nicht helfen können, die Wärter abzuwehren, falls sie uns einholen."

Jacob dreht sich mit verächtlicher Miene zu mir um. Wie kann er nur so gut aussehen und gleichzeitig so kalt sein?

„Wir sollen dir also glauben, dass du gegen die Wärter kämpfst und nicht mit ihnen?"

Ich kann die Schärfe nicht unterdrücken, die sich in meine Stimme schleicht. „Ja, das solltet ihr glauben, denn das ist die verdammte Wahrheit."

Wenigstens hilft die Frustration, die Angst zu unterdrücken, die in mir brodelt. Jedes Mal, wenn das bedrückende Gefühl in meiner Brust aufwallt, fühle ich mich so schwach, als ob ich bereits vergiftet worden wäre.

Es spielt keine Rolle, was die Jungs jetzt denken. Ich muss ihnen beweisen, dass ich dieselbe Riva bin, die ich immer war, dass ich all meine Kraft darauf verwenden werde, sie zu verteidigen und uns zusammenzuhalten.

Und das kann ich nicht, wenn ich zusammenbreche.

„Und trotzdem glaube ich das nicht", schnauzt Jacob und lässt seine Schultern kreisen. „Natürlich könnten wir dich auch einfach umbringen, wenn du dich so gegen diese Option sträubst."

Mein Mund verzieht sich zu einer dünnen Linie. Keiner

der anderen Jungs erhebt Einspruch gegen seine sehr deutliche Drohung.

Erinnerungen drängen sich in mein Gedächtnis: mein Schwindelgefühl von gestern Abend, das Zittern meiner Muskeln. Er will mir dasselbe antun, was der Boss getan hat, als er versucht hat, mich zu ermorden.

Er will mich in eine andere Art von Käfig stecken, sodass ich in meinem eigenen Körper gefangen sein werde.

Meine Lunge kribbelt. Es ist ein leichtes Vibrieren, als ob etwas Scharfkantiges in meinem Brustkorb zu pulsieren beginnt.

Wie ein bösartiger, wütender Ton, der herausbrechen will?

Ich versteife mich, klammere mich an den Eindruck und atme tief ein, um meine Lunge zu befreien. Das … Das war nicht ich. Das ist unmöglich.

Es gibt sowieso keinen Grund, sich darüber zu ärgern. Wenigstens bittet Jacob, statt zu befehlen.

Er sagt mir, was passieren wird, und wartet auf meine Antwort. Wenn ich akzeptiere und darauf vertraue, dass sie es nicht zu weit treiben werden, dann wäre das ein Schritt, um sie davon zu überzeugen, dass sie mir vertrauen können, nicht wahr?

Ich bin mir nicht sicher, was ich zu diesem Zeitpunkt noch tun *kann*.

Langsam gehe ich über den Boden des Laderaums auf ihn zu. „Gut. Aber vergiss nicht: Wenn ich stolpere, weil wir uns schnell bewegen oder uns verteidigen müssen, dann nicht, weil ich es will."

Mit einem spöttischen Schnauben nimmt er meine Hand, und trotz allem schießt bei der Berührung ein Kribbeln durch meine Nerven. Mein Atem stockt.

Wie kann er nicht spüren, dass wir alle füreinander

bestimmt sind, mich eingeschlossen? Dass wir wirklich vom selben Blut sind, in jeder Hinsicht, auf die es ankommt?

Wir sind auf eine Weise miteinander verbunden wie niemand sonst auf diesem Planeten.

Das muss er doch begreifen.

Andreas tritt näher und schwankt mit der Bewegung des Lastwagens. „Bist du sicher, dass du die Dosierung im Moment ausreichend kontrollieren kannst? Unsere Fähigkeiten sind geschwächt …"

Jacob wirft einen scharfen Blick in Richtung des anderen Kerls. „Das brauchst du vor ihr nicht zu erwähnen."

Andreas zuckt nur mit den Schultern. „Am Ende des Tages spielt das sowieso keine Rolle." Er begegnet meinem Blick. „Nachdem du weg warst, haben die Wärter angefangen, uns unter Drogen zu setzen, damit wir unsere Kräfte nicht mehr voll einsetzen können. Schutzmaßnahmen." Sein Mund verzieht sich zu einer Mischung zwischen einer Grimasse und einem Grinsen.

„Es lässt schon nach", sagt Jacob. „Ich weiß, was ich tue."

Er zieht meinen Arm vor sich und dreht ihn so, dass er seine lila Stacheln an meine Haut führen kann. Als zwei von ihnen meine Haut berühren, bohrt er sie fester hinein.

Ein Stich schießt durch meinen Unterarm und strahlt in meine Hand und Schulter aus. Anders als bei den Injektionen, die uns die Wärter verabreicht haben, hält das Gefühl an und kribbelt in meinen Adern, auch nachdem Jacob seine Stacheln entfernt hat.

Das ist die einzige Wirkung des Giftes, die ich bisher spüren kann. Wenn das alles ist, wird es mir nicht allzu schlecht gehen.

Auch wenn das wahrscheinlich zu viel erhofft ist.

Jacob hält meinen Arm noch immer, als hätte er vergessen, dass er ihn nicht mehr braucht. Denn sein Blick ruht auf der Vorderseite meines Oberteils.

Ich schaue an mir hinunter und frage mich, ob ich einen Fleck auf meinem Tanktop habe, als seine Hand auftaucht. Er reißt an der Kette um meinen Hals und zieht den Katzen- und Garnanhänger unter dem Stoff hervor.

Panik durchfährt mich bei dem Gedanken, dass er sie mir vom Hals reißen wird. Mein Körper reagiert instinktiv, und ich schlage seine Hand weg, bevor er die Kette richtig greifen kann.

Ich weiche zurück und pralle mit dem Rücken gegen die Seite des Laderaums. Jacob macht einen Schritt auf mich zu, eiskalte Wut lodert in seinen Augen.

„Sie haben dir deine Kette gelassen. Und du willst uns weismachen, dass du dir keine Sonderbehandlung verschafft hast?"

„Ich …" Meine Finger schließen sich schützend um den Anhänger. Mein Blick wandert von ihm zu den anderen Jungs, und zum ersten Mal fällt mir auf, dass keiner von ihnen seine Kette trägt. „Was ist mit euren Ketten passiert?"

„Die Wärter haben sie uns zur Strafe für den Fluchtversuch abgenommen", knurrt Zian.

Sogar das haben sie den Jungs weggenommen. Das Einzige, was Jacob noch von seinem Zwillingsbruder geblieben war?

Mein Herz schmerzt, und ich weiß nicht, was ich sagen soll. „Ich habe keine Ahnung, warum sie sie mir gelassen haben. Es war kein Teil irgendeiner Abmachung."

Jacob steht über mir und kneift die Augen zusammen. Ich mache mich auf einen Angriff gefasst, doch er schüttelt nur spöttisch den Kopf und verzieht die Lippen.

„Wie auch immer. Sag Bescheid, wenn das Gift dich völlig umhaut, dann kann Dom dich wieder ins Lot bringen. Bis dahin hältst du den Mund, es sei denn, du willst endlich ein paar Insiderinformationen über die Wärter ausspucken."

Ich werfe ihm einen bösen Blick zu. „Ich habe dir doch schon gesagt, dass ich nicht mehr über sie weiß als du."

„Dann bist du uns im Grunde genommen nicht von Nutzen, oder?", erwidert er und wendet seine Aufmerksamkeit den anderen Jungs zu, als würde ich gar nicht existieren.

In Pennsylvania angekommen führt der erste Weg in ein schmuddeliges Bekleidungsgeschäft, das sich zwischen zwei anderen großen, kastenförmigen Outlet-Stores befindet, direkt an der Autobahn, die wir entlanggefahren sind. Dank ihrer Fähigkeiten ist es den Jungs gelungen, einen siebensitzigen Geländewagen in einem unauffälligen Braunton zu entwenden, der, wie Andreas es ausdrückte, „Leuten gehörte, die ihr Auto nicht als gestohlen melden würden".

Als er auf den Parkplatz vor dem Laden fährt, ist er schon etwas sicherer am Steuer, nachdem er heute schon einmal auf dem Fahrersitz gesessen hat. Haben sie ihre Fahrkünste seit meinem Verschwinden geübt? Womöglich im Rahmen kleiner Abstecher auf ihren Missionen?

Ich würde sie gerne fragen, doch ich habe den unangenehmen Verdacht, dass jede Frage zu ihren Aktivitäten den Anschein erwecken wird, als würde ich nach Informationen für meine angeblichen Verbündeten suchen.

„Okay", sagt Jacob, als Andreas am anderen Ende des weitgehend leeren Parkplatzes parkt. „Wir drei werden hineingehen und ein paar unauffällige Klamotten für uns alle besorgen. Dom, du bleibst hier bei Riva."

Von meinem Platz auf dem Rücksitz aus hebe ich mein Kinn. „Warum darf ich mir meine Kleidung nicht selbst aussuchen? Schließlich habe ich das Geld mitgebracht, mit dem ihr sie bezahlt."

Jacob dreht sich um und wirft mir einen bösen Blick zu. „Auf einem Universitätscampus solltest du mit deiner Frisur keine Aufmerksamkeit erregen, aber hier draußen auf dem Land? Wir versuchen, nicht aufzufallen – zumindest wir vier."

Ich verziehe das Gesicht, doch er hat nicht ganz unrecht. Mein Blick gleitet zu Dominic, der in der mittleren Reihe ganz links sitzt.

Ich muss wohl nicht fragen, warum der ruhigste der Jungs mit mir im Wagen bleibt. Jetzt, wo ich ihn bei Tageslicht sehe, wird mir klar, dass seine Haltung nicht bucklig ist.

Er hat eine kleine, aber auffällige Beule am oberen Rücken, die von dem dünnen Trenchcoat verdeckt wird, den er kein einziges Mal ausgezogen hat. Haben die Wächter Experimente an ihm durchgeführt, die ihn entstellt haben?

Eine weitere Frage, die sie nur noch wütender auf mich machen würde. Doch es ergibt Sinn, dass sie nicht wollen, dass Unbeteiligte auf uns aufmerksam werden.

Die anderen Jungs stoßen die Autotüren auf, und ein Schwall kühler, frischer Luft strömt herein. Es ist Frühherbst, und durch die kühlen Temperaturen schillern die Blätter an einigen Bäumen, an denen wir vorbeigefahren sind, bereits in Rot- und Orangetönen.

Dann werden die Türen zugeschlagen, und Dominic und ich sind allein.

Ich winde mich in meinem Sitz, und meine Nerven kribbeln vor Erschöpfung und allgemeinem Unbehagen. Auf dem Lastwagen bin ich ein wenig eingedöst und dann noch einmal hier auf dem Rücksitz, nachdem wir das Auto gefunden hatten. Das war allerdings nicht annähernd genug, um die Tatsache wettzumachen, dass ich die ganze Nacht und den größten Teil des Tages danach auf der Flucht gewesen bin.

Außerdem setzt Jacobs Gift mir zu. Meine Gelenke schmerzen und mir ist flau im Magen.

Seine Strategie ist dämlich. Wenn wir angegriffen werden, wenn ich meine Kraft brauche …

Ich schließe die Augen, um mich zu konzentrieren. Auszuflippen bringt mich nicht weiter.

Und das Letzte, was ich will, ist, dieses scharfe Kribbeln in meiner Brust wieder zu spüren.

Als ich mich einigermaßen stabil fühle, konzentriere ich mich auf Dominic und sein Profil, das ich aus meinem jetzigen Blickwinkel sehen kann.

Er hat seine schulterlangen Locken zu seinem üblichen Pferdeschwanz zurückgebunden, und die kastanienbraunen Strähnen heben sich dunkel von seiner hellbraunen Haut ab. In den letzten vier Jahren ist sein Kiefer ein wenig breiter geworden, doch abgesehen davon und von den Beulen auf seinem Rücken sieht er noch genauso aus wie der unscheinbare, gut aussehende Typ von damals.

Dom war immer der Nachdenklichste von uns sechs: Er nahm sich Zeit, um alle Aspekte zu berücksichtigen, legte seine Meinung sorgfältig dar und wartete auf unser Feedback. Er hätte nie voreilige Schlüsse gezogen oder sich in eine selbstgerechte Wut hineingesteigert.

Die anderen hatten alberne Spitznamen für mich, nur er nannte mich immer bei meinem normalen Namen.

Ich ziehe meine Beine auf den Sitz vor mir und stütze mich auf den Knien ab. „Du weißt, dass das lächerlich ist, oder?“

Er dreht seinen Kopf ein wenig, schaut aber eher in Richtung des Ladens als zu mir. „Neue Klamotten zu kaufen? Deine sind voller Blut.“

Ich rümpfe die Nase über die nicht ganz unsichtbaren

Flecken in dem schwarzen Stoff und versuche es noch einmal. „Nein. Dass ihr mich behandelt, als würde ich mit den Wärtern gemeinsame Sache machen. *Dir* ist doch klar, dass ich euch nie hintergehen würde, oder?"

Einen Moment lang herrscht Schweigen, bevor er wieder spricht. „Ich glaube nicht, dass wir darüber reden sollten."

„Ich muss nur wissen, dass zumindest einer hier nicht völlig verrückt geworden ist. Wir sind vom gleichen *Blut*. Ich …"

Dominic dreht sich zu mir um und sieht mir in die Augen. Seine abrupte Bewegung lässt mich innehalten. Seine haselnussbraunen Augen sind zwar nicht so kalt wie die von Jacob, doch sein Blick ist auch nicht gerade freundlich.

„Du weißt nicht, wovon du sprichst", sagt er leise, aber bestimmt. „Du hast keine Ahnung, was es mich kostet, dich nur am Leben zu erhalten. Also sag mir nicht, ich würde nicht genug tun."

Ich blinzle ihn an. Besser gesagt, seinen Hinterkopf, denn das ist alles, was ich einen Moment später sehe. „Was meinst du? Was kostet es dich denn?"

Bevor er antworten kann, falls er das überhaupt getan hätte, springen die anderen Jungs zurück in den Geländewagen.

Jacob wirft mir eine Plastiktüte zu. „Zieh dich um."

Als wir am nächsten Morgen auf dem College-Campus ankommen, den die Jungs ausgesucht haben, sehen wir alle wie richtige Studenten aus, zumindest von der Kleidung her. Ich trage ein schwarzes T-Shirt, eine dunkelgraue Cargohose mit vielen Taschen und einen marineblauen Kapuzenpulli, unter dem ich mein silbernes Haar verstecke.

Auch die Jungs haben sich neu eingekleidet. Zian hat sich

für ein lässiges Muskelshirt und eine Jogginghose entschieden. Jacobs Hemd und Hose sind ein wenig schicker. Nur Dominic hat seine Sachen angelassen.

Ich vermute, dass er den Trenchcoat nicht so bald vor mir ausziehen wird. Vielleicht zieht er ihn nie vor *irgendjemandem* aus.

Doch nach allem, was ich aus meiner begrenzten und zugegebenermaßen größtenteils fiktiven Erfahrung über das College-Leben weiß, könnte er als alternativer Punk-Typ durchgehen.

Wir fahren eine Straße entlang, die von schmalen, dreistöckigen Reihenhäusern gesäumt ist, von denen jeweils zwei aneinandergebaut sind. Zian ist uns vorausgegangen und hat mit seinem scharfen Blick ein unbewohntes Gebäude entdeckt.

Da das Semester schon vor ein paar Wochen begonnen hat, hoffen wir, dass niemand Anspruch auf dieses Haus erhebt und dort einziehen will, solange wir dort sind.

Jacob parkt den Geländewagen vor der Tür, und wir steigen aus. Zian bleibt an der Tür zurück und geht mit mir auf das Haus zu, als ob ich eine Begleitung bräuchte.

Unbehagen steigt in mir auf, als ich mich umsehe. Überall auf der Straße schlendern Studenten umher oder sitzen in den Vorgärten.

Seit meinem letzten Käfigkampf war ich nicht mehr unter so vielen Menschen. Seit mehr als vier Jahren war ich nicht mehr von so vielen *normalen* Leuten umgeben, die von mir erwarten, dass ich auch normal bin.

Da hilft es auch nicht, dass die Übelkeit über Nacht schlimmer geworden ist. Von unserem Fast-Food-Frühstück, das wir in einem Drive-Through zu uns genommen haben, habe ich gerade mal ein paar Bissen hinuntergewürgt und es dann für den Rest der Fahrt bereut.

Der Schweiß rinnt mir den Nacken hinunter und

verstärkt das klamme Gefühl, das über meine Haut kriecht. Ich muss die Muskeln in meinen Beinen anspannen, um einigermaßen gleichmäßige Schritte zu machen.

Doch ich werde mich nicht beschweren. Ich werde Jacob nicht noch eine Gelegenheit geben, mich zu beschuldigen, ich würde versuchen, mich seinen Sicherheitsmaßnahmen zu widersetzen.

Jacob erreicht die Tür absichtlich zuerst. Er hält einen falschen Schlüssel an den Knauf. Wir alle wissen natürlich, dass er seine Kräfte einsetzen wird, um das Schloss zu öffnen.

Ein paar Mädchen sitzen auf dem Treppenabsatz gegenüber von uns. Eine von ihnen, eine statuenhafte Rothaarige, deren hohe Wangenknochen mit Sommersprossen übersät sind, blickt zu uns herüber und lächelt. „Hey! Seid ihr die neuen Nachbarn?"

„Ja", antwortet Andreas, freundlich, aber nicht zu ermutigend. „Ein bisschen spät, aber was will man machen?"

„Diese Unterkünfte sind toll. Viel besser als die normalen Wohnheime. Ich bin übrigens Brooke. Sagt mir Bescheid, wenn ihr etwas braucht."

„Machen wir."

Jacob nickt energisch. Der Blick unserer Nachbarin wandert über uns alle und begegnet kurz dem meinen, bevor er weiterwandert. Sie runzelt die Stirn.

Sehen wir doch seltsam aus? Findet sie es merkwürdig, dass ein Mädchen mit vier Jungs zusammenlebt? Oder strahlen wir etwas aus, das verrät, dass wir eigentlich nicht hierhergehören?

Bevor ich mir darüber Gedanken machen kann, stupst mich Zian an, damit ich den anderen ins Haus folge.

Die Stadthäuser sind mit einfachen Birkenmöbeln und einem mit jeansähnlichem Stoff bezogenen Sofa möbliert. Wir befinden uns in einem Wohnzimmer, das in ein kleines Esszimmer übergeht. An der Seite ist eine offene Küche.

„Es gibt vier Schlafzimmer", verkündet Andreas. „Zwei im zweiten Stock und zwei im dritten. Ich kann das Sofa nehmen."

Ich bekomme also ein eigenes Zimmer? Ich Glückspilz.

Ich mache einen Schritt auf die Treppe zu, um mich auf die Suche nach meinem Bett zu machen, doch ich bin unkonzentriert, und in meinen Waden flackert Schwäche auf.

Ich stolpere und stoße mit der Hüfte gegen einen Beistelltisch. Als ich mich wieder aufrichte, zittern meine Beine unter mir. Die Übelkeit droht, mich zu überwältigen.

Ich sollte wohl zuerst ins Badezimmer, bevor ich das Bett suche.

Die Jungs sind still geworden und beobachten mich. Jacob macht eine Handbewegung in Richtung Dominic.

„Ich glaube, sie braucht deine erste Dosis Heilung. Aber heile sie nicht *zu* gründlich."

Dominic nickt und geht auf mich zu. Ich versuche, ihm in die Augen zu schauen, um dort nach einer Spur von Verständnis oder einem Hinweis darauf zu suchen, was er vorhin angedeutet hat, doch er betrachtet nur meinen Unterarm, auf dem seine Hand liegt.

Eine sanfte Wärme durchströmt meinen Körper und lässt die Übelkeit und die Klammheit verschwinden. Meine Muskeln entspannen sich und können mich auf einmal ohne zusätzliche Anstrengung aufrecht halten.

Mir ist immer noch ein wenig übel, und ich fühle mich noch nicht ganz wie ich selbst, aber es ist schon viel besser. Gut genug, um bei Dominics Berührung ein Aufflackern von Wärme unter meiner Haut zu spüren. Und einen Schmerz des Verlustes, der mich trifft, als er seine Hand sinken lässt.

„Danke", sage ich zu Dominic, als er sich entfernt.

Er neigt nur den Kopf und sieht mir weiterhin nicht in die Augen.

„Nach oben", befiehlt Jacob mit einem Fingerschnippen, und ich stapfe mit ihm zwei Stockwerke hinauf zu den oberen Schlafzimmern. Nachdem er einen Blick in beide Zimmer geworfen hat, zeigt er auf das, in dem ich schlafen soll.

„Du bleibst hier drin, wenn wir dich nicht brauchen", sagt er zu mir. Er streicht mit der Hand über den inneren Türknauf, und der Knopf, mit dem ich die Tür ver- und entriegeln kann, dreht sich und knarzt.

Er will mich mit seinen Kräften einsperren. Ich schlucke heftig. „Das ist wirklich nicht nötig."

„Nur ein wenig zusätzlichen Schutz für den Rest von uns", erwidert Jacob kühl. „Das verstehst du sicherlich."

Er schreitet hinaus und schließt die Tür hinter sich. Ein Klicken ertönt, und ich weiß, dass er das Schloss verriegelt hat.

Natürlich wäre es kein Problem für mich, ein gewöhnliches Türschloss zu knacken. Das würde allerdings nicht viel dazu beitragen, den Jungs meine Vertrauenswürdigkeit zu beweisen.

Ich schaue mich im Schlafzimmer um. Wenigstens ist es schöner als meine letzten beiden Gefängniszellen.

Ein Doppelbett mit einer waldgrünen Tagesdecke füllt ein Drittel des Raumes aus, daneben stehen Bücherregale aus Birkenholz und ein Schreibtisch. Der flauschige Teppich sieht so weich aus, dass ich am liebsten meine Zehen hineinstecken würde.

Und ich habe ein Fenster – der größte Luxus.

Ich gehe näher heran und betrachte das Gebäude auf der anderen Straßenseite. Eine Gestalt am Fenster gegenüber dreht sich um, und ich kann einen leuchtend roten Haarschopf erkennen.

Brooke. Sie muss nach uns hineingegangen sein. Ihr Schlafzimmer liegt genau gegenüber von meinem.

Ich sollte vom Fenster wegtreten, doch genau in diesem Moment schaut sie hinaus und bemerkt mich. Sie lächelt mir zu und hebt ihre Hand zum Gruß.

Da ich nicht weiß, wie ich reagieren soll, schenke ich ihr ein Lächeln, das hoffentlich nicht zu verkniffen wirkt. Dann ziehe ich mich zurück.

Alles ist in Ordnung. Mir geht es gut. Den Jungs geht es gut.

Wir sind von der Einrichtung weggekommen, wie wir es immer wollten. Den Rest können wir nach und nach regeln.

Ich muss nur stark bleiben.

Acht

Riva

Ich wache auf, als es an meiner Zimmertür klopft. Verschlafen drehe ich mich um und reibe mir die müden Augen.

Vor meinem Fenster ist der Abend hereingebrochen, und die Welt ist jetzt in Blau- und Grautönen eingefärbt. Obwohl ich geschlafen habe, fühlt sich mein Kopf benommen an, doch ich bin mir nicht sicher, wie viel davon einer normalen Müdigkeit zuzuschreiben ist, und wie viel dem Gift, das durch meine Adern fließt.

Es klopft erneut.

„Was?", frage ich mit belegter Stimme.

„Abendessen. Komm runter", antwortete Zian unwirsch.

Die Jungs lassen mich mit ihnen essen, anstatt mir nur einen Teller zu bringen? Ich bin in meinem Gefangenen-Status aufgestiegen.

Ich schiebe diesen verbitterten Gedanken beiseite und erhebe mich aus dem Bett. Ein klickendes Geräusch ertönt, als Zian das Schloss aufschließt.

Was auch immer Jacob damit gemacht hat, er hat es so gelassen, dass die anderen Jungs es auch von außen drehen können.

Als ich die Tür aufstoße, wartet Zian auf mich, der mich mit seinen einen Meter fünfundneunzig überragt. Als ich den Flur betrete, sind nur wenige Zentimeter zwischen uns.

Früher hatte seine beeindruckende Größe immer eine beruhigende Wirkung auf mich. Das war natürlich, als ich wusste, dass er mich damit nur beschützen würde.

Jetzt empfinde ich nicht mehr so, auch wenn der Anblick seines massigen Körpers immer noch ein Kribbeln in mir auslöst, das ich nicht erklären kann. Seine Miene wirkt angespannt, und der sonst so warme, pfirsichfarbene Ton seiner braunen Haut ist gräulich.

Weil er es nicht gut findet, wie die anderen mich behandeln, oder weil er es nicht gut findet, dass sie mich überhaupt in ihrer Nähe behalten?

Auf diese Frage kann ich wohl keine sinnvolle Antwort erwarten. Meine Blase zwickt und ich schaue zur Tür zwischen den beiden Schlafzimmern.

„Ich muss mal ins Bad."

Zian nickt und tritt an das obere Ende der Treppe. „Beeil dich einfach."

Das Badezimmer riecht nach dem künstlichen Zitronenduft von Reinigungsmitteln, die das Personal benutzt haben muss, als sie nach den letzten Bewohnern geputzt haben. Ich benutze die Toilette und spritze mir etwas Wasser ins Gesicht, während ich mich im Spiegel betrachte.

Ich sehe selbst nicht besonders gut aus, meine blasse Haut ist noch fahler als sonst, abgesehen von den dunklen

Ringen, die sich unter meinen Augen bilden. Ich tupfe etwas Wasser auf die Haarsträhnen, die sich aus meinem Zopf lösen.

Meine Hand wandert zu meinem Katzen-Garn-Anhänger, der wieder unter meinem Top steckt. Ich fahre mit den Fingern darüber, und ein Kloß bildet sich in meiner Kehle.

Nichts läuft so, wie ich es mir vorgestellt habe. Nichts von alledem fühlt sich gut an.

Möglicherweise habe ich es ja verdient, wenn auch nicht so, wie die Jungs denken.

Ich habe sie im Stich gelassen. Ich habe die Führung übernommen, den Weg geebnet und mich von einem dummen Impuls leiten lassen, anstatt meine ganze Aufmerksamkeit darauf zu richten, dass wir in Sicherheit sind.

Griffin ist meinetwegen *gestorben*. Das habe ich mir nie verziehen, also warum sollten sie es tun?

Das bedeutet, dass es egal ist, was sie denken oder sagen. Alles, was zählt, ist, dass ich jetzt an der Mission festhalten muss – und alles tun muss, um diese vier Männer in Sicherheit zu bringen, denn selbst nach der Hölle, die sie mir bereitet haben, kann ich den Gedanken nicht ertragen, noch einen von ihnen zu verlieren.

Mit neuer Entschlossenheit verlasse ich das Bad und marschiere stoisch vor Zian die Treppe hinunter.

Meine Glieder fühlen sich träge an, aber wenigstens hält sich die Übelkeit im Moment in Grenzen. Als mir der Geruch von fettigem Käse und Tomatensoße in die Nase steigt, knurrt mein Magen eher vor Hunger als vor Übelkeit. Als ich den Speisesaal erreiche, läuft mir schon das Wasser im Mund zusammen.

Die anderen drei Jungs sitzen bereits um den Tisch herum. Zwischen ihnen liegen ein paar aufgeklappte

Pizzakartons. Es gibt nur vier Stühle, aber sie haben einen der Sessel aus dem Wohnzimmer herübergezogen, in dem Andreas fläzt, eines seiner schlaksigen Beine über die Armlehne gestreckt und seinen Teller auf dem Bauch.

In dieser lässigen Pose und in seinem Langarmshirt und der Jeans sieht er aus, als würde er sich wie zu Hause fühlen – und so lecker wie die verdammte Pizza.

Nicht, dass es so aussieht, als würde er diesen Gedanken im Moment zu schätzen wissen. Ich wende meinen Blick ab.

Jacob fängt meinen Blick auf und deutet mit der Hand auf den Stuhl ihm gegenüber. „Iss. Keine Hungerstreiks.“

„Ich möchte nicht verhungern“, teile ich ihm ruhig mit und nehme mir ein Stück mit Peperoni und Paprika.

Mit einem missmutigen Grummeln betrachtet Zian das Angebot. „Keine ’Meat Lovers‘?“

Andreas zieht neckisch die Augenbrauen hoch. „Es wird gegessen, was auf den Tisch kommt, Zian. Wann hast du das letzte Mal *überhaupt* Pizza gegessen? Es ist ja nicht so, als wüssten wir nicht alle, dass du sowieso lieber eine halbe Kuh verschlingen würdest.“

Zian wirft ihm einen finsteren Blick zu, in dem jedoch keine richtige Feindseligkeit liegt. Schon seit unserer Kindheit ist seine Vorliebe für jede Art von Fleisch – und seine Gabe, Unmengen davon zu inhalieren – legendär.

Ein leichtes Lächeln umspielt meine Lippen. Wenigstens ein paar Dinge haben sich nicht geändert.

Ich habe seit einer meiner letzten Missionen vor Jahren keine frische Pizza mehr gegessen. Gelegentlich gab es bei meinen Mahlzeiten im Arenagebäude ein oder zwei Stücke. Sie war immer kalt und alt, als wäre es der Rest des Abendessens von jemand anderem gewesen.

Der erste Biss in dieses Stück füllt meinen Mund mit der perfekten Mischung aus säuerlicher Tomate, salzigem Käse und würziger Peperoni. Ich kann ein zufriedenes Brummen nicht unterdrücken.

Vier Blicke richten sich auf mein Gesicht. Meine Haut erwärmt sich innerhalb eines Augenblicks um fünf Grad.

In diesem Moment erwacht die Verbindung, an die ich immer geglaubt habe, zum Leben. Wenn auch nicht ganz so, wie ich es gewohnt bin.

Jacob wendet seinen Blick mit einem höhnischen Grinsen ab und tippt auf ein paar Hochglanzbroschüren, die neben ihm auf dem Tisch liegen. „Das ist eine Karte vom Campus, und ich glaube, ich habe das beste Computerlabor gefunden, in dem wir unbemerkt forschen können. Wir können heute Abend loslegen.“

Ich nehme einen weiteren Bissen, den ich weitaus weniger genieße als den ersten. Ich verstehe immer noch nicht, warum wir es riskieren, hierzubleiben.

Wie um meine Sorge zu unterstreichen, dringen durch die Fensterfront des Hauses lautstarke Stimmen von Studenten, die draußen auf der Straße vorbeigehen. Wenn ich meine Ohren spitze, höre ich den schwachen Bass, der durch die Wand zwischen unserer Seite und dem angrenzenden Haus schallt.

Wir sind hier umgeben von Menschen, deren Absichten und Interessen wir nicht kennen.

„Sollten wir nicht weiterziehen?“, frage ich und warte instinktiv auf Jacobs Antwort. „Oder uns zumindest eine Weile verstecken, bis die Wärter aufhören, nach uns zu suchen?“

Er richtet seinen Blick wieder auf mich. Er ist jetzt durch und durch kühl. „Und was schlägst *du* vor, wohin wir gehen sollen?“

Ich zucke mit den Schultern und versuche, lässig zu wirken. „Es gibt sicher viele Orte, wo wir untertauchen könnten. Irgendwo in der Wildnis, wo uns niemand bemerkt. Davon haben wir doch immer gesprochen …“

„Früher“, sagt er, und seine Stimme wird schärfer. „Jetzt ist alles anders.“

„Wir müssen diese Person finden“, fügt Dominic hinzu. „Und je länger wir warten, desto kälter wird die Spur.“

Zian grunzt. „Wenn sie erfährt, dass wir entkommen sind, beschließt sie womöglich, ebenfalls zu verschwinden.“

„Was könnten wir schon erfahren, das von Bedeutung ist?“, frage ich. „Wir sind, was wir sind. Wir sollten alles, was mit der Einrichtung und den Wärtern zu tun hat, hinter uns lassen und unseren eigenen Weg gehen …“

„*Du* hast nicht zu entscheiden, was wir tun ‚sollten‘.“ Jacobs Stimme ist jetzt eiskalt. „Es überrascht nicht, dass du nicht willst, dass wir jemanden behelligen, der mit der Einrichtung zu tun hat.“

Ich verziehe das Gesicht. „Das habe ich nicht gesagt. Ich wüsste nur nicht, inwiefern uns das weiterbringen sollte. Und je mehr Leute uns sehen, desto größer ist die Gefahr, dass wir erwischt werden, egal, wie sehr wir uns bemühen, uns unauffällig zu verhalten.“

Andreas rutscht in seinem Sessel noch ein wenig höher. „Wir brauchen Antworten. Meinst du nicht, dass wir einen triftigen Grund haben, danach zu suchen?“

Wenn er das so sagt, weiß ich nicht, wie ich widersprechen soll. Ich beiße nur kurz die Zähne zusammen, bevor ich mich zwinge, mich zu entspannen.

„Wer ist diese *Ursula* überhaupt? Hat sie in der Einrichtung gearbeitet? Warum sollte sie euch mehr sagen können als jeder andere Wärter?“

Jacob sieht mich mit zusammengekniffenen Augen an. „Vielleicht kannst du uns ein wenig darüber erzählen.“

Ich erwidere sein Stirnrunzeln. „Ich habe ihren Namen noch nie in meinem Leben gehört.“

Jacob mustert mich und blickt dann zu Andreas. „Du könntest das bestätigen, oder? Durchsuche ihre Erinnerungen nach allem, was mit Ursula zu tun hat."

Andreas setzt sich mit einem Schmunzeln auf. „Da ich nur eine sehr vage Vorstellung davon habe, wer Ursula ist, bin ich mir nicht sicher, ob uns das weiterbringt, aber ich kann es versuchen."

Ich erstarre auf meinem Stuhl, protestiere aber nicht, als er seinen Blick auf mich richtet. Was er sieht, sollte meine Unschuld nur in diesem einen kleinen Punkt beweisen.

Ein rötlicher Schimmer tritt in seine Augen. Er starrt mich eine ganze Minute lang an, ohne auch nur zu blinzeln, und die Züge seines atemberaubenden Gesichts werden weicher, während er mit der Suche beginnt.

Dann senkt er seinen Blick. „Soweit ich das beurteilen kann, ist Riva noch nie jemandem namens Ursula begegnet. Falls sie ihr begegnet ist, ohne ihren Namen zu kennen, glaube ich nicht, dass ich das feststellen könnte."

Er holt tief Luft und sieht mir direkt in die Augen. In seiner Stimme schwingt Bedauern mit. „Wir glauben, dass Ursula eine hohe Position in der Einrichtung innehatte, womöglich stand sie sogar irgendwann einmal an der Spitze. Zian hat zufällig mitbekommen, wie ein paar der Wärter, die für die Tests zuständig waren, über eine Änderung der Richtlinien diskutierten. Einer von ihnen sagte, sie hätte das nicht gebilligt, und der andere wies darauf hin, dass sie nicht mehr das Sagen habe."

„Das brauchst du ihr nicht zu erzählen", schnauzt Jacob.

„Warum nicht?", fragt Andreas. „Selbst wenn sie zu den Wärtern zurückkehren sollte und es ihnen erzählt, wissen sie ohnehin schon mehr darüber als wir. Sie würden dadurch nichts Neues erfahren."

Zian wirkt verunsichert. „Je weniger sie darüber weiß, was wir tun, desto besser, meinst du nicht?"

„Wie soll sie sonst bei den Nachforschungen mitmachen?“

Jacob schnaubt. „Glaubst du etwa, wir lassen zu, dass sie sich in unsere Mission einmischt? Hast du auf dem Weg aus der Einrichtung einen Schlag auf den Kopf bekommen?“

Andreas funkelt ihn an. „Was sollen wir denn sonst tun? Sie hier in ihrem Zimmer einsperren, während einer von uns den Aufpasser spielt? Wenn sie sagt, dass sie uns helfen will, können wir ihr genauso gut die Chance geben, es zu beweisen.“

Hoffnung steigt in mir auf, so schnell, dass mir beinahe schwindlig wird. Andreas glaubt mir – genug, um mir zumindest eine Chance zu geben.

Und auch wenn ich immer noch nicht glaube, dass wir hier sicher sind, bin ich lieber bei den Jungs, als mich in meinem Schlafzimmer zu verkriechen und Däumchen zu drehen.

„Ich werde tun, was ich kann“, versichere ich ihnen schnell. „Ich bin zwar etwas eingerostet, was Computer angeht, aber mit den Grundlagen kenne ich mich aus.“

Jacob wirft mir einen finsteren Blick zu und wendet seine Aufmerksamkeit wieder Andreas zu. „Wenn sie uns helfen wollte, würde sie die Wahrheit darüber sagen, was sie in den letzten vier Jahren getan hat.“

Andreas legt den Kopf schief. „Ist das wirklich wichtiger als das, was sie *jetzt* tut?“

Dominic räuspert sich, und die anderen sehen ihn an. Er ist nicht der Typ, der jemanden unterbricht, wenn das, was er zu sagen hat, nicht wirklich wichtig ist.

Er blickt erst zu mir und dann zu den anderen. „Je mehr Kontakt sie zu den anderen Leuten auf dem Campus hat, desto größer ist die Chance, dass sie eine Art Signal aussendet. Sofern sie das überhaupt will.“

„Das will ich nicht“, murmle ich.

Andreas winkt Dominics Bedenken ab. „Wird das nicht schon durch die Sache mit dem Gift verhindert? Wenn sie uns hintergeht und deine Hilfe verliert, unterschreibt sie ihr eigenes Todesurteil. Kein Grund zur Sorge."

Dominic zögert. „Ich denke, wir können mehr erreichen, wenn sie mit uns kommt. Dann könnten wir alle vier gleichzeitig arbeiten."

Jacob kann dieser Logik nichts entgegensetzen, auch wenn er nicht allzu glücklich darüber aussieht.

Er wendet sich an Zian. „Für dich ist es also in Ordnung, dass sie frei herumläuft?"

„Nein", antwortet Zian, und mein Herz macht einen Sprung. „Nicht, wenn wir nicht sicher sein können, was sie tun wird."

„Sie wird nicht wirklich frei herumlaufen", meint Andreas verärgert. „Wir würden sie nicht alleine losziehen lassen. Einer von uns wäre immer bei ihr."

Zian nickt langsam. „Okay, das klingt gar nicht so schlecht."

„Da hast du es." Andreas lächelt mich an. Ich glaube, es ist das erste Mal, dass einer der Jungs mir einen freundlichen Blick zuwirft, seit ich wieder bei ihnen bin.

Ich kann nicht sagen, ob es die Überraschung oder die Erleichterung ist oder die Tatsache, dass das Lächeln sein Gesicht doppelt so schön macht, doch ein Gefühl der Wärme steigt in mir auf.

„Ich glaube, die anderen Studenten wären weniger misstrauisch, wenn wir gemeinsam kommen und gehen. So als würden wir wirklich am Unterricht teilnehmen", fügt Andreas hinzu.

Dominic reibt sich den Mund, und seine Miene wird noch nachdenklicher. „Möglicherweise sollten wir tatsächlich in ein paar Vorlesungen gehen, nur um den Schein zu wahren, damit sich niemand wundert."

Jacob seufzt und mustert mich wieder mit harter Miene.

„Sagt mir, was ich tun soll, um zu helfen, und ich werde es tun", sage ich. „Wenn diese Ursula so wichtig ist, werde ich alles ausgraben, was ich kann."

„Na gut." Mit einer feindseligen Geste nimmt er sich ein weiteres Stück Pizza, als ob es ihn auch verärgert hätte. „Aber wir lassen dich nicht in die Nähe der Computer. Du kannst dich darum kümmern, unsere Tarnung aufrechtzuerhalten."

NEUN

Riva

Auf dem Weg zum Einführungsseminar der Soziologie, liegen meine Nerven blank bei dem Gedanken, einfach in einen Kurs zu platzen, für den wir nicht angemeldet sind. Wie sehr werden wir wohl auffallen?

Als ich durch die Tür trete, bleibe ich ruckartig stehen, bevor mich das genervte Gemurmel der Studenten hinter mir vorwärtstreibt.

Der Hörsaal ist riesig, praktisch ein Kolosseum. Etwa an die tausend Leute sitzen auf den Klappstühlen in den abgestuften Reihen, die um die fünfzehn Meter über der zentralen Tribüne enden.

Zian und ich sind zwei unbedeutende Flecken in der riesigen Menge – was mich mehr beruhigen würde, wenn wir nicht auch noch von einem Haufen Unbekannter umgeben wären.

Ich behalte meine Kapuze auf, obwohl ich bei einem kurzen Blick in den Saal ein paar Mädchen mit gefärbten Haaren entdecke. Alle meine Sinne sind in Alarmbereitschaft.

Ich mache mir zwar keine Sorgen mehr, dass wir hier auffallen könnten, doch mein Instinkt sagt mir, dass ich nicht jede potenzielle Bedrohung im Auge behalten kann.

Zian lässt sich auf einen Platz ganz oben neben einem Gang sinken, von wo aus man bei Bedarf leicht fliehen kann. Angesichts meiner Besorgnis bin ich mit seiner Wahl einverstanden.

Als ich auf dem gepolsterten Sitz neben ihm Platz nehme, klappt er die kleine hölzerne Schreibtischplatte hoch, die seitlich an dem Stuhl befestigt ist, und legt seinen Notizblock darauf. Ich tue es ihm gleich und packe auch ein paar Stifte aus. Alles, um den Schein zu wahren.

Falls sich jemand über die Neuankömmlinge in der Wohnanlage wundert, wollen wir den Anschein erwecken, ganz normale Studenten zu sein. Wir sind definitiv keine Freaks auf der Flucht vor sadistischen Experimentatoren.

Das Kribbeln meiner Haut lässt angesichts des entspannten Gemurmels der anderen Studenten allmählich nach. Wie geht es den anderen Jungs im Computerlabor wohl?

Jacob und Andreas sehen aus wie normale, wenn auch überaus attraktive Studenten. Nur Dominic wirkt ein wenig unbeholfen in dem gesteppten Parka, gegen den er seinen üblichen Trenchcoat getauscht hat. Er bedeckt die Beulen auf seinem Rücken vollständig, doch selbst mit dem geöffneten Reißverschluss muss ihm darin heiß sein.

Ich nehme an, dass er genauso wenig wie ich in dem Haus gefangen sein will.

Ich ziehe meinen Anhänger unter meinem Shirt hervor,

nehme die Teile auseinander und setze sie wieder zusammen, um mich zu beruhigen.

Wenn irgendwo eine Bedrohung auftaucht, will ich darauf vorbereitet sein.

Nach dem dritten Klicken schaut Zian zu mir hinüber. Meine Hand erstarrt, und ich verstecke den Anhänger wieder unter meinem Oberteil, weil ich mich an Jacobs heftige Reaktion darauf erinnere.

Vermutlich ist es besser, die Jungs nicht an das zu erinnern, was mir von dem, den wir verloren haben, noch geblieben ist.

Der Professor, der den Hörsaal betritt, sieht von hier oben eher aus wie eine Puppe aus als ein Mensch. Er streicht sich das ergraute Haar aus der Stirn, nimmt seinen Platz hinter dem Podium ein und aktiviert sein Mikrofon mit einem kurzen Zischen und Rauschen.

„Guten Tag zusammen", sagt er mit gedehnter Stimme. „Dann wollen wir mal anfangen."

Ich habe nicht erwartet, dass ich dem Inhalt der Vorlesung große Aufmerksamkeit schenken würde. Mein Stift wandert nur über die Seite, um mir Notizen über die Kleidung der anderen Studenten zu machen und Skizzen zu kritzeln, wie sie auf ihren Stühlen sitzen.

Ein Soziologiestudium wird mir in meiner Situation nicht weiterhelfen. Ich brauche den Grundkurs: wie man sich wie ein normaler Mensch verhält.

Die kurzen Missionen, auf die wir von den Wärtern geschickt wurden, dauerten nie länger als einen Tag. Und wir mussten uns dabei nie wirklich integrieren.

Zumindest ich nicht.

Ich spüre ein erneutes verärgertes Kribbeln. Warum versuchen wir überhaupt, uns zu integrieren? Es wäre so viel einfacher, wenn wir stattdessen irgendwohin verschwinden würden, wo wir von der Natur leben könnten, ohne auch nur die kleinste Spur im Leben anderer zu hinterlassen.

Dann müsste ich mir keine Sorgen machen, ob ich die richtigen Spuren hinterlasse.

Die Stimme des Professors dröhnt vor sich hin, während sich die Aufzählungspunkte auf der Projektionsfläche ändern. Ich beobachte Zian am Rande meines Blickfeldes und überlege, wie ich am besten zu ihm durchdringen könnte.

„Einem alten Kerl stundenlang beim Reden zuzuhören, ist nicht das, was ich mir unter Freiheit vorstelle", murmle ich vor mich hin.

Zians Augenbraue zuckt, doch er blickt nicht von seinen Notizen auf.

Ich spreche immer noch so leise, dass nur er es mit seinem scharfen Gehör hören kann, und klopfe mit meinem Stift auf meine vollgekritzelte Seite. „Ich frage mich, ob wir uns nicht einfach ein paar Computer schnappen und irgendwo abseits einen eigenen Arbeitsplatz einrichten könnten."

„Wir brauchen nicht nur Computer", antwortet er schroff. „Sobald wir herausgefunden haben, wer sie ist, müssen wir sie *finden*. Wir können uns nicht einfach verstecken."

In welchem Schlamassel werden wir wohl enden, wenn die Jungs darauf bestehen, diese Frau zu konfrontieren, die immerhin mit genau denselben Leuten gearbeitet hat, vor denen wir fliehen?

Ich schaue missmutig auf meinen Notizblock. Dieser Hörsaal ist nicht gerade die ideale Umgebung für eine längere Debatte. Und Zian ist nicht der Typ für Debatten. Zumindest war er das früher nicht.

Da ist immer noch so viel, was ich nicht über die Jungs weiß, mit denen ich früher so viel gemeinsam hatte.

Für die nächsten zwei Stunden habe ich ihn für mich allein. Es muss mir doch irgendwie gelingen, ihn davon zu überzeugen, dass ihr verrückter Plan zu gefährlich ist.

Während ich darüber nachdenke, durchdringt die Stimme des Professors meine Gedanken. „Das bringt uns zu dem Konzept des Tribalismus. Die Bindung an unsere Mitmenschen ist offensichtlich ein wichtiger Faktor für unser Überleben als Spezies. Unsere Tendenz, eine Art ‚Rudel‘ zu bilden, kann allerdings auch erhebliche negative Folgen mit sich bringen.“

Ich lege den Kopf schief. Meine Jungs und ich sind im Grunde ein kleines Rudel, nicht wahr? Findet dieser Guru etwa, dass das falsch ist?

Er schwafelt eine Weile darüber, dass das menschliche Gehirn nicht in der Lage ist, große Bevölkerungsgruppen als zusammenhängende Einheit zu begreifen, und dass die Zusammenarbeit mit Gleichgesinnten etwas Gutes bewirken kann, bevor er zu den Punkten kommt, die mich mehr interessieren.

„Sobald wir uns mit Menschen verbinden, die wir als unseren Stamm betrachten, haben wir jedoch häufig den Impuls, denjenigen *außerhalb* dieses Stammes mit Misstrauen zu begegnen. Im schlimmsten Fall entmenschlichen bestimmte Gruppen andere sogar völlig. Sie betrachten sie als nicht mehr zur selben Spezies gehörig und behandeln sie, als würden sie nicht dieselbe Freundlichkeit und denselben Respekt verdienen. Diese verzerrte Sichtweise kann zu Sklaverei, Völkermord und anderen Gräueltaten führen.“

Meine Finger umklammern meinen Stift. Unerwünschte Bilder von den fordernden Stimmen und den harten Griffen der Wärter tauchen in meinem Hinterkopf auf. Wie sie uns zum Einsatz unserer Fähigkeiten drängten und uns in einen Käfig sperrten, wenn sie keine Verwendung für uns hatten.

Weil wir anders waren als sie. Seltsam. Freaks.

Dabei haben sie uns erst dazu *gemacht*.

Wut steigt in meinem Bauch auf und bringt weitere Erinnerungen zurück. Der Kampfring. Das Grinsen des Bosses.

Die verstümmelten Körper.

Ich schließe kurz die Augen und schlucke die unangenehmen Gefühle hinunter, die in mir hochkommen. Dann bemühe ich mich um einen lockeren, unbeschwerten Tonfall. „Klingt furchtbar vertraut, nicht wahr? Vielleicht hätten die Wärter diesen Kurs besuchen sollen."

Zian antwortet nicht, aber seine Mundwinkel biegen sich mit einem Hauch von Belustigung nach oben.

Dieser kleine Sieg löst eine Welle der Erleichterung in mir aus, die die letzten Spuren meines Unbehagens wegspült. Ich nutze meinen Vorteil.

„Aber vielleicht waren *sie* ja gar keine Menschen. Soweit wir wissen, hätten unter dieser Metallverkleidung auch Roboter stecken können."

Zian schüttelt den Kopf über diese absurde Vermutung, doch sein Lächeln wird breiter.

„Sie haben uns auf jeden Fall behandelt, als wüssten sie nicht, was Menschlichkeit ist", fahre ich fort. „Als wären wir Zirkustiere zu ihrer Unterhaltung."

Ich halte inne und greife nach seinem Arm, um die Verbindung zu festigen, die zwischen uns besteht, ob die Jungs es nun zugeben wollen oder nicht. „Und ich weiß nicht, ob sie uns jemals gehen lassen werden, nicht …"

Meine Fingerspitzen streifen Zians glatte Haut knapp oberhalb seines Handgelenks. Wärme fließt meinen Arm hinauf, umschließt mein Herz und zieht mich näher heran.

Im nächsten Moment reißt sich Zian von mir los und rutscht mit gefletschten Zähnen auf seinem Sitz herum. Ein Hauch von Pheromonen geht von ihm aus, Stress und so etwas wie … Angst?

„Fass mich nicht an", knurrt er leise, aber so scharf, dass sich mehrere Köpfe um uns herum in unsere Richtung drehen.

Ich setze einen milden Gesichtsausdruck auf, beuge mich über meinen Notizblock und tue so, als ob nichts wäre. Doch in meinem Inneren herrscht ein zittriges Durcheinander.

Hasst er mich wirklich so sehr? Wovor hat er *Angst*?

Ich verstehe das alles nicht.

Das ist verdammt ungerecht.

Doch wann war unser Leben schon einmal fair?

Unter meiner schmerzhaften Fassungslosigkeit steigt Unbehagen auf. Meine Lunge prickelt, und ich erschaudere bis auf die Knochen.

Nein. Ich will mich nicht so fühlen. Ich will *nichts* fühlen, was mich an die Horrorshow in der Arena erinnern könnte.

Also verdränge ich meine Gedanken und schreibe fleißig mit, bis die Projektionsfläche dunkel wird und die Studenten sich von ihren Plätzen erheben.

Oh. Die Vorlesung ist vorbei.

Ich schüttle die Trance ab, in die ich verfallen bin, und stehe ebenfalls auf. Als wir aus dem Hörsaal gehen, spricht Zian kein Wort mit mir und sieht mich nicht einmal an.

Was würde er wohl tun, wenn ich in eine andere Richtung abbiegen würde, als wollte ich den Campus auf eigene Faust erkunden, anstatt wie ein braves kleines Mädchen zum Haus zurückzukehren?

Nachdem ich den Hass in seiner Stimme wegen einer viel kleineren Übertretung gehört habe, bin ich mir nicht sicher, ob ich das herausfinden möchte.

Ich soll beweisen, dass ich immer noch ein vollwertiges, loyales Mitglied unseres „Stammes" bin. Dass ich bereit bin, mitzuspielen, weil es mir so viel bedeutet, das Vertrauen der

Jungs wiederzugewinnen. Es wäre dumm, das in einem Moment des Ärgers aufs Spiel zu setzen.

Zian läuft den ganzen Weg zurück zum Haus ein Stück vor mir, doch an seinen angespannten Muskeln erkenne ich, dass er jeden meiner Schritte verfolgt. Als er die drei Stufen zur Haustür hinaufschreitet, ruft jemand nach uns.

„Hey, Nachbarn!"

Es ist das große, rothaarige Mädchen von nebenan: Brooke. Sie sitzt an dem Terrassentisch, der in dem Durchgang zwischen unserem und ihrem Haus steht. Vor ihr liegt aufgeschlagenes Lehrbuch. Sie lächelt uns an und steht auf.

Als sie auf uns zukommt, erstarre ich und drehe mich vor der Tür um. Hoffentlich wirken meine Bewegungen einigermaßen lässig. Ich ringe mir mein freundlichstes Lächeln ab. „Hi."

Brooke bleibt neben der Treppe stehen und stemmt die Hände in die Hüfte. „Mir ist aufgefallen, dass ich euch gar nicht gefragt habe, wie ihr heißt."

Ihr Blick huscht zu Zian, bevor sie ihn schnell wieder auf mich richtet, als wäre sie vor allem an meinem Namen interessiert.

Mein Lächeln fühlt sich steif an. Einer der Namen, die ich auswendig gelernt habe, damit er mir leicht über die Lippen kommt, purzelt automatisch aus meinem Mund. Er ist meinem echten Namen ähnlich und gleichzeitig gewöhnlich genug, um keine Aufmerksamkeit zu erregen. „Rita."

Sie lacht, wendet ihren Blick jedoch nicht von mir ab. „Ist schon okay. Ihr wart gestern mit dem Einzug beschäftigt."

„Ich bin Zack", erwidert Zian unwirsch und nennt seinen eigenen Decknamen.

„Schön, euch beide kennenzulernen. Habt ihr euch gut eingelebt?"

„Ja!" Ich versuche, fröhlich zu klingen. „Wir hatten gerade unsere erste Vorlesung."

Brooke grinst. „Sieht aus, als wäre der Professor nicht allzu streng mit euch gewesen. Was ist euer Hauptfach?"

„Soziologie." Das ist die einzige Antwort, die Sinn ergibt, obwohl ich nicht weiß, in welchen anderen Kursen wir noch landen werden.

Dann fällt mir ein, dass ich die Frage wahrscheinlich erwidern sollte, denn so funktioniert Small Talk. Nachdem ich von meinen Wärtern in der Kampfarena vier Jahre lang nur Grunzlaute zu hören bekam, bin ich ein wenig aus der Übung. „Und deine?"

„Geschichte und Wirtschaft. Bestimmt gibt es da ein paar Überschneidungen! Es ist schon erstaunlich, wenn man sich die Gesellschaft als Ganzes ansieht und all die verrückten Dinge, die wir so anstellen, oder?"

„Ja", sage ich und zucke innerlich zusammen, weil meine Zustimmung möglicherweise ein wenig schwach klang. „Allerdings", füge ich etwas energischer hinzu.

Diese Soziologievorlesung hätte ihr wahrscheinlich gefallen. Plötzlich frage ich mich, wie es wohl gewesen wäre, neben ihr zu sitzen und die Aussagen des Professors mit ihr zu diskutieren.

Nicht, dass ich ihr auch nur die Hälfte der Dinge hätte mitteilen *können*, die ich gedacht habe.

Brooke neigt ihren Kopf zur Seite. „Ich veranstalte heute einen Mädelsabend bei mir, Rita. Komm doch vorbei. So kannst du ein paar Leute vom Campus kennenlernen. Es wird lustig, nichts allzu Verrücktes."

Mein Gehirn setzt für eine Sekunde aus. Ich wurde noch nie von jemandem zu etwas eingeladen. Schon gar nicht von Leuten, die ich nach der Einladung wiedersehen würde.

Ich möchte nicht, dass einer der Studenten hier merkt, dass mit mir etwas nicht stimmt. Wird es verdächtig wirken, wenn ich nein sage?

Mein Mund öffnet und schließt sich, während ich nach einer Antwort suche. Dann wird plötzlich die Haustür aufgerissen.

Jacob steht auf der Schwelle und blickt mich mit seinen strahlend blauen Augen an. „Lasst uns gehen", sagt er mit scharfer Stimme. „Wir haben zu tun. Du hältst uns auf."

Ich unterdrücke ein Zusammenzucken bei seinem Tonfall, doch er hat mir den perfekten Ausstieg verschafft. „Danke, aber es tut mir leid", sage ich zu Brooke. „Ich muss noch einiges aufholen. Vielleicht ein anderes Mal."

Ich sehe noch, wie sie die Stirn runzelt, bevor ich Zian ins Haus folge.

Kaum ist die Tür hinter mir zugefallen, packt Jacob meinen Arm. Seine Finger graben sich in meine Haut. „Versuch es gar nicht erst", schnauzt er.

Ich starre ihn an. „Wovon redest du? Du hast mich gebeten, hereinzukommen, also habe ich es getan."

Er deutet zur Eingangstreppe. „Diese Nummer mit dem Mädchen von nebenan. Ich nehme an, du versuchst, sie misstrauisch zu machen, um unsere Pläne zu sabotieren?"

Ich pruste vor Lachen. „Willst du mich verarschen? Ich habe versucht, sie *nicht* misstrauisch zu machen. College-Studenten reden miteinander."

Zumindest machen sie das in den Sendungen, die ich gesehen habe. Brooke schien das für normal zu halten.

Jacobs Miene verfinstert sich. „Nicht das Reden. Die unbeholfenen Antworten, das gezielte Zögern."

Ich schaue ihn böse an. „Ich tue mein Bestes. Entschuldigung, dass ich vier Jahre lang keine wirklichen sozialen Kontakte mehr hatte. Das war nicht meine Absicht."

„Wenn du jetzt wieder mit deiner Mitleidsnummer …"

„Leute!", unterbricht Andreas uns forsch und klatscht in die Hände. Als Jacob verstummt, lächelt er und legt seinen Arm um meine Schultern.

Es ist die erste Geste körperlicher Zuwendung, die mir die Jungs entgegenbringen, seit ich sie aus der Einrichtung befreit habe. Das erste Mal, dass mich *überhaupt jemand* liebevoll berührt, seit Griffin, kurz bevor ...

Ich spanne mich instinktiv an, auch wenn der Hitzeschwall meine Gedanken durcheinanderbringt. Den Rest von Andreas' Kommentar bekomme ich beinahe nicht mit.

„Schön, dass euch beiden der Kurs gefallen hat, aber ihr habt die gute Nachricht noch gar nicht gehört."

Er lässt mich los, und mir bleibt keine Zeit, seine Berührung zu vermissen, da mir sofort flau im Magen wird.

Irgendwie glaube ich nicht, dass ich diese Nachricht auch „gut" finden werde.

Zian wird hellhörig. „Welche denn?"

Dominic kommt aus dem Wohnzimmer. Er hat seinen Parka inzwischen wieder gegen seinen hellen Trenchcoat getauscht. „Wir haben herausgefunden, wer Ursula ist."

Jacob nickt, seine Miene ist unverändert finster. „Ursula Engel. Wir wissen es nicht sicher. Doch bei ihr ist die Wahrscheinlichkeit am größten, dass sie es ist."

„Da war ein Bild", fügt Andreas hinzu. „Nicht die beste Qualität und fünfundzwanzig Jahre alt, aber sie entsprach dem Eindruck, den ich von den Erinnerungen der Wärter aufgeschnappt habe."

„Sie ist Biochemikerin und hat bis zur Gründung der Einrichtung in diesem Staat gearbeitet", fährt Jacob fort. „Teilweise für private Sicherheitsfirmen. Also für Leute, die wissen, wie man eine solche Einrichtung gründet. Genauere Informationen konnten wir allerdings nicht finden."

„Und was jetzt?", frage ich und widerstehe dem Drang, die Arme um meinen Körper zu schlingen.

Andreas schenkt mir sein warmes Lächeln. „Während die beiden damit beschäftigt waren, die Teile zusammenzusetzen, habe ich jemanden ausfindig gemacht, der uns helfen kann, alle Details herauszufinden, die nicht im Internet veröffentlicht sind." Er hält inne. „Natürlich hat diese Hilfe ihren Preis …"

ZEHN

Riva

Im Mondschein betrachte ich den Wasserfall, der vor mir fünfzehn Meter tief die schmale Klippe hinunterstürzt. „Oh, verdammt, nein."

Jacob verschränkt die Arme vor der Brust und sieht mich mit einem strengen Blick an. „Machst du schon einen Rückzieher?"

Ich seufze. „Nein." Ich bin nur extrem unzufrieden damit, wohin mich mein Leben geführt hat.

Zum Glück hat Andreas darauf bestanden, auch auf der Fahrt in die Wildnis mitzukommen, und er gleicht Jacobs Härte ein wenig aus. Er kommt auf mich zu und zupft sanft am Ende meines Zopfes.

„Ich weiß, dass du kein Fan von Wasser bist, Tinkerbell, aber du schaffst das. Du bist im Handumdrehen drin und wieder draußen."

Die warme Zuversicht in seiner Stimme und die

Tatsache, dass er meinen alten Spitznamen benutzt und nach den letzten Tagen überhaupt Vertrauen in mich setzt, beruhigt meine Nerven.

Eigentlich habe ich nichts gegen Wasser im Allgemeinen. Duschen ist in Ordnung. Und auch gegen ein kurzes Bad in einem warmen Schwimmbecken habe ich nichts einzuwenden.

Doch sobald ich untertauche, liegen meine Nerven blank … vielleicht wegen dieses Teils von mir, der die Krallen aus meinen Fingerspitzen und die spitzen Fellbüschel an meinen Ohren hervorbringt, wenn ich mich meiner animalischen Seite hingebe.

Jacob hat mich nicht grundlos immer „Wildkatze" genannt.

Der schwache Sprühregen in der Luft hat mir bereits verraten, dass das Wasser kalt sein wird. Meine Haut fühlt sich an, als würde sie sich am liebsten von meinem Körper lösen.

Ich straffe meine Schultern und krümme meine Finger. Es gibt kein Entrinnen vor dieser Expedition. Das ist das Einzige, was Andreas' Hacker als Gegenleistung für seine Hilfe wollte. Denn es gibt nicht viel, was ein so guter Hacker nicht auch allein hinbekommen kann.

Kurz bevor wir hierherfuhren, ließ Jacob mich von Dominic heilen. Ich spüre nur noch ein leichtes Kribbeln des Giftes, das durch meine Adern fließt. Doch jetzt beobachtet er mich mit einem Anflug von Spott.

Ich glaube, er *will*, dass ich mich weigere, damit er noch mehr Grund hat, meine Loyalität in Frage zu stellen.

Auf keinen Fall.

Ich deute mit dem Zeigefinger und einer ausgefahrenen Kralle auf ihn. „Ich tue das, obwohl ich glaube, dass wir uns gar nicht mit dieser Ursula beschäftigen sollten, weil ich weiß, dass sie dir und den anderen wichtig ist. Und ihr vier seid mir wichtig. Das ist der *einzige* Grund, warum ich es tue. Also behaltet das im Hinterkopf und nicht die abfälligen Gedanken, die dir sonst so in den Sinn kommen, während ich mich da oben zu Tode friere."

Jacob blinzelt mich mit zuckenden Augenlidern an, als wolle er sein Erstaunen verbergen. Dann verzieht sich sein Mund zu einer schmalen Linie.

Bevor er noch einen weiteren seiner schnippischen Gedanken äußern kann, gehe ich von ihm weg und auf die Klippe zu.

Ich stehe am felsigen Ufer, einige Meter von der Stelle entfernt, an der das Wasser in das flache Becken darunter trifft, und nehme mein Ziel in Augenschein. Es ist geradezu lächerlich.

Irgendein reiches Arschloch, der sich mit unserem neuen Hacker-Kollegen angelegt hat, hat ganz oben auf diesem hohen, schmalen Plateau eine vom Stromnetz unabhängige Hütte gebaut. Ich will gar nicht daran denken, wie viel Energie der Mistkerl verschwendet, um das Wasser die fünfzehn Meter nach oben zu pumpen, nur damit es dann wieder zum Haus hinunterfließt.

Offenbar ist das Anwesen nur mithilfe eines Hubschraubers zugänglich. Doch er hat noch nie ein Mädchen mit übermenschlichen Kräften und stählernen Krallen getroffen.

Das Licht in der Hütte ist aus. Dem Hacker zufolge war sein Erzfeind auf einer Geschäftsreise und würde heute Nacht nicht mehr nach Hause kommen.

Ich brauche ohnehin kein Licht. Ich muss nur gerade hochklettern und darf nicht fallen.

Ein Kinderspiel.

Ich ziehe die Wasserschuhe an, die wir als Teil einer Spezialausrüstung für dieses Unterfangen besorgt haben, und wate in meinen schwarzen Leggings und dem ebenfalls schwarzen langärmeligen T-Shirt durch das hüfthohe Wasser. Während ich mit den Schatten der Nacht verschmelze, beißt die flüssige Kälte meine Beine.

Je schneller ich das durchziehe, desto eher komme ich hier wieder raus.

Als ich direkt unter den Wasserfall trete und das herabstürzende Wasser meine Haare zerzaust, kann ich mir ein Zusammenzucken nicht verkneifen. Doch es gibt einen kleinen Spalt zwischen der Strömung des Wasserfalls und der felsigen Klippenwand, zumindest hier unten.

Ich zwänge mich in den wasserfreien Spalt, streiche mir die nassen Haare aus dem Gesicht, greife nach oben, hake meine krallenartigen Finger in die höchsten Spalten, die ich erreichen kann, und ziehe mich hinauf.

Die erste Hälfte des Aufstiegs ist nicht so schlimm, wie ich es mir vorgestellt habe. Meine Schultern fangen an zu schmerzen, als ich mein Gewicht nach oben ziehe, aber mit meinen Zehen in den flexiblen Schuhen erreiche ich genug Ecken und Kanten, um mich schnell nach oben zu bewegen und mich nicht nur auf meine Arme zu verlassen.

Der Abstand zwischen der Klippe und dem Wasserfall wird immer kleiner. Zuerst sind es nur kleine Rinnsale, die hier und da auf meinen Hinterkopf treffen. Dann ergießt sich ein kontinuierlicher Strom über mein Haar und mein Shirt.

Ich bemühe mich, nicht vor Kälte zu zittern, aus Angst, dass ich sonst den Halt auf dem glatten Stein verlieren könnte.

Zähneknirschend hieve ich mich so schnell wie möglich nach oben, ohne unvorsichtig zu werden. Ich strecke mich noch ein wenig mehr und greife höher.

Im Stillen verfluche ich Jacob dafür, dass er *mich* für diese Aufgabe auserkoren hat, obwohl Zian den Aufstieg wahrscheinlich genauso gut geschafft hätte. Womöglich sogar noch leichter, da seine Muskeln nicht von einem Gift geschwächt sind.

Ich bin mir hundertprozentig sicher, dass Jacob mich nicht nur deshalb ausgewählt hat, weil ich mich mit meiner kleineren Statur leichter in das Gebäude schleichen kann.

Irgendwann wird er erkennen müssen, dass ich auf ihrer Seite bin. Mit seinem logischen Verstand wird er es nicht leugnen können.

Der schlimmste Abschnitt sind die letzten drei Meter direkt unter dem Felsvorsprung. Ich muss mich so fest an den felsigen Graten festhalten, dass meine Finger pochen und sich meine Krallen in den Kalkstein graben. Ich halte meinen Kopf gebeugt, um den Wassermassen zu trotzen, die über mich hinwegrauschen.

Nur noch ein Stückchen weiter.

Als ich mit meiner Hand das nächste Mal nach Halt suche, ist keine Steinoberfläche mehr über mir. Ich taste mich vorwärts und berühre die flache Ebene, auf der der Wasserfall entspringt. Mit einem erleichterten Aufatmen stürze ich mich durch die tosende Strömung und klettere bis zu einem Holzdeck, das aus dem Gebäude vor mir herausragt.

Ich steige aus dem Wasser und lege mich für ein paar Minuten auf die glatten Bretter, um Luft zu holen und meinen Muskeln eine kurze Pause zu gönnen. Außerdem schüttle ich das Wasser aus meinem Haar und meiner Kleidung, bevor ich aufstehe und noch mehr Feuchtigkeit aus meinem Shirt und meinen Leggings wringe.

Ich ziehe meine Wasserschuhe aus und stelle sie auf dem Deck ab. Über mir erhebt sich das „Cottage". Es ist ein zweistöckiges Gebäude, das größtenteils aus glänzenden Fenstern zu bestehen scheint, die vereinzelt von dunklem Holz eingerahmt sind.

Wie viel Geld muss man wohl auf dem Konto haben, um

sich wohlzufühlen, wenn man die zweistelligen Millionenbeträge ausgibt, die für den Bau und den Unterhalt eines solchen Gebäudes nötig sind?

Aber das ist nicht meine Sache. Ich bin nur hier, um etwas zu holen und wieder zu verschwinden.

Auf der Suche nach dem Eingang schleiche ich um das Haus herum. Der Besitzer scheint Wert auf seine Privatsphäre zu legen. Rings um den Hubschrauberlandeplatz am anderen Ende der Terrasse herum sind Sicherheitskameras angebracht.

Eine Alarmanlage würde ihm nichts nützen, wenn er dieses Anwesen vom Rest der Gesellschaft abgeschottet hat.

Sein Fehler war es, anzunehmen, niemand könnte diesen Ort erreichen, außer auf dem Luftweg.

Die Tür ist nicht einmal verschlossen. Ich verkneife mir ein Lachen über die Arroganz dieser Entscheidung und gehe hinein.

Mr. Wohlhabend lässt die Heizung offensichtlich auch dann laufen, wenn er nicht zu Hause ist. Ich werde mich nicht zu sehr über ihn lustig machen, nicht einmal in meinem Kopf, denn ich freue mich über die warme Luft, die mich einhüllt und meine feuchte Kleidung nicht mehr so klamm erscheinen lässt.

Ich betrachte das riesige moderne Wohnzimmer mit der gewölbten Decke und den Ledermöbeln. Alle Oberflächen glänzen im Mondlicht, das durch die Fenster dringt, als wäre alles frisch poliert – sogar das Leder. Ein leicht rauchiger Kräuterduft liegt in der Luft. Vermutlich hat der Kerl Räucherstäbchen angezündet.

Warum können wir fünf nicht einen Ort wie diesen haben, weit weg von Hackern, ehemaligen Einrichtungs-Bossen und dem Rest der Welt?

Leider haben wir keine Milliarde Dollar zur Verfügung.

Doch ich wäre schon mit etwas zufrieden, das ein paar Stufen tiefer auf der Schickimicki-Skala liegt.

Da ich das im Moment nicht mit den Jungs besprechen kann, schleiche ich weiter durch die weitläufigen, luftigen Räume, bis ich das Arbeitszimmer finde.

Zumindest nehme ich an, dass es sich um das Arbeitszimmer des Besitzers handelt, denn an einem Ende steht ein Glastisch mit zwei Computermonitoren und diversen anderen technischen Utensilien. Der Rest des Raums sieht aus wie ein Spielzeugmuseum.

Statt an der Wand gibt es nur Fenster an der Decke. Das Mondlicht, das durch das Glas fällt, erhellt die Puppen und Action-Figuren in den Einbauregalen, die drei der vier Wände einnehmen. Hinter dem Schreibtisch, an der einzigen Wand ohne Regal, hängen mehrere gerahmte Sammelkarten sowie bunte Gemälde in der oberen Hälfte und Spielanleitungen in der unteren.

Hier bin ich richtig. Aber ich suche etwas ganz Bestimmtes.

Ich trete näher und lasse im schummrigen Licht meinen Blick über die Regale schweifen. Schließlich entdecke ich eine etwa zwanzig Zentimeter große Figur in einem lila Anzug und einem schwarzen Umhang mit goldenen Details. Sie ist noch in der Verpackung.

Offenbar ist dies ein seltenes Spielzeug. Unser Hacker und Mr. Wohlhabend waren einmal Zimmergenossen. Mr. Wohlhabend hat das Sammlerstück bei seinem Auszug gestohlen.

Und unser Hacker hielt es für absolut vernünftig, eine Gruppe von Fremden auf eine fast unmögliche Geheimmission zu schicken, um sie zurückzuholen.

Ich verdrehe die Augen angesichts der Absurdität der Situation und ziehe die wasserdichten Taschen hervor, die ich für den Aufstieg unter meinem Shirt aufbewahrt habe. Die

Schachtel mit den Action-Figuren passt so gut in eine hinein, dass ich sie problemlos verschließen kann.

Sicherheitshalber stülpe ich noch die zweite Tasche darüber und packe alles in einen Nylonrucksack, der vermutlich nicht wasserdicht ist. Er ist nur dafür da, dass ich meine Beute sicher an den Fuß der Klippe bringen kann.

Nachdem ich mir den Rucksack über die Schultern geschnallt habe, ziehe ich die Gurte fest und schließe den Clip über meiner Brust. Dann eile ich zurück zur Haustür, um noch etwas Wärme zu tanken, bevor ich mich auf den unangenehmen Weg nach unten machen muss.

Ich öffne die Tür – und bleibe stehen, als von oben plötzlich das Brummen eines Motors zu hören ist.

Ein Hubschrauber befindet sich im schnellen Sinkflug, und das rhythmische Surren seiner Rotorblätter dringt an meine Ohren. Seine Lichter werfen dünne, aber immer breiter werdende Streifen über die Landeplattform, die nur wenige Schritte von mir entfernt ist, wo ich wie erstarrt stehe.

Diese verdammten reichen Arschlöcher und ihre viel zu gut isolierten Wände. Und dieser verdammte Hacker, der sich viel zu sicher war, was den Zeitplan des reichen Arschlochs angeht.

Mit jeder Sekunde, die ich zögere, steigt die Wahrscheinlichkeit, erwischt zu werden. Ich glaube nicht, dass ich herausfinden möchte, wie Mr. Wohlhabend mit einem Eindringling umgehen würde.

Ich eile an den Außenwänden entlang um das Haus herum, bis ich auf der gegenüberliegenden Seite des Hubschraubers bin. Ich stürze mich in das rauschende Wasser unter dem Deck und lasse mich zum Rand der Klippe treiben.

ELF

Riva

Die Strömung erfasst mich und reißt mich in Richtung Wasserfall. Jacobs Gift lässt meine Muskeln genau im falschen Moment zittern, sodass ich stolpere.

Ich taumle ein paar Schritte vorwärts, rudere mit meinen Armen und stürze fast mit dem Kopf voran in den Teich.

Mein Herz schlägt heftig. Als ich versuche, mich nach hinten zu werfen, spüre ich, wie meine Schuhe den Halt verlieren.

Als sie direkt über die Kante rutschen, schlage ich um mich und fuchtle mit den Händen durch die Luft.

Meine Arme treffen mit den Ellbogen zuerst auf das Wasser. Eine Hand schrammt über ein zerklüftetes Stück Stein, woraufhin mein Unterarm heftig schmerzt.

Ich keuche auf, und schaffe es, mit meiner anderen Hand nach einem Felsbrocken zu greifen. Meine Schulter schmerzt, und der Wasserfall prasselt weiterhin auf mich herab, als mein Körper mit einem Ruck zum Stillstand kommt.

Schmerzen durchzucken meine beiden Arme, doch ich kann es mir nicht leisten, hier mitten in der Strömung auszuharren. Der Hubschrauber könnte bereits gelandet sein.

Ich schnappe nach Luft und lasse mich so schnell ich kann die Klippe hinunter, indem ich mich mit den Füßen abstütze und mich mit meinen Händen am nächsten Griff festklammere, sodass meine Füße weiter nach unten steigen können. Ich presse mein Gesicht dicht an den rauen, rutschigen Felsen, damit ich kleine Atemzüge nehmen kann.

Ich versuche das Pochen in meinen Armen und Schultern so gut wie möglich zu verdrängen und beiße meine Zähne so fest aufeinander, dass auch sie zu schmerzen beginnen.

Die Schwerkraft arbeitet jetzt zwar eher mit mir als gegen mich, dafür jedoch ein wenig zu enthusiastisch. Es kostet mich all meine Kraft, nicht mit dem Wasserfall in das flache Becken zu stürzen.

Sobald ich nahe genug bin, dass ich mich traue, die letzten Meter zu springen, brennen mir Tränen in den Augen. Zum Glück vermischen sich die wenigen, die mir über die Wangen laufen, mit der Gischt des Wasserfalls.

Auf wackligen Beinen wate ich zurück zum Ufer. Die Jungs sind weg. Ich nehme an, dass sie ins Auto gestiegen sind, als sie den Hubschrauber kommen sahen. Ich bin zu erschöpft, um mir Sorgen zu machen, dass sie mich im Stich gelassen haben.

Unabhängig davon, was sie von *mir* halten, sie wollen unbedingt den Plastik-Superhelden, den ich auf dem Rücken trage.

Ich durchquere das schwarze Stück Wildnis, bevor ich den zugewucherten Weg erreiche, wo wir das Auto geparkt haben. Ich orientiere mich mehr an Geräuschen und Gefühlen als an der Sicht. Schließlich erkenne ich das

Schimmern des Mondlichts auf der Windschutzscheibe hinter den Bäumen vor mir.

Sobald ich aus dem Gebüsch trete, heult der Motor auf. Ich nehme an, dass Andreas am Steuer sitzt, denn Jacob lehnt sich aus dem Beifahrerfenster und schnauzt mich an. „Mach schon!"

Als ob ich getrödelt hätte.

Durch das Licht der Scheinwerfer stapfe ich auf die hintere Tür zu. Sobald ich sie öffne und auf den mittleren Sitz des Geländewagens springe, dreht sich Andreas zu mir um.

„Blutest du?", fragt er mit gerunzelter Stirn.

Ich schaue auf meinen verletzten Arm hinunter. Der Felsen hat den Stoff aufgerissen, und Blut rinnt über das Stück nackte Haut um die Schramme herum bis zum Handrücken. Jetzt, wo ich sehen kann, wie schlimm es aussieht, tut es auf einmal gleich noch mehr weh.

„Nur ein bisschen", erwidere ich lässig.

Andreas gibt einen rauen Laut von sich und greift nach dem Schlüssel, doch Jacob packt sein Handgelenk, bevor er es tun kann.

„Ich weiß auch, wie man eine Wunde verbindet. Wir müssen *sofort* von hier weg."

Oh, wie schön. Während Andreas rückwärts die holprige Strecke hinunterfährt, zwängt sich Jacob zwischen den Vordersitzen zu mir durch. Er hat den Erste-Hilfe-Kasten dabei, den einer der Jungs in weiser Voraussicht im Handschuhfach verstaut hat.

„Ich kann das selbst", teile ich ihm mit, denn ich bin nicht sonderlich begeistert von der Vorstellung, dass der Typ, der mich überhaupt erst auf die Klippen geschickt hat, meine Wunde verarztet.

„Es ist einfacher, wenn es jemand anderes macht", erklärt

er knapp. Als wäre er verärgert darüber, dass ich ihm Unannehmlichkeiten bereite und gleichzeitig darauf besteht.

Seufzend kremple ich meine Ärmel hoch und beiße mir auf die Lippe, um nicht zusammenzuzucken, als der nasse Stoff über die Schramme reibt. Jacob ergreift meine Hand mit einem Minimum an Behutsamkeit und tupft mit einem gefalteten Stück Gaze die Feuchtigkeit von meinem Arm.

Dann hält er inne. „Du hast sie doch bekommen, oder?"

Ich rümpfe die Nase. „Ich weiß es besser, als ohne eure Trophäe zurückzukommen. Sie ist im Rucksack, so wie abgesprochen."

Er schnaubt, als ob ihm selbst das nicht gefallen würde, und tupft mir antiseptisches Gel auf den Arm. Während das Brennen durch den Muskel strahlt, wickelt er frische Mullbinden um meinen Unterarm.

Es nervt mich, dass andere Teile meines Körpers mit einem Kribbeln auf ihn reagieren. Jemand sollte mich wirklich mal ordentlich durchschütteln.

Und ich sollte nicht wollen, dass er es ist.

„So, alles wieder zusammengeflickt", sagt Jacob forsch und setzt sich auf die andere Seite der Sitzbank, um möglichst viel Abstand zu mir zu gewinnen. Man könnte meinen, ich sei diejenige, die Leute durch eine Berührung vergiftet.

„Alles in Ordnung, Riva?", fragt Andreas.

Macht er sich Sorgen wegen der Schnittwunde oder darüber, welche neue Hölle mir sein Freund angetan haben könnte?

Ich beschließe, Ersteres anzunehmen. „Sie war nicht tief. Mehr eine Schramme als eine echte Gefahr. Besser, etwas Haut zu verlieren, als in den Wasserfall zu stürzen."

Jacob runzelt die Stirn, doch dieses eine Mal gilt seine schlechte Laune nicht mir. „Dieser Computerfreak hätte nicht sagen sollen, dass der Typ die ganze Nacht weg ist, wenn er sich nicht sicher war."

„Vielleicht haben sich die Pläne in letzter Minute geändert", wirft Andreas ein. „Aber du kannst dich bei ihm beschweren, wenn wir ihn sehen. Mach nur nicht seine Puppe kaputt." Er macht eine Pause und spricht dann wieder in einem so vertrauten Tonfall, dass mir die Tränen in die Augen schießen. „Habe ich euch jemals von dem Mann erzählt, den ich in der U-Bahn gesehen habe und der in einem Spielzeugladen gearbeitet hat?"

„Wahrscheinlich", murmelt Jacob, der den Hauch von Neugier in seiner Stimme nicht ganz verbergen kann.

Die Wärter haben uns nie viele materielle Besitztümer gelassen, doch Andreas hatte eine Sammlung völlig anderer Art. Jedes Mal, wenn er auf eine Mission ging, vertiefte er sich in die Erinnerungen einer Person, die er sah und die sein Interesse weckte. Und jedes Mal kehrte er mit interessanten Geschichten zurück, die er bei Bedarf ausgraben konnte.

Er beginnt zu schwafeln, während er den Geländewagen von der Piste auf eine richtige Straße lenkt. „Es schien, als hätte er nie wirklich einen Laden führen wollen. Und schon gar keinen Spielzeugladen. Er hat ihn von einem Onkel geerbt, und als er davon erfuhr, war er stinksauer. Doch dann ..."

Während Andreas seine Geschichte erzählt, lehne ich mich gegen mein Fenster und schließe die Augen. Wenn ich mich auf nichts anderes als seine Stimme konzentriere, fühlt es sich fast an wie in alten Zeiten.

Irgendwann hört er auf zu labern und schaltet das Radio ein. Ich bin so erschöpft, dass mich nicht einmal meine feuchten Klamotten wachhalten können, und schlafe ein. Es ist eine lange Fahrt zurück in die Stadt. Als ich durch das Abstellen des Motors aufwache, ist der Stoff fast trocken.

Der Hacker wartet im Hinterzimmer einer stillgelegten

Spielhalle. Als wir drei hereinkommen, hebt er ruckartig den Kopf, und seine hellen Augen blitzen eifrig auf.

Zian und Dominic, die mit ihm gewartet und gewissermaßen Wache gehalten haben, richten sich mit verkniffenen Mienen auf, als hätten sie zu viel Koffein getrunken, um sich so lange wachzuhalten.

„Du …" Jacob will seinem Ärger sofort Luft machen, doch ich habe nicht die Geduld, ihm zuzuhören, wie er den Kerl anpöbelt. Die Expedition ist beendet. Und wir haben alle überlebt.

Ich bringe ihn mit einer Handbewegung zum Schweigen. „Bringen wir es einfach hinter uns."

Ich öffne den Reißverschluss des Rucksacks und begegne dem Blick des Hackers. „Wir haben, was du wolltest."

Als ich die noch immer wasserdicht verpackte Actionfigur herausziehe, erhellt sich das Gesicht des Mannes, als hätte ich ihm das Elixier für ewiges Leben gebracht. Er greift automatisch danach, aber Andreas geht dazwischen.

„Du weißt, dass wir sie haben. Sobald du die Informationen besorgst, die wir brauchen, bezahlen wir."

„Ja, natürlich." Der Hacker grinst mich an. „Ihr habt keine Ahnung, wie viel mir das bedeutet. Es wurden nur hundert Exemplare hergestellt, und die meisten davon sind im Laufe der Jahre im Müll gelandet. Mein Vater hat mir geholfen, sie zu kaufen. Nur ein paar Monate bevor der Krebs ihn endgültig dahinraffte."

Aha. Vielleicht ist es doch ein bisschen mehr als nur ein dummes Spielzeug.

Ich schenke ihm ein verlegenes Lächeln und klemme die Schachtel unter meinen Arm. „Wir werden bis zur Übergabe gut darauf aufpassen."

Er schmunzelt, und sein Lächeln wird noch verschlagener. „Ich wette, das wirst du, wenn du in der Lage warst, sie zu holen. Ich hätte dich gerne in Aktion gesehen."

Ich weiß nicht, was ich darauf erwidern soll. Sein Tonfall klingt seltsam kokett, nicht, dass ich das gut beurteilen könnte.

Er kann doch nicht wirklich denken, dass ich nach dieser todesmutigen Mission Lust auf eine heiße Nummer habe, oder?

„Es gab nicht viel zu sehen", antworte ich. „Es war ziemlich dunkel."

„Hmm." Der Hacker rückt so nahe heran, dass er mit seinen Fingern über meinen Unterarm streichen kann. Den unverletzten. „Im Dunkeln können so viele vergnügliche Dinge passieren, besonders mit einem Mädchen wie …"

„Lass sie in Ruhe!", knurrt Zian und tritt so abrupt zwischen uns, dass ich rückwärts stolpere. Noch bevor ich mein Gleichgewicht wiederfinden kann, packt mich eine andere Hand am Ellbogen und reißt mich von dem überoptimistischen Hacker weg.

Ich schaue mich um und sehe, dass Jacob mich festhält. Seine Augen sind eiskalt, und er starrt den Hacker genauso feindselig an wie Zian. „Sie ist nicht Teil der Abmachung."

„Wow, wow", sagt der Hacker. Er hebt die Hände und weicht ein paar Schritte zurück. „Das war nicht böse gemeint. Ich ergreife nur gerne meine Chance, wenn sie sich bietet. Ich wusste nicht, dass ihr zusammen seid."

„Sie gehört zu uns", knurrt Zian. Obwohl ich weiß, dass er es nicht so meint, sondern eher sagen will, dass ich ihre Gefangene bin, löst seine schützende Haltung ein Kribbeln in meinem Bauch aus.

„Klar, kein Problem. Hier sind die gefälschten Ausweise, die ihr haben wolltet."

Er reicht Andreas die gefälschten Führerscheine mit unseren Fotos und Geburtsdaten, die uns alle als volljährig ausweisen. Was wir möglicherweise auch sind. Außerdem haben wir ohnehin nicht vor, uns in Alkohol zu ertränken.

Da wir in der Einrichtung nie Geburtstage gefeiert haben, können wir nur vermuten, dass wir um die zwanzig oder einundzwanzig sind.

Der Hacker tritt einen weiteren Schritt zurück und salutiert spöttisch vor uns. „Ich werde mit der Suche weitermachen … Und möglicherweise auch einen Anruf von einem sehr verärgerten Jungen mit Treuhandfonds entgegennehmen."

Ein Lächeln huscht über sein Gesicht, bevor es fast so schnell wieder verschwindet, wie es aufgetaucht ist. Ein Schatten huscht über sein Gesicht, dann stapft er ohne ein weiteres Wort zur Tür hinaus.

Ich schaue ihm hinterher, und ein seltsamer Schmerz durchzuckt mich. Seine Freude über sein Spielzeug währte nicht lange, obwohl die Figur eine besondere Bedeutung für ihn hat.

Wie viel bedeutete ihm seine frühere Freundschaft wohl? Diese eine Sache zurückzubekommen, könnte nicht ausreichen, um alle Wunden zu heilen, die durch den Diebstahl entstanden sind.

Ich mustere die Jungs, mit denen ich nun wieder vereint bin und von denen ich mich gleichzeitig so viel weiter entfernt habe, und auf einmal möchte ich mich nur noch unter meiner Bettdecke verkriechen. Am liebsten würde ich die Zeit zurückdrehen und alles anders machen.

ZWÖLF

Andreas

Riva verhält sich nicht besonders anders, selbst wenn sie glaubt, dass sie allein ist. Zumindest nehme ich an, dass sie glaubt, sie sei allein.

Über ein Jahr nach ihrem Verschwinden entdeckte ich eine neue Ausprägung meiner Fähigkeit. Natürlich ausgerechnet vor den Augen einiger Wärter. Ich war gerade mitten in einem Test, bei dem ich nach Erinnerungen im Kopf einer Frau suchte. Ich weiß bis heute nicht, wo sie sie herhatten. Während des Tests gab ich vor, nicht einmal die Hälfte von dem finden zu können, was sie verlangten, während ich darüber nachdachte, wie schön es wäre, wenn ich *mich* einfach aus ihren Köpfen löschen könnte.

Theoretisch hätte ich das tun können. Oder es wäre möglich gewesen, wenn meine Talente nicht durch die Drogen, die sie uns verabreicht haben, abgestumpft worden wären. Ich könnte jetzt, wenn ich es wirklich wollte, einfach alle Erinnerungen an meine Existenz aus allen Köpfen der Welt löschen, außer aus meinem eigenen.

Es wäre nicht das erste Mal, dass ich jemanden quasi auslösche.

Leider gibt es bei meiner Fähigkeit, Gedächtnisse zu manipulieren, nicht viele Abstufungen. Ich könnte eine Erinnerung nach der anderen zerstören, eine Person nach der anderen, oder alle Eindrücke in einer riesigen Welle wegspülen.

Ich wäre aufgeschmissen, wenn sich nicht einmal meine Freunde an mich erinnern könnten. Und bei den Wärtern wäre ich damit ohnehin nicht weit gekommen. Da sie mich weiterhin gesehen hätten, wäre ihnen klar gewesen, dass etwas nicht stimmt. Die digitalen Aufzeichnungen über mich wären nicht verschwunden.

Während mir diese Gedanken durch den Kopf gingen und der Wunsch, zu verschwinden, immer stärker wurde, blickte ich auf meine Hand hinunter und stellte fest, dass ich durch sie hindurch bis zu der Stuhllehne sehen konnte, auf der sie lag.

Unsichtbarkeit wäre eigentlich eine sehr nützliche Fähigkeit, aber alles, was diese zufällige Entdeckung bewirkte, war, dass die Wärter noch mehr Grund hatten, mich zu untersuchen und zu befragen. Wann immer sie die Drogen so weit abgesetzt haben, dass ich mich komplett unsichtbar machen konnte, befand ich mich in einem hochsicheren Untersuchungsraum, aus dem ich sowieso nicht entkommen konnte.

Und wenn ich meine Fähigkeit in meinem Zimmer ausprobierte, gelang es mir meist nur, ein oder zwei Gliedmaßen zu verstecken. Nicht genug, um unsere Pläne in nennenswerter Weise zu beeinflussen.

Nachdem die Wirkung der Drogen vor ein paar Tagen vollständig nachgelassen hat, habe ich nun das Gefühl, zum ersten Mal seit Jahren wieder ungetrübte Luft zu atmen. Als Jacob mir vorschlug, ihm und Riva unsichtbar in ihr Zimmer zu folgen und ein paar Stunden auf sie aufzupassen, war das ein Kinderspiel.

Ich schlüpfte hinter ihr ins Zimmer, während er die Tür aufhielt, und lehnte meinen durchsichtigen Körper in die Ecke, in der Hoffnung, dass sie nicht ausgerechnet dort hingehen würde. Immerhin könnte sie mich immer noch anrempeln. Und seither beobachte ich sie.

Doch es gab nicht viel zu sehen.

Noch immer sitzt sie mit ernster Miene auf ihrem Bett, zieht ihre Halskette heraus und lässt den Anhänger klicken. Dann legt sie sich auf den Boden und macht Liegestütze und Crunches, bevor sie wieder aufsteht und ein paar Kniebeugen und Ausfallschritte macht.

Es ist unmöglich, die Kraft nicht zu bewundern, die durch ihren täuschend zierlichen Körper fließt. Als ihr Gesicht von der Anstrengung errötet, beginnt mein Körper zu kribbeln.

Aber ich bin kein Spanner. Als sie ihr durchgeschwitztes Oberteil gegen ein sauberes tauscht, drehe ich mich zur Wand, bis ich sicher bin, dass sie fertig ist.

Es ist nicht meine Schuld, dass mir Bilder von ihren schlanken Kurven durch den Kopf gehen. Riva war das einzige Mädchen, das ich jemals wirklich begehrt habe, selbst nachdem ich bei meinen Einsätzen in der weiten Welt die Chance hatte, andere Frauen kennenzulernen.

Egal, was seitdem passiert ist, manche Gefühle verschwinden nicht einfach, selbst wenn man es gerne möchte. Ich bin mir ziemlich sicher, dass Jacob das bestätigen könnte, wenn er es zugeben würde.

Als das Rascheln des Stoffes verklingt, lasse ich meinen Blick wieder durch das Zimmer schweifen. Riva geht zum

Fenster und schiebt es ein paar Zentimeter auf. Ein Hauch von kühlem Herbstwind weht herein.

Das ist gut. Ich glaube, das wird uns beiden guttun.

Auf der Kommode steht eine Digitaluhr. Ich bin seit etwas mehr als einer Stunde hier drin. Ich spanne meine Muskeln an, um zu sehen, ob meine Energie nachlässt, aber es gibt keine Anzeichen dafür, dass die Aufrechterhaltung meiner Unsichtbarkeit mich erschöpft.

Zumindest nicht auf diese Weise. Ich habe teilweise mehrere Stunden im Untersuchungsraum der Einrichtung verbracht, ohne dass ich die Schmerzen hatte, die sich einschleichen, wenn ich zu lange in den Erinnerungen der Menschen herumstöbere. Doch nach einer Weile kommt immer das Gefühl auf, dass ich permanent verblasse und meinen Körper nicht mehr zurückholen kann, wenn ich ihn mir zu lange wegwünsche.

Wahrscheinlich ist es nur Paranoia, doch ich habe nicht vor, mich bis zum Äußersten zu verausgaben, nur um diese Annahme zu testen.

Riva setzt sich wieder aufs Bett und blättert in einer Zeitschrift, die sie bei unserem Ausflug in den Supermarkt auf dem Campus mitgenommen hat. Die Inhalte scheinen sie nicht sonderlich zu fesseln.

Jacob wird enttäuscht sein, dass ich ihm nicht von einer großen Verschwörung berichten kann, die sie hinter ihrer verschlossenen Tür geschmiedet hat.

Mir ist langweilig. Ich könnte wieder in ihre Erinnerungen schlüpfen, aber ich kenne schon so viele. Außerdem bin ich mir nicht sicher, wie gut ich meine Unsichtbarkeit aufrechterhalten kann, wenn ich mich auf etwas anderes konzentriere.

Ich fische in meiner Tasche nach dem glatten Schnürsenkel, den ich zusammen mit unseren neuen Klamotten mitgenommen habe, und drehe ihn zwischen meinen Fingern. Ich mache einen Knoten, dann noch einen und noch einen, bis es nicht mehr geht und ich sie alle wieder lösen muss.

Der Schnürsenkel ist für meine zappelige Angewohnheit nicht so gut geeignet wie die geflochtene Schnur, die ich in meinem Zimmer in der Einrichtung aufbewahrt habe. Und er ist nicht glatt genug, um die Knoten schnell wieder zu lösen, aber er ist besser als nichts.

Leise Musik dringt durch das offene Fenster. Jemand in einem der Nachbarhäuser schmettert einen fröhlichen Popsong, als wolle er die ganze Nachbarschaft unterhalten.

Und Riva beginnt, sich zu bewegen.

Zuerst kann ich nicht sagen, ob es sich um eine richtige Bewegung handelt und nicht nur um meine Einbildung, während ich mich auf den Beat einstelle. Schließlich wird das sanfte Wippen ihres Oberkörpers ein wenig ausgeprägter, sodass es offensichtlich ist, dass sie die Musik aufnimmt.

Ich bin mir nicht sicher, ob *sie* überhaupt selbst merkt, dass sie sich bewegt. Ihr Blick ist immer noch auf die Seiten des Hochglanzmagazins gerichtet.

Dann wiegt sie ihren Kopf ein wenig zur einen und zur anderen Seite, bis schließlich ein komplexerer Rhythmus entsteht. Ihr Kinn wippt ein wenig im Takt.

Plötzlich huscht ihr Blick zum Fenster. Sie versteift sich abrupt, als befürchte sie, dass ein schrecklicher Gegenschlag auf sie zukommen wird.

Sie steht auf und schließt das Fenster. Als sie wieder auf das Bett plumpst, ist sie vollkommen starr und ruhig.

Mein Magen verkrampft sich. Ich erinnere mich daran, wie ich gelegentlich einen Blick auf sie erhaschte, wenn wir eine Fernsehsendung oder einen Film mit prominenter Musikuntermalung sahen, oder wenn Musik im Fitnessraum lief, während wir trainierten. Kleine Momente, in denen sie mit ein paar anmutigen Bewegungen in die Melodie hineinschlüpfte.

Ihr kurzes Abgleiten in die Musik ist das Einzige, was ich während dieser Spionagezeit beobachtet habe, das sich von ihrem Verhalten gegenüber dem Rest von uns unterscheidet. Es waren die einzigen Momente, in denen sie nicht selbstbewusst und kontrolliert wirkte.

Ich denke immer noch über diese Tatsache nach, als das Schloss in der Tür knarrt, und Zian Riva zuruft, dass es Zeit zum Abendessen ist. Er reißt die Tür wie geplant auf, und ich eile ihr voraus.

Als sie im Erdgeschoss ankommt, helfe ich dabei, die Nudeln zu verteilen, die die anderen gekocht haben. Ich bin wieder normal und vollkommen undurchsichtig.

Ich werfe ihr einen Blick über die Schulter zu und grinse, um ein schlechtes Gewissen zu überspielen. „Wie viel Hunger hast du, Tinkerbell?"

Es ist wie ein unerwartetes Geschenk, wie sich ihre Miene entspannt, als ich sie bei ihrem alten Spitznamen nenne, und statt hübsch sieht sie geradezu ätherisch aus. Mein Herz setzt einen Schlag aus.

Ich muss aufpassen, dass ich nicht anfange, dieses Geschenk zu erwarten – oder es zu sehr zu genießen. Erwartungen machen Dinge nur kompliziert.

„Nur ein bisschen", sagt sie und lässt sich auf ihren Stuhl sinken. „Aber es riecht lecker."

Sie schenkt mir ein kurzes Lächeln, weil sie davon ausgeht, dass *ich* gekocht habe, anstatt sie die letzten zwei Stunden zu beobachten.

„Das Lob gebührt Dominic", gebe ich zu und stoße ihn leicht mit dem Ellbogen an, als er nach seinem Teller greift. Ich entlocke ihm auch ein kleines Lächeln, also ist das ein doppelter Sieg für das Essen.

Die Tatsache, dass *ich* immer noch so viel lächeln kann,

zeigt, wie unterschiedlich sich die letzten Jahre auf uns ausgewirkt haben. Für mich war es kaum zum Lachen, und ich habe Griffins Abwesenheit jeden Tag gespürt, aber ich weiß, dass das, was mir angetan wurde, nicht mit den schrecklichen Dingen vergleichbar ist, die die anderen Jungs durchgemacht haben.

Wenn ich sie ein wenig von der Last ablenken kann, die sie zu tragen haben, werde ich ihnen zumindest ein bisschen helfen.

Zian braucht das auch. Begeistert isst er seine Nudeln, aber als Riva sich an ihm vorbeibeugt, um nach dem Salz zu greifen, und ihr Arm fast seine Knöchel streift, bemerke ich, wie sich seine Schultern leicht anspannen. Sein Kiefer zuckt, bevor er wieder zu kauen beginnt.

Unbehagen flackert in seinen Augen auf.

Nein, ich bin definitiv nicht der Einzige, der Rivas Anziehungskraft spürt. Doch ich kann mir nicht einmal ansatzweise vorstellen, wie sehr ihn das aus der Bahn werfen muss, nach … allem.

„Ich habe Dom gesagt, dass er eine Extrapackung Rinderhackfleisch für die Soße braten soll, nur für dich, Zee!", rufe ich ihm von meinem Platz aus zu.

Er verdreht die Augen, aber seine Miene verzieht sich zu resignierter Belustigung. Ein winziger Sieg.

Wenn ich es weiter versuche, werde ich vielleicht irgendwann einen größeren erreichen.

Wir sind gerade mit dem Essen fertig, als es an der Tür klopft. Wir versteifen uns alle fünf, und unsere Köpfe zucken zur Vorderseite des Hauses.

Als auf das Klopfen keine bewaffneten Wärter folgen, die die Tür aus den Angeln reißen oder die Fenster einschlagen, stehe ich kichernd auf und stelle meinen fast leeren Teller auf den Tisch. Ein Feind würde wohl kaum anklopfen.

Ich öffne die Tür und sehe das Mädchen aus dem

Nachbarhaus – Brooke – auf der Treppe stehen. Sie schenkt mir ein fröhliches Lächeln, doch ihr Blick gleitet an mir vorbei in den Raum dahinter, als würde sie etwas suchen.

„Ist Rita hier?", fragt sie. „Wir wollen ausgehen, und ich dachte, sie würde vielleicht gerne mitkommen."

Jacob wird auf keinen Fall damit einverstanden sein, dass Riva mit einem Haufen Fremder einen draufmacht.

„Sie lernt", antworte ich. „Und sie kann es nicht leiden, wenn man sie unterbricht."

Brooke kneift die Augen zusammen, nur für einen Moment, aber genug, um mich sofort in Alarmbereitschaft zu versetzen.

„Ihr Jungs haltet sie an der kurzen Leine, was?", fragt sie, und ich vermute, dass die Lässigkeit in ihrem Tonfall nur vorgetäuscht ist.

Besorgnis steigt in mir auf. Wenn sie auf den Gedanken kommt, dass hier etwas Unschönes vor sich geht, könnte sie es den Campus-Behörden melden und die Aufmerksamkeit auf uns lenken. Und das wollen wir auf keinen Fall.

Ich stütze mich am Türrahmen ab und setze mein charmantestes Grinsen auf. „Nein, sie nimmt ihr Studium nur sehr ernst. Ich sage ihr immer wieder, dass sie sich locker machen soll. Wo wollt ihr denn hin? Vielleicht kann ich sie überreden, sich den Abend freizunehmen."

Ich scheine überzeugend genug zu sein, denn Brooke blinzelt mich verwirrt an, bevor sie freundlich lacht. „Wir gehen in unseren Lieblingsclub in der Innenstadt. Das ist eine Art Ritual am Freitagabend."

„Und was ist an diesem Club so besonders?", frage ich mit hochgezogenen Augenbrauen.

„Wir finden den DJ toll, der freitags auflegt. Und bis zehn Uhr gibt es Drinks für vier Dollar."

„Also *ich* habe Lust bekommen." Ich schenke ihr ein

weiteres Grinsen, und ihre sommersprossigen Wangen färben sich leicht rosa.

Ich habe genug Zeit in der weiten Welt verbracht, um zu wissen, dass nur sehr wenige Frauen meine freundliche Fassade ignorieren, wenn ich die richtigen Töne treffe. Trotzdem verspüre ich einen Anflug von Unbehagen, weil ich weiß, dass ich das ausnutze, um sie von ihrer Sorge um Riva abzulenken.

Riva braucht sie nicht. Ich kümmere mich um sie.

Diese Studentin hat keine Ahnung, was wir durchgemacht haben oder was wir überhaupt sind. Sie würde alles nur noch schlimmer machen.

Doch als sie den DJ erwähnt, erinnere ich mich daran, wie Riva sich oben zu der Musik gewiegt hat. Vielleicht wäre ein wenig Spaß gar keine schlechte Idee.

Sie sollte auch die Chance haben, einmal durchzuatmen.

„Sag mir den Namen des Clubs, und ich werde sehen, was ich tun kann", sage ich zu Brooke. „Wenn ich sie überreden kann, sehen wir uns dort."

Nachdem sie mir den Namen genannt hat und gegangen ist, schließe ich die Tür und gehe zurück in den Essbereich. Die anderen vier mustern mich misstrauisch.

„Wenigstens ist sie weg", sagt Zian.

„Fürs Erste", sage ich und klatsche in die Hände. „Ich habe nicht gelogen. Ich denke, wir sollten alle tanzen gehen."

Ich bemerke, dass Riva sich noch ein wenig mehr auf ihrem Stuhl versteift.

Genauso wie Jacob. „Willst du mich verarschen?"

Ich werfe ihm einen spitzen Blick zu. „Ich denke, es könnte uns *allen* nicht schaden, etwas Dampf abzulassen. Uns ein bisschen locker zu machen und uns zu integrieren."

Sein Mund verzieht sich, aber er argumentiert nicht weiter.

„Ich glaube nicht, dass das etwas für mich ist“, beginnt Riva, die Gabel fest umklammert.

Aber Zian ist Feuer und Flamme. „Die Idee ist gut. Wir haben sowieso nicht viel anderes zu tun, während wir auf diesen Hacker warten.“

Ich schenke Riva ein sanfteres, aber immer noch strahlendes Lächeln. „Komm schon, Tinkerbell. Wir sind frei. Willst du nicht auch ein bisschen leben?“

„Deine neue beste Freundin wird nicht eher lockerlassen, bis sie dich überredet hat, etwas mit ihr zu unternehmen“, murmelt Jacob.

Riva zögert und stößt dann ein verhaltenes Lachen aus. „Na gut. Lasst uns in den Club gehen. Aber nur für ein oder zwei Stunden.“

DREIZEHN

Riva

Ich zupfe an meinem Kapuzenpulli, als wir auf den Eingang des Clubs zugehen. Es ist das einzige Kleidungsstück, in dem ich mich zurzeit wirklich wohlfühle.

Ich könnte schwören, dass Jacob böse vor sich hin gegrinst hat, als er sich dieses glitzernde Neckholder-Top und die Jeans geschnappt hat, die so eng sind, dass sie praktisch auf meinen Körper gemalt sein könnten. Dabei könnte nicht einmal ich behaupten, dass meine bequemen Tanktops und Jogginghosen angemessene Clubklamotten sind.

Wie zum Teufel habe ich mich von den Jungs dazu überreden lassen? Ach ja, weil es das erste Mal ist, dass sie mich bitten, *etwas* zu tun, was echte Freunde tun würden.

Auch wenn es Jacobs säuerlicher Miene nach zu urteilen schwer vorstellbar ist, dass ich Fortschritte bei ihm gemacht habe.

Der pulsierende Bass, der aus dem Club dringt, bereitet mir ebenfalls Unbehagen, allerdings auf eine andere Art und Weise. Der Beat hallt bis in meine Knochen und zerrt an meinen Gliedern.

Doch ich habe noch nie vor jemandem getanzt. Jetzt werde ich sowohl von Fremden als auch von drei der Jungs umgeben sein, denen ich meine wenigen Geheimnisse nicht offenbaren wollte.

Ich kann mich nicht einmal darüber freuen, dass es nur drei von vier sind, denn Dominic ist derjenige, bei dem ich mir am wenigsten Sorgen machen würde, dass er mich wegen meiner fehlenden körperlichen Anmut verurteilt. Doch mit seinem Parka oder gar dem Trenchcoat wäre er auf keinen Fall in den Club gekommen, und die anderen Jungs haben seine Absage widerspruchslos hingenommen.

Sie wissen, warum er sich so verhüllt, da bin ich mir sicher. Ein weiterer Punkt, in den sie mich nicht einbeziehen. Und das, obwohl einst so großes Vertrauen zwischen uns herrschte.

Nun, ich muss mich nicht unbedingt auf der Tanzfläche austoben. Soviel die Leute hier wissen, will ich unter den blinkenden Clublichtern höchstens ein bisschen im Rhythmus mitwippen.

Der Türsteher winkt uns herein, und warme Luft durchdrungen von einem Hauch von Alkohol strömt über uns hinweg. Es ist noch ziemlich früh am Abend, doch viele Leute scheinen Brookes Einschätzung des DJs zu teilen oder ein Verlangen nach billigen Getränken zu haben, denn überall in dem langen, aber schmalen Raum wiegen sich Gestalten zur Musik oder lachen.

Der Raum ist in dunklem Lila gestrichen, mit Ausnahme einiger weißer Flecken, die bei regelmäßiger Beleuchtung mit Schwarzlicht einen unheimlichen Schimmer verbreiten. Auch der Bartresen an der Seitenwand schimmert in glänzendem

Weiß und lässt die darauf abgestellten Drinks im Schwarzlicht wie ein außerirdisches Tonikum leuchten.

Meine Beine zittern, und das Gift, das an meinen Eingeweiden nagt, prickelt durch mein Fleisch. Ich ignoriere es und gehe hocherhobenen Hauptes weiter in den Club hinein, während ich den Raum nach Brookes leuchtend rotem Haar absuche.

Es war ihre Idee, dass ich komme, also sollte ich besser sicherstellen, dass sie weiß, dass ich hier bin. Möglicherweise wird sie mich jetzt, nachdem ich eine Einladung angenommen habe, noch häufiger zu Aktivitäten einladen.

Unsere Nachbarin entdeckt mich zuerst. Sie taucht zu meiner Rechten aus der Menge auf und tippt mir mit einem breiten Grinsen auf den Arm.

„Du bist gekommen!", ruft sie über die dröhnende Musik hinweg. „Schön, dich hier zu sehen."

„Ich habe es nicht so mit dem Tanzen", entschuldige ich mich vorsorglich.

Mit einer abwinkenden Handbewegung schiebt sie mich zur Bar. „Nach ein paar Drinks brauchst du dir darüber keine Sorgen mehr zu machen. Hier gibt es die besten Cosmos."

Die Vorstellung, die vergorene Flüssigkeit zu trinken, die ich in der Luft rieche, jagt mir einen Schauer über den Rücken. Die Wärter haben uns ein paar Mal Alkohol probieren lassen, um sicherzugehen, dass wir darauf vorbereitet sind, falls wir bei einer unserer Außenmissionen in eine Situation geraten, in der wir trinken müssen – oder uns aus Neugierde dazu entschließen. Doch ich hatte nie das Gefühl, dass meine Sinne benebelt waren.

Ich werde mich besser fühlen, wenn ich bei vollem Bewusstsein bin.

„Nein, danke, im Moment nicht", sage ich hastig, um mir ein wenig Zeit zu verschaffen, bevor ich auf die Frage eingehen muss, warum ich nichts trinke. Fiebrig suche ich nach einer einfachen Ausrede. „Ich habe schon etwas getrunken, bevor wir losgefahren sind. Ich will es langsam angehen lassen.“

Diese Ausrede habe ich in den Filmen und Serien gehört, und sie scheint auch im wirklichen Leben zu funktionieren.

„Oh, natürlich.“ Brooke verzieht keine Miene und packt mich am Handgelenk, um mich zu ihren Freundinnen zu ziehen, die bereits tanzen.

Die anderen Mädchen lächeln zaghaft und wippen dann wieder mit der Musik. Zum Glück ist es so laut, dass mir ein Kennenlerngespräch erspart bleibt.

Vielleicht war Andreas' Vorschlag, Brookes Einladung anzunehmen, tatsächlich brillant. Dadurch wirkt nicht nur unsere Tarnung als normale Studenten glaubwürdiger, sondern ich komme auch unter Leute, ohne dass ich viel reden muss.

Und bald werden wir den Campus verlassen und müssen uns nicht mehr verstellen. Das hoffe ich zumindest.

Ich wippe von einer Seite zur anderen und wackle mit den Armen im Takt. Ich komme mir unglaublich albern vor, aber wenigstens habe ich mich unter Kontrolle. Eine von Brookes Freundinnen fängt die Hand einer anderen und wirbelt sie herum. Eine andere kippt einen Schnaps hinunter und entfernt sich von uns, um einen weiteren zu bestellen.

Brooke kichert mit ihnen und wippt zur Musik mit. Sie macht nichts Ausgefalleneres als ich, aber irgendwie sieht sie so aus, als würde sie perfekt hierher passen. Ich nehme an, dass die meisten Leute um uns herum sowieso keine besonders originellen Bewegungen draufhaben.

Mein Blick wandert über die Menge und bleibt an Jacob hängen, der etwa drei Meter entfernt steht. Ich sehe nur sein Profil, aber sein atemberaubend gemeißeltes Gesicht ist nicht zu übersehen. Es wirkt sogar noch ätherischer, wenn das

Schwarzlicht auf sein blondes Haar und seine blasse Haut fällt.

Und ich bin nicht die Einzige, die das bemerkt.

Ein paar Frauen in Outfits, deren trägerlose Korsett-Tops und Faltenröcke noch knapper sind als mein Outfit, schwänzeln um ihn herum. Eine streicht mit ihrer Hand über seinen Arm, eine andere lehnt sich nahe an ihn heran, um ihm etwas ins Ohr zu flüstern, wobei ein verschmitztes Lächeln ihre dunkel gefärbten Lippen umspielt.

Meine Finger spannen sich automatisch an, und meine Krallen jucken unter den Spitzen. Ich balle meine Hände zu Fäusten und wende meinen Blick ab.

Mich mitten in einem Tanzclub in eine Wildkatze zu verwandeln, wird wohl eher nicht zu unserer Tarnung beitragen. Außerdem wer bin ich, dass ich Besitzansprüche auf Jacob erhebe?

Er hat hundertprozentig klargemacht, dass er selbst für einen benutzten Kaugummi, der an seinem Schuh klebt, wärmere Gefühle hegt als für mich.

Als Nächstes fällt mein Blick auf Zian, der selbst die größten Jungs hier um ein paar Zentimeter überragt. Er wird von einer Gruppe Mädchen umringt, die ihre Haare zwischen den Fingern zwirbeln und mit ihren Wimpern klimpern.

Mein Magen kribbelt, und ich wende den Blick wieder ab, nur um zu sehen, wie Andreas einer dunkelhaarigen Frau in einem hautengen Kleid ein kokettes Grinsen zuwirft, während sie sich gemeinsam im Takt bewegen.

Ist *das* der Grund, warum er kommen wollte? Und warum die anderen Jungs zugestimmt haben? Um ein paar Mädels für eine schnelle Nummer aufzureißen?

Es sollte mich nicht stören. Wir waren nie auf diese Weise zusammen, egal, wie sehr ich mich nach einer noch tieferen Verbindung gesehnt habe. Doch jetzt verspüre ich eine beunruhigend vertraute Vibration in meiner Brust.

Die Jungs reiben mir alle unter die Nase, wie sehr sie sogar die Gesellschaft von Fremden der meinen vorziehen.

Ich schließe für einen Moment die Augen und versuche, die Wut zu unterdrücken. Bitterkeit kriecht mir immer wieder die Kehle hinauf.

Als ich einen sanften Stupser gegen meine Schulter spüre, blicke ich auf und bemerke, dass Brooke mich mustert. „Alles in Ordnung, Rita?"

„Ja, ja, mir geht's gut", murmle ich und bemerke das frische Getränk in der Hand ihrer Freundin.

Vielleicht würde ich den heutigen Abend besser überstehen, wenn meine Sinne ein wenig benebelt wären. Ein Cocktail sollte mich nicht allzu sehr beeinflussen.

Er wird lediglich dieses schreckliche Gefühl in mir dämpfen.

„Ich glaube, ich bin jetzt bereit für einen Cosmo", füge ich hinzu, ohne genau zu wissen, was ein Cosmo überhaupt ist. Wenn Brooke sie mag, sind sie wahrscheinlich in Ordnung.

Grinsend begleitet sie mich zu Bar, wo sie sich ebenfalls einen bestellt. Das rosafarbene Getränk wird in einem weiten Glas mit schmalem Stiel serviert, das ich vorsichtig an die Lippen hebe, weil ich Angst habe, dass der Stiel abbrechen könnte.

Die kühle Flüssigkeit gleitet meine Kehle hinunter, und der säuerliche, zitrusartig-süße Geschmack lässt mich erschaudern. Ich nippe nur ein paar Mal daran, bevor ich Brooke zurück in die Menge folge.

Ich fange wieder an, zu wippen, und nehme zwischendurch immer wieder einen Schluck, um das Glas zu leeren. Als ich es auf dem Tablett einer vorbeigehenden

Kellnerin abstelle, die Schnäpse verteilt, ist das Kribbeln in meiner Brust ein wenig schwächer.

So, das ist schon besser. Jetzt kann ich es genauso gut genießen.

Es fühlt sich ganz natürlich an, mit dem Bass zu verschmelzen, die Melodie durch meine Glieder fließen und meine Muskeln steuern zu lassen. Ein Hochgefühl überschwemmt mich.

Ich drehe und wende mich, neige mich in die eine Richtung und drehe mich in die andere, während die Musik mich wie ein perfekter Tanzpartner führt. Sie sagt mir immer genau, wie ich mich bewegen muss.

Als ein Lied in ein anderes übergeht, jubelt Brooke ein wenig. „Du bewegst dich echt gut!"

Eine ihrer Freundinnen zeigt mir einen Daumen nach oben, und ich schenke ihr ein schiefes Grinsen.

Wieso habe ich mir vorhin Sorgen gemacht? Es ist doch alles in Ordnung.

Doch mir ist heiß, und Schweiß rinnt mir unter meinem Kapuzenpullover den Rücken hinunter. Alle anderen tragen kurze Ärmel oder gar keine.

Ich ziehe den Kapuzenpulli aus. Er rutscht mir aus den Fingern und verschwindet unter den tanzenden Füßen der anderen, doch auf einmal ist mir das völlig egal.

Ich hebe meine Hände zur Decke, während ich meine Hüfte kreisen lasse. Ohne den zusätzlichen Stoff, der mich behindert, kann ich mich jetzt wirklich bewegen. Ich schwebe geradezu.

Als mein Blick wieder auf Brooke fällt, bemerke ich, dass sie meine Arme betrachtet. Ich folge ihrem Blick, während das Schwarzlicht über die Tanzfläche flackert. Die Narben auf meinem Fleisch, die nur ein wenig blasser sind als der Rest meiner Haut, leuchten kurz auf.

Brooke runzelt die Stirn. „Was ist das?"

Den Blick auf meine Arme gerichtet, wiege ich den Rest meines Körpers weiter im Rhythmus der Melodie. *So* viele Narben sind es doch gar nicht, oder? Nur ein paar hier und da. Die vielen winzigen unter meinem rechten Arm sind zu klein, um überhaupt aufzufallen.

„Ich war in ein paar Schlägereien verwickelt", erkläre ich und freue mich, dass ich ihr das sagen kann. Es ist die Wahrheit und verrät nicht wirklich etwas.

Brookes Miene bleibt finster. „Schlägereien?"

Ich zucke mit den Schultern. „Ich habe jedes Mal gewonnen. Also keine Sorge!"

Ich wirble herum und lache über die Erheiterung, die diese Bewegung auslöst. Brooke bewegt sich ebenfalls, sodass wir uns wieder gegenüberstehen.

„Steckst du in Schwierigkeiten, Rita?", fragt sie ernst.

Ich will nicht, dass sie mich so ansieht. Brooke ist nett. Brooke sollte glücklich sein. Es war ihre Idee, dass ich hierherkomme, und ich amüsiere mich prächtig.

„Nein", versichere ich ihr mit einem breiten Grinsen. „Ich habe alle Probleme hinter mir gelassen."

„Wenn du über irgendetwas …"

Finger schließen sich von hinten um meinen Ellbogen. Ich drehe mich um und sehe Andreas, der trotz seines üblichen warmen Lächelns ein wenig angespannt wirkt.

Wird er jetzt auch ernst? Was ist heute Abend mit den Leuten los? Ich dachte, wir wären alle hier, um Spaß zu haben.

„Hey", sagt er mit einem kurzen Lächeln in Brookes Richtung, bevor er seine Aufmerksamkeit wieder auf mich richtet. „Was ist mit deinem Kapuzenpullover?"

„Mir war zu heiß", erwidere ich.

Auf seiner Stirn bildet sich eine kleine Furche. „Ich glaube, du wirst ihn später brauchen. Lass ihn uns suchen gehen."

Ich schlage mit meiner Faust in die Luft. „Das klingt nach einer Mission!"

Andreas zerrt mich von Brooke und ihren Freundinnen weg, doch anstatt sich einen Weg durch die Tänzerinnen und Tänzer zu bahnen und nach meinem Kapuzenpulli zu suchen, zieht er mich direkt zur gegenüberliegenden Wand, wo das Gejohle und Geschnatter nicht ganz so laut ist.

„Wie viel hast du getrunken?", fragt er mich und mustert mich von oben bis unten.

Ich zucke ein wenig zusammen und frage mich, ob ich ihn dazu bringen kann, mir dasselbe kokette Grinsen zuzuwerfen wie der anderen Frau. „Nur einen Cocktail. Er war gut!"

Andreas' Miene wird noch ernster, was genau das Gegenteil von dem ist, was ich erreichen wollte. „Vielleicht sollten wir nach Hause gehen."

„Was?", protestiere ich. „Nein. Wir sind doch gerade erst vor fünf Sekunden hier angekommen. Ich amüsiere mich."

Er zieht eine Augenbraue hoch, was ihn zumindest ein wenig lockerer wirken lässt. „Wirklich?"

Ich stemme die Hände in die Hüften. „Ja. Wirklich. Ich habe nicht mehr getanzt seit … Selbst als ich allein in meinem neuen Zimmer war, waren da die Fesseln. Außerdem wollte ich nicht, dass der Boss zusieht. Jetzt ist mir das alles egal! Ich wusste gar nicht, dass es so viel Spaß macht, *mit anderen* zu tanzen."

Ich weiß nicht, wie ich Andreas' Gesichtsausdruck beschreiben soll. Er sieht so aus, als wüsste er genauso wenig wie ich, was er mit seinem Gesicht macht.

Mit einem Anflug von Kühnheit klopfe ich ihm direkt auf seine breite Brust. „Warum tanzt *du* nicht mit mir?"

„Ich weiß nicht, ob das eine gute Idee ist", meint er trocken.

Ich verziehe das Gesicht. „Warum nicht? Wir könnten zusammen Spaß haben. So wie früher."

Eine plötzliche Melancholie überkommt mich und zieht meine Laune in den Keller. Ich schaue wieder auf meinen Arm, auf die Narben, die Brooke bemerkt hat, und die kleineren in der Nähe meiner Achselhöhle.

„Ich wollte mich vergewissern, weißt du", sage ich und fahre mit den Fingern über die von meinen Krallen gezeichneten Linien. „Einen kleinen Hauch von dem Rauch herausholen, um sicherzugehen, dass er mir noch den Weg zu euch weist. Dass ihr noch irgendwo da draußen seid."

Andreas' Kehle wackelt, als er schwer schluckt, und diese Bewegung zieht mich plötzlich in ihren Bann. Meine vorherigen Gedanken sind wie weggeblasen. Ich trete näher an ihn heran und berühre seinen Hals.

„Riva", sagt er schroff.

„Ich bin wirklich froh, dass ich euch gefunden habe", sage ich und lege meinen Kopf auf seine Schulter.

Ein entfernter Teil von mir erwartet, dass er mich wegstößt, aber der Rest von mir kümmert sich nicht darum. Und es passiert auch nicht.

Andreas schlingt seine Arme um mich. Er drückt mich so fest an seinen schlanken Körper, dass mir aus einem unerklärlichen Grund Tränen in die Augen schießen.

Er riecht genau so, wie er riechen sollte, nach Sonnenschein und warmem Bernstein. Ich möchte direkt in ihm versinken.

Dann löst er sich von mir. Er stößt mich nicht weg, sondern tritt einen Schritt zurück, als ich meinen Kopf hebe, um ihn anzusehen. Er öffnet den Mund und schließt ihn wieder, dann schweift sein Blick zu jemandem hinter meiner Schulter.

Ich drehe mich und schwanke auf meinen Füßen, als mich eine Welle von Schwindel überkommt. Jacob ist hinter mir aufgetaucht. Er hält meinen Arm fest, um mich zu stützen. Am liebsten würde ich ihm seine finstere Miene aus dem Gesicht schlagen.

Ich ziehe meinen Arm weg. „Mit *dir* will ich nicht tanzen. Du warst so gemein zu mir. Dabei habe ich gar nichts getan!"

Jacob blinzelt mich an. Er ist so überrascht, dass seine ernste Miene verschwindet. Er sieht Andreas an. „Was zum Teufel ist mit ihr passiert?"

Andreas verzieht den Mund. „Sie meinte, sie hat einen Cocktail getrunken. Nur einen, und das Mädchen aus dem Wohnheim war die ganze Zeit bei ihr. Ich glaube nicht, dass ihr jemand etwas ins Getränk getan hat, aber möglicherweise hat der Alkohol eine seltsame Wechselwirkung mit dem Gift."

„Ganz genau!", sage ich triumphierend, als ob Andreas mir einen Trumpf in die Hand gegeben hätte. Ich deute mit dem Zeigefinger auf Jacob, der immer noch viel zu attraktiv ist, selbst wenn er nervt. „Du hast mich vergiftet. Ich werde definitiv nicht mit dir tanzen."

Meine Beine zittern wieder, obwohl ich sie dieses Mal nicht bewegt habe. Ich taumle zur Seite, bevor ich mich an die Wand lehne, um mein Gleichgewicht wiederzufinden. „Der Boden ist ein wenig wackelig."

Jacob flucht leise vor sich hin. „Das Letzte, was wir brauchen, ist, dass sie hier drin zusammenklappt, verdammt noch mal."

„Nö", stimme ich zu. „Dann wüsste nämlich jeder, was für ein Riesenidiot du bist."

Er funkelt mich an, was seiner Sache nicht gerade zuträglich ist.

Als ich meinen Blick von ihm abwende, sehe ich Zian auf uns zukommen. Eines der Korsettmädchen trottet hinter ihm her und tätschelt seinen Arm. Und schon bin ich wieder traurig.

„Er will nicht, dass ich ihn anfasse, aber diese Mädchen, die er nicht einmal kennt ...“

Andreas fasst mich an der Schulter. „Ist schon gut, Riva. Wir sollten besser nach Hause gehen. Du bist nicht ganz auf der Höhe.“

Er hat recht. Mir ist flau im Magen.

Als ich mich umdrehe, steht Brooke vor mir. Ihre großen, freundlichen Augen sind noch besorgter als sonst. „Ist alles in Ordnung?“

Meine gute Laune kehrt blitzschnell zurück. Ich greife nach ihrer Hand.

„Ja! Lass uns noch ein bisschen tanzen. Es ist definitiv noch nicht Zeit, nach Hause zu gehen.“ Ein Jauchzen dringt aus meiner Kehle, laut genug, dass mehrere Leute in der Nähe in unsere Richtung blicken. „Paaar-ty!“

Andreas hält mich an der Schulter fest, der Spielverderber. „Wir glauben, sie wurde betäubt“, sagt er zu Brooke. „Normalerweise benimmt sie sich nicht so, auch nicht, wenn sie ausgeht.“

Brookes Augenbrauen ziehen sich zusammen. „Ich kann nicht glauben, dass jemand ... Wir hatten hier noch nie Probleme. Ich kann euch helfen, sie zurück zum Campus zu bringen. Schließlich war es meine Idee.“

„Ist schon gut“, sagt Jacob kühl und gelassen. „Wir sind alle zusammen gekommen. Du kannst ruhig hier bleiben und weiterfeiern.“

„Ich *möchte* etwas tun.“

„Du könntest nach ihrem Kapuzenpullover Ausschau halten“, schlägt Andreas vor. „Wir haben ihn nicht gefunden.“

Brooke sieht nicht überzeugt aus. Mir wird wieder

schwindlig, und meine Gedanken sind zu verworren, um ein Argument zu meinen Gunsten zu finden.

Zian tritt neben Jacob, und sein Fan ist endlich abgezogen. Seine Armmuskeln spannen sich an, als er mich mustert. „Stimmt etwas nicht?"

„Sie ist völlig neben der Spur", sagt Jacob. „Wir müssen sie nach Hause bringen, damit sie sich ausschlafen kann."

„Nicht müde", murmle ich.

Angesichts ihrer Besorgnis gibt Brooke nach. „Na gut. Wenn ich ihren Kapuzenpulli finde, werfe ich ihn euch in den Briefkasten."

„Danke", antwortet Andreas mit einem Lächeln. Dann führen sie mich aus dem Club.

Mit einem missmutigen Murren lasse ich mich von ihnen auf den Rücksitz verfrachten, und tatsächlich überkommt mich eine unerwartete Erleichterung, als ich in das weiche Leder sinke. Als das Auto um eine Kurve fährt, fällt mein Kopf zur Seite, und mir dreht sich der Magen um.

Ich hebe meine Hände, um mein Gesicht zu bedecken. „Ich will ins Bett", murmle ich mit gedämpfter Stimme an meinen Handflächen.

„Gleich", sagt Andreas. Er sitzt neben mir auf der Rückbank und tätschelt mir beruhigend die Schulter.

Im Haus angekommen, taumle ich zwischen Jacob und Andreas hinauf in mein Schlafzimmer und lasse mich auf mein Bett fallen. Dominic trägt noch immer seinen Trenchcoat, und sein Gesicht ist angespannt.

Ist er wütend auf mich? Ich wüsste nicht, was ich falsch gemacht habe. Es gibt so vieles, was ich nicht verstehe.

Ein leises Stöhnen entweicht mir, und er legt seine Hand zaghaft auf meinen Bauch. „Du wirst dich bald besser fühlen, Riva."

Die anderen sind weg, und es ist dunkel im Raum. Die kribbelnde Energie, die von seiner Hand ausgeht, vertreibt meine Übelkeit und das Zittern in meinen Gliedern, aber mein Geist fühlt sich immer noch an, als würde er irgendwo weit über uns schweben.

Er ist wütend auf mich, aber er ist trotzdem hier und hilft mir. So ist Dominic nun mal.

Ich will ihn noch näher bei mir haben. Ich will ihn …

Er steht auf, und auf einmal kann ich es nicht ertragen, dass er einfach weggeht. Die Worte purzeln aus meinem Mund.

„Ich habe euch vermisst, wisst ihr. Euch alle. Aber besonders …"

Dominic bleibt an der Tür stehen. Er beobachtet mich, eine schemenhafte Gestalt in dem abgedunkelten Raum.

„Besonders was?", fragt er mit leiser Stimme.

Ich suche nach den Worten für die Erinnerungen, die mir durch den Kopf schwirren. „Als ihr nicht da wart, habe ich oft an euch vier gedacht. Und *du*, du hast immer das Richtige gesagt. Als ob du wie immer alles durchdacht und die beste Antwort gefunden hättest."

Ich halte inne, und eine weitere Woge der Trauer überrollt mich. „Ich wünschte, ich wüsste, was ich sagen könnte, um das in Ordnung zu bringen, was ich kaputt gemacht habe."

Dominic schweigt so lange, dass ich fast vergesse, dass er im Zimmer ist. Die Erschöpfung zieht meine Augenlider nach unten.

Dann dringt seine Stimme an meine Ohren, ruhig, aber ein wenig schroff. „Mach dir keine Sorgen. Es war schon lange kaputt, bevor du etwas getan hast."

Die Bemerkung lässt mich die Stirn runzeln. Die Tür fällt mit einem Klicken hinter ihm zu, und ich sinke in einen dumpfen Schlaf.

Vierzehn

Dominic

Die Ringelblumen verströmen einen stechenden Duft, so hell und kräftig wie ihre orangefarbenen Blütenblätter. Ich gieße den letzten Rest der Flüssigkeit aus der kleinen Gießkanne über das Hochbeet und setze mich dann auf die hintere Stufe daneben.

Etwas Festes und Hartes in meiner Brust entspannt sich ein wenig, als ich die leuchtenden Farben und das Leben wahrnehme, das die Blumen ausstrahlen. Ich weiß nicht, ob sie von ehemaligen Studenten gepflanzt wurden oder ob der Garten normalerweise von den Mitarbeitern des Campus gepflegt wird, doch ich genieße das friedliche Gefühl, das mich überkommt, wenn ich mich um die Pflanzen kümmere.

Die einzigen Pflanzen, mit denen ich in der Einrichtung zu tun hatte, waren die, die ich auf Anweisung der Wärter töten musste. Und als das nicht mehr reichte …

Ich verdränge diese Erinnerungen und lehne mich so gut es geht an die Stufen, ohne dass sich die Kante unangenehm in meinen Rücken bohrt.

Im Haus hinter mir laufen viele Dinge ab, um die ich mich nicht wirklich kümmern kann, doch schon seit einiger Zeit ist klar, dass meine Fähigkeiten viel vordergründiger sind, als wir glauben möchten. Die Wurzeln des Schadens, mit dem wir es zu tun haben, reichen viel tiefer als unsere physischen Körper.

Und Riva …

Bevor meine Gedanken in diese Richtung abschweifen können, lässt das Geräusch von hechelndem Schnaufen meinen Kopf hochschnellen. Als ich aufstehe, rennt Jacob aus der Gasse hinter den Häusern auf mich zu.

Nun, er joggt sozusagen. Er humpelt genauso wie er rennt, und sein Gesicht ist wächsern und bleich.

Ich presse meine Lippen aufeinander, um mir eine finstere Miene zu verkneifen. Der schlimmste Schaden ist vielleicht ganz unten, aber Jake drückt ihn gerne so nah an die Oberfläche, wie er nur kann.

„Mir geht's gut, alles in Ordnung", murmelt er, als er es bis zur hinteren Treppe schafft, und tut so, als sähe er nicht aus wie jemand, der gerade dem Grab entstiegen ist. Er taumelt die Treppe hinauf, und ich ergreife seinen Arm.

Trotz seiner Erschöpfung funkelt er mich böse an. „Es geht mir *gut*."

Natürlich. Genauso wie es ihm all die Tage gut ging, an denen er im Trainingsraum zusammengebrochen ist, mit schweißnassen Haaren und Klamotten, keuchend und mit bebendem Brustkorb.

Damals haben ihn die Wärter weggeholt und ihm Flüssigkeit eingeflößt … und was er sonst noch brauchte. Hier hat er nur mich.

Darüber hat er allerdings nicht nachgedacht, bevor er seinen Körper wieder über jede erdenkliche Grenze hinausgetrieben hat, oder?

In dem Moment, in dem der Groll in mir aufflackert, wird er von Scham verbrannt. Ich weiß, warum er sich bestraft und wovor er davonläuft.

Als ob irgendetwas davon seine Schuld wäre. Die einzige Person hier, die Griffin hätte retten können, bin ich.

Und ich habe es nicht getan. Ich bin nicht einmal nahe genug herangekommen, um es zu versuchen.

Also lege ich Jacobs Arm um meinen Hals, ignoriere das Zwicken in meinen Schultern und stütze ihn, während er auf wackeligen Beinen ins Wohnzimmer wankt. Die anderen Jungs sind irgendwo anders im Haus, und das ist wahrscheinlich auch besser so.

Jacob hat sich selbst zum Anführer unserer Truppe ernannt. Es wäre nicht gut, wenn die anderen ihn halb tot sehen würden.

Jacob gibt zwar ein verärgertes Grunzen von sich, lässt sich aber von mir zum Sofa führen. „Ich brauche nur etwas Wasser", brummt er.

Ich schenke ihm ein Glas ein und setze mich neben ihn, während er gierig trinkt. Im Gegensatz zu früher hat er diesmal nicht seine *ganze* Kraft verbrannt, doch die Haltung seiner Beine verrät, dass ihm die eine Wade immer noch zu schaffen macht.

„Du hast dir etwas verstaucht", sage ich.

Mit einer schwachen Geste winkt er ab. „Das ist keine große Sache."

Das wird es aber, wenn die Wärter uns hier aufspüren. Wenn er sich den Muskel gerissen hat, könnte es Wochen dauern, bis er vollständig verheilt ist.

Wenn wir ihn auf natürliche Weise heilen lassen.

Für mich stellt sich die Frage nicht, ob ich das tun werde.

Ich kann es tun, und Jake braucht mich, das ist alles, was zählt. Doch hier ist gerade nichts Lebendiges.

Ich denke an die Ringelblumen draußen. Ich stelle mir vor, wie ich ein paar ihrer Stängel abknipse, und zucke innerlich zusammen.

Nein, ich schaffe das allein.

Als ich mich bücke, um meine Hand auf Jacobs Unterschenkel zu legen, stellt er sein Glas ab. „Dom, du musst *wirklich* nicht …“

„Doch“, unterbreche ich ihn mit einem so bestimmten Tonfall, wie ich ihn sonst nie bei ihm anschlagen würde. „Wenn du nicht willst, dass ich dich heilen muss, dann beschädige deinen Körper nicht.“

Wieder schäme ich mich für den Unmut, der sich in meine Stimme schleicht. Doch Jake nimmt die Kritik mit einem resignierten Seufzer hin. Und dann, als ich ein wenig von der Energie in mir durch sein Hosenbein in sein Fleisch leite, sagt er mit leiser Stimme: „Es tut mir leid.“

Ich kann mir ein Lächeln nicht verkneifen. Trotz der Frustration, die unter der Oberfläche brodelt, bin ich froh, dass ich ihm auf diese Weise helfen kann.

„Mach dir keine Gedanken. Wie du gesagt hast, es ist keine große Sache.“

Durch den Druck meiner Hand spüre ich die ausgefransten Muskeln und die Gewebefasern. Ich schließe die Augen und konzentriere mich darauf, wie sie sich wieder zusammenfügen, glätten und stärken.

Meine Kraft strömt in einem Wärmeschwall aus mir heraus und zerrt gleichzeitig an meinem Bauch. Meine Glieder kribbeln, und ich verspüre einen leichten Hauch von Unbehagen hier und da, der sich über meinen gesamten Körper ausbreitet.

Keine große Sache.

„Okay", sagt Jacob nach einigen Sekunden. „Das reicht. Mehr brauchst du nicht zu tun."

Bei seinem besorgten Tonfall wird mir flau im Magen.

Hat er überhaupt eine Ahnung, wie sehr ich mich um *ihn* sorge? Jedes Mal, wenn er sich so verausgabt, läuft er Gefahr, zu weit zu gehen und so tief zu fallen, dass es kein Zurück mehr gibt.

Und ich bin mir nicht ganz sicher, ob er sich nicht auf den Tag freut, an dem das passiert.

Ich weiß nicht, was ich zu ihm sagen soll. Riva hat gestern Abend behauptet, ich hätte immer die richtigen Ratschläge parat, aber sie hat damals nicht mitbekommen, in welch katastrophalem Zustand sie uns zurückgelassen hat.

Da ich nicht weiß, ob eine der Bemerkungen, die mir durch den Kopf gehen, Jacob ein besseres oder schlechteres Gefühl geben würde, halte ich den Mund.

Er macht es sich gerade ein wenig bequemer auf dem Sofa, als Andreas mit Zian auf den Fersen die Treppe herunterpoltert.

„Unser Hacker hatte Erfolg", verkündet Andreas und winkt mit dem Handy. „Er hat etwas über Ursula Engel herausgefunden. Wir können uns heute Abend mit ihm treffen. Dann wird er uns alle Details erzählen und wir können ihm sein Sammlerstück übergeben."

Jacob setzt sich ein wenig aufrechter hin, immer noch blass, aber ein wenig ermutigt durch die Aussicht auf einen Fortschritt bei unserer Suche. Er streicht sich das feuchte Haar aus den Augen. „Also gut. Endlich kommen wir voran."

Zian runzelt die Stirn. „Kann Riva nach der letzten Nacht mitkommen? Ich schätze, einer von uns könnte hier bei ihr bleiben ..."

Jacob schüttelt den Kopf und seine Lippen verziehen sich zu einem Grinsen. „Wenn wir nicht alle gemeinsam zu ihm gehen, wird er sich fragen, was los ist. Und sie ist ihm besonders aufgefallen.“

Ich bin mir nicht sicher, ob der scharfe Unterton, der sich in seine Stimme geschlichen hat, der Frau da oben oder dem Hacker gilt.

„Ich konnte keine Nachwirkungen des Alkohols feststellen“, füge ich hinzu.

„Wenn sie in ihrer Bestform sein wollte, hätte sie gar nicht erst zum Alkohol greifen sollen.“

Ich versteife mich bei Jacobs Tonfall. Ich bin zwar sauer wegen allem, was passiert ist, doch selbst mir ist klar, dass er nicht fair ist. Woher hätte Riva wissen sollen, dass ein einziger Drink wegen des Gifts, mit dem er sie unbedingt infizieren wollte, sich so auf sie auswirken würde?

Allerdings wüsste ich nicht, inwiefern es etwas bringen sollte, darauf hinzuweisen. Und auch die Frage, ob die Informationen, die dieser Hacker ausgegraben hat, uns wirklich helfen werden, behalte ich lieber für mich.

Vielleicht bringt uns diese Möglichkeit nicht ans Ziel, aber wir müssen uns auf den Weg machen, wenn wir überhaupt etwas erreichen wollen. Wenn wir nicht einmal versuchen, Antworten zu finden, welchen Sinn hat es dann, das Leben weiterzuführen, das die Wärter uns aufgebürdet haben?

Ich richte mich auf. „Ich werde mich vergewissern, dass sie in guter Verfassung ist, bevor wir losfahren. Um wie viel Uhr müssen wir los?“

Nur wenige Sekunden, nachdem wir aus dem Auto ausgestiegen sind, wünsche ich mir, ich wäre einfach zu Hause geblieben. Die Nachtluft ist inzwischen so weit abgekühlt, dass ich mich in meinem Parka nicht mehr ganz so unwohl fühle, wenn ich den Reißverschluss öffne. Trotzdem ist er so schwer, dass ich ihn lieber ausziehen würde.

Ich gehe auf die verlassenen Gebäude entlang des schäbigen Geschäftsviertels in der Nähe des Industriegebiets zu, wo der Hacker sich mit uns treffen wollte. Die großen Schatten, die sich über mich legen, beruhigen meine Nerven ein wenig.

Wenn mich niemand sehen kann, kann auch niemand spekulieren. Niemand kann die Absonderlichkeiten an mir bemerken, von denen ich wünschte, sie würden nicht existieren.

Nicht, dass hier irgendjemand wäre, der das bemerken würde. Die Stimmen einiger Frauen, die aus einer Bar hinter uns kommen, hallen über die Straße, aber außer ihnen ist niemand in der Nähe.

Prüfend mustert Zian die Straße und die dunklen Gebäude. „Hätten wir nicht direkt beim Treffpunkt parken können?"

Andreas fährt sich mit der Hand über den Kopf und zerzaust seine dichten Locken. „Er hat genaue Anweisungen erteilt und darauf bestanden, dass wir mindestens zwei Blocks entfernt parken. Ich glaube, er ist ein wenig paranoid."

Riva stößt ein kurzes, amüsiertes Schnauben aus, das meine Aufmerksamkeit auf sie lenkt. Wie immer flankieren wir sie von allen Seiten. Andreas und Jacob von vorn und Zian und ich von hinten. Als ob wir zu diesem Zeitpunkt irgendeinen Grund hätten, zu vermuten, dass sie abhauen würde.

Es braucht nicht viel, um meinen Blick auf sie zu lenken. In ihrer Gegenwart muss man sich bewusst anstrengen, um *nicht* jede ihrer Bewegungen zu verfolgen.

Selbst die kleinste Geste von ihr scheint durch die Luft auf meine Haut zu springen, als hätte sie mich berührt.

Manchmal löst dieses Gefühl den Impuls aus, sie zu berühren und so nah wie möglich an mich heranzuziehen. Doch jedes Mal, wenn das passiert, schießen mir andere Bilder durch den Kopf: wie sich ihr Gesichtsausdruck verändern würde, wenn sie mich ganz sehen würde, oder diese Szene vor vier Jahren, als Griffin starb …

Mein Herz verkrampft sich, und meine Rippen scheinen sich darum zu schließen.

Gestern Abend sagte sie, dass sie sich wünschte, sie könnte reparieren, was zerbrochen ist. Doch manche Dinge können nicht repariert werden. Auch wenn sie an vielen unserer Probleme nicht schuld ist, macht es mich wütend, dass sie so redet, nachdem *sie* unsere eingeschworene Gruppe in Stücke gerissen hat.

Wie kann ich so fühlen, und trotzdem die Gewissheit nicht loswerden, dass sie zu unseren Scherben gehört?

Ich bin so in diese Gedanken vertieft, dass ich die Welt um uns herum völlig vergesse. Deswegen überrascht mich der Mann, der neben einer anderen Bar, an der wir vorbeikommen, aus dem Schatten hervortritt.

Der Art und Weise, wie er seine Hose zurechtrückt und dem sauren Geruch nach zu urteilen, der von der Gasse herüberweht, hat er gerade auf den Boden gepinkelt. Das ist alles, was ich wahrnehme, bevor er einen Pfiff ausstößt und die Hand ausstreckt, um Riva an den Hintern zu fassen.

Wut schießt durch meinen Körper. Obwohl drei Typen um mich herum sind, die alle besser kämpfen können als ich – ganz zu schweigen von Riva selbst –, hole ich mit meiner Faust aus, bevor ich überhaupt realisiere, was ich tue.

Ich schlage dem Typen mitten ins Gesicht und treffe seine Wange und die Seite seiner Nase. Meine Fingerknöchel schmerzen, und sein Kopf fliegt mit einem schmerzerfüllten Stöhnen zur Seite.

Nur eine Sekunde später springt Zian an meine Seite, aber der Trottel macht sich mit einem leisen Fluchen aus dem Staub und hält sich das geprellte Gesicht.

Ich lasse meine Hand sinken und starre sie eine Sekunde lang an, als könnte sie mir sagen, woher diese sekundenschnelle Reaktion kam. Ein leises Summen der Wut brummt immer noch in meinem Bauch.

Riva hat sich umgedreht und sieht mich an. Als ich zögernd in ihre hellbraunen Augen blicke, schenkt sie mir ein schiefes Lächeln. „Ich hätte ihn selbst verprügeln und deine Hand schonen können. Aber danke, dass du meine Ehre verteidigt hast.“

Jacob schnaubt bei der zweiten Bemerkung, und ich fühle mich doppelt unbehaglich angesichts meiner Reaktion.

„Ja“, murmle ich und ziehe den Kopf ein.

Ich erinnere mich daran, wie Jake reagiert hat, als der Hacker-Typ anfing, sich an Riva heranzumachen. Es würde mich nicht wundern, wenn er diesem Idioten eine verpasst hätte, wenn er ihn zuerst gesehen hätte.

Sie gehört zu uns. Sie hat uns zurückgelassen, doch jetzt ist sie wieder da und *gehört zu uns*.

Auch wenn ich nicht gerne so denke, ist das Verständnis da, es brodelt in meinem Hinterkopf.

Den Rest des kurzen Weges zum Restaurant, in dem wir den Hacker treffen wollen, spricht niemand mehr. Die Hintertür ist, wie versprochen, nicht verschlossen.

Wir betreten einen kleinen Raum, der bis auf ein paar Regale leer ist und in dem es nach altem Brot riecht. Zian bleibt in der Nähe des Ausgangs stehen, und Jacob geht sofort zur inneren Tür, um zu überprüfen, ob sie uns als Fluchtweg dienen kann.

Als er an dem Türknauf rüttelt, ruckt sie in seinem Griff.

Er geht einen Schritt zurück, damit der Hacker zu uns in den Raum kommen kann.

Der Mann hat die Arme vor der Brust verschränkt und mustert uns alle mit seinen Knopfaugen. Sein Blick fällt auf die Tasche über Zians Schulter.

„Wo ist meine Bezahlung?", fragt er.

Zian holt die Actionfigur in der Schachtel heraus, gibt sie ihm aber nicht.

Andreas legt den Kopf schief. „Wo sind unsere Informationen?"

Der Hacker dreht sich zu ihm um. „Eure Zielperson war schwer zu finden. Jemand hat ihre Spuren gut verwischt. Sie muss wichtig sein. Doch sie waren nicht gründlich genug, um mich komplett abzuschütteln."

„Was weißt du?", fragt Jacob scharf.

Der Hacker zuckt mit den Schultern, als ob ihm unsere Ungeduld nichts ausmachen würde. „Ich habe herausgefunden, dass sie vor etwa dreißig Jahren in einer sehr geheimen Filiale eines Sicherheitsunternehmens gearbeitet hat. Ich habe die Adresse des Büros, in dem sie tätig war. Ich kann euch nicht sagen, was danach aus ihr geworden ist, aber vielleicht haben die Leute dort mehr Antworten."

Danach ist sie wahrscheinlich in die Einrichtung umgezogen. Zeitlich würde es hinkommen.

Mein Herz klopft schneller. Jacob gibt Zian ein Zeichen, mit der Actionfigur näher zu kommen.

Der Hacker zieht ein gefaltetes Stück Papier aus seiner Tasche. „Vollständige Wegbeschreibung und Koordinaten", sagt er. „Ich war gründlich."

„Das will ich auch hoffen", brummt Jacob.

Andreas streckt seinen Arm aus. Während der Hacker ihm mit einer Hand das Papier reicht, greift er mit der anderen nach der Schachtel. Der Austausch erfolgt vollkommen gleichzeitig.

Der Hacker schenkt uns allen ein breites Grinsen. „Es war mir ein Vergnügen, mit euch Geschäfte zu machen." Dann verschwindet er wieder im vorderen Teil des heruntergekommenen Restaurants.

Andreas entfaltet das Papier, und mir bleibt der Atem im Hals stecken.

„Also gut", sagt er. „Mal sehen, wohin wir morgen fahren."

FÜNFZEHN

Riva

Mit jeder Minute, in der ich das Gelände beobachte, das mich an die Wälder rund um die Einrichtung erinnert, bekomme ich mehr Gänsehaut. Es ist, als würden wir zurückfahren. Zurück zu den Leuten, vor denen wir eigentlich weglaufen sollten.

Die Informationen, die Andreas von dem Hacker erhalten hat, lassen nicht darauf schließen, dass die Firma, der dieses Grundstück gehört, mit den Wärtern oder der Einrichtung in Verbindung steht, aus der wir ausgebrochen sind. Ursula Engel war dort nur bis vor vierundzwanzig Jahren angestellt, also mindestens ein paar Jahre, bevor wir gezeugt wurden.

Das bedeutet allerdings nicht, dass es keine Verbindung gibt oder dass die Wärter nichts von der früheren Arbeit ihrer ehemaligen Kollegin wissen und dass wir sie ausfindig machen können. Wir haben keine Ahnung, wie viel sie wissen oder nicht.

Nur dieses eine Mal wünschte ich, Jacob hätte recht und ich wäre in die Insider-Informationen eingeweiht.

Andreas fährt, während Jacob das GPS auf dem Telefon zurate zieht, das sie sich teilen. In einem besonders dichten Waldstück hält er seine Hand hoch. „Wir sind fast da. Ein paar Kilometer nordöstlich von hier."

Zian, der auf dem mittleren Sitz sitzt, beugt sich vor. „Wir sollten durch das Gebüsch gehen, oder? Wir wissen nicht, wie genau sie das Gebiet überwachen."

Jacob nickt. „Suchen wir uns einen guten Platz, wo wir halten können, und legen den Rest der Strecke zu Fuß zurück. Haltet nach Anzeichen von Wachen Ausschau."

Er wirft mir einen spitzen Blick zu, obwohl Zians Gehör im Wald jede Patrouille schneller aufspürt als meine geschärften Sinne. Zumal wir wissen, dass die eventuellen Wachen dieses Gebäudes noch keinen Grund haben, nervös zu sein.

Ich kann nicht umhin zu denken, dass es eine unterschwellige Anspielung darauf ist, dass ich gestern Nacht im Club das Gegenteil von wachsam war. Obwohl in meinem Kopf alles verschwommen ist und ich mich an nichts Peinliches erinnere, hat er deutlich gemacht, dass ich mich blamiert habe und beinahe unsere Mission gefährdet hätte.

Bei der Erinnerung daran erröte ich und senke den Kopf. Ich bin hier. Er soll wissen, dass ich ihm helfen werde, wo ich nur kann.

Auch wenn ich eigentlich nicht glaube, dass wir unseren Hals so weit herausstrecken sollten.

Etwa eine Minute später wird der Seitenstreifen so breit, dass Andreas rechts ranfahren kann. Wir steigen aus, schließen die Türen so leise wie möglich und machen uns auf den Weg durch den Wald, allen voran Jacob mit seiner Handykarte.

Wir alle wissen, wie man sich leise in jedem Gelände bewegt, wenn wir nicht gerade um unser Leben rennen. Das leise Rascheln unserer Kleidung und das Knirschen unserer Schritte verschmelzen mit den natürlichen Geräuschen des Waldes.

Der frische Duft von Kiefern, der von der leicht kühlen Brise getragen wird, beruhigt mich ein wenig. Wir sind nicht mehr in der Gewalt der Wärter; wir sind frei.

Ich hoffe nur, dass wir nicht direkt wieder zurück in unsere Käfige verfrachtet werden.

Als wir uns den Koordinaten nähern, wird Jacob noch langsamer, und der Rest von uns folgt ihm. Wir schleichen zwischen den Bäumen hindurch, bis eine Lichtung vor uns in Sicht kommt.

Es sieht nicht wie die Einrichtung aus, nicht wirklich. Es gibt keinen Zaun, geschweige denn einen, der mit Strom und Stacheldraht verstärkt ist. In der Mitte der Lichtung befindet sich ein schlichter brauner Backsteinbau mit einem schrägen Dach, der mehr wie ein Bungalow aussieht als eine Industrieanlage. Er ist etwa doppelt so groß wie ein einstöckiges Haus. Doch wir wissen, dass sich darunter mehr befindet.

Ein Mann in einer grauen Uniform steht am Rande der Lichtung vor dem Gebäude, ein paar Schritte von der schmalen Einfahrt entfernt, die zu einem kleinen Parkplatz führt, auf dem zwei Fahrzeuge stehen: eine Limousine und ein Jeep. Er hat die Hände lässig in die Hosentaschen gesteckt, obwohl ich wette, dass er mit der Pistole umzugehen weiß, die er an der Hüfte trägt.

Er trägt weder einen Metallhelm noch eine Rüstung. Nichts an seiner Kleidung erinnert mich an die Wärter. Ich entspanne mich ein wenig mehr.

Diese Leute könnten immer noch gefährlich sein, aber zumindest sind es nicht genau die gleichen, vor denen wir geflohen sind.

Auf Jacobs Geste hin schleichen wir weiter um die Lichtung herum, bis wir feststellen, dass nur eine weitere Wache im Dienst ist, die hinter dem Gebäude hin und her schlendert. Seinem gelangweilten Gesichtsausdruck entnehme ich, dass er keinen Ärger erwartet.

Ich kann nicht sagen, dass ich Mitleid mit ihm habe. Diese Organisation mag zwar nichts mit unserer Einrichtung zu tun haben, doch wenn sie eine Frau eingestellt haben, die an deren Leitung beteiligt war, bezweifle ich, dass sie die wunderbarsten Menschen des Universums sind.

Wir ziehen uns tiefer in den Wald zurück, um uns zu besprechen.

„Da wir Zeit haben und die Wachen sich von ihrem Posten aus nicht sehen können, kann ich sie nacheinander ausschalten", murmelt Jacob. „Dann fesseln und knebeln wir sie, damit sie uns nicht in die Quere kommen, wenn sie wieder aufwachen."

Er wirft einen Blick auf Zian, der eine Tasche mit den Seilen hat, die wir mitgebracht haben, sowie andere Ausrüstung, die die Jungs für nötig hielten. Andreas hat sich bereits eine der Kordeln geschnappt und sie mit einem Knoten in der Mitte um seine Hände gewickelt.

Wir kehren an den Rand der Lichtung zurück und bleiben im Schatten stehen, wo wir nicht zu sehen sind. Ich bin mir nicht ganz sicher, was Jacob damit meint, die Wachen auszuschalten, und nehme an, dass er ihnen telekinetisch einen Stein an den Kopf schleudern will, bis sein Gesicht vor Konzentration erstarrt.

Der Mund des Wächters klappt zu. Dann zucken seine Lippen mit einem gedämpften, überraschten Grunzen, und seine Augen weiten sich.

Er greift sich an den Hals, und die unterdrückten Laute, die er von sich gibt, werden immer leiser, während er blau anläuft, als würde er gewürgt werden.

Ich kann keine Abdrücke an seiner Kehle sehen, doch auf einmal begreife ich, was hier geschieht. Jacob setzt sein Talent auf eine viel subtilere Weise ein. Er drückt entweder die Atemwege des Mannes direkt in seinem Körper zusammen oder er will, dass die Luft nicht in seine Lungen ein- und ausströmt.

Beides hat den gleichen Effekt.

Der Wachmann versucht, wegzulaufen, doch seine Beine wackeln. Er schwankt und taumelt in Richtung der fensterlosen Rückseite des Gebäudes.

Mein Herz beginnt zu rasen, als mir klar wird, was er vorhat. Er versucht, sich gegen die Wand zu werfen, um ein ausreichend lautes Geräusch zu machen, um die andere Wache – oder wer auch immer in dem Gebäude ist – zu alarmieren.

Die Gefahr, entdeckt zu werden, treibt mich ohne weitere Überlegung zum Handeln an. Ich renne über die kleine Grasfläche und reiße den Mann vom Gebäude weg, gerade als seine Beine völlig nachgeben.

Zian hilft mir, den Wachmann aufzufangen, als er bewusstlos zusammensackt. Nicht dass ich die Hilfe bräuchte, um das Gewicht eines einzelnen Menschen zu tragen. Wir legen ihn vorsichtig auf das Gras, und Zian fixiert die Seile. Dann tragen wir den Mann in den Schutz der Bäume.

Jacob beobachtet uns mit unleserlicher Miene. Sein Blick verweilt eine Sekunde lang auf mir, bevor er den Kopf kurz senkt und um die Lichtung herum zu der anderen Wache schlendert.

Nun, das ist wohl besser, als mich zu vergiften, weil ich

ihn angeblich sabotiert habe, wenn ich ihm eigentlich den Arsch gerettet habe.

Mit dem anderen Wachmann stößt Jacob ihn in Richtung Waldrand, während er ihm die Luft abschneidet, damit sich die letzte mögliche Katastrophe nicht wiederholt. Wir lassen den Mann zwischen den Bäumen versteckt zurück und gehen zur Eingangstür des Gebäudes.

Zian betrachtet sie verwirrt. „Da ist niemand drin", sagt er leise.

„Für den Fall der Fälle." Jacob dreht seine Hand am Türgriff, und das Schloss löst sich.

Wir machen uns bereit. Wir haben auf der langen Fahrt hierher besprochen, dass wir die Leute, die hier arbeiten, befragen wollen. Das bedeutet, dass wir sie lebend brauchen. Aber ich weiß, dass wir alle bereit sind, zu töten, wenn es um Leben oder Tod geht.

Ein Bild von verstümmelten Körpern und Blutspritzern schießt mir durch den Kopf, und mir wird flau im Magen.

Jacob schiebt die Tür auf. Der dahinter liegende Flur mit den hellgrauen Wänden ist leer, wie Zian gesagt hat. Niemand stürmt heraus. Von weiter drinnen ertönt ein leises Klickgeräusch, als würde jemand auf eine Computermaus tippen.

Wir schleichen hinein: Jacob und Zian gehen voraus, und ich folge ihnen mit Andreas und Dominic hinter mir. Die Jungs lassen *mich* nie aus den Augen, obwohl wir größere Fische zu fangen haben.

Zian starrt auf jede der Türen, an denen wir vorbeikommen, bevor er eine Entwarnung gibt. Die ersten Räume, in die wir schauen, sind nicht einmal abgeschlossen. Es scheint sich um Einzimmerapartments zu handeln, die mit einem Einzelbett, einer Couch vor einem Fernseher und einer Küchenzeile mit einem winzigen Tisch ausgestattet sind. Sie sind beinahe alle identisch, abgesehen von ein paar persönlichen Gegenständen und Dekoration.

„Die Angestellten scheinen zumindest einen Teil der Zeit hier zu wohnen", sagt Dominic leise.

Die Arbeitsräume befinden sich im hinteren, fensterlosen Teil des Gebäudes. Wir kommen an einem Lagerraum voller Kisten mit Reagenzgläsern und Latexhandschuhen vorbei und erreichen die Tür, aus der die Klicks kommen.

Zian lässt seinen Blick über die Wand schweifen und hält seine Hand mit zwei erhobenen Fingern hoch. „Wissenschaftler", flüstert er.

Wahrscheinlich also keine Kämpfer.

Jacob mustert uns, als wolle er sich vergewissern, dass wir bereit sind. Seine Hand schwebt über der Türklinke. Diese Tür muss ebenfalls unverschlossen sein, denn ich höre kein Geräusch, bevor er sie aufstößt.

Wir stürmen in einen Laborraum mit glatten schwarzen Arbeitsflächen, die mit Mikroskopen und anderen mir unbekannten wissenschaftlichen Geräten ausgestattet sind. Zwei Gestalten in Laborkitteln und Schutzbrillen erstarren an ihren Arbeitsplätzen, und einen Augenblick später greifen beide in ihre Taschen.

Die Geste versetzt mich in Alarmbereitschaft, noch bevor ich die Pistolen sehe, die sie hervorziehen. Zian stürzt sich auf den Mann, der etwas weiter weg ist, und ich springe über den hervorstehenden Tresen und stürze mich auf die Frau, die uns näher ist.

Mit einem leisen Grunzen und zuckend geht sie zu Boden, während ich die Pistole wegschlage. Andreas springt mir sofort zur Seite und schnappt sich sowohl ihre Waffe als auch die, die Zian seinem Wissenschaftler aus der Hand gerissen hat. Er übergibt Dominic eine der Pistolen und blickt dann auf unsere Gefangenen herab.

Die Frau unter mir verströmt einen Hauch von Angst. „Wer zum Teufel seid ihr? Und was macht ihr hier?"

Sie klingt jung. Ich reiße ihre Brille hoch, um ihr Gesicht unter den kurzen braunen Haaren richtig sehen zu können. Die Frau ist höchstens ein paar Jahre älter als die meisten der Studenten, unter denen wir uns versteckt haben.

Andreas verzieht das Gesicht. „Ich glaube nicht, dass sie etwas über jemanden weiß, der vor zwei Jahrzehnten hier gearbeitet hat." Er geht auf den Mann zu, den Zian festhält und schüttelt den Kopf. „Keiner der beiden war wohl zur richtigen Zeit hier."

„Überprüft sie trotzdem", sagt Jacob.

„Auf was?", fragt der Mann. „Wir führen hier nur Befehle aus."

Zian drückt seinem Gefangenen die Hand auf den Mund. Als die Frau zu wimmern beginnt, tue ich dasselbe mit ihr. Zian und ich tauschen einen Blick aus, ein Hauch von Verzweiflung huscht über sein Gesicht, und ein seltsames, aber angenehmes Gefühl von Verbundenheit steigt in mir auf.

So soll es sein. Wir sollten alle gemeinsam auf die gleichen Ziele hinarbeiten.

Andreas kniet sich neben die Frau. Seine Augen glühen rötlich, und ich weiß, dass er ihre Erinnerungen nach Interaktionen mit Ursula Engel durchsucht.

Seine grimmige Miene verrät, dass er nichts gefunden hat. Das war zu erwarten. Er geht mehrere Schritte auf den Mann zu und mustert ihn ein paar Sekunden lang, bevor er sich aufrichtet.

„Sie sind ihr nie begegnet."

Jacob kneift die Augen zusammen. „Arbeiten nur Sie beide hier?"

Die Frau nickt unter meinem Griff, genauso wie der Mann einen Moment später.

Dominic runzelt die Stirn. „In einer der Wohnungen war ein Familienfoto. Darauf waren nur Asiaten abgebildet. Keiner der beiden passt dazu, genauso wenig wie die Wachen."

Ich vertraue ihm, was diese Details betrifft. Wir halten inne und lauschen auf Anzeichen anderer Personen im Gebäude.

Unsere Gefangenen schweigen, doch Dominics Kommentar steigert meine Anspannung. Es ist möglich, dass derjenige, dem das Foto gehört, momentan nicht hier ist, auch wenn ich auf das Gegenteil wetten würde.

„Wir sollten die anderen Räume durchsuchen", sage ich.

Jacob wirft mir einen bösen Blick zu, aber es ist der offensichtliche nächste Schritt. Er deutet auf Zian.

„Wir müssen sie fesseln und knebeln. Dann können wir weitermachen. Stellt sicher, dass sie keine anderen Waffen oder Telefone bei sich haben. Wir können sie später noch mal befragen, wenn wir sonst nichts finden."

Ich nehme an, wir könnten zumindest herausfinden, woran sie hier arbeiten. Ob es etwas mit dem zu tun hat, woran Ursula Engel vor fast zweieinhalb Jahrzehnten gearbeitet hat, können wir allerdings nicht wissen.

Nachdem wir die Wissenschaftler gefesselt haben, gehen wir weiter den Gang entlang. Es gibt nur noch ein paar Türen.

Die erste führt zu einem Aktenraum mit Regalen voller Lehrbücher, Ordner und Aufbewahrungsboxen. Hinter der nächsten befindet sich lediglich eine Toilette.

Als Zian durch die nächste Tür blickt, schüttelt er stirnrunzelnd den Kopf. Die Tür schwingt auf und gibt den Blick auf einen weiteren Laborraum frei, der abgesehen von einem Tresen und zwei Schreibtischen mit Computerausrüstung leer ist.

Mit flatternden Nerven trete ich ein. Die

Wissenschaftlerin war besorgt, dass wir *etwas* finden könnten. Was übersehen wir?

Ein schwacher Hauch in der Luft unterbricht meine Gedanken. Es ist eine Spur von nervösem Adrenalin – frisch.

Jemand *war* vor kurzem hier, doch jetzt ist er verschwunden.

Oder zumindest ist er nirgendwo zu sehen.

Ich winke den Jungs zu, die bereits dabei sind, den Raum zu verlassen. Sie beobachten mich, während ich mich weiter in den Raum schleiche, Jacob mit unbändiger Skepsis, die anderen neugierig.

Ich umrunde den Raum, atme mehrmals ein und bleibe dort stehen, wo der Geruch am stärksten ist. Wo mir erneut ein leichter Hauch in die Nase steigt.

Ich zeige auf die Wand hinter dem Schreibtisch und drehe mich zu den Jungs um, um die Worte „Da ist jemand drin" mit meinen Lippen zu formen.

Zian eilt herbei. Seine Augen weiten sich. Sein übernatürlicher Sehsinn scheint meinen Verdacht zu bestätigen. Er winkt Jacob zu sich und zeigt auf die Stelle, an der sich vermutlich der Öffnungsmechanismus für den Schutzraum befindet.

Die Leute hier waren offenbar nicht auf jemanden wie uns vorbereitet. Jacob konzentriert sich auf die Wand, schnippt mit den Fingern, und eine versteckte Platte löst sich von der Kante, an der sie saß, und öffnet sich surrend.

Zian hat offensichtlich nicht nur die Frau gesehen, die in einer Ecke des engen Raumes auf der anderen Seite kauert. Denn in dem Moment, in dem sich die Tür öffnet, stürzt er sich auf sie und reißt ihr das Gewehr aus der Hand, das sie gerade heben wollte.

Als er es über seinem Knie zerbricht, zuckt sie zusammen und kauert sich an die Wand.

Bestimmt gehört ihr das Foto, das Dominic gesehen hat.

Sie sieht chinesisch oder vielleicht vietnamesisch aus, ihre glatte Haut ist beige im Gegensatz zu Zians pfirsichfarbener, doch ihre rundlichen Gesichtszüge erinnern mich an seine.

Ihr schwarzes Haar ist mit grauen Strähnen durchzogen, und um ihre Augen und Mundwinkel scharen sich kleine Fältchen. *Sie* ist definitiv alt genug, um Engel zu kennen, wenn sie schon so lange hier arbeitet.

Zian ergreift ihre Handgelenke und hält sie fest. Es ist unnötig, sie zu knebeln, wenn sie niemanden mehr hat, nach dem sie rufen kann.

„Wir sind nicht hier, um Ihnen wehzutun", sagt er schroff. „Wir haben nur ein paar Fragen."

„Ich verhandle nicht mit Terroristen", schnauzt sie.

Andreas lacht. „Dann ist es ja gut, dass wir keine sind. Wir wollen den Terror eindämmen, nicht verstärken."

Er geht neben Zian in die Hocke. „Ich nehme nicht an, dass Sie jemals mit einer Frau namens Ursula Engel zusammengearbeitet haben?"

Das Aufflackern des Erstaunens, das die Frau nicht unterdrücken kann, löst eine Welle des Triumphs in mir aus. Wir werden also doch noch ein paar Antworten bekommen.

Andreas stellt keine weiteren Fragen. Stattdessen sieht er der Frau in die Augen und durchwühlt ihre Erinnerungen.

Unsere Gefangene zuckt zurück und dreht sich weg, so gut sie kann, doch Andreas braucht den Blickkontakt nicht. Zian hält ihre Handgelenke fest umklammert. „Sie gehen nirgendwo hin."

Andreas beginnt zu sprechen, seine Stimme klingt weit entfernt, als wäre er in Trance. Was er wohl auch ist, denn er durchwühlt immer noch ihre Gedanken.

„Es scheint, als hätten sie etwas mehr als zwei Jahre zusammengearbeitet. Das hat Dr. Gao gesagt, als Engel gehen wollte. Aus ihren Gesprächen geht hervor, dass sie an ‚Verbindungen' und ‚chemischen Verbesserungen' gearbeitet haben, um die Konzentration der Soldaten zu verbessern: Stärke und sensorische Schärfe und solche Dinge."

Dr. Gao windet sich in Zians Griff, aber ohne Erfolg. Sie stößt ein panisches Zischen durch die Zähne aus. „Was *tun* Sie da? Wie können Sie ..."

Zian hält ihr mit seiner anderen Hand den Mund zu. Andreas beobachtet sie weiter und durchdringt ihren Schädel mit seinem Blick.

„Sie hat ein Dokument gesehen, das Ursula zu verstecken versuchte. Eine Besitzurkunde für ein Stück Land. Irgendwo draußen in Kansas. Sie hat dort ein Grundstück gekauft, kurz bevor sie gekündigt hat. Dr. Gao ist aufgefallen, dass sie sich diesbezüglich sehr bedeckt gehalten hat. Ich glaube, ich kann die Koordinaten ermitteln, wenn ich mich konzentriere. Bringt mir etwas zu schreiben!"

Dominic eilt davon und kommt mit einem Notizblock und einem Stift zurück. Andreas fährt mit dem Stift über das Papier, ohne seinen Blick abzuwenden. Ein paar Mal hält er mit gerunzelter Stirn inne.

Er schweigt noch einige Minuten, und auf seiner Stirn bildet sich ein Schweißtropfen. Ich beiße mir auf die Lippe und hoffe, dass er sich nicht überanstrengt.

„Engel hat ein paar Dinge in ihrem Büro zurückgelassen", sagt er schließlich. „Nichts, was jemand für wichtig hielt. Sie haben alles in eine Kiste gestopft und in den Aktenraum gestellt, für den Fall, dass sie es später noch einmal durchsehen wollten. Vielleicht sind die Sachen noch dort. Das ist das einzig Nützliche, was ich sehe."

„Das ist großartig", sagt Jacob mit ungewöhnlich sanfter Stimme. „Das reicht, Drey."

Er muss die Anstrengung spüren, die Andreas auf sich genommen hat. Die Beine des schlanken Mannes zittern, als er aufsteht.

Doch er ist noch nicht fertig. Er richtet seinen Blick

wieder auf die Wissenschaftlerin und schenkt ihr ein dünnes Lächeln. „Keine Sorge. Sobald wir weg sind, werden Sie sich weder an uns erinnern noch daran, was passiert ist."

Zian beginnt, sie zu fesseln. Andreas vollendet währenddessen sein Werk und löscht die neuesten ihrer Erinnerungen, in denen wir vorkommen.

Als Jacob mich zur Tür stößt, wende ich meinen Blick ab. Dann eile ich mit Dominic und ihm zurück in den Archivraum.

Dominic entdeckt die Schachtel zuerst. Auf einem abgeblätterten, vergilbten Etikett an der Seite steht in Großbuchstaben ENGEL. Er nimmt sie aus dem Regal und stellt sie mitten auf den Boden, sodass wir drei uns um sie herum setzen können.

Als Dominic den Deckel abnimmt, steigt ein säuerlicher Geruch aus dem Karton auf. Naserümpfend helfe ich den anderen, die verschiedenen Papierschnipsel und den anderen Krimskrams herauszuholen.

Schnell wird klar, warum Engel kein Problem damit hatte, diesen Kram zurückzulassen. Zu den Highlights gehören ein Post-it-Zettel, auf dem *Mehr Kaffee!!!* Steht, und eine leere Chipstüte. Ich verstehe nicht, warum sie das Zeug nicht einfach in den Müll geworfen haben.

Doch ganz unten in dem Durcheinander entdecke ich einen Zeitungsausschnitt. Im Gegensatz zum Rest des Inhalts hat die Zeit ihm nicht so sehr zugesetzt, da er sich in einer versiegelten Plastikhülle befindet. Das Foto glänzt immer noch, und die Farben sind kaum verblasst.

Während ich es betrachte, schwappt eine Welle von Gefühlen über mich hinweg.

Auf dem Bild ist ein verschneiter Wald zu sehen. Zwischen den Bäumen steht eine Blockhütte, durch deren Fenster ein einladendes bernsteinfarbenes Licht scheint.

Ich kann mir fast vorstellen, wie es wäre, durch die Tür

in die Wärme und den Frieden zu treten, fernab vom Rest der Welt.

Jacob legt die Stirn in Falten. „Hat sie dieses Grundstück auch gekauft?"

Dominic beugt sich näher heran. „Das glaube ich nicht. Sieh dir die abgeschnittenen Textstellen an. Ich bin mir ziemlich sicher, dass das Bild aus einem Zeitschriftenartikel stammt, nicht aus einer Immobilienanzeige."

Ich berühre die Plastikhülle. „Auf jeden Fall war es ihr wichtig. Sonst hätte sie es nicht so sorgfältig aufgehoben."

„Ja." Dominic nickt langsam. „Und sieh mal, an den Ecken des Plastiks sind Heftzwecken. Als hätte sie es irgendwo aufgehängt, wo sie es regelmäßig sehen konnte. Möglicherweise *wollte* sie dort hin?"

Ich schlucke schwer. Ist es möglich, dass Ursula Engel von der gleichen Art von Flucht und friedlicher Einsamkeit träumte wie ich?

Das wäre absurd!

Ich möchte das Bild in meine Tasche stecken. Dazu müsste ich es allerdings falten, und das kommt mir falsch vor. Eine Minute später kommen Zian und Andreas zu uns, und ich schiebe den Ausschnitt in Zians inzwischen fast leere Tasche.

Abgesehen davon finden wir nichts in der Schachtel, was unsere Aufmerksamkeit erregt. Schließlich stehen wir auf und versammeln uns im Archivraum.

„In Ordnung", sagt Jacob. „So wie es aussieht, war das das Einzige, was diese Leute haben, das nützlich sein könnte. Andreas wird alle Erinnerungen an uns aus ihren Köpfen löschen, und ich werde einen von ihnen losbinden, bevor wir gehen, damit er die anderen befreien kann. Es hat keinen Sinn, sie umzubringen. Sie scheinen nichts mit der Einrichtung zu tun zu haben."

Zian knackt mit den Fingerknöcheln. „Und was dann?"

Andreas schaut auf sein Handy. „Ich schätze, wir fahren nach Kansas? Es wird ein paar Tage dauern, aber wenn wir jetzt sofort losfahren …“

Ich blinzle ihn an. „Du willst von hier aus direkt zu diesem anderen Ort fahren?“

Jacob wirft mir einen bösen Blick zu. „Warum nicht? Hast du eine bessere Idee?“

„Ich will nur …“ Jeder Zentimeter meines Körpers sträubt sich gegen die Vorstellung, in ein neues Unbekanntes aufzubrechen, nachdem wir dieses Abenteuer gerade erst überlebt haben.

Müssen wir uns wirklich gleich wieder auf den Weg machen und unseren Hals riskieren?

Jeder Schritt bringt uns Ursula Engels Verbindungen zur Einrichtung näher. Näher an den Feind. Ist den Jungs denn nicht klar, wie gefährlich das ist?

Ich hole tief Luft und spreche, bevor Jacob mich erneut anschnauzen kann. „Wir haben uns hier ziemlich verausgabt. Wäre es nicht klüger, zurück zu unserem Haus zu fahren und uns ein oder zwei Tage zu nehmen, um alles durchzugehen, was wir herausgefunden haben und wieder zu Kräften zu kommen? Wir gehen etwas nach, was diese Frau vor mehr als zwanzig Jahren getan hat, da werden ein paar Tage keinen großen Unterschied machen.“

Andreas reibt sich den Kopf und presst die Lippen zusammen. Ich vermute, dass er gegen Kopfschmerzen ankämpft.

„Sie hat recht“, sagt er. „Ich bin mir nicht sicher, ob ich im Moment überhaupt fahren kann.“

Jacob zieht die Augenbrauen hoch. „Du vertraust also auf *ihr* Urteil?“

Andreas zuckt mit den Schultern. „Sie hat uns hier sehr geholfen. Sie war immer da und kam uns zu Hilfe, selbst wenn sie es nicht hätte tun müssen.“

Er schenkt mir ein Lächeln, das ich erwidere. Vielleicht reichen ein paar Tage mehr aus, um sie davon zu überzeugen, die Situation ganz aus meiner Sicht zu sehen.

Jacob schnaubt. „Wer weiß, ob die Wärter das nicht mitbekommen und anfangen, ihre Spuren zu verwischen – oder die von Engel. Jede Minute könnte zählen."

Ein Funke der Inspiration flackert in mir auf. „Sollten wir nicht trotzdem zum Haus zurückkehren, um sicherzustellen, dass wir nichts zurücklassen, was gegen uns verwendet werden könnte? Es wäre unvorsichtig, es zu verlassen, ohne uns zu vergewissern, dass wir *unsere* Spuren verwischt haben. Wir haben nicht damit gerechnet, nicht mehr zurückzukehren, als wir heute Morgen aufgebrochen sind."

Dominic verzieht den Mund. „Das ist ein gutes Argument."

Zian fährt sich mit der Hand durch sein dichtes schwarzes Haar und legt die Stirn in Falten. „Sollen wir uns auch eine Geschichte ausdenken, warum wir so plötzlich abhauen? Damit unsere Nachbarn nicht zu viele Fragen stellen?"

Jacob starrt ihn an, als wäre er verärgert darüber, dass selbst der Typ, dessen Hauptaugenmerk auf Muskelkraft liegt, gute Gründe findet, die für meinen Vorschlag sprechen. Doch jetzt sind es vier gegen einen, und obwohl er sauer auf mich ist, würde er seine Mission nicht vermasseln, nur um mir eins auszuwischen.

„Na schön", stößt er unwirsch hervor. „Wir werden für *eine* Nacht zurückkehren und unsere Spuren verwischen. Mehr Zeit sollten wir aber auf keinen Fall verlieren. Wir könnten dadurch die gesamte Mission aufs Spiel setzen."

Andreas zögert, und für eine Sekunde denke ich, dass er seine Meinung ändern könnte. Die anderen würden ihm wahrscheinlich folgen.

Er sieht mich an, und ich schenke ihm ein schiefes Lächeln nach dem Motto: *Dieser mürrische Trottel.*

Dreys Gesichtsausdruck entspannt sich. „Eine Nacht", sagt er.

Ich kann nicht leugnen, dass in meiner Brust die Hoffnung aufkeimt, dass Ursula Engels Spuren tatsächlich verwischt werden, bevor wir sie weiterverfolgen können.

Wenn es keine Spuren mehr gibt, müssen die Jungs aufhören, sie auf diese waghalsige Art zu verfolgen.

SECHZEHN

Riva

Als wir zum Haus zurückkehren, ist es bereits Nacht und die Sterne sind abgesehen von dem künstlichen Schein in einigen Fenstern das einzige Licht.

Jacob parkt auf dem üblichen Parkplatz vor dem Haus. Als die Jungs die Türen öffnen, dringt Lachen durch das Wohnzimmerfenster des Nachbarhauses nebenan, das einen Spalt offen steht, um die warme Frühherbstluft hineinzulassen.

Ich rutsche auf der Rückbank zur Tür und steige aus. Sobald meine Füße den Boden berühren, stelle ich fest, dass die Wirkung des Gifts wieder stärker ist. Ein kribbelnder Ruck durchfährt meine Beine, die ich seit ein paar Stunden nicht mehr benutzt habe, und ich taumle zur Seite.

Ich halte mich an der Seite des Autos fest, um mein

Gleichgewicht nicht zu verlieren, und atme tief durch, um mich zu beruhigen, bevor ich weitergehe.

Das Kribbeln wandert durch meine Muskeln bis hinauf zu meiner Hüfte und gräbt sich in meinen Bauch. Ich frage ihn nur ungern, da ihm etwas daran offenbar nicht behagt, doch ich glaube, ich muss Dominic heute Abend noch einmal bitten, seine Heilkünste an mir anzuwenden.

Ich straffe meine Schultern und gehe etwas steif zur Eingangstreppe, wobei mir unangenehm auffällt, dass Zian an meiner Seite geblieben ist und die anderen Jungs auf mich warten, anstatt hineinzugehen. Nicht, weil sie um mein Wohlergehen besorgt sind, sondern weil sie mich immer noch als potenzielle Bedrohung sehen, die überwacht werden muss.

Nur Andreas ist tatsächlich besorgt. Er fängt meinen Blick auf und verzieht mitleidig das Gesicht.

Ich habe mich gerade an das Geländer neben der Treppe geklammert, als sich die Tür auf der anderen Seite der Gasse öffnet, und die fröhlichen Stimmen lauter werden. Brooke kommt heraus. Mit einem Winken trabt sie die Treppe hinunter und kommt direkt auf uns zu.

„Hey!", sagt sie und lässt ihren Blick über uns alle fünf schweifen, bevor er auf mir verweilt. „Wie gut, dass ich dich hier treffe, Rita. Ich hatte gehofft, kurz mit dir reden zu können."

Ich ringe mir ein Lächeln ab und bete zu den höheren Mächten, die es vielleicht gibt oder auch nicht, dass ich mich durch das unerwartete Gespräch improvisieren kann. „Klar. Was gibt's?"

Das sagt man doch als College-Studentin zu einer Freundin, oder?

Sie wirft einen Blick auf die Jungs um mich herum, schürzt die Lippen und neigt den Kopf in Richtung der

Gasse. „Nur wir beide, unter vier Augen? Es ist … privat. Mädchenkram.“

Sie wirft den Jungs einen weiteren, etwas spitzeren Blick zu.

Jacob runzelt die Stirn, scheint sich jedoch bewusst zu sein, dass es merkwürdig wirken würde, wenn meine vermeintlichen Mitbewohner mir vorschreiben würden, ob ich allein mit einer anderen Person reden darf.

Mit einer lässigen Handbewegung in Richtung der Rückseite der Gebäude antwortet Andreas für alle. „Geh ruhig und führ dein Frauengespräch.“

Obwohl die Jungs ins Haus gehen, als wäre es keine große Sache, liegen meine Nerven blank, während ich Brooke hinunter zu den kleinen Innenhöfen folge, die die Gasse hinter den Stadthäusern säumen. Ich habe nicht den geringsten Zweifel, dass Zian meine Bewegungen durch die Mauer verfolgt. Höchstwahrscheinlich wird auch Jacob heimlich von einem der hinteren Fenster aus zusehen.

Als ob ich mit einer Geschichtsstudentin, die wahrscheinlich noch nie etwas Gefährlicheres als eine Eins minus erlebt hat, ihren Untergang planen würde.

Brooke bleibt bei den Innenhöfen stehen und lehnt sich gegen den Holzzaun, der an ihr Stadthaus grenzt. Hier hinten, abseits vom Licht der Straßenlaternen, ist es noch dunkler. Nur ein paar schummrige Sicherheitsleuchten erhellen die Gasse.

Sie streicht sich das Haar hinter die Ohren und mustert mich. „Ich verstehe, dass du vielleicht noch nicht bereit bist, darüber zu reden. Vielleicht fällt es dir sogar schwer, darüber nachzudenken. Aber ich möchte, dass du weißt, dass du dich an mich wenden kannst, wenn du Hilfe brauchst. Ich werde alles tun, was ich kann.“

Ich starre sie an und bin einen Moment lang zu verwirrt, um Worte zu finden. Sie kann sich auf keine der Dinge beziehen, bei denen ich tatsächlich Hilfe bräuchte, also wovon zum Teufel redet sie?

„Ich weiß nicht, was du meinst", antworte ich nach einem langen, unangenehmen Schweigen.

Brooke presst ihre Lippen aufeinander. „Ich war auch schon mal in der Situation. Mit einem Typen, mit dem ich in der Highschool ein Jahr lang zusammen war. Ich weiß, wie das ist. Und wie es sich anfühlt. Du willst es vielleicht nicht wahrhaben, aber es ist nicht in Ordnung, wie sie dich behandeln."

Sie redet von meinen Jungs. Was genau hat sie mitbekommen? Mir läuft ein kalter Schauer über den Rücken.

„Ich bin mit keinem von ihnen zusammen. Und es ist alles in Ordnung."

Brooke senkt ihre Stimme. „Das glaube ich nicht. Sie scheinen dich nie aus den Augen zu lassen. Sie wollten nicht einmal, dass du mit mir redest, das habe ich gemerkt. Und ich wette, sie erwarten, dass du tust, was sie sagen."

„So ist das nicht", entgegne ich schnell. „Wir sind nur alle neu hier. Wir verlassen uns aufeinander."

Sie legt die Stirn in Falten. „Und was passiert, wenn du nicht machst, was sie von dir verlangen? Manchmal sieht es so aus, als würdest du versuchen, nicht zu hinken, und diese Narben an deinen Armen … Ich möchte nicht, dass du Ärger mit ihnen bekommst, doch du musst einsehen, dass das nicht normal ist. So sollte sich niemand verhalten, dem du wichtig bist."

Mein Magen ist inzwischen so verkrampft, dass er wahrscheinlich wie eine Brezel aussieht. Sie macht sich Sorgen, so viel ist klar. Und zwar mehr, als es jemand tun sollte, der nur ein paar kurze Gelegenheiten hatte, mich kennenzulernen.

Offensichtlich ist sie mitfühlender und bekommt mehr

mit als der Durchschnittsmensch. Ich weiß nicht, wie ich ihre Beobachtungen auf eine Weise erklären soll, die angesichts dessen, was sie zu glauben bereit ist, einen Sinn ergibt.

Ich muss es trotzdem versuchen. Ich will nicht, dass sie sich wegen meiner Situation Sorgen macht, und es ist besser für uns, wenn sie denkt, dass hier alles in Ordnung ist.

Ich ziehe meinen Kapuzenpulli enger um meinen Körper. „Ich habe dir doch gesagt, dass ich mich geprügelt habe. Aber nicht mit den Jungs. Ich mache Kampfsport. Beim Sparring geht es manchmal ziemlich hart zur Sache."

Das scheint eine vernünftige Erklärung zu sein, doch Brookes Miene bleibt skeptisch. „Wie ich schon sagte, ich verstehe, wenn du nicht darüber reden willst. Solange du daran denkst, dass ich hier bin, wenn du deine Meinung änderst."

Ich befeuchte meine Lippen und kämpfe gegen das Schwindelgefühl an, das mich zu übermannen droht. Verdammt.

Ich wünschte, ich hätte Dominic gebeten, mich während der Fahrt zu heilen. Wenn ich wieder anfange, zu schwanken so wie im Club, wird sie vollkommen ausflippen.

„Ich verstehe, dass es vielleicht so aussieht, aber es ist wirklich …"

Meine Gedanken werden durch den Knall der Hintertür unterbrochen, die aufgerissen wird, und durch das Gewusel von Körpern, die aus den Schatten um uns herum auftauchen.

Ich schreie auf und gehe instinktiv hinter dem Blumenkasten auf unserer Terrasse in Deckung. Alle vier Jungs stürzen aus dem Haus, während mindestens ein Dutzend schwarz gekleideter Gestalten aus der Dunkelheit in der Gasse und zwischen den anderen Gebäuden auftaucht.

Nach den ersten Sekunden, in denen mein Herz rast und

mein Verstand versucht, sich einen Reim auf die Szene zu machen, nehme ich die schwarzen Helme wahr, unter denen nur die Augen der Gestalten und ein Schlitz an ihrem Kiefer zu sehen sind. Sie sehen genauso aus wie die Helme, die die Wärter in der Einrichtung trugen, nur dass sie zur Tarnung bemalt sind.

Unsere Kerkermeister haben uns gefunden.

Brooke stößt einen erschrockenen Schrei aus, und eine der gepanzerten Gestalten stürzt sich direkt auf sie.

Panik steigt in mir auf, und ich springe über den Blumenkübel und stürze mich zwischen meine neue Freundin und den Angreifer, wobei meine Krallen aus meinen Fingern schießen.

Doch meine geschwächten Muskeln reagieren zu langsam. Ich weiche einen Schritt vor dem heranstürmenden Mann zurück, der sich direkt auf Brooke stürzt, bevor sie einen lauten Schrei ausstoßen kann, und er ihr eine gebogene Klinge in den Hals stößt.

Ihre Stimme verstummt mit einem Gurgeln. Blut läuft über ihren flauschigen Pullover und tropft auf den Boden, auf den ich gerade gefallen bin.

Ein Schrei dringt aus meiner Kehle.

Nein. Nein. Sie hat nichts getan. Sie hat nur dagestanden. Sie hatte nicht einmal wirklich etwas mit uns zu tun.

Der Wärter stößt Brookes Körper weg, und sie kippt um wie eine Marionette, deren Fäden durchtrennt wurden. Jeder Nerv in meinem Körper schreit danach, sie zu packen und sie von dieser Bedrohung wegzuziehen, als ob es irgendeine Möglichkeit gäbe, sie noch in Sicherheit zu bringen, doch ihr Angreifer dreht sich bereits zu mir um.

Ich springe nach hinten und nehme eine defensive Haltung ein. Mein Herzschlag, der in meinen Ohren dröhnt, ist nicht laut genug, um die Schläge und

Grunzlaute zu übertönen, die von der Terrasse herüberwehen.

Der Mann zückt eine seltsam aussehende Pistole. Ich werfe mich gerade noch rechtzeitig zur Seite, um einem Pfeil auszuweichen, der an der Backsteinmauer hinter mir abprallt.

Sie versuchen, uns zu betäuben. Natürlich.

Die Bastarde wollen *uns* nicht umbringen, sondern uns nur wieder unter ihrer Kontrolle haben.

Ich kann nicht zulassen, dass der Rohling, mit dem ich es zu tun habe, noch einmal auf mich schießt. Ich habe keine Ahnung, wie stark die Drogen in diesen Pfeilen mit dem Gift reagieren werden, das sich bereits in meinen Adern befindet. Ich rolle mich zur Seite, stoße mich von der Wand ab und stürze direkt auf ihn zu.

Als ich mit ihm zusammenstoße, knistert es an der Stelle, an der er versucht hat, eine Art Taser-ähnliches Gerät aus seiner Tasche zu ziehen. Doch es ist sein eigener Oberschenkel, der durch den Stromstoß zuckt. Anschließend schlitze ich ihm die Kehle auf, so wie er es mit Brooke getan hat. Das kommt einer poetischen Rache wohl am nächsten.

Wut steigt in mir auf. Er wird niemanden mehr verletzen, der es nicht verdient hat.

Mein Blick wandert über ihre zusammengesackte, blutige Gestalt, und Angst durchflutet auch mich.

Verdammt noch mal. Wenn ich es nur schneller zu ihm geschafft hätte …

Eine weitere Gestalt sprintet auf mich zu. Ich wirble herum, um mich zu verteidigen, doch bevor ich dazu komme, reißt ihn eine unsichtbare Kraft von den Füßen. Sie rammt seinen Helm gegen die Wand des benachbarten Hauses, wobei das Metall sich in den Schädel des Mannes gräbt.

Jacob steht bei den Pflanzkübeln. Seine Miene ist starr vor Konzentration, und seine Hände sausen durch die Luft, während er sein Talent lenkt. Er schleudert einen anderen Wächter so heftig gegen einen elektrischen Pfosten, dass das Knacken einer Wirbelsäule durch die Luft hallt. Dann reißt er einen anderen, der ihm zu nahe gekommen ist, direkt an sich und spießt ihn an den violetten Stacheln auf, die jetzt aus seinen Unterarmen ragen.

Das Opfer seiner vollen Giftdosis zuckt wie ein Fisch, der auf einem Steg zappelt und dem die Spucke von den Lippen spritzt, bevor er zusammenbricht.

Eine massige Gestalt stürmt auf sie zu. Sie ist mir so vertraut und fremd zugleich, dass mein Verstand ins Stocken gerät, als er zu verarbeiten versucht, was ich sehe.

Es ist Zian. Allerdings in einer Version, in der ich ihn noch nie zuvor gesehen habe. Seine goldene Haut ist an den Schultern und Armen mit grobem, dunklem Fell bedeckt, und aus seinen Fingerspitzen ragen gefährliche Krallen. Sein Gesicht ist teils menschlich, teils tierisch. An der Stelle, wo vorher seine Nase und sein Mund waren, befindet sich nun eine krumme, faltige Schnauze und große Reißzähne ragen über seinen wolfsartigen Unterkiefer.

Er stürzt sich direkt hintereinander auf zwei Angreifer, wobei er den Kopf des einen so weit verdreht, dass er ihm das Genick bricht, und dem anderen mit seinen Krallen den Bauch aufschlitzt und einen Haufen Gedärme herausreißt.

Ich erhasche einen Blick auf Dominic, der weiter weg am anderen Ende des Innenhofs steht. Seine Silhouette zeichnet sich im schwachen Schein der Gassenbeleuchtung ab. Er hat seinen Trenchcoat ausgezogen, und etwas Langes und Sehniges schnellt aus seinem oberen Rücken in Richtung der Angreifer.

Eine der schlangenartigen Ranken streckt sich aus und reißt einen Mann an sich, um ihm den Helm herunterzureißen und ihn bewusstlos zu schlagen.

Keuchend taucht Andreas wie aus dem Nichts neben mir auf. Seine Stimme ist krächzend. „Geht es dir gut, Riva?"

Die letzten Sekunden war ich wie erstarrt vor Schreck. Ich befreie mich aus meiner Benommenheit, stürze mich ins Getümmel und mache meine Handlungen zu einer Antwort auf seine Frage.

Die Jungs kämpfen gegen eine Reihe von Wärtern, doch es kommen immer mehr auf uns zu. Sie scheinen gewusst zu haben, dass dies ein harter Kampf werden würde.

Gerade als ich mich mit ausgefahrenen Krallen auf eine Gestalt in meiner Nähe stürze, sehe ich, wie eine andere hinter ihr mit einem Betäubungsgewehr auf Jacob zielt.

„Jake!", schreie ich und ringe meinen Gegner zu Boden. In der nächsten Sekunde taucht Andreas hinter der Schützin auf und rammt ihr ein Messer in den Nacken.

Einen Augenblick später ist er wieder verschwunden, als wäre er nie da gewesen. Alles geht so schnell, dass ich gar nicht richtig begreife, was hier vor sich geht.

Weitere Schritte poltern auf uns zu. Weitere Auslöser klicken.

Sie werden erst zufrieden sein, wenn sie uns in Käfige gesperrt haben, um ihre Versuche an uns durchzuführen und uns zu foltern.

Die Wut, die ich verspürte, als ich Brooke sterben sah, lodert erneut in mir auf. Sie hallt in meiner Brust wider und brennt in meiner Kehle.

Irgendetwas schwillt in mir an, etwas, das durch meinen Mund entweichen will. Etwas, das jedes Arschloch um mich herum in Stücke reißen und sie dafür *bezahlen* lassen will.

Eine beängstigende Gewissheit überkommt mich: Ich könnte sie alle zerstören, sie auseinanderreißen, bis sie nur noch aus Schmerz bestehen – bis sie irgendwann sterben. Ich könnte sie alle zu Fall bringen.

Sie hätten es verdient.

Die Vibration steigert sich zu einem ätzenden Dröhnen, das durch meinen ganzen Körper hallt und sich in meiner Lunge verdichtet. Scheiß auf sie. Scheiß auf sie alle.

Meine Lippen öffnen sich, doch im selben Moment bleibt mein Blick an Jacob hängen. Ein neues Aufflackern von Wut durchströmt mich mit der Erinnerung an all den Mist, den er mir entgegengeschleudert hat, gefolgt von einem eisigen Schauer der Angst.

Die Szene in der Arena schießt mir durch den Kopf. All das Gemetzel, all die Zerstörung.

Als ob eine Kreatur, die viel monströser ist als Zian dort gewütet hätte. Möchte ich herausfinden, ob ich zu dieser brutalen Bestie werden kann?

Ich klappe meinen Kiefer zu. Ich kann es nicht. Ich bin mir nicht sicher, was ich tun würde. Ich weiß nicht, inwiefern ich mich unter Kontrolle hätte.

Es gibt so viele Dinge und so viele Menschen, die mich in den letzten Tagen wütend gemacht haben. In mir brodeln mehr Emotionen, als ich fassen kann.

Ich weiß nicht, ob ich auch auf die Leute losgehen würde, die ich eigentlich schützen möchte, wenn mich die Frustration packt.

Ich hole tief Luft, zwinge die in mir aufsteigende Wut nieder, und mir wird schwindlig. Ich zwinge mich, trotzdem weiterzugehen.

Schlagen. Zerfetzen. Zerschmettern. Ich stoppe jeden einzelnen der Mistkerle, die es auf uns abgesehen haben, bis keiner mehr übrig ist. Dabei gehe ich auf meine übliche Art vor.

Auf die sichere Art, die meine Nerven nicht zum Flattern bringt und bei der kein beunruhigend starker Hunger in meiner Kehle schmerzt.

Körper fliegen durch die Luft. Fleisch wird aufgerissen.

Knochen brechen. Die Männer um mich herum sind ein Wirrwarr aus Bewegungen.

Immer wieder kribbelt das Verlangen in meiner Lunge, und ich verdränge es jedes Mal aufs Neue.

Bis irgendwann niemand mehr vor mir ist.

Taumelnd komme ich zum Stehen, meine Beine zittern, mir ist flau im Magen, und ich bin erschöpft. Die Gasse und die Innenhöfe sind blutverschmiert und mit Leichen übersät.

In der Ferne heult eine Sirene.

„Komm schon!", zischt Dominic, und seine schlanke Gestalt verschwindet unter dem Trenchcoat, bevor ich die Gebilde, die aus seinem Rücken ragen, näher betrachten kann. Er stößt Jacob in Richtung Fahrbahn.

Ich taumle ihnen hinterher, und Zian schließt zu mir auf. Sein Gesicht hat sich wieder normalisiert, abgesehen von einer Andeutung von Reißzähnen, die über seine Unterlippen ragen. Das Fell ist verschwunden. Als er mich über seine Schulter hievt, sehe ich, wie Andreas immer wieder aus dem Blickfeld verschwindet, jedes Mal ein paar Schritte näher am Bürgersteig.

Ohne ein weiteres Wort steigen wir in den Geländewagen. Zian wirft Jacob einen Blick zu und springt auf den Fahrersitz. Der Motor heult auf, als er die Zündung anlässt, und wir düsen in den Schutz der Nacht.

SIEBZEHN

Riva

Die Jungs haben schon erwähnt, dass sie Zian und Dominic die Grundlagen des Fahrens beibringen wollten, damit die Verantwortung nicht allein auf Jacobs und Andreas' Schultern lastet. Zian scheint schnell gelernt zu haben, denn er steuert den Geländewagen vom Campus weg, ohne dass wir gegen einen Laternenpfahl oder eine Mülltonne fahren, auch wenn es ein paar Mal knapp ist.

In einer weiteren scharfen Kurve schwankt das Fahrzeug, und der Motor heult auf, als er wieder aufs Gas tritt. Ich falle gegen Andreas' Schulter, der sich zu mir auf den Rücksitz gesetzt hat, und merke, dass seine Schulter nicht ganz … normal aussieht.

Ich blinzle und versuche, mich trotz des Wirrwarrs in meinem Kopf zu konzentrieren. Theoretisch ist er jetzt sichtbar, doch ich kann die Nähte im Sitz und den Rand des Fensters durch seinen durchscheinenden Körper erkennen.

Seine Hände sind auf seinem Schoß verkrampft. Als seine schlaksige Gestalt erschaudert, wandert mein Blick zu seinem Gesicht.

Seine Augen sind groß und glänzen vor Angst.

„Drey?", frage ich, und Furcht schnürt mir die Kehle zu.

Seine Stimme klingt angestrengt und röchelnd. „Ich versuche es. Ich kann nicht ganz …"

Sein Körper flackert und wird erst fast fest und dann wieder durchsichtig.

Ich weiß nicht, wie ich ihm helfen soll. Ich verstehe nicht einmal, was genau vor sich geht, aber ich kann nicht einfach hier sitzen und zusehen, wie er sich quält. Ich greife nach einer seiner Hände und umklammere seine Finger, als ob ich ihn so in dieser Welt halten könnte.

„Du bist hier", sage ich mit zitternder Stimme. „Du bist hier bei mir. Ich kann dich sehen. Du wirst hier bei uns bleiben."

Andreas blickt auf meine Hände hinunter, die seine Hand umklammern. Sein Atem wird ein wenig gleichmäßiger.

Ich drücke ihn noch einmal. „Wage es nicht, irgendwo hinzugehen. Dein Platz ist hier."

Ein zittriges Lachen entweicht ihm, und er atmet tief ein. Nach ein paar weiteren Atemzügen ist er wieder ganz fest.

Er sieht mir in die Augen, und sein Blick ist so angespannt, dass ich nicht weiß, was ich sagen soll. „Danke", sagt er schroff.

Ich schlucke und zwinge mich, meinen Griff um seine Hand zu lockern, meine Finger gleiten von seiner weg. „Was war das? Geht es dir gut?"

„Sieht so aus." Er lässt sich mit einem humorlosen Kichern in seinem Sitz zurücksinken. „Jede neue Fähigkeit hat lustige Nebenwirkungen, was?"

Ist das passiert, weil er sich vorhin unsichtbar gemacht

hat? Ich habe ihn das noch nie tun sehen, doch vermutlich weiß ich nicht über alle seine Fähigkeiten Bescheid.

Damals, als ich mit ihm in der Einrichtung war, konnte er das jedenfalls nicht. Wie oft hat er das geübt? Es klingt, als wäre ihm nicht klar gewesen, dass es ihn so stark beeinträchtigen kann.

Zians panische Stimme erregt meine Aufmerksamkeit. „Äh, wo genau soll ich jetzt hinfahren? Wie lautet der Plan, Jake?"

Dominic antwortet vom mittleren Sitz aus, wo er neben Jacob kniet. „Fahr auf einen Highway. Auf den ersten, den du findest. Wir sollten so schnell wie möglich aus dieser Stadt verschwinden. Alles andere können wir uns später überlegen."

Er hält sich an Jacobs Schulter fest. Als ich die beiden ansehe, schüttelt er den anderen Kerl.

Jacob bewegt sich kaum. Er sitzt so starr da, als wäre er eine Schaufensterpuppe.

Mein Herz rast. Irgendetwas ist auch bei ihm schiefgelaufen.

Ich zwänge mich an Andreas vorbei auf den mittleren Sitz und falle gegen die Tür, als Zian ein weiteres Ausweichmanöver durchführt. Mein Kopf stößt gegen die Fensterkante, und ein Schmerzenslaut entweicht mir, während sich meine Gedanken überschlagen.

Andreas greift nach meinem Arm, um mich festzuhalten. „Dom, du musst sie heilen. Das Gift hat ihr schon vor dem Kampf zugesetzt."

Dominics Blick wandert von mir zu Jacob, der bis auf ein kurzes Blinzeln seiner starrenden Augen völlig regungslos dasitzt, und wieder zurück. Er scheint zu dem Schluss zu kommen, dass meine Situation kritischer ist, denn er greift über die Armlehne des Sitzes und drückt seine Hand auf mein Brustbein. „Versuch, stillzuhalten."

„Das ist leichter gesagt als getan", murmle ich und lasse mich gegen die Tür sinken, in der Hoffnung, dass die Hersteller beim Schließmechanismus dieses Dings nicht an allen Ecken und Enden gespart haben.

Das und Andreas' stützender Griff sorgen dafür, dass ich nur ein leichtes Ruckeln spüre, während Dominics warme, beruhigende Kraft mich durchströmt. Meine Kraft festigt sich in meinen Muskeln, und mein Magen und meine Gedanken beruhigen sich.

Als ich das Gefühl habe, dass ich stabil genug bin, um nicht mehr Probleme zu verursachen als zu lösen, klopfe ich Dominic auf den Arm, um ihm zu zeigen, dass er aufhören kann. Als er sich zurückzieht, halte ich mich an der Rückenlehne seines Sitzes fest und schaue Jacob an.

Jacobs Hände liegen auf seinem Oberschenkel, doch aus diesem Winkel kann ich sehen, dass seine Finger angespannt sind. Eine Sehne in seinem Kiefer zuckt, und jeder Muskel in seinem markanten Gesicht ist angespannt.

Mich durchfährt ein unbehaglicher Schauer. „Geht es *ihm* gut?"

Andreas runzelt die Stirn. „Manchmal übertreibt er es. Er macht einfach weiter und weiter, bis er am Boden ist."

Dominic mustert seinen Freund mit gerunzelter Stirn. „Normalerweise ist er nicht ganz so. Es ist nichts Körperliches. Nichts, was ich heilen könnte. Es ist, als würde sein Geist irgendwo festsitzen."

Wieder berührt er Jacobs Arm und versucht, ihn aus der Situation herauszuholen, doch im selben Moment verkrampft sich Jacobs Hand. Und der Beifahrersitz bricht zusammen.

Der Stahlrahmen in der Polsterung ächzt, und der Stoff zerreißt. Zian zuckt zusammen, und der Geländewagen ruckt zur Seite, bevor er das Lenkrad wieder fest im Griff hat. „Was zum Teufel?"

„Jake!", ruft Dominic, obwohl er direkt neben ihm sitzt. „Der Kampf ist vorbei. Komm wieder zu dir!"

Doch Jacob zeigt keine Reaktion. Nicht einmal als Dominic an seinem Arm zieht und mit der Hand vor seinem Gesicht herumwedelt. Mit einem ächzenden Geräusch fällt die Kopfstütze von der Sitzlehne und schlägt so hart gegen das Handschuhfach, dass sie eine Delle darin hinterlässt.

Worauf wird Jacob seine Kräfte als Nächstes richten? Auf die Türen? Auf den Motor?

Er hätte die Windschutzscheibe zerschmettern können, wenn sich die Kopfstütze früher gelöst hätte.

Die Dringlichkeit der Situation treibt mich an. Ich zwänge mich an Dominic vorbei, setze mich auf Jacobs Knie und halte sein Gesicht zwischen meinen Handflächen fest.

„Wach auf, Jacob! Wir sind auf der Flucht. Du willst uns doch nicht …" Nun, womöglich will er mir wehtun, aber nicht den anderen. „Du erschwerst es Zian, zu fahren. Außerdem machst du Dominic und Andreas Angst. Und mir auch. Hör auf damit!"

Das verbogene Metall, das zuvor geächzt hat, quietscht jetzt. Jake verzieht keine Miene.

Ich zucke zusammen, lasse meine Krallen hervorschießen und fahre ihm damit schnell über den Kiefer.

Vier dünne Blutspuren bilden sich auf seiner blassen Haut, und Jacobs Muskeln zucken. Das metallische Quietschen verstummt. Seine Augen schärfen sich und richten sich direkt auf mich.

Als ich so auf seinem Schoß sitze, und wir uns einander in die Augen sehen, wobei unsere Gesichter nur ein paar Zentimeter voneinander entfernt sind, überschlagen sich meine Gefühle.

Das letzte Mal, als ich jemandem wie ihm so nahe war, endete es mit einem Kuss und dann mit einer Katastrophe. Mein Körper ist gefangen zwischen dem widersprüchlichen

Drang, näher an ihn heranzurücken und mich wieder loszureißen.

Allerdings nur für eine Sekunde, denn dann macht Jacob eine Bewegung. Er umfasst meine Kehle mit einer Hand und schleudert mich gegen die Rückenlehne des Fahrersitzes. Er hält mich dort fest, und seine Augen blitzen vor eisiger Wut. „Du verdammte Verräterin!"

Ein entfernter Teil meines Verstandes fragt: *Haben wir das nicht schon hinter uns?* Ich schlage auf seinen Arm und wehre mich gegen seinen Griff, um nicht noch mehr Schaden anzurichten, als ich ohnehin schon verursacht habe.

Dominic und Andreas stürzen sich auf ihn, und gemeinsam befreien sie mich so weit aus Jacobs Griff, dass ich zur Seite taumeln und mich wegstoßen kann.

„Sie hat dir geholfen ... uns", schnauzt Andreas. „Verdammt noch mal, Alter, du hättest fast das verdammte Auto geschrottet."

„Ich ..." Jacobs Blick fällt auf den deformierten Beifahrersitz, und seine harte Miene weicht einem Ausdruck von Fassungslosigkeit. Er schaut auf seine Hände und dann wieder auf mich.

„Was glaubst du, wie sie uns gefunden haben?", fragt er. „Sie muss sie irgendwie alarmiert haben."

„Was?", platze ich heraus. „*Du* wolltest doch, dass wir Leute befragen und Sachen stehlen. Ich habe die ganze Zeit versucht, euch aufzuhalten!"

„Außerdem hatte sie nicht wirklich die Möglichkeit, Nachrichten zu schicken", erinnert Dominic ihn mit ruhigerer Stimme. „Sie war nicht allein, außer in diesem einen Raum, und Zian hat sie sorgfältig auf jegliche Art von Geräten untersucht."

Bei der Erwähnung des fünften Mitglieds unserer Gruppe richtet sich meine Aufmerksamkeit auf den Fahrersitz. Zians Finger umklammern das Lenkrad so fest, dass seine Knöchel weiß hervortreten. Durch die Windschutzscheibe lässt die weite, dunkle Straße vor ihm vermuten, dass er zumindest auf einen Highway gelangt ist.

Doch noch vor wenigen Minuten im Kampf war er nicht mehr er selbst, genauso wenig wie Jake oder Drey es jetzt sind.

„Geht es dir gut, Zian?", frage ich schnell. „Du bist doch bei dem Kampf nicht verletzt worden, oder?"

Ich weiß nicht, wie ich sonst nach den Nachwirkungen seiner Verwandlung fragen soll, doch seine finstere Miene lässt vermuten, dass er ahnt, worauf ich hinauswill.

„Das Monster ist wieder drin", knurrt er. „Also kein Grund zur Sorge."

Obwohl „Monster" genau das Wort ist, das ich normalerweise benutzt hätte, um sein Aussehen zu beschreiben, sträubt sich mein Verstand dagegen, es zu akzeptieren – oder die Bitterkeit in seiner Stimme.

„Du bist kein Monster", sage ich automatisch.

Zian antwortet mit einem abfälligen Schnauben.

Jacob sackt erschöpft in seinem Sitz zusammen, wobei er mir einen weiteren bösen Blick zuwirft und abfällig vor sich hinmurmelt. „Ich bin nach wie vor nicht überzeugt, ob es nicht besser gewesen wäre, dich zu töten, als wir dir begegnet sind."

Ich wünschte, diese Worte würden nicht so sehr schmerzen, wie sie es tun.

Andreas wirft ihm einen finsteren Blick zu und zerrt mich zurück auf unsere ursprünglichen Plätze. Er legt seinen Arm um mich, aber ich bin innerlich zu verkrampft, um mich auf sein tröstendes Angebot einzulassen.

Jacobs Wut ist nicht ganz ungerechtfertigt. Ich habe vielleicht nicht die Wächter auf uns gehetzt, doch wenn wir seinem Vorschlag gefolgt wären und direkt nach Kansas gefahren wären, wären wir gar nicht erst zum Haus zurückgekehrt.

Ich war diejenige, die darauf bestand, dass wir noch ein oder zwei Tage auf dem Campus verbringen sollten. Hätte ich nachgegeben, wären wir nicht angegriffen worden.

Und Brooke wäre noch am Leben, würde lächeln und sich mit ihren Freunden amüsieren, für ihr Doppelstudium lernen und tanzen gehen …

Die Erinnerung an ihre blutüberströmte Leiche taucht in meinem Hinterkopf auf, und mich überkommt ein Unwohlsein, das nichts mit dem Gift zu tun hat.

Nun lastet ein weiterer Tod von jemandem auf meinen Schultern, den ich hätte beschützen sollen. Ein weiterer dummer Fehler.

Eine Weile lang herrscht eine unangenehme Stille, bis sich Dominic mit leiser Stimme zu Wort meldet. „Da wir ohnehin bereits unterwegs sind, nehme ich an, wir sollten jetzt Richtung Kansas fahren."

Jacob stößt ein Schnauben aus. „Solange die Verräterin den Wärtern das nicht auch erzählt hat."

Ich widerstehe dem Impuls, gegen seine Sitzlehne zu treten, was mir gar nicht so schwerfällt, da ich von Schuldgefühlen geplagt bin.

Mein anderer Impuls ist, gegen den Plan zu argumentieren und darauf hinzuweisen, dass es sicherer wäre, wenn wir uns von allem fernhalten, was mit Ursula Engel zu tun hat. Doch kann ich nach dem Kampf, den wir gerade hinter uns haben, wirklich behaupten, dass das stimmt?

Irgendwie haben uns die Wärter in diesem Haus auf dem Universitätsgelände ausfindig gemacht, obwohl wir nicht in Schwierigkeiten geraten sind. Wir wohnten dort gerade mal seit einer Woche.

Wer weiß, ob sie uns nicht überall aufspüren könnten?

Sogar dieser reiche Arsch mit seiner abgelegenen Hütte

am Wasserfall war nicht vor Eindringlingen sicher, also wie zum Teufel sollen wir jemals ein Versteck finden, an dem wir völlig sicher sind?

Doch das ist nicht alles. Ich glaube, ich verstehe jetzt, warum es für die Jungs wichtiger ist, Antworten zu bekommen, als sich von Gefahr fernzuhalten.

Ich wusste schon, dass sie sich verändert haben, seit ich sie das letzte Mal gesehen habe. Nur dass mir nicht klar war, wie sehr. Ihre Kräfte sind gewachsen und haben sich verändert … Ebenso wie die Konsequenzen dieser Kräfte.

Womit haben sie noch zu kämpfen, abgesehen von dem, was ich bisher gesehen habe? Was haben sie getan oder was denken sie, dass sie tun werden, dass sie so verzweifelt eine Lösung suchen?

Denn darum geht es doch, oder? Engel zu finden, sie dazu zu bringen, zu erklären, was sie und die anderen Experimentatoren getan haben, um uns zu dem zu machen, was wir sind. Und in dieser Erklärung einen Weg zu finden, wie wir wieder normaler werden können.

Besser. Weniger unbeständig. Weniger monströs.

Wäre es möglich, dass sie auch weiß, wie man das Ding in mir ausschaltet? Die Brutalität, die sich ihren Weg nach draußen bahnen will und …

All diese Leichen in der Arena. Die widerlichen Verstümmelungen. Als hätte es jemandem *Spaß* gemacht, sie so zuzurichten.

Ich reibe mir die Augen und versuche, eine weitere Welle der Übelkeit zu unterdrücken.

Das war nicht ich. Ich *wollte* das nicht tun. Ich kann nicht einmal mit Sicherheit sagen, dass ich es wollte.

Doch die Gewissheit lässt mich nicht mehr los: Wenn ich diese Wut jemals wieder entfessle, wird es meine Schuld sein.

Meine Jungs haben sich verändert, genauso wie ich. Vielleicht sind wir also doch nicht so verschieden.

Ich will nicht, dass sie sehen, was in mir ist. Ich will nicht, dass es jemals zum Vorschein kommt. Doch möglicherweise hätte ich sie mehr von *mir* sehen lassen sollen, wenn ich wollte, dass sie mir vertrauen, anstatt zu versuchen, meine Stärke und Sturheit unter Beweis zu stellen.

Zumindest kann ich zugeben, dass ich mich geirrt habe und dass mir ihre Mission wichtig ist.

„Ich bin keine Verräterin, aber es tut mir leid", sage ich in die Stille, die im Auto eingetreten ist. Meine Stimme ist zögernd. „Ich habe die ganze Zeit mit euch darüber diskutiert, ob ich mich auf die Suche nach Antworten machen soll, anstatt euch einfach zu glauben, dass es wichtig ist."

„Was du nicht sagst", brummt Jacob.

Ich ignoriere seine Bemerkung. „Ich verstehe jetzt, warum es wichtig *ist*. Sowohl für euch als auch für mich. Ich werde nicht mehr versuchen, euch davon abzubringen. Lasst uns Ursula Engel ausfindig machen und uns all die Dinge zurückholen, die Leute wie sie uns gestohlen haben."

„Na also", sagt Andreas und legt seinen Arm fester um mich. Sein lockerer Tonfall klingt ein wenig gezwungen. „Dann haben wir jetzt unser Ziel. Habe ich euch eigentlich schon von der Frau erzählt, die ich kennengelernt habe?"

Während er seine Geschichte erzählt, um die Spannung in der Luft zu zerstreuen, schließe ich die Augen und stelle mir eine Zukunft vor, in der dieses Chaos nur noch eine Erinnerung sein könnte.

ACHTZEHN

Jacob

Das neue Auto ist das Beste, das wir in der kurzen Zeit auftreiben konnten, doch es gefällt mir trotzdem nicht. Der Motor macht regelmäßig stotternde Geräusche, es dauert eine ganze Minute, um es auf volle Autobahngeschwindigkeit zu bringen, und eine der hinteren Türen fällt jedes Mal fast aus den Angeln, wenn wir sie öffnen.

Als wir losfahren, stellen wir außerdem fest, dass der Tank nur noch zu einem Achtel voll ist, doch das können wir wenigstens beheben.

Ich stehe in der frühmorgendlichen Dunkelheit neben dem Pick-up, den ich in der Nähe eines Bauernhauses gefunden habe, etwa einen Kilometer von dem Ort entfernt, wo wir geparkt haben. Gesteuert durch meine geistige Energie fließt ein stetiger Strom von Benzin am offenen

Tankdeckel vorbei in die große Kanne, die ich mittlerweile zum dritten Mal fülle.

Ich rümpfe die Nase angesichts des süßlichen chemischen Geruchs und atme durch den Mund, bis die Kanne voll ist. Dann mache ich mich mit dem schwappenden Gewicht auf den Weg zu unserem Lager.

Wir haben unter anderem deshalb angehalten, um ein wenig Schlaf nachzuholen. Ich habe nur ein paar Stunden geschlafen, aber das ist in Ordnung. Wenn ich beschäftigt bin, habe ich wenigstens keine Zeit, um an etwas anderes zu denken als an die anstehende Aufgabe.

Wir haben unsere Sache gar nicht so schlecht gemacht. Wir haben die Wärter, die hinter uns her waren, vernichtet. Unseren Geländewagen haben wir in einem See versenkt, wo er in der Tiefe verschwand, sodass keine Spur von uns zurückblieb.

Wir sind noch fünfzig Kilometer entfernt, auf einem verschlungenen Pfad aus mehreren obskuren Landstraßen, wo uns die Wärter hoffentlich nicht aufspüren können.

Der Gedanke, wie sie uns überhaupt gefunden haben, löst ein unangenehmes Kribbeln in meinem Hinterkopf aus. Mit finsterer Miene marschiere ich durch die Baumgruppe, die unser Lager von der Straße abschirmt.

Auf dem überwucherten Weg ist nichts außer einem kleinen, rostigen Lagerschuppen ohne Tür, der als Unterschlupf jedoch völlig ausreichend ist.

Zian lehnt am Schuppen neben dem Eingang und hält Wache. Er nickt mir zu, als ich aus den Bäumen hervortrete.

Andreas döst auf dem Rücksitz des Wagens. Dominic liegt auf dem umgeklappten Beifahrersitz und hat den Kragen seines Trenchcoats hochgeklappt, um seine Augen vor der Sonne abzuschirmen, die schon bald über dem Horizont aufsteigen wird.

Ich habe Riva gesagt, dass sie im Schuppen schlafen soll. So kann Zian den einzigen Ausgang bewachen.

Ich öffne den Tankdeckel unserer neuen Schrottkarre und fülle mit meiner reinen Willenskraft Benzin in den Tank.

Nach dieser Ladung sollte er fast voll sein. Ich hoffe, wir können noch ein paar Staatsgrenzen überqueren, bevor wir an einer richtigen Tankstelle anhalten müssen. Das wäre viel zu auffällig.

Der Vorgang dauert nur ein paar Minuten. Anschließend verstaue ich die Kanne im Kofferraum, falls wir sie noch mal brauchen, und trete vom Auto weg.

Eine leichte Brise weht über mich hinweg und bringt die Blätter der Pappeln um uns herum zum Rascheln. Ich schlendere ein paar Schritte vom Wagen weg und genieße die frische Luft und die Stille der Nacht.

Die Dunkelheit in meiner Zelle in der Einrichtung war beklemmend, kontrolliert, erstickend. Wenn ich hier stehe, spüre ich, wie sich die ganze Welt um mich herum ausbreitet, ohne dass ich von Mauern zurückgehalten werde.

Obwohl es nur einen Weg gibt, den ich gehen will, ist die Freiheit eine Erleichterung. Ich schließe die Augen, nehme die Stille und die Offenheit in mich auf und lasse sie alle meine Gedanken forttragen, bis ich nur noch eine leere Hülle bin.

Das Schlurfen von Schritten unterbricht meine Träumerei. Ich drehe mich um und sehe Riva, die im Schein der Morgendämmerung aus dem Schuppen kommt.

Sie nickt Zian mit einem kurzen Lächeln zu. „Danke, dass du Wache gehalten hast", murmelt sie, als ob sie nicht wüsste, dass er sowohl für sie als auch *wegen* ihr Wache gehalten hat. „Wirst du auch noch ein wenig schlafen?"

Mir gefällt nicht, dass er eine etwas unbeholfene Körperhaltung einnimmt. Als ob er sich Sorgen macht, wie sie auf seine Antwort reagieren wird. Sie sollte den anderen genauso unwichtig sein wie mir.

Sie hat sich in dem Moment von uns abgekapselt, als sie beschloss, dass ihr ein paar Privilegien mehr wert sind als Griffins Leben. Doch anscheinend sind die anderen so weich, dass sie bereit sind, die Vergangenheit zu verzeihen.

Sie haben die Dinge nie so klargesehen wie ich. Außerdem war es nicht *ihr* Bruder, den sie sterben ließ.

Bevor Zian antworten kann, trete ich näher und drehe ihn zum Schuppen. „Du solltest dich ein wenig ausruhen. Ich werde ein Auge auf alles haben."

Auf sie.

Zian runzelt die Stirn. Möglicherweise versucht er auszurechnen, wie viel Schlaf ich bekommen habe, doch er hat sich noch nie freiwillig auf Diskussionen eingelassen. Er stößt sich von der Wand des Schuppens ab und geht hinein.

Riva kommt auf mich zu.

Ein paar Schritte von mir entfernt bleibt sie mit einer zögerlichen Miene stehen, die mich noch mehr verärgert. Wenn ihr meine Reaktion auf sie nicht gefällt, sollte sie mich vielleicht einfach in Ruhe lassen.

Ich verschränke die Arme vor der Brust und senke meine Stimme, um die anderen nicht zu wecken. „Brauchst du etwas?"

Ihre Schultern heben sich kurz angesichts meines absichtlich kühlen Tonfalls. Einen Moment später entspannt sie sich jedoch wieder. Ihre Bewegungen machen mir auf ärgerliche Weise ihre Anmut bewusst, und mir fällt auf, wie sich ihre Brüste unter ihrem Kapuzenpulli heben und senken.

Sie weckt alle möglichen Empfindungen in mir, und die meisten davon ignoriere ich lieber. Sie spielen keine Rolle.

Ihre Stimme ist sanft, aber fest. „Ich wollte dir nur sagen, dass ich verstehe, warum du wütend auf mich bist. Du hast keine Ahnung, wie sehr ich mich selbst dafür fertig gemacht habe, dass ich nicht früher gemerkt habe, dass etwas nicht stimmt …" Sie schüttelt den Kopf. „Ich denke immer noch jeden Tag an Griffin."

Bei ihrer letzten Bemerkung versteift sich meine Wirbelsäule, und eine noch stärkere Wut flammt in mir auf. „Sag nie wieder seinen Namen! Du verdienst es nicht, auch nur über ihn zu sprechen."

Riva senkt kurz den Kopf, bevor sie mir wieder in die Augen sieht. „Es tut mir leid. Ich finde es schrecklich, was passiert ist, und ich kann mir vorstellen, dass es für dich besonders schwierig gewesen sein muss. Das wollte ich dir sagen. Bisher war ich so sehr darauf konzentriert, dafür zu sorgen, dass wir alle am Leben bleiben, dass ich dir nicht zeigen konnte, wie sehr ich mich um dich sorge."

Und das soll ich glauben? Das ist offensichtlich alles Teil der Mitleidsnummer, mit der sie versucht, sich unser Vertrauen zu erschleichen.

Ich hätte nie gedacht, dass das Mädchen, das ich vor vier Jahren kannte, das Mädchen, das ich …

Ich hätte nie gedacht, dass dieses Mädchen sich so gegen uns wenden könnte. Und wir alle wissen, dass sie das getan hat. Ich würde ihr ein spöttisches Lachen ins Gesicht schleudern, wenn ich mich nicht immer noch bemühen würde, ruhig zu bleiben.

„Klar", sage ich stattdessen. „Du sorgst dich sehr. Allerdings nur darum, dass du am Leben bleibst, um zu bekommen, was *du* jetzt willst."

Emotionen huschen über Rivas Gesicht. Es ist unfair, dass sie immer noch so hübsch aussieht wie früher. Noch hübscher sogar, denn die letzten Spuren der Kindheit sind aus ihren Zügen verschwunden, sie ist jetzt eine attraktive, starke Frau.

Wenn auch nicht so stark wie früher. Ich habe ihr die

Flügel gestutzt, damit sie nicht noch einmal einen solchen Höhenflug hinlegen kann.

Als sie ihre Lippen befeuchtet, achte ich darauf, mich nicht auf ihre Zunge, sondern auf das Brennen der Wut in meiner Brust zu konzentrieren. Ihre Stimme ist noch leiser als zuvor.

„Kann ich *irgendetwas* tun oder sagen, was es dir leichter machen würde, mir zu glauben?"

In ihrer Stimme schwingt sogar ein Hauch von Verzweiflung mit. Ich blicke sie finster an, und ein Flackern der Inspiration schießt in mir hoch.

Die anderen wollten nicht, dass ich sie zerstöre, und vielleicht hatten sie recht, doch ich will ihr nach wie vor den ganzen Mist heimzahlen, den sie verursacht hat. Und wenn sie sich in ihrer Scharade der Unschuld so bereitwillig anbietet, warum sollte ich sie nicht beim Wort nehmen?

Es besteht die Möglichkeit, dass ich uns alle gleichzeitig beschütze.

„Komm mit", sage ich und weise mit meiner Hand in Richtung der Bäume.

Ohne Fragen zu stellen, folgt mir Riva in den Hain. Das Laub raschelt unter unseren Füßen, und ihr silbriges Haar schimmert in den schwachen Lichtstrahlen der Morgendämmerung, die durch die Äste dringt.

Ich will nicht, dass die Jungs das mitbekommen. Sie würden wahrscheinlich einschreiten.

Als die Baumstämme die Sicht auf den Schuppen und das Auto versperren, bleibe ich stehen und drehe mich zu ihr um. Sie steht steif und mit erhobenem Kinn vor mir.

Selbst das ärgert mich.

Ich lasse meinen distanzierten Blick über ihren Körper gleiten. „Möglicherweise hast du die Wärter zu uns geführt, ohne es zu wissen."

Riva legt die Stirn in Falten. „Wie meinst du das?"

„Vielleicht hast du noch einen Peilsender an dir, den wir nicht gefunden haben.“

„Zian hat mich gescannt, er hätte …“

Ich schüttle den Kopf. „Zian kann nur *sehen*. Es könnte sein, dass sie dir einen getarnten Peilsender implantiert haben. Ich kann dich mit meinen Kräften testen und sicherstellen, dass sich nichts bewegt, was sich nicht bewegen sollte oder wie es sich nicht bewegen sollte.“

Es ist unwahrscheinlich, dass sie ihr einen Peilsender implantiert haben. Wenn das der Fall wäre, hätten die Wärter nicht eine Woche gebraucht, um uns auf dem Campus zu finden.

Trotzdem ist es nicht unmöglich. Es könnte etwas gewesen sein, das nur unter bestimmten Umständen aktiviert werden kann.

Es könnte etwas sein, das *sie* aktivieren musste und nicht sofort konnte. Also ist schon allein das Stellen der Anfrage ein Test.

Riva zuckt nur mit den Schultern, ohne ein Zeichen der Besorgnis. „Sieh nach. Wenn so etwas in mir ist, will ich es sofort loswerden.“

Ich fixiere sie mit einem harten Blick, damit sie weiß, dass ich es ernst meine. „Es wird wehtun. Deine Gelenke und Venen werden es nicht mögen, wenn ich darin herumstochere.“

Ihr Kiefer verkrampft sich leicht, als würde sie sich wappnen. „Das ist in Ordnung.“

Sie ist so verdammt stoisch. Ein Teil von mir möchte sie für ihre Reaktion *bewundern*, so wie ich früher einen Hochgefühlsschub bekam, als ich ihr dabei zusah, wie sie durch einen brutalen Trainingskurs rannte, sich über jedes Hindernis stürzte und dann zurücklief, um Dominic oder Griffin zu helfen.

Der Rest von mir würde diesen Teil am liebsten erwürgen.

„Gut", sage ich. „Wir fangen unten an."

Ich richte meine Aufmerksamkeit auf ihre Füße, die in den schwarzen Turnschuhen stecken, die wir für sie ausgesucht haben. Mit meinen Fähigkeiten kann ich die Knochen, Sehnen und Knorpel in diesem zarten Glied erkennen.

Ich beginne, sie zu verdrehen.

Ein wenig hier und ein wenig da. Ich stupse und zwicke ihr Fleisch. Dabei achte ich darauf, ob sich etwas zu hart anfühlt oder ob es sich auf ungewöhnliche Weise verschiebt.

Rivas Atem geht stoßweise. Das ist das einzige Anzeichen von Unbehagen, das sie zeigt.

Bis jetzt.

Ich arbeite mich nach oben, von ihren Knöcheln über ihre Waden bis zu ihren Knien. Ihre Beine zittern, und ich werfe nur einen kurzen Blick auf ihr Gesicht und betrachte ihre aufeinandergepressten Lippen mit einem Anflug von Zufriedenheit.

Griffin muss so viel gelitten haben. Der Schmerz, als er merkte, dass sie ihn verraten hatte, die Wucht der Schüsse, die ihn durchzuckte. Den Vorgeschmack, den sie auf die Rache bekommen hat, das war erst der Anfang.

„Du kannst dich setzen, wenn du willst", sage ich.

Sie zuckt mit den Schultern. „Nein. Ich schaffe das schon."

„Wenn du darauf bestehst."

Ich setze meinen Weg nach oben fort und unterdrücke die Hitze, die mich um ihre Leistengegend herum durchströmt. Ich kann diesen Bereich nicht aussparen, denn wenn die Wärter uns austricksen wollen, würden sie genau eine solche Taktik anwenden. Doch ich gehe schnell und effizient darüber hinweg, ohne zu verweilen.

Es wäre kein guter Test, wenn er auch *mich* gefährden würde.

Ich gehe alles durch: Organe, Rippen, Arme. Als ich an der Wirbelsäule in der Nähe der Schädelbasis angelange, stößt sie einen kleinen Schrei aus, den sie nicht unterdrücken kann.

Ich verkneife mir ein Grinsen.

Doch ich erreiche den Scheitel ihres Kopfes, ohne einen Peilsender zu finden, der als Knochen oder Gewebe getarnt wurde. Schließlich löse ich meinen Fokus und schüttle die Spannung aus meinem Körper, die von der intensiven Konzentration der letzten Minuten herrührt.

Rivas Schultern sinken zwar ein wenig, aber sie lächelt. „Nichts? Also können sie mich nicht aufspüren?"

Die kurze Genugtuung, die mir diese Tortur verschafft hat, ist im Nu verflogen. „Zumindest nicht *so*", erwidere ich. Mein Blick fällt auf die Kette um ihren Hals. „Da ist noch etwas."

Meine Hand schießt so schnell hervor, dass sie die Bewegung unmöglich vorausgeahnt haben kann, doch selbst in ihrem geschwächten Zustand sind Rivas Reflexe schärfer als meine. Sie zuckt zurück und legt ihre Hand um den Anhänger unter ihrem Shirt.

„Was tust du da?", fragt sie mit aufblitzenden Zähnen.

Das bringt sie aus der Fassung? Nicht die körperlichen Schmerzen, die ich ihr gerade zugefügt habe, sondern der Gedanke, dass ich die Halskette berühre, die mein Bruder ihr geschenkt hat?

Ich knirsche mit den Zähnen, anstatt dem Impuls nachzugeben, sie zu fletschen, wie Zian es tun würde. Als würde ein Tier in mir lauern, das meinen Körper übernimmt.

„Darin könnte ein Peilsender versteckt sein", schnauze ich. „Gib sie mir."

Sie hat dieses Stück von ihm sowieso nicht verdient. Nicht, nachdem dem Rest von uns die letzte Verbindung zu Griffin weggenommen wurde.

Riva zieht den Katzenanhänger heraus, hält ihn aber mit den Fingern fest umschlossen. „Du musst sie mir dazu nicht wegnehmen. Alles andere hast du auch getestet, ohne mich zu berühren.“

Sie hat recht, aber das bedeutet nicht, dass mir das gefällt. „Der Anhänger sollte mir gehören. Er war mein Bruder.“

In ihren hellen Augen blitzt etwas Grimmiges und Verzweifeltes auf. „Es ist die einzige Kette, die ich noch habe. Wir können die anderen suchen. Eines Tages werden wir sie zurückbekommen. Aber diese hat er *mir* gegeben.“

Bei den letzten Worten ist ihre Stimme so rau und gequält, dass ich trotz meiner besten Absichten zögere. Und das macht mich noch wütender als alles andere.

„Na schön.“ Ich starre ihre Hand an, die sie zögernd öffnet, damit ich den kleinen silbernen Anhänger zumindest sehen kann. Mit meiner Fähigkeit prüfe ich jeden Winkel und jedes Gelenk, um sicherzustellen, dass sie keine versteckten Bauteile enthält.

Ich könnte sie zerstören. Eine schnelle Drehung, und die Katze und das Garn würden für immer zerbrechen. Doch dafür bin ich nicht wütend genug.

Es ist nicht nur ihre. Sie gehörte auch Griffin.

Als ich seufze und meine Aufmerksamkeit abwende, steckt Riva den Anhänger weg. „Wieder nichts?“, fragt sie.

Genervt funkle ich sie an.

Die anderen Jungs mögen langsam vergessen, wer sie ist, aber ich werde sie nie vergessen. Und ich werde sie auch nicht vergessen lassen.

„Nein“, antworte ich. Meine Stimme ist hart wie Stahl. „Aber das macht keinen Unterschied. Es spielt keine Rolle, auch wenn du uns jetzt wirklich helfen willst. In diesem Höllenloch von einer Welt gibt es nichts, was du tun könntest, um das wiedergutzumachen, was du bereits getan hast. Du hast uns *alle* an diesem Tag getötet, auf die eine oder andere Weise."

Riva zuckt zurück. „Jake …"

„*Wage* es nicht, mit mir so zu reden, als wäre ich noch dein Freund." Ich mache einen Schritt vorwärts, sodass ich über ihr aufrage. „Der einzige Grund, warum ich hiergeblieben bin, ist, weil ich jeden vernichten will, der an der Zerstörung meines Bruders beteiligt war. Und das schließt dich auf jeden Fall ein."

Meine Wut fühlt sich nicht mehr heiß an. Durch meine Adern könnte genauso gut Eis fließen.

Bevor Riva etwas erwidern kann, drehe ich mich um und gehe zurück zum Auto. Ich erhebe meine Stimme, um die anderen zu wecken.

„Los geht's! Die Sonne geht auf, und wir haben Benzin. Wir müssen los, bevor uns diese Mistkerle wieder finden."

NEUNZEHN

Riva

Wenn man bedenkt, dass die Stadt, in der wir Halt gemacht haben, etwa so groß ist wie eine Briefmarke, sollte es mich nicht überraschen, dass es in dem örtlichen Supermarkt nur drei Gänge und eine einzige schäbige Wandtiefkühltruhe gibt. Ich betrachte das Angebot durch das verschmierte Glas und fühle mich seltsam hilflos.

Bisher habe ich immer nur Lebensmittel gekauft, wenn ich während eines Einsatzes eine schnelle Mahlzeit besorgen musste. Aber einen Vorrat an Lebensmitteln anzulegen, der für mehrere Tage oder sogar Wochen reicht ... Und es gibt so viele verschiedene Dinge, die ich noch nie probiert habe ...

Normale Menschen haben ihr ganzes Leben Zeit, um herauszufinden, was sie mögen und was nicht, sodass sie einfach durch einen Laden wie diesen schlendern und Sachen in ihren Korb werfen können, ohne darüber nachzudenken.

Im Moment sind Tiefkühlprodukte keine gute Idee, da wir nicht einmal einen Kühlschrank haben. Ich entferne mich von den Eisbechern und schlendere zu den Fertiggerichten. Das sind wenigstens bereits komplette Mahlzeiten, und ich müsste keine einzelnen Zutaten besorgen.

Jacob schleicht sich vorbei und nimmt einen Laib Brot aus dem Regal hinter mir. Als er vorbeigeht, spüre ich ein Kribbeln, das sich immer tiefer in mein Inneres gräbt.

Seit er mich nach versteckten Peilsendern durchsucht hat, fühlen sich meine Glieder noch zittriger an. Der schwache Schmerz in meinem Hinterkopf und in meinen Gelenken ist jedoch nichts im Vergleich zu den Schmerzen und Zuckungen, die sein Gift auslöst.

Trotzdem werde ich ihnen auf keinen Fall zur Last fallen. Ich werde Dominic nicht anflehen, mich zu heilen.

Wie lange Jacob auch immer seinen Stock im Arsch behält, wenn es darum geht, mir zu vertrauen, ich muss vorbereitet sein. Ich muss mich an diese neuen körperlichen Beschwerden gewöhnen, damit sie mich nicht ausbremsen, wenn wir wieder in einen Kampf geraten.

Ich will nie wieder in Versuchung kommen, das schreckliche, bösartige Ding in mir herauszulassen.

Selbst wenn ich es geschafft hätte, es auf unsere Angreifer zu lenken, was hätten die Jungs wohl von mir gedacht? Sobald ich anfing, mich das zu fragen, konnte ich die Frage nicht mehr abschütteln.

Keiner von ihnen ist mit seinen eigenen Fähigkeiten zufrieden. Ich glaube nicht, dass sie es gut finden würden, wenn das Mädchen, das sie ohnehin schon als Verräterin ansehen, noch schrecklicher wäre, als gedacht.

Hoffentlich weiß diese Ursula Engel etwas, das uns hilft, zur Normalität zurückzukehren. Oder zumindest ein wenig normaler zu werden. Mit einziehbaren Katzenkrallen und einer Empfindlichkeit gegenüber Körperchemikalien kann ich leben.

Ich nehme ein paar fertige Sandwiches, die einigermaßen appetitlich aussehen, und ein Lächeln huscht über mein Gesicht, als ich eines entdecke, das dick mit drei verschiedenen Sorten Fleisch belegt ist. Ich winke damit in Zians Richtung, der durch den Gang auf mich zukommt. „Das hier ist offensichtlich für dich."

Sein Blick fällt darauf, und eine Sekunde umspielt ein Lächeln seine Lippen, bevor er wieder den Mund verzieht. Dann geht er ohne ein Wort an mir vorbei.

Mir wird schwer ums Herz. Okay, nach dem Kampf von gestern Abend war es vielleicht nicht die beste Entscheidung, ihn an seine fleischlichen Vorlieben zu erinnern.

Natürlich drehe ich mich um und sehe, wie Jacob mich anstarrt, als würde er denken, ich wolle Zian das Thema absichtlich unter die Nase reiben.

Ich widerstehe dem Drang, das Gesicht zu verziehen, und schlendere weiter den Gang hinunter zu den Snacks und Desserts.

Erinnerungen an vergangene gemeinsame Mahlzeiten schwirren mir durch den Kopf. Ein wenig von meiner guten Laune kehrt zurück, als ich mir eine Schachtel Schoko-Brownies und eine Tüte Kokosmakronen schnappe.

Wir treffen uns an der Kasse, und Jacob mustert meine Auswahl mit finsterer Miene. Doch er beschwert sich nicht. Ich hoffe, er erinnert sich daran, dass ich das Geld besorgt habe, damit wir überhaupt einkaufen gehen können.

Zurück am Auto legen wir die Taschen in den Kofferraum. Sobald wir eingestiegen sind, tritt Andreas aufs Gas. Ich sitze eingepfercht auf der einen Seite neben Dominic und Jacob. Es wäre sinnvoller, wenn ich in der Mitte sitzen würde, da ich viel kleiner bin als Dom, doch

Jacob kann es offenbar nicht ertragen, mich auch nur zu berühren.

Etwa eine halbe Stunde, nachdem wir die Kleinstadt verlassen haben, biegt Andreas auf eine unbefestigte Straße und parkt auf dem Seitenstreifen. Wir steigen aus, um auf einem abgelegenen, überwucherten Feld zu picknicken. Zian entscheidet sich für das Sandwich mit extra viel Fleisch, wie ich mit einem Aufflackern von Triumph feststelle.

Ich schnappe mir die beiden Desserts und trage sie ebenfalls zu unserer Gruppe hinüber. „Da du eine echte Naschkatze bist, dachte ich mir, du solltest aussuchen, was wir heute essen und was wir uns aufheben.“

Dominic blickt zu mir auf, und ich verspüre eine gewisse Befriedigung angesichts seines verblüfften Blicks.

Die anderen Jungs haben sich nicht die Mühe gemacht, Desserts mitzubringen, als wir im Haus auf dem Campus gegessen haben. Wahrscheinlich weil Jacob für den Einkauf zuständig war und sich auf das Praktische konzentrierte. Doch ich habe nicht vergessen, wie Doms Gesicht immer strahlte, wenn die Wärter Kekse oder Schokolade zu unseren gemeinsamen Mahlzeiten beifügten.

Jetzt zögert er und scheint ein wenig in sich zu gehen, als könnte er mit dem Parka verschmelzen, den er trotz der wärmeren Temperaturen auf unserem Weg in den Süden wieder trägt.

„Danke“, sagt er, ohne mir noch einmal in die Augen zu sehen. Fast so, als würde es ihm schwerfallen, es anzunehmen.

Ich lege meine Gaben in die Mitte unseres Kreises, setze mich ins Gras und nehme einen Bissen von meinem Schinken-Käse-Sandwich, obwohl mein Magen sich zu einem festen Klumpen zusammengezogen hat.

Vielleicht war ich ihnen gegenüber früher zu distanziert, zu kühl und stur. Ich war zu sehr auf meinen eigenen Sinn für das Praktische konzentriert, dass ich mir gar keine Gedanken darüber gemacht habe, mit welchem Ärger sie zu kämpfen haben.

Obwohl ich auf jede erdenkliche Weise versuche, ihnen zu zeigen, dass unsere Freundschaft nicht gestorben ist, scheint nichts, was ich tue, richtig zu sein.

Es sollte nicht so schwer sein. Wir sind vom gleichen Blut, wir halten uns gegenseitig den Rücken frei. Das war schon immer so.

Wie zur Hölle hat Brooke es geschafft, all diese Freunde zu finden, nur indem sie Zeit mit ihnen verbracht und mit ihnen geredet hat?

Meine Frustration lässt erneut diese ätzende Vibration in meiner Brust aufflackern. Ich schließe die Augen und stehe dann auf, um zum Auto zurückzugehen.

Vielleicht sollte ich ihnen ein wenig Freiraum geben. Das würde mir womöglich auch nicht schaden.

Ich setze mich auf den Rücksitz, lasse die Tür offen, damit die leicht warme Luft hereinströmen kann, und ziehe meinen Kapuzenpullover aus, da ich darin zu schwitzen beginne. Ich habe mein Sandwich schon zur Hälfte aufgegessen, als Andreas mit ein paar Macarons in der Hand vorbeischlendert.

„Darf ich mich zu dir setzen?"

Die Anspannung in mir löst sich. Zumindest mit *einem* meiner Jungs habe ich Fortschritte gemacht.

„Natürlich nicht", sage ich und schenke ihm ein Lächeln, das ich gar nicht erzwingen muss.

Er lässt sich auf den Sitz neben der offenen Tür fallen und hält mir ein Macaron hin. „Ich dachte, du möchtest vielleicht auch eins. Sonst isst Dom *alle* allein auf. Und das wäre ungesund. Also tun wir ihm theoretisch etwas Gutes."

Lachend greife nach dem Keks. Der erste Bissen löst sich auf meiner Zunge in einer Mischung aus klebrigem Zucker und cremiger Kokosnuss auf, und für einen Moment fühlt es sich so an, als könnte es doch noch alles gut werden.

Andreas beobachtet mich, während ich zwischen dem Keks und dem Rest meines Sandwiches hin und her wechsle. Sein eigenes Dessert hat er in Sekundenschnelle verputzt.

„Bist du nervös wegen dem, was uns erwartet?", fragt er, als ich mir die letzten Kokosnusskrümel von den Fingern lecke.

Denkt er, ich hätte mich deshalb von ihnen entfernt?

Ich schlucke schwer, und die Süße auf meiner Zunge wird sauer. Ich bin mir nicht sicher, ob ich dieses Gespräch führen will.

Doch wenn ich nicht einmal mit ihm reden kann, was mache ich dann hier?

„Ein bisschen", gebe ich zu. „Aber ich weiß, dass wir zurechtkommen werden. Sobald wir dort sind, werden wir wissen, was zu tun ist."

„Du wirkst etwas angespannt."

Ich schaue auf meine Hände und dann zu ihm. Andreas blickt mich mit seinem üblichen warmen, offenen Blick an.

Allein der Anblick seines attraktiven Gesichts und seine dunklen Augen, die mich eindringlich mustern, bringen meinen Puls zum Flattern.

Ich befeuchte meine Lippen und zwinge mich, es auszusprechen. „Es ist alles chaotisch. Zwischen uns fünf, meine ich. Zwischen euch und mir."

Andreas' Lächeln wird besorgt. „Riva, es ist nicht … Es ist kompliziert. Du darfst dich von Jake nicht unterkriegen lassen. Er hat seine eigenen Probleme, mit denen er sich auseinandersetzen muss."

Ich neige wieder den Kopf. „Es ist nicht nur Jacob, und das weißt du. Ich habe gemerkt, dass etwas nicht stimmt, als ich euch herausgeholt habe. Es war offensichtlich, dass ihr mir nicht vertraut, ich dachte nur nicht, dass es so lange anhalten würde." Die letzten Worte bleiben mir im Halse stecken, doch ich ringe mich dazu durch, sie auszusprechen. „Ich vermisse euch."

Ich habe sie so sehr vermisst, all diese Jahre. Und jetzt fühlt es sich an, als wären sie weiter weg als je zuvor. Doch das auszusprechen, fühlt sich nur erbärmlich an.

Andreas greift nach meiner Hand. „Ich bin da. Und die anderen werden schon noch zur Vernunft kommen."

Ich umklammere seine Finger und spreche an dem Kloß in meinem Hals vorbei. „Ich dachte einfach, ihr würdet mich gut genug kennen, um zu wissen, dass ich nie etwas getan hätte, um Griffin absichtlich zu verletzen. Es war ein dummer Fehler."

Mit einem Anflug von Scham und Verlegenheit halte ich inne. Diesen Teil wollte ich eigentlich nicht erzählen.

Andreas mustert mich. „Was war ein Fehler?"

Jede Faser meines Seins schreckt vor der Idee zurück, ihm von dem dummen, unbedachten Kuss zu erzählen. „Dass ich nicht genug darauf geachtet habe, was um uns herum geschah", erkläre ich vage. „Dass wir nicht früh genug gemerkt haben, dass wir in Schwierigkeiten waren, um es zu verhindern."

Andreas runzelt die Stirn, als wüsste er, dass ich mehr als das gemeint habe, doch ich möchte das Gespräch nicht in diese Richtung weiterführen.

Ich versuche, das Thema zu wechseln, und hebe meinen Blick, um ihm wieder in die Augen zu schauen. „Die Sache gestern Abend, als du … durchsichtig wurdest … ist dir das schon mal passiert?"

Jetzt zögert Andreas. Sein Blick fällt auf unsere verschränkten Hände.

„Nicht so. Manchmal fühle ich mich etwas seltsam, wenn ich die Kraft benutze, aber sie hat sich noch nie so offensichtlich körperlich ausgewirkt. Allerdings bin ich in der Vergangenheit auch noch nie so oft so kurz hintereinander zwischen den beiden Zuständen hin und her gewechselt."

„Ich denke, das könnte es sein."

Er bringt ein schiefes Lächeln zustande. „Hoffentlich muss ich nicht noch mehr solche Stunts machen."

Die Vorstellung, wie er sich auflöst, jagt mir einen Schauer über den Rücken. Ich kann mir nicht vorstellen, wie *er* sich dabei fühlt.

Ich drücke seine Hand und suche seinen Blick. „Wenn du diese Fähigkeit noch einmal einsetzen musst, werde ich alles tun, was ich kann, um dafür zu sorgen, dass du bei uns bleibst. Das werde ich immer tun."

Meine Stimme wird bei diesen Worten ein wenig rau. Andreas blinzelt mich an, Emotionen schimmern in seinen Augen, und er rückt näher an mich heran, um mich in seine Arme zu schließen.

Sein warmer, sommerlicher Duft steigt mir in die Nase. Als ich meinen Kopf an seine Schulter lege, kommen auch mir die Tränen.

Es ist wie bei unserer Umarmung im Club, nur dass meine Erinnerung an den früheren Moment durch den Alkohol verschwommen ist und ich ihn initiiert habe. Diese Umarmung gehört ganz ihm.

Er zieht mich noch näher an sich heran, drückt meinen Kopf direkt unter sein Kinn, und eine Hand streichelt über mein geflochtenes Haar, die andere ruht an meiner Seite. Sein Daumen streicht über dem dünnen Stoff meines Tanktops auf und ab.

Jede Bewegung seiner Finger steigert die Hitze unter meiner Haut. Sie strömt über meine Glieder und durch meine Adern, so stark wie Jacobs Gift, allerdings eher berauschend als auszehrend.

Ich atme ein, und noch mehr von Andreas' Duft

durchströmt meine Lungen. Ein heißer, berauschender Druck bildet sich tief in meinem Unterleib.

Ich glaube, die Umarmung sollte freundschaftlich sein, doch mein Körper hat eindeutig andere Vorstellungen. Das war bei diesen Jungs schon immer so, doch noch nie habe ich eine so starke Anziehung gespürt wie jetzt.

Ich war keinem der Jungs mehr so nahe. Zumindest nicht, seit ich ihnen wiederbegegnet bin. Und wir sind alle keine Kinder mehr.

Es geht nicht nur mir so. Neben dem angenehmen Duft von Andreas' Haut steigt mir ein neuer Geruch in die Nase: ein Hauch von Pheromonen, die nicht von Stress, sondern von Verlangen herrühren.

Wie von selbst graben sich meine Finger, die immer noch auf Dreys Brust liegen, in sein Shirt.

Andreas' Hand wandert etwas tiefer zu der Stelle, wo mein Oberteil aus meiner Cargohose gerutscht ist. Sein Daumen hakt sich unter dem Stoff ein und gleitet über meine Taille, Haut an Haut.

Mein Atem stockt. Diese einfache Bewegung setzt meinen Oberkörper in Flammen.

Ich will, dass er seine Berührungen nach oben, unten und überallhin ausdehnt. Ich will alles.

Wenn ich meinen Kopf nur ein wenig nach hinten neigen würde, könnte ich seinen Hals mit meinen Lippen streifen und mit meiner Zunge über seine Kehle fahren. Seinen Duft schmecken und ihn einatmen.

Der Rausch des Verlangens verdrängt nur eine Sekunde lang den Rest meiner Gedanken, bevor eine kalte Welle über mich hinwegrollt.

Was ist los mit mir? Ich darf mich diesem verrückten Impuls, der mich so durcheinanderbringt, auf keinen Fall hingeben.

Das letzte Mal, als ich so abgelenkt war, ist alles in die Brüche gegangen.

Das Bild von Griffins leblosem Gesicht und schlaffem Körper schießt mir durch den Kopf, und ich reiße mich mit einem Ruck aus Andreas' Umarmung. Meine Hand tastet nach dem Türgriff hinter mir.

Andreas starrt mich an, als wäre er gerade aus einer Benommenheit aufgewacht. „Tinkerbell?"

Irgendwie verstärkt der alte Spitzname meine Schuldgefühle noch. Ich stoße die Tür auf und trete hinaus ins Sonnenlicht.

„Wir sollten besser weiterfahren", erwidere ich, obwohl das keinen Sinn macht, da ich aus dem Auto steige, während ich es sage.

Doch die anderen Jungs sind bereits auf dem Weg zu uns. Ich sollte den Sternen danken, dass Jacob Andreas und mich nicht gesehen hat, bevor ich unsere Umarmung gelöst habe.

Stattdessen verweilt mein Blick auf Dreys unsicherer Miene, und ein Stich des Bedauerns durchfährt mich.

Er ist der Einzige, der für mich da war, und ich habe ihn einfach weggestoßen.

ZWANZIG

Riva

Soweit ich das beurteilen kann, ist Kansas im Grunde eine einzige große Grasfläche. Umgeben von noch mehr Gras.

Die verlassene Straße, auf der wir fahren, schlängelt sich durch die Grasflächen. Bergauf und bergab und um niedrige Hügel herum, vorbei an kultivierten Maisfeldern oder anderen Feldfrüchten, die ich nicht identifizieren kann. Seit über einer Stunde haben wir kein Gebäude mehr in der Nähe gesehen.

Jacob sitzt am Steuer, während Dominic die Spezifikationen studiert, die Andreas aus Dr. Gaos Gedächtnis über Ursula Engels Landkauf aufgeschrieben hat. Sein Kopf hebt und senkt sich, während er abwechselnd die Seite mit den Notizen und die GPS-Karte auf dem gemeinsamen Telefon der beiden betrachtet.

„Soweit ich das beurteilen kann, müssten wir gleich da sein. Ich weiß allerdings nicht, wie das Grundstück aussieht."

Er wirft einen Blick über die Schulter auf Andreas, der jetzt in der Mitte zwischen Zian und mir sitzt. „Du hast nichts über die Nutzung des Grundstücks oder der Gebäude gesehen?"

Drey schüttelt den Kopf, und eine Hitzewelle durchfährt meinen Körper, die mein Bedauern darüber, wie ich gestern auf seine Berührung reagiert habe, nur noch verstärkt.

„Es war definitiv als Grundstückskauf eingetragen, nicht als Hauskauf", sagt er. „Aber es ist mehr als zwanzig Jahre her. Wer weiß, was sie damit gemacht hat?"

Zian blickt stirnrunzelnd aus dem Fenster. „Wenn es hier Wachen gibt, sollten wir sie wenigstens rechtzeitig sehen können."

Er hat recht, doch es scheint niemand hier zu sein. Die letzten dreißig Kilometer über habe ich nicht einmal einen Traktor gesehen.

Dominic lehnt sich auf seinem Sitz vor. „Da vorne ist ein Zaun. Das könnte die Grenze des Grundstücks sein."

Das Leben in der Einrichtung hat meine Erwartungen offensichtlich verzerrt, denn als er „Zaun" sagt, erwarte ich sofort ein drei Meter hohes Monstrum mit Stacheldraht. Tatsächlich befindet sich auf der anderen Seite des flachen Grabens ein verwitterter Holzzaun, der mir gerade einmal bis zur Brust reicht.

Stellenweise sind Bretter morsch oder sogar ganz weggebrochen. Ich recke meinen Hals, um besser an den Jungs vorbeischauen zu können. „Ich glaube, hier hat sich schon lange niemand mehr um die Instandhaltung gekümmert."

„Oder sie wollen nur, dass es so aussieht", murmelt Jacob.

„Wir haben keine Ahnung, ob dieses Grundstück jemals

mit der Einrichtung in Verbindung stand", gibt Andreas zu bedenken. „Wer weiß, wie viele Projekte Engel hatte?"

Jacob stößt ein unwirsches Schnauben aus. „Wir sollten lieber davon ausgehen, dass sie hier sind. Das ist sicherer, als anzunehmen, dass sie nicht da sind."

Ausnahmsweise stimme ich ihm zu.

Dominic deutet auf die Windschutzscheibe. „Da oben ist ein Tor, wahrscheinlich eine Art Einfahrt. Sollen wir mit dem Auto hinauffahren oder zu Fuß gehen?"

Jacob verlangsamt den Wagen, als wir uns dem Tor nähern. Wir lassen unseren Blick um die Landschaft drumherum schweifen.

Es gibt einen Feldweg, auf dem so viele Grasbüschel wachsen, dass er inmitten des größeren Feldes kaum zu erkennen ist. Es sind weder zerdrückte Halme noch Reifenspuren zu sehen. Das Vorhängeschloss, mit dem das Tor gesichert ist, ist schmutzig und rostig.

Jenseits des Tores erstreckt sich ein vollkommen flaches Feld, soweit mein Auge sehen kann. Es gibt keine Anzeichen von Menschen, kein einziges Gebäude. Nicht einmal einen verdammten Busch.

„Vielleicht hat sie das Grundstück nie benutzt?", mutmaßt Zian. „Oder sie hat alles abgerissen, was sie hier aufgebaut hat, bevor sie wegging?"

Dominic reibt sich nachdenklich das Kinn. „Falls Letzteres der Fall ist, sollten wir es trotzdem überprüfen. Vielleicht finden wir hier etwas, das uns Aufschluss darüber gibt, was sie hier getrieben hat."

Jacob scannt unsere gesamte Umgebung und trifft die endgültige Entscheidung. „Wir fahren hoch. Ein Auto am Straßenrand würde seltsam aussehen. Ich öffne das Tor."

Ohne sich die Mühe zu machen, den Motor abzustellen, strafft er die Schultern und macht eine schnelle Bewegung mit der Hand.

Das Vorhängeschloss öffnet sich mit einem Klicken und bleibt an einem der Zaunbretter hängen.

Mit einem weiteren kräftigen Ruck schiebt Jacob das Tor weit auf. Die Scharniere geben ein ohrenbetäubendes Knarren von sich, das uns alle zusammenzucken lässt.

Nachdem er es passiert hat, hält er kurz an, um das Tor wieder zu schließen. Das plattgedrückte Gras würde unsere Ankunft verraten. Dafür müsste allerdings jemand genau hinsehen.

Das Auto rollt langsam vorwärts, und Jacob und Dominic recken ihre Hälse und betrachten den schmalen, zugewucherten Pfad, der durch das Feld führt. Wir werden durchgeschüttelt, als der Wagen über die unebene Straße holpert, und mir wird flau im Magen.

Die Wirkung des Giftes ist auf unserer Fahrt hierher immer stärker geworden, doch es gelingt mir relativ gut, dagegen anzukämpfen. Ich beiße die Zähne zusammen und konzentriere mich auf das Terrain draußen.

Als Jacob auf die Bremse tritt, sind wir schon so weit, dass ich die Straße und das Tor durch die Heckscheibe nicht mehr sehen kann. „Ich glaube, der Weg endet hier", sagt er.

Dominic neigt zustimmend den Kopf, und wir steigen aus, um die Gegend zu erkunden. Das Gras ist hinter der vorderen Stoßstange deutlich dichter, was Jacobs Theorie bestätigt.

Trotzdem kann ich um uns herum noch immer nichts erkennen, womit wir etwas anfangen könnten. Da ist nur Gras, Gras und noch mehr Gras.

Unsere Blicke auf den Boden gerichtet schwärmen wir aus, um nach Hinweisen zu suchen. Die hohen Halme rascheln an meinen Waden. Ich gehe langsam, um nichts zu übersehen und um nicht zu stolpern, da die Muskeln in meinen Beinen erneut zittern.

Ab und zu bückt sich Dominic und reißt eine etwas

größere Pflanze an den Wurzeln aus dem Boden. Kommentarlos beobachte ich, wie er Unkraut und Wildblumen in die Taschen seines Parkas stopft.

Eines Tages wird er mir sagen, was mit ihm los ist. Die Jungs zu drängen, sich zu öffnen, hat mich nicht weitergebracht.

Ich möchte nicht, dass er etwas für mich tun muss, was er nicht will.

Nach etwa zehn Minuten stößt Zian einen kleinen Schrei aus. Er starrt auf den Boden direkt vor seinen Füßen, doch als wir zu ihm eilen, kann ich dort nichts sehen.

Außer Gras natürlich.

Er deutet auf den Boden. „Ich habe versucht, so weit wie möglich *durch* den Boden zu schauen. Ein paar Meter weiter unten, genau hier, ist mehr als nur Erde. Ich glaube, da ist Zement.“

Mein Herz setzt einen Schlag aus. „Ein unterirdisches Gebäude. Wie die Einrichtung.“

Andreas lässt seinen Blick erneut über das Feld schweifen. „Nur dass es entweder viel größer ist oder sie sich nicht um den oberirdischen Teil gekümmert haben.“

Jacob runzelt die Stirn. „Wer auch immer es benutzt hat, muss irgendwie da hineingekommen sein.“

Das sollte man meinen, doch auch nach einer weiteren halben Stunde des Suchens, wobei Zian dem Umriss des Gebäudes durch die Erde folgt, finden wir nichts, was auch nur im Entferntesten auf einen Eingang hinweist. Und auch sonst gibt es keine Anzeichen dafür, dass in den letzten Jahrzehnten überhaupt jemand hier war.

Dann ruft Dominic uns auf einmal zu sich, und wir eilen zu ihm.

Er kniet im Gras vor einem kleinen Metallgitter, das nicht breiter als seine Schultern ist. „Jedes unterirdische Bauwerk braucht eine Belüftung.“

Jacob klatscht in die Hände. „Das ist unser Weg hinein."

Andreas legt den Kopf schief. „Ich glaube nicht, dass wir da durchpassen. Wie groß ist der Schacht darunter?"

„Es gibt nur eine Möglichkeit, das herauszufinden."

Jacob löst die Schrauben des Gitters, und das zerbröckelnde Metall knirscht, als Zian es hochhebt. Er beugt sich hinunter, um seinen Kopf hineinzustecken, doch seine breiten Schultern passen nicht durch die Öffnung.

„Da drinnen sieht es noch enger aus", verkündet er mit einem schwachen Echo.

Jacobs Aufmerksamkeit richtet sich auf mich. Die Blicke der anderen Jungs folgen ihm.

Meine Haut kribbelt, doch es ist die offensichtliche Lösung. Ich bin mit Abstand die Kleinste von uns.

„Sicher", sage ich, bevor Jacob mich überhaupt fragen muss. Ich gehöre zum Team, ich habe kein Problem damit, meinen Teil beizutragen. „Ich soll also da hineinkriechen und …"

„Einen Weg in das Gebäude suchen und einen besseren Weg finden, damit *wir* auch hineinkommen können", sagt Jacob in einem Tonfall, als wäre ich dumm, weil ich das nicht gleich erkannt habe.

Vielleicht hätte es offensichtlich sein müssen. Doch mein Gehirn fühlt sich irgendwie schwammig an, als würden kleine elektrostatische Stöße durch meine Gedanken jagen.

„Okay." Ich spähe den dunklen Gang hinunter. „Hat jemand eine Taschenlampe?"

Als Jacob zögert, schaue ich ihn an. „Ich weiß, dass du mir keine Waffe geben willst, aber was glaubst du, was ich mit einer Taschenlampe machen könnte, was ich nicht auch mit meinen Fäusten tun kann? Da unten gibt es offensichtlich keine Fenster. Ich werde keinen Eingang finden, wenn ich nichts *sehen* kann."

Er grummelt etwas vor sich hin und joggt zurück zum

Auto. Als er zurückkommt, reicht er mir eine LED-Lampe in Schlüsselanhängergröße. „Los jetzt."

„Mit Vergnügen." Ich salutiere spöttisch vor ihm und bücke mich, um in den Schacht zu schlüpfen.

Ich muss mit dem Kopf voran einsteigen, denn sobald ich drin bin, habe ich keinen Platz mehr, um mich umzudrehen. Mir ist mulmig zumute, und ich erschaudere, als ich mich in den Schacht zwänge, der selbst für mich zu eng ist.

Der stechende Geruch von altem Metall wie getrocknetes Blut steigt mir in die Nase. Ich schlucke die Säure hinunter, die mir die Kehle hochkriecht, schalte das Licht an und krieche vorwärts.

Vor mir erstreckt sich der Schacht in die dunstige Dunkelheit. Er ist aus glattem Metall, ohne Markierungen, die mir verraten, wo ich mich befinde. Das Zittern in meinen Beinen überträgt sich schnell auf meine Arme und Schultern und nagt an meinen Muskeln, während ich mich vorwärtsbewege.

Einfach weitergehen. Ich schaffe das. Ich bin stärker als Jacobs dummes Gift.

Auch mein Rücken beginnt zu schmerzen. Die Enge erdrückt mich, und mein Atem wird immer flacher.

Gibt es hier unten überhaupt genug Sauerstoff?

Eine Welle von Schwindelgefühlen überrollt mich. Ich halte inne und stütze meinen Kopf mit einer Hand ab.

Ich kann jetzt nicht anhalten und in diesem unterirdischen Tunnel sterben wie ein hilfloses Kind.

Die Jungs würden nicht einmal wissen, was mit mir passiert ist.

Der letzte Gedanke ist der schrecklichste von allen. Wahrscheinlich würden sie annehmen, ich hätte sie absichtlich im Stich gelassen.

Von wegen.

Ich krieche vorwärts und beiße die Zähne so fest zusammen, dass mein Kiefer pocht, was mich wenigstens von den sich ausbreitenden Schmerzen und dem Unwohlsein in meinem ganzen Körper ablenkt. Der Tunnel macht eine Biegung nach rechts, und ich folge ihm, wobei mir die Kante in den Bauch sticht.

Ein Neuzugang in meiner Sammlung von blauen Flecken. Hurra!

Ein paar Körperlängen nach der Kurve fällt der Schacht steil nach unten ab. Am oberen Ende des Abhangs zögere ich und umklammere die winzige Taschenlampe.

Doch wohin soll ich gehen, wenn nicht vorwärts?

Zentimeter für Zentimeter ziehe ich mich auf meinen Ellenbogen vorwärts und nach unten. Als meine Oberschenkel über den Rand des Abhangs rutschen, reißt mich die Schwerkraft mit einer solchen Wucht nach vorn, dass ich mich nicht dagegenstemmen kann.

Den Rest des Weges rutsche ich im freien Fall nach unten, die Unebenheiten des Metalls schaben an meinem Bauch entlang, während meine Schultern und Hüften gegen die Metallwände schlagen. Ich versuche, meine Arme auszustrecken, um meinen Kopf zu schützen, und das Nächste, was ich weiß, ist, dass mein Schädel gegen eine Wand knallt.

Der Aufprall erschüttert meinen Kopf, lässt meine Ohren klingeln, und noch mehr Galle kriecht meine Kehle hinauf.

Ich halte still, bis der stechende Schmerz so weit abklingt, dass ich nicht das Gefühl habe, mein Kopf würde mir vom Hals fallen, wenn ich ihn bewege. Kein Laut dringt an meine Ohren.

Falls jemand da unten den Aufprall gehört hat, gibt es keine Anzeichen dafür.

Vorsichtig schaue ich mich um. Ich befinde mich am

Fuße des Abhangs, wo sich der Schacht T-förmig in zwei Richtungen verzweigt.

Links oder rechts? Im Schein der Taschenlampe sehen beide Richtungen fast gleich aus. Doch ich glaube, einen leichten Grat auf dem Boden des Ganges auf der linken Seite zu erkennen, als ob sich dort eine Öffnung befinden könnte.

Ich hieve mich um die Ecke und robbe darauf zu.

Es ist *tatsächlich* eine Öffnung! Das Quadrat ist etwas kleiner als das Gitter an der Oberfläche, und Luft strömt durch die Lamellen. Der Raum darunter ist stockdunkel.

Ich halte still und lausche mehrere Minuten lang. Doch da ist nichts. Nicht einmal das kleinste Flackern von Licht.

Soweit ich das beurteilen kann, wird dieser Ort nicht mehr benutzt.

Angespannt, um sie beim ersten Anzeichen von Ärger wegzuziehen, richte ich die Taschenlampe nach unten, um eine Vorstellung davon zu bekommen, wo ich hineinfallen würde. Das Licht fällt auf einen gefliesten Boden, einen Schrank an der Seite und die Kante von etwas, das ich für einen Schreibtisch halte.

Na gut. Zeit, aus dieser Folterkammer zu verschwinden.

Ich fahre meine Krallen aus und kratze an der Kante des Gitters. Zu meiner Erleichterung genügen ein paar kräftige Züge, um es zu lösen. Ich ziehe es heraus und schiebe es in den Gang vor mir.

Das eigentliche Problem besteht darin, mich so dünn zu machen, dass ich durch die Öffnung passe. Ich ziehe meine Schultern zusammen und zwänge mich einen Zentimeter nach dem anderen hindurch, bis ich mit meiner Hüfte steckenbleibe. Ich baumle kopfüber nach unten, und mein Kopf dreht sich.

Nur noch ein kleines Stück weiter. Ich wackle hin und her, bis ich schließlich auf den Boden stürze.

Ich schaffe es, mich in der Luft herumzudrehen und auf

Händen und Knien zu landen, wenn schon nicht auf den Füßen. Der dumpfe Aufprall auf dem Boden lässt meinen ganzen Körper vor Schreck erstarren.

Es kommen keine Schritte auf mich zugedonnert, um zu sehen, was los ist. Und als ich meine Hände hebe, stelle ich fest, dass körniger Staub an meinen Fingern klebt.

Diesen Raum hat schon lange niemand mehr betreten.

Ich verziehe das Gesicht, nehme meine Taschenlampe in die Hand und taumle durch die Türöffnung nach draußen. Mein ganzer Körper pocht jetzt, und mir ist immer noch flau im Magen, doch ich habe meine Mission noch nicht erfüllt.

Meine Turnschuhe hinterlassen eine Spur im Staub, der den Boden bedeckt, als ich den Flur hinunter und zu den Türen gehe, hinter denen sich Räume befinden, die abgesehen von ein paar Möbeln vollkommen leer sind. Dann stoße ich eine Tür auf und stehe vor einer kleineren Nachbildung eines sehr vertrauten Kontrollraums.

Die an der Wand montierten Bildschirme sind dick und veraltet, und die Konsolen darunter sehen so altmodisch aus, als würden sie aus einem alten Science-Fiction-Film stammen. Ich lasse den Schein meiner Taschenlampe über die Reihen von Knöpfen und Schaltern gleiten.

Da. Mehrere Bedienelemente auf der einen Seite sind mit der Aufschrift BACKUP GENERATOR versehen. Ich drücke mit meinem Daumen auf die AKTIVIEREN-Taste.

Zum Glück ist dafür keine besondere Identifikation erforderlich. Ein surrendes Geräusch ertönt, und die Deckenbeleuchtung flackert auf.

Halleluja. Das ist ein verdammtes Wunder.

So schnell es die pulsierenden Kopfschmerzen in meinem Hinterkopf zulassen, lasse ich meinen Blick über den Rest der Bedienelemente wandern. Wo zum Teufel ist die Steuerung für die Vordertür?

Schließlich entdecke ich einen Hebel und ein paar

Knöpfe, neben denen EINGANG steht. Ich drücke sie und ziehe an dem Hebel.

Etwas davon scheint zu funktionieren, denn ein leises mechanisches Ächzen ertönt aus dem Flur.

Ich stolpere zur Tür und starre mit trüben Augen an die Decke des Flurs, den ich für eine Sackgasse gehalten habe. Während ein Teil sich nach oben öffnet, entfaltete sich die andere Hälfte der Stufen bis zum Boden hinunter.

Ein Stückchen Himmel kommt in Sicht, und am Ende der neuen Treppe erkenne ich, dass die Öffnung sich mindestens ein paar Stockwerke über mir befindet. Kein Wunder, dass Zian diesen Eingang von oben nicht sehen konnte.

Ich klammere mich an den Türrahmen, um mein Gleichgewicht zu halten, und überlege, ob ich schreien soll, nur für den Fall, dass die Jungs die riesige Falltür in der Mitte des Feldes übersehen haben, und befürchte, dass dabei nicht nur Worte aus meinem Mund kommen könnten. Die Kopfschmerzen hämmern auf meinen Schädel ein wie ein Kleinkind auf ein Xylophon.

Nur eine Minute später höre ich die Stimmen der Jungs. Angeführt von Jacob und Zian gehen sie langsam die Treppe hinunter und werden ein wenig schneller, als sie mich sehen.

„Wow!" Andreas schaut sich um, als sie den Flur erreichen, und grinst mich an. „Gute Arbeit."

Ich versuche, das Lächeln zu erwidern, und übergebe mich prompt auf den Boden.

Einundzwanzig

Riva

Ich habe Glück, dass Zian so gute Reflexe hat, denn er fängt mich gerade noch auf, bevor ich in der widerlichen Pfütze zusammensacke, die ich gerade ausgespuckt habe. Um mich herum herrscht ein Gewusel von Bewegungen: Zee zerrt mich zur Seite und lehnt mich an die Wand. Andreas rennt auf mich zu und erkundigt sich besorgt nach meinem Befinden, Dominic stellt sich über mich, eine Hand tief in seiner Hosentasche vergraben.

Und dann ist da natürlich noch Jacob, der hinter Dom auftaucht und auf mich herabblickt, als hätte ich mich freiwillig vergiftet. „Das ist wirklich nicht der richtige Zeitpunkt für Dramatik."

Ich würde ihm den Mittelfinger zeigen, wenn meine Glieder sich nicht in Blei verwandelt hätten und zu schwer wären, um sie zu heben. Andreas schlägt mir fest auf die Wange, und ich blinzle ihn an.

Sein Gesicht verdoppelt sich vor meinen Augen, und ich stoße ein ersticktes Kichern aus.

Er blickt zu Dominic auf. „Wann hast du sie das letzte Mal geheilt?"

Ich kann mich nicht auf Doms Gesicht konzentrieren und auch kaum meinen Kopf heben, aber seine Stimme klingt entschlossen. „Gestern Nachmittag. Es ist schon eine Weile her, aber sie hat nichts gesagt. Es schien ihr gut zu gehen."

„Vielleicht würde sie nicht vorgeben, dass es ihr gut geht, bis sie buchstäblich umkippt, wenn sie nicht wüsste, dass du es nicht hasst, sie zu heilen."

„Ich habe mich nie geweigert, es zu tun. Auch wenn ich vielleicht nicht vor Freude in die Luft springe, tue ich, was ich kann."

„Nun, wenn du das Gift dieses Mal vollständig aus ihrem Körper ziehen würdest, könnten wir alle aufhören, uns darüber Sorgen zu machen."

„Dafür müssten wir uns dann Sorgen machen, dass sie uns angreift", gibt Jacob zu bedenken.

„Du kannst doch nicht wirklich denken …"

„Leute!" Zians dringender Tonfall unterbricht das Gespräch. „Ich glaube, Dom sollte sie jetzt besser heilen."

Mein Kinn sinkt auf meine Brust, und ein seltsamer Schauer durchfährt meinen Körper. Ich fühle, wie ich zusammensacke und gleichzeitig abdrifte. Dann legt sich eine Hand auf mein Brustbein, direkt unter meinem Gesicht.

Die Wärme, die von Dominics Berührung ausgeht, holt mich auf den Boden der Tatsachen zurück und bringt meinen Körper wieder ins Lot. Mein Herz klopft, und mein Atem strömt ein und aus.

Da ist ein Boden unter mir. Eine Wand in meinem Rücken. Ich bin immer noch hier. Ich bin nirgendwo hingegangen.

Dominic befiehlt den anderen Jungs mit krächzender Stimme, dass sie ihm „mehr" besorgen sollen, was mir nicht ganz einleuchtet, doch ich bin zu benommen, um zu verstehen, was vor sich geht. Schritte stapfen in die eine und andere Richtung.

Ein neuer Schwall von Wärme durchströmt mich, und meine Sicht wird klarer. Ja, ich sitze auf dem Boden, in dem Flur unter den flackernden Lichtern, die vom Notstromgenerator betrieben werden. Ein säuerlicher Geruch liegt in der Luft. Ach ja, weil ich mich übergeben habe.

Ich verziehe das Gesicht und schaffe es, mich mit einer einzigen Bewegung aufzurichten und mich von der Pfütze zu entfernen. Dominic steht ebenfalls auf und wischt seine staubige Hand an seinem Parka ab.

Er erwidert meinen Blick nicht. Andreas sagte, er würde es *hassen*, mich zu heilen.

Ich habe es versucht. Ich habe mich so sehr bemüht, ihn nicht zu brauchen, doch es hat nicht funktioniert.

Andreas berührt zaghaft meinen Arm. „Geht es dir wieder besser?"

Mein Gesicht errötet vor Scham. Es *ging* mir gut, bis … Bis es mir nicht mehr gut ging.

„Ja", antworte ich schroff. „Tut mir leid. Mir geht's gut."

Mein Blick wandert wieder zu Dom. „Danke."

Er nickt. Ich kann seinen Gesichtsausdruck nicht lesen, um zu erkennen, ob er sauer oder einfach nur müde ist.

Jacob schreitet an uns vorbei. „Mal sehen, worüber wir hier gestolpert sind."

Während der Rest von uns ihm in den Flur folgt, stecke ich die nicht mehr benötigte Taschenlampe in meine Tasche. „Da ist ein Kontrollraum, der so ähnlich aussieht wie der in der Einrichtung."

Neugierde huscht über Andreas' immer noch besorgte

Miene. „Gibt es eine Treppe, die noch weiter nach unten führt?"

„Ich habe keine gesehen, aber ich habe auch nicht gezielt danach gesucht. Ich wollte euch erst einmal hereinlassen." Ich trete gegen den Staub auf dem Boden, woraufhin ein paar Flusen aufgewirbelt werden. „Ich glaube allerdings nicht, dass hier noch jemand arbeitet."

Zian schnaubt. „Es sei denn, sie schweben und haben seit Jahrzehnten nicht geputzt."

Wir gehen an dem Raum vorbei, in dem ich herausgekommen bin, und weiter bis zu einer Abzweigung, die dem Lüftungssystem ähnelt. Am Ende des Ganges auf der linken Seite stoßen wir auf mehrere Räume mit dicken Schalttafeln, die mir einen Schauer des Erkennens über den Rücken jagen.

Sie sehen aus wie die Schlösser an unseren Zellentüren.

Die Räume sind nicht verschlossen. Die Türen stehen einen Spaltbreit offen. In einem der Zimmer stehen ein niedriger Tisch, eine einfache Kommode und ein Kinderbett.

Genau wie der Rest des unterirdischen Gebäudes ist auch hier alles mit einer dicken Staubschicht bedeckt. Die Möbel sind genauso schlicht wie in jedem anderen Zimmer. Nichts hängt an den Wänden, auf dem Schreibtisch oder der Kommode ist keine Deko zu sehen, und es liegt auch keine Decke im Kinderbett.

Dennoch sind da Spuren von Leben. In einer Wand ist eine flache Delle zu sehen, als wäre ein Spielzeug mit größerer Kraft als erwartet dagegen geschleudert worden. Und in den Latten des Kinderbettes sind Kerben, als ob das Holz mit kleinen Zähnen … oder Krallen bearbeitet worden wäre.

Ich wende meinen Blick ab und ziehe die Schubladen der Kommode auf. Auch sie sind leer, nur ein schwacher Plastikgeruch weht von ihnen herüber.

„Sie haben alles ausgeräumt. Wahrscheinlich war es einfacher, die größeren Teile zurückzulassen", sagt Jacob von der Tür aus. Während er den Raum in Augenschein nimmt, bleibt sein Gesicht eine starre Maske, die keine Emotion verrät.

Sechs der verschlossenen Räume haben den gleichen Grundriss. Genau sechs. Ein mulmiges Gefühl macht sich in meinem Bauch breit, und ich glaube nicht, dass Dominic dagegen etwas tun kann.

Ein paar Türen weiter befindet sich ein Arbeitszimmer, das kompakter ist als die größeren Konferenzräume in der Nähe des Eingangs. Die Möbel sind schöner: ein alter Eichenschreibtisch, der tatsächlich nach Holz und nicht nach Plastik oder Metall riecht, ein schwerer Ledersessel mit Rollen und ein paar hohe Bücherregale, passend zum Schreibtisch.

In den oberen Bereich der Bücherregale ist ein kleines Motiv eingeritzt, das wie eine bewaldete Skyline aussieht, vor der sich die Spitzen der immergrünen Bäume abheben. Es erinnert mich an den erhaltenen Ausschnitt der Waldhütte, den wir in Ursula Engels Sachen an ihrem früheren Arbeitsplatz gefunden haben.

Ein Gefühl der Gewissheit macht sich in mir breit. „Das war *ihr* Büro. Engels.“

Andreas fährt mit den Fingern durch den Staub auf dem Schreibtisch. „Sie war die Besitzerin des Anwesens, und das ist das schönste Arbeitszimmer, das wir bis jetzt gesehen haben. Sie muss diese Einrichtung geleitet haben.“

„Es hörte sich so an, als wäre sie ziemlich wichtig für die Einrichtung, richtig? Oder zumindest war sie das früher? Hat sie viele Entscheidungen getroffen?“

„So ähnlich“, sagt Zian mit leiser Stimme und verlagert sein Gewicht von einem Fuß auf den anderen. „Schwer zu sagen, aufgrund der Bruchstücke, die ich gehört habe. Ihr glaubt doch nicht …“

„Hier hat alles angefangen“, sagt Dominic, als der größere Mann nicht weiterspricht. „Das hier war die erste Einrichtung. Wir müssen umgezogen sein, als wir noch ganz klein waren.“

Eine unbehagliche Stille legt sich über uns. Wie groß ist die Wahrscheinlichkeit, dass seine Erklärung *nicht* stimmt? Nach unserem Fluchtversuch sind die Wärter auch umgezogen. Es gibt keinen Grund, warum sie es nicht auch schon davor getan haben sollten.

Eine Frau namens Ursula Engel hat dieses Grundstück gekauft, dieses Gebäude bauen lassen und in diesem Arbeitszimmer gearbeitet. Das war *ihr* Projekt.

Und sie zog in diesen Mauern sechs sehr ungewöhnliche Babys auf. Aber warum? Woher kamen wir?

Was hatte sie mit uns vor?

„Hat sie irgendetwas Brauchbares zurückgelassen?“, fragt Jacob, der den Raum betritt. „Zee, sieh nach, ob es Fächer in den Wänden gibt.“

Jacob beginnt, die Bücherregale auf bewegliche Elemente zu untersuchen. Ich werfe einen Blick hinter die Regale und gehe dann in die Hocke, um unter und hinter den Schreibtisch zu schauen, bevor ich die Schubladen inspiziere.

In einer der unteren Schubladen streifen meine tastenden Finger ein kleines Stück Papier, das ganz hinten eingeklemmt ist. Es reißt ein wenig, als ich es herausziehe, doch als ich es auf meinem Schoß entfalte, ist es zwar ein wenig verblasst, aber noch gut lesbar.

Mein Herz setzt einen Schlag aus.

„Was ist das?“, fragt Jacob und dreht sich zu mir um, doch meine Kehle ist so eng, dass ich nicht sofort antworten kann.

Es ist die gleiche krakelige Handschrift wie auf dem Post-it-Zettel aus der Schachtel mit Ursulas Sachen. Und in dieser unverwechselbaren Handschrift steht mein Name auf dem oberen Rand des Zettels.

Riva

54 Tage – 4,25 Kg – 52 cm

Hat heute zum ersten Mal gelächelt. Als ob sie sich freuen würde, mich zu sehen. Sie hat viel gegurrt. Wunderschön

Meine Finger verkrampfen sich um den Zettel. Bilde ich mir die Zuneigung in diesen Worten nur ein?

Es hört sich an, als hätte sie sich tatsächlich um mich gesorgt. Und darüber, wie ich auf sie reagierte.

Darüber, ob ich glücklich genug war, um zu lächeln und zu gurren.

Wer war diese Frau? Und wenn sie uns von klein auf aufgezogen hat, wenn wir ihr etwas bedeuteten … Warum kann ich mich nicht an sie erinnern?

ZWEIUNDZWANZIG

Zian

Andreas seufzt und betrachtet stirnrunzelnd die Konsole, an der er herumgestochert hat. „Ich kriege nicht einmal die Bildschirme zum Laufen. Hattet ihr Glück?"

Auf der anderen Seite des Raums schüttle ich den Kopf und starre auf die Knöpfe vor mir, als könnte ich sie durch Einschüchterung zum Funktionieren bringen. „Der Strom kommt vom Generator. Die Tür ist offen. Es muss einen Weg geben, den Rest des Systems in Gang zu bringen."

Mein Blick wandert von den hüfthohen Bedienelementen über die glatte Basis der Konsole, die auf dem Boden steht, wo die meisten elektronischen Funktionen verborgen sein müssen. „Vielleicht muss man etwas da drinnen verstellen. Ich werde nachsehen, ob ich das Problem erkennen kann."

Als ich mich auf den Boden lege, damit ich meinen Hals nicht verrenken muss, späht Dominic in den Raum.

„Immer noch nichts", meint Andreas, bevor er fragen muss, und atmet scharf aus. „Mann, was glaubst du, wie lange die uns in diesem Gebäude festgehalten haben, bevor wir in das erste umgezogen sind, an das wir uns erinnern?"

„Viele Jahre können es nicht gewesen sein", meint Dominic in seiner typischen, nachdenklichen Art. „Wenn wir hier waren, als wir viel älter als drei waren, würden wir uns bestimmt an den Umzug erinnern."

„Ich frage mich, *warum* sie mit uns umgezogen sind", murmle ich, sowohl zu mir als auch zu den anderen Jungs. Es fällt mir schwer, ihrem Gespräch Aufmerksamkeit zu schenken, während ich mich auf die Konsolenwand vor mir konzentriere.

Mit einem schwachen Kribbeln in den Augenhöhlen richte ich meinen Blick durch die dünne Plastikoberfläche auf das Nest aus Kabeln und Platinen, das sich dahinter befindet. Als ich meinen Blick darüber gleiten lasse, fühlt es sich eher an, als würden sich meine Augen durch Schlamm als durch Luft bewegen.

Nachdem ich den Boden über mir eine Weile gescannt habe, sind meine Augen müde. Hoffentlich kann ich dieses Problem schnell lösen.

Mein Blick fällt auf die Kabel auf der einen Seite. Die Beschichtung um die Drähte ist zu einem Klumpen zusammengeschmolzen.

Die Verbindung dort muss unterbrochen sein. Wenn ich den geschmolzenen Teil herausschneide und die Drähte wieder miteinander verdrehe, wird der Saft vielleicht wieder richtig durch das System fließen.

Das kann doch nicht so schwer sein, oder? Man muss nur die Drähte anhand der Farbe ihrer Beschichtung zuordnen. Das würde sogar ein Kleinkind schaffen.

„Ich glaube, ich weiß, wie man es reparieren kann", sage ich, blicke kurz auf und stelle fest, dass ich allein im Raum bin. Die anderen scheinen weggegangen zu sein, um das Gebäude von einer anderen Seite zu inspizieren.

Wahrscheinlich haben sie mir entweder gesagt, dass sie gehen, und ich war zu weggetreten, um es zu hören, oder sie wollten meine Konzentration nicht stören. Es ist keine große Sache. Ich werde das hier regeln und ihnen Bescheid geben, wenn ich den Tag gerettet habe.

Oder das Computersystem, oder was auch immer.

Ich finde keinen Öffnungsmechanismus am Sockel der Konsole, aber das kann ich leicht erledigen. Mit ein paar treffsicheren Schlägen erzeuge ich ein Rechteck aus Rissen im Plastik und breche das Stück anschließend heraus.

Das verschmolzene Kabelknäuel liegt direkt vor mir. Eine Schere wäre schön, doch meine Hände gehen auch.

Es kostet mich nicht einmal besonders viel Kraft, die Kabel an beiden Enden des Knäuels zu knicken. Ich werfe die geschmolzene Kugel in die hintere Ecke des Raums und mache mich daran, die Beschichtung abzuschälen, um die Kabelenden zusammenzudrehen.

Aus einem der Drähte sprühen Funken, die meine Finger treffen.

„Scheiße", brumme ich und halte sie an meinen Oberschenkel, um das Brennen zu stoppen.

„Geht es dir gut?"

Ich wirble herum und sehe Riva in der Tür stehen. Sie hat wieder Farbe in den Wangen, worüber ich mich freue, nachdem sie so kränklich blass war, als wir hier ankamen.

Worüber ich mich weniger freue, ist, dass ich jetzt ein Publikum habe. Vor allem nicht, wenn ich im ersten Teil der Show wie ein Idiot dastehe.

„Mir geht's gut", murmle ich. „Es braucht schon mehr als ein kleines Kabel, um mich zu verletzen."

Riva kommt auf mich zu und hockt sich ein paar Meter von mir entfernt hin, um die durchtrennten Kabel zu betrachten. „Ich könnte sie wahrscheinlich schneller wieder anschließen." Sie wackelt mit ihren schlanken Fingern. „Einer der wenigen Vorteile, wenn man so klein ist."

Sie steht so dicht vor mir, dass mir ihr frischer, süßer Duft in die Nase steigt. Auf einmal verspüre ich den Drang, ihr zu sagen, dass sie absolut perfekt ist, so wie sie ist. Auch wenn ich sie am liebsten immer noch „Shrimp" nennen würde, so wie ich es früher immer getan habe.

Die perfekte Größe, um sie in meine Arme zu heben und in Sicherheit zu bringen. Die perfekte Größe, um sie abzuschirmen, wenn Gefahr auf uns zukommt.

Dabei sollte ich mir keine Sorgen um *ihre* Sicherheit machen. Wir wissen immer noch nicht, ob sie nicht den Rest von uns in Gefahr bringen wird.

Die Jungs sind bei mir geblieben. *Sie* ist gegangen.

Das dürfen meine irrationalen Impulse nicht vergessen.

„Das bedeutet, dass du nicht so viel Fläche bietest, auf die sich ein Stromstoß verteilen könnte und du komplett gebraten werden würdest", erwidere ich. „Ich komme schon klar."

Anstatt zu widersprechen, beobachtet sie, wie ich ein paar weitere Kabel anschließe. „Meinst du, das reicht, um die gesamte Konsole zum Laufen zu bringen?"

„Ich bin mir nicht sicher, aber einen Versuch ist es wert."

Riva brummt scheinbar zustimmend. „Es wäre fantastisch, wenn wir an die Aufzeichnungen kommen würden, die sie in diesem Ding gespeichert haben. Wenn sie die Festplatte nicht gelöscht haben, bevor sie gegangen sind."

Irgendwie habe ich diese Möglichkeit gar nicht in Betracht gezogen, weil ich so darauf bedacht war, das verdammte Ding zum Laufen zu bringen. Ich ärgere mich mehr über mich selbst als über sie, als ich nach dem nächsten Kabel greife.

Ich bin schon so weit gekommen, und es sind nur noch ein paar Drähte übrig. Wir müssen es zumindest versuchen.

Wer weiß, wie viele Antworten sich hinter diesen leeren Bildschirmen verbergen?

Als ich das letzte Kabel anschließe, bekomme ich einen weiteren Schlag, der so stark ist, dass meine Hand zittert, und ich noch ein paar Flüche ausstoße. Ich bin also schon gereizt, als ich aufstehe und an den Bedienelementen der Konsole herumstochere.

Doch nichts passiert. Die Bildschirme bleiben dunkel und verhöhnen mich für meine nutzlosen Bemühungen.

Ich funkle sie an, und ein Knurren entweicht meinen Lippen. Die Haut an meinem Nacken und meinen Schultern kribbelt, als das Fell hervorbrechen will.

Diese ganze Sache ist Müll. Ich könnte die Konsole auch zertrümmern, das würde uns genauso viel nützen.

Rivas ruhige Stimme durchbricht meinen Anfall der Frustration. „Technik funktioniert nie so, wie man es will oder wenn man es will, oder?" Naserümpfend betrachtet sie die Steuerung. „Ich glaube, da ist eine künstliche Intelligenz, die sich einen Spaß daraus macht, uns zu verhöhnen."

Ihre Verärgerung nimmt meiner eigenen Wut den Wind aus den Segeln. Ich fahre mir mit der Hand über den Mund. „Ja."

Meinen Zorn herauszulassen würde mir nur für ein paar Augenblicke Befriedigung verschaffen. Danach würde ich mich mies fühlen.

Es würde mich noch mehr zu dem Monster machen, in das mich die Wärter verwandelt haben.

Wollte diese Frau Engel, dass meine seltsamen Kräfte so offenkundig und körperlich zum Vorschein kommen, wenn ich älter werde? Hatte sie eine Ahnung, wie ich mich entwickeln würde?

Was war der Sinn von alledem?

Ich gehe wieder in die Hocke und beiße die Zähne gegen den Tumult in meinem Inneren zusammen. Ich weiß, dass ich mehr bin als ein Monster.

Ich *muss* mehr sein als das.

„Da könnte noch etwas anderes sein, das ich übersehen habe", sage ich und schaue mir die anderen Kabel und die Schalttafeln an.

Ein paar davon sehen für meine ungeübten Augen verbrannt aus. Das grüne Plastik ist mit schwarzen und grauen Flecken übersät, die wie Miniatur-Sturmwolken aussehen. Sind das normale Abnutzungserscheinungen, oder sind sie durchgebrannt und funktionieren nicht mehr?

Ich betrachte die unversehrte Seite der Konsole, um einen Vergleich zu haben. Die Leiterplatten auf dieser Seite sehen ziemlich ähnlich aus, was nicht sehr hilfreich ist.

Von welchem Teil der Konsole wissen wir mit Sicherheit, dass er funktioniert? Der Teil, der mit dem Notstromgenerator und der Steuerung für den Eingang der Anlage verbunden ist.

Ich bewege mich ein wenig weiter vorwärts und gehe in den Bereich unter der Stelle in die Hocke, die als Notstromaggregat gekennzeichnet ist. Dort befinden sich auch einige Schaltkreise und ein Bündel von Kabeln, die nicht geschmolzen sind.

Angestrengt starre ich durch die Hülle hindurch auf die Platinen, doch es ist zu dunkel, um Details zu erkennen. Ich verziehe das Gesicht, als ich auch diesen Teil der Konsole öffne und das Licht hineinfallen lasse.

Da. Als ich diese Tafel mit den anderen vergleiche, die ich freigelegt habe, kann ich erkennen, dass die verbrannten Stellen nicht unbedingt normal sind. Bei den Schaltkreisen für den Notstromgenerator scheinen sie nicht vorhanden zu sein. Außerdem sehen die kleinen Teile irgendwie … schärfer aus, als ob die anderen Platten auch ein wenig geschmolzen wären.

Haben die Leute, die hier gearbeitet haben, den Rest absichtlich gebraten, um das System unbrauchbar zu machen? Warum haben sie sich so viel Mühe gemacht, wenn es gar nichts zu sehen gibt?

Es erscheint zu seltsam, dass *alles* erheblich beschädigt wurde, mit Ausnahme einiger wichtiger Bedienelemente, die unversehrt geblieben sind. Sie müssen sich Sorgen gemacht haben, dass in diesem Ding noch Daten abrufbar sind.

Ich glaube nicht, dass ich Schaltkreise entschmelzen kann.

Stirnrunzelnd betrachte ich die kaputten Tafeln. „Wenn wir genug funktionierende Platinen finden, die gleich aussehen, könnten wir die Tafeln vielleicht austauschen …"

„Wir können nichts nehmen, was mit dem Generator funktioniert", erinnert mich Riva. „Nichts wird funktionieren, wenn er abgeschaltet wird."

Ja, natürlich. Ich sehe mir den Bereich der Konsole in der Nähe der Eingangskontrollen an, aber ich denke, es ist auch nicht klug, daran herumzufummeln.

Was ist, wenn sich die Tür schließt und wir dann die Schaltkreise nicht richtig verbinden können, um sie wieder zu öffnen? Riva kann durch die Lüftungsschächte hinausklettern, aber der Rest von uns säße fest.

Ich atme tief ein und kämpfe mit einer neuen Welle der Frustration.

Okay, ich habe das Material nicht hier. Denk nach, Zee. Du hast doch irgendwo inmitten all dieser Muskeln ein Gehirn, oder?

Ich bin nicht nur der Freak, dem Reißzähne und Fell

wachsen und der sich in einen Kampf stürzt. Das bin ich *nicht*.

Ich könnte die kaputten Platinen nehmen … und sie zu irgendeinem Elektronikladen bringen. Mal sehen, ob sie eine funktionierende Kopie davon machen können.

Ein Lächeln huscht über meine Lippen. Das ist ein guter Plan. Es würde bedeuten, dass wir gehen und wieder zurückkommen müssten, aber das ist es auf jeden Fall wert, wenn wir uns dadurch Zugang zu den Computersystemen verschaffen können.

Wir könnten genau herausfinden, was die Wärter mit uns gemacht haben, als wir noch Babys waren. Wie alles begann.

Und wenn wir herausfinden, wie die Verrücktheit begann … Dann wissen wir vielleicht auch, wie wir sie beenden können.

Voller Hoffnung greife ich nach der nächsten Schalttafel, ohne meine Idee noch einmal zu überdenken. Meine Finger greifen danach und suchen nach den Verbindungsstellen, an denen sie einrasten kann.

Ein weiterer Stromstoß, doppelt so stark wie der letzte, durchfährt gleichzeitig meine beiden Arme.

Der Stromstoß durchbohrt meine Nerven und sendet einen stechenden Schmerz bis in die Zahnwurzeln. Mein Körper bäumt sich abwehrend auf.

Innerhalb einer Sekunde sträubt sich das Fell auf meinem Rücken, Reißzähne treten knirschend aus meiner Schnauze, und ich schlage mit der Faust auf die Platine.

Sie knistert und zischt, und ich brülle sie an. Erst als ich zittrig Luft hole, komme ich wieder zu mir und starre auf die zertrümmerte Schalttafel, die jetzt ein noch größeres Durcheinander ist als vorhin.

Die Metallteile sind dahin. Der größte Teil der grünen Platte ist in kleine Scherben zerbrochen. Ein paar davon fallen auf den Boden.

Kein Technikexperte der Welt kann *dieses* Desaster wieder zusammensetzen.

Mein Gesicht nimmt wieder eine menschliche Form an. Keuchend starre ich auf den Schaden, den ich angerichtet habe, und meine Finger öffnen und schließen sich.

Verdammte Scheiße. Ausgerechnet jetzt verliere ich die Beherrschung …

Selbst in den besten Momenten fällt es mir schwer, die Kontrolle zu behalten. Ich hätte es gar nicht erst versuchen sollen.

„Ist schon in Ordnung", sagt Riva leise. „Selbst wenn wir es reparieren könnten, haben sie vermutlich alle Daten gelöscht. Vielleicht gibt es Leute wie diesen Hacker, die etwas herausfinden könnten, wenn sie den Strom anschalten. Leider weiß keiner von uns wie. Und wir können nicht die ganze Konsole zu einem Computerexperten schleppen und ihn um Hilfe bitten."

Ich weiß, dass das alles wahr ist. Und als ich zu ihr hinüberschaue, sehe ich nicht den geringsten Anflug von Entsetzen in ihrem Gesicht.

Sie hat gerade gesehen, wie ich mich teilweise verwandelt habe. Und zwar direkt unter den strahlenden Lichtern, nicht aus der Ferne im Dunkeln wie bei dem Kampf auf dem Campus. Trotzdem ist sie nicht zurückgeschreckt. Sie sieht mich an, als wäre ich genau derselbe, der ich immer war.

Verdammt, ich wünschte, ich wäre derselbe.

Mein Körper neigt sich zu ihr, wie von einem Magneten angezogen. Sie hat mich schon immer besser verstanden als die anderen, mit all dieser wilden Kraft in ihrem kleinen Körper.

Mein Blick fällt auf meine Hand, die sich hebt, als wolle sie ihren Arm berühren, und ein Bild flackert in meiner Erinnerung auf. Die zerkratzte, blutige Hand. Der Schrei.

Und Blut, so verdammt viel Blut, auf mir und um mich herum …

Ich stoße mich mit einem Ruck ab und stehe in der gleichen Bewegung auf. „Du hast keine Ahnung!"

Riva blinzelt mich an, und ihr Körper spannt sich so an, wie ich es vorhin erwartet habe. „Zian? Ich habe nur versucht …"

Meine Stimme wird von einem Knurren durchzogen. „Versuch einfach nichts! Halte dich einfach von mir fern. Du hast keine Ahnung, womit ich zu kämpfen habe. Alles, was du tust, ist, dir hübsche kleine Krallen und spitze Ohren wachsen zu lassen."

„Ich …"

Ich will nicht hören, was sie zu sagen hat. „Du hast keine verdammte Ahnung, wie schlimm … Du weißt gar nichts. Also halte dich verdammt noch mal von mir fern."

Denn ich verletze Menschen. Und selbst nach allem, was passiert ist, will ich dir nicht wehtun.

Den letzten Teil spreche ich nicht laut aus. Die Worte bleiben mir im Halse stecken. Doch vermutlich würde es ohnehin keinen Unterschied machen.

Rivas Miene zuckt. Dann rappelt sie sich auf und verschwindet aus dem Zimmer, um mir den Freiraum zu geben, um den ich sie gebeten habe.

Und ich fühle mich noch mehr wie ein Monster als zuvor.

Es ist besser so, sage ich mir, während ich mich wieder auf den Boden sinken lasse. So ist es sicherer für uns.

Für uns beide.

Dreiundzwanzig

Riva

Als ich zum fünften Mal durch die Flure gehe, fällt mein Blick genau im richtigen Winkel auf die Wand vor den Kinderzimmern, und ich bemerke die winzigen Einkerbungen in der ansonsten glatten Oberfläche.

Ich bleibe stehen und gehe ein paar Schritte zurück, um mich zu vergewissern, was mein Verstand erst nach ein oder zwei Sekunden begreift. An der Wand zieht sich eine nahezu unmerkliche Schattenlinie entlang, die wie die Fuge einer Trennwand aussieht.

„Leute!", rufe ich, gehe darauf zu und drücke meine Hand gegen die Oberfläche direkt an der Linie. „Ich habe noch etwas gefunden."

Die Trennwand bewegt sich keinen Millimeter, als ich mit meiner Kraft dagegen stoße. Jacob und Andreas kommen als Erste herbeigejoggt. Jacob schaut natürlich finster drein.

„Du hast die Wand gefunden?", fragt er sarkastisch.

Ich verdrehe die Augen. „Ich glaube, hier gibt es einen versteckten Eingang, wie in dem Labor, in dem Engel gearbeitet hat. Wenn man von der richtigen Stelle aus im richtigen Winkel hinsieht, kann man *gerade noch* die Kante erkennen."

Andreas ist bereits näher getreten und legt den Kopf schief. Er stößt ein ehrfürchtiges Glucksen aus.

„Da ist es. Das muss Zian übersehen haben."

„Er war zu sehr damit beschäftigt, Ingenieur zu spielen", murmelt Jacob, doch neben dem Ärger schwingt auch ein Hauch von Zuneigung in seiner Stimme mit, den ich noch nie gehört habe, wenn er über mich redet. „Er hat hauptsächlich in den eigentlichen Räumen gesucht, nicht in den Fluren."

Er hebt seine Stimme. „Zee, beweg deinen Arsch hierher. Wir brauchen deinen Röntgenblick."

Zian ist nicht der Einzige, der seinem Ruf folgt. Auch Dominic kommt aus den Räumen, die er durchsucht hat, zu uns.

Als Jacob auf den Bereich an der Wand deutet, trete ich weiter zur Seite, um Zian so viel Platz wie möglich zu geben. Seine Tirade von vorhin klingt noch in meinen Ohren.

Du hast keine Ahnung. Halte dich verdammt noch mal fern von mir.

Schon bei der Erinnerung daran beginnen meine Augen zu brennen. Mit einem langsamen, tiefen Atemzug versuche ich, meine Emotionen zu beruhigen.

Zee war schon immer sprunghaft und kann sein Temperament nur schwer im Zaum halten. Wahrscheinlich hat er nicht alles, was er gesagt hat, so hart gemeint, wie es geklungen hat.

Doch so hat er noch nie mit mir geredet, nicht einmal

letzte Woche, als Jacob sich auf mich gestürzt hat. Ist er jetzt etwa noch *wütender* auf mich als vorher?

Wie zum Teufel konnte das passieren? Wie kann es sein, dass ich es immer noch vermassle?

Da ich keine Antworten auf diese Fragen habe, gebe ich mein Bestes, um mich auf das Gespräch über die Mauer zu konzentrieren.

Zian scheint den internen Mechanismus zum Öffnen der Trennwand entdeckt zu haben, denn er deutet auf eine Stelle etwa auf Brusthöhe, die weiter von der Einkerbung entfernt ist. Jacob stellt sich genau dort hin und stützt sich mit den Händen an der Wand ab, um seine Kraft hindurchzuleiten.

Er schließt die Augen. Sein gemeißeltes Gesicht strafft sich vor Konzentration, was ihn nur noch attraktiver macht.

Wir warten mit angehaltenem Atem, und eine Weile lang herrscht Stille. Dann ertönt ein mechanisches Rascheln in der Wand.

Die Fuge weitet sich und gibt nicht etwa eine Öffnung, sondern eine richtige Tür frei: Im Gegensatz zu den lackierten Stahltüren, die den Rest des Raumes ausfüllen, besteht sie aus massivem Echtholz. Sie hat sogar einen bronzenen Türknauf.

Wir starren das Ding eine Sekunde lang an, als hätten wir Angst, dass sie sich in eine Art Killer-Tür verwandeln und uns angreifen könnte. Dann schüttelt Andreas mit einem selbstironischen Lachen den Kopf und greift nach dem Türknauf.

Er dreht sich. Dieser Teil des Eingangs ist also unverschlossen. Als er die Tür nach innen öffnet, flackert das Licht automatisch mit der Bewegung auf.

Einer nach dem anderen schleichen wir in den verborgenen Raum. Andreas stößt einen leisen Pfiff aus. Der Rest von uns starrt nur.

Wie jeder andere Raum, den wir in der alten Anlage

betreten haben, sind alle Oberflächen mit einer leichten Staubschicht überzogen, deren gräulicher Schimmer die Farben trübt. Trotzdem fällt sofort auf, dass dieser Raum ganz und gar nicht wie die anderen ist.

Wie die Tür sind auch die Wände mit Naturholz getäfelt und leicht gebogen, als ob sie gestapelte Baumstämme imitieren sollten. Bretter mit einer lebendigen Maserung werden sichtbar, als ich mit dem Fuß über den staubigen Boden streiche.

Auch dieser Raum wurde ausgeräumt, bis auf Einrichtungsgegenstände, die sich wohl am schwersten schnell und unauffällig entfernen lassen. Doch selbst diese unterscheiden sich völlig von allem anderen, was wir hier gesehen haben.

An einer Wand steht ein Wildledersofa, das so weich aussieht, dass ich am liebsten darin versinken würde, um herauszufinden, ob es so bequem ist, wie es aussieht. Es steht vor einem mit Steinen ausgekleideten Kamin, der leer ist. Nur ein paar schwarze Flecken verraten, dass er irgendwann einmal benutzt wurde. Oder vielleicht wurden sie aus ästhetischen Gründen aufgemalt.

Eingebaute Bücherregale säumen die Wand auf der einen Seite des Sofas. Neben uns, in der Nähe der Tür, steht eine Holztruhe, die so groß ist, dass sich der Deckel selbst dann noch schließen ließe, wenn Zian sich darin zusammenrollen würde.

Ein seltsames Gefühl des Wiedererkennens durchzuckt mich. Ich lasse mich vor der Truhe nieder und atme den trockenen, aber süßlichen Zedernduft ein, bevor ich nach dem Deckel greife.

Ich habe ein Bild im Hinterkopf, eine Vorstellung davon, was ich darin sehen *sollte*. Ich kann den Eindruck nicht ganz fassen, doch als ich den Deckel hochhebe und nur einen leeren Hohlraum vorfinde, überkommt mich eine unerklärliche Enttäuschung.

Nein. Vorher war da …

„Wir waren hier drin", sage ich langsam und prüfe die Worte, um sicherzugehen, dass ich sie auch wirklich so meine, bevor ich fortfahre. „Es war einmal … Ich habe das Gefühl, dass in dieser Truhe etwas sein sollte."

„Dafür sind Truhen normalerweise da", schnauzt Jacob. „Um Dinge aufzubewahren." Sein Ton ist milder als sonst, und ein Hauch von Unsicherheit und Verwirrung tritt in sein Gesicht, während er seinen Blick durch den Raum schweifen lässt.

„Das meine ich nicht. Etwas Bestimmtes."

Ich schließe den Deckel, stehe auf und winke die Jungs zu mir. Dominic reagiert als Einziger.

Er betrachtet die Truhe mit einem seltsam verträumten Blick und kniet neben mir davor nieder. Als er den Deckel mit einem Quietschen der Scharniere nach oben schiebt, flackern seine Augen.

„Ja." Seine Stimme ist kaum mehr als ein Flüstern. „Ich glaube, da war Spielzeug drin."

In der Sekunde, in der er das Wort sagt, verstärken sich die Eindrücke, die in meinem Kopf schweben. „Ja! Ein blauer Teddybär. Und ein Holzhubschrauber mit einem Metallpropeller, der sich drehte."

Dom fährt mit den Händen über den Rand der Truhe, und sein Blick wird noch trüber. „Bauklötze, die man zu verschiedenen Formen zusammensetzen kann."

Die anderen Jungs haben sich um uns versammelt. „Erinnerst du dich an all das?", fragt Andreas.

Ich beiße mir auf die Lippe. „Ich erinnere mich nicht wirklich. Ich habe kein klares Bild davon. Nur ein vages Gefühl, was fehlt."

Ich drehe mich um und gehe weiter in den Raum hinein.

Ein weiteres Kribbeln des Wiedererkennens und der Dissonanz durchströmt mich.

Die Empfindungen führen mich zu dem staubigen Boden neben dem Kamin. Ich setze mich, lege meine Hände auf beide Seiten und öffne mich für die Erinnerungsfragmente, die an den Rändern meines Bewusstseins kitzeln.

„Ich glaube, hier war früher ein Fellteppich. Ich kann ihn fast spüren, grob und gleichzeitig weich. Ich fahre mit den Fingern darüber …"

Zian hockt sich neben mich und fährt mit seinen Händen vorsichtig über die Fläche. „Ja", murmelt er.

Jacob verschränkt die Arme vor der Brust. „Die Wärter haben uns also hierhergebracht und in diesem Raum Tests durchgeführt?"

„Vielleicht." Das klingt nicht ganz richtig.

Ich rutsche zurück und lehne mich gegen das Sofa, immer noch bemüht, das Durcheinander der verschwommenen Eindrücke zu sortieren. „Ich habe nicht das Gefühl, dass hier etwas mit uns gemacht wurde, was mir nicht gefallen hat. Es war einfach ein Ort zum Entspannen. Ich habe mich immer darauf gefreut."

Dominic nickt. „Es waren nur wir. Wir und … sie, glaube ich. Als ob es etwas Besonderes gewesen wäre, wenn sie uns zum Spielen hierhergebracht hat."

Andreas' Augen leuchten auf. „Ja. Ich kann das Gefühl fast spüren. Heilige Scheiße."

Als ich mich umschaue, stelle ich fest, dass der Raum völlig anders eingerichtet ist als die meisten Räume in der Einrichtung. Bis auf einen Raum, der diesem ein wenig ähnelt. „In ihrem Arbeitszimmer waren auch solche Holz- und Ledermöbel. Und sie hatte ein Bild von einer Hütte im Wald in ihrem alten Büro. Möglicherweise hat ihr das eine Art Heimatgefühl gegeben."

„Und sie wollte es mit uns teilen", fügt Dominic leise hinzu.

Ich ignoriere Jacobs leises Schnauben. Dom hat recht. Wir waren ihre kleinen Schützlinge und sie hat uns hierhergebracht und zugesehen, wie wir einfach nur gespielt und die warme Atmosphäre genossen haben.

Es fällt mir schwer, diese Art von Mütterlichkeit zu begreifen, verglichen mit all den Interaktionen mit den Wärtern, an die ich mich so viel deutlicher erinnere.

Wohin ist Engel danach gegangen? Warum hat sie sich aus unserem Leben zurückgezogen und zugelassen, dass es nur noch aus kühler Abgeklärtheit und starren Zeitplänen besteht?

Ich blicke mich stirnrunzelnd um. „Glaubt ihr, dass sie die Einrichtung verlassen *wollte* oder dass sie dazu gezwungen wurde?"

„Nach allem, was ich gehört habe, klang es nicht so, als ob sie im Guten auseinandergegangen wären", meint Zian.

Andreas nickt. „Ja, in den wenigen Erinnerungen, die ich aufgeschnappt habe, steckte eine Menge Spannung."

Und ein Teil des Weges zu diesen Antworten könnte genau hier vor uns liegen.

Ich schaue zurück zu den Jungs. „Wenn sie sich in dieser Umgebung am wohlsten gefühlt hat, dann nehme ich an, dass sie die Wärter verlassen hat und irgendwohin gegangen ist, wo selbst der Hacker sie nicht aufspüren konnte. Vielleicht hat sie sich eine Hütte im Wald zugelegt, genau wie auf dem Bild."

Andreas brummt vor sich hin. „Das würde mich nicht wundern."

Jacobs Mund verzieht sich. „Auf der Welt gibt es jede Menge Wälder mit Hütten", sagt er. „Selbst wenn du recht hast, bringt uns diese Information nicht weiter."

Dominic steht auf und geht leichtfüßig eine Runde

durch den Raum. „Es ist ein Anfang, um die Dinge einzugrenzen.“

„Vielleicht könnten wir einen anderen, *besseren* Hacker finden …“ Zian hält inne und versteift sich. Sein Kopf ruckt zur Seite, und er neigt ein Ohr in Richtung der Decke. „Ich glaube, ich höre ein Auto. Es kommt näher.“

Wir spannen uns alle an. Jacob setzt sich als Erster in Bewegung und winkt uns zur Tür. „Kommt schon. Wir sollten nachsehen, womit wir es zu tun haben.“

VIERUNDZWANZIG

Riva

Zu fünft eilen wir durch die Gänge der alten Einrichtung zu der großen Treppe, die nach draußen führt. Dort angekommen, höre ich auch schon das Auto – oder besser gesagt die Autos. Mindestens zwei verschiedene Motoren brummen, während sie über das unebene Gelände fahren.

Wahrscheinlich wäre es am sinnvollsten, wenn ich mich hinausschleichen und einen Blick riskieren würde, da ich die Kleinste bin, doch Jacob scheint zu befürchten, dass ich unsere Verfolger herbeiwinken könnte oder so. Er marschiert vor allen anderen her und wird langsamer, als er das Erdgeschoss erreicht.

Nach einem Moment kehrt er zu uns zurück. „Es sind nur zwei Fahrzeuge: ein Lieferwagen und ein normales Auto. Sie fahren definitiv in diese Richtung. Sie haben gerade das Tor passiert."

Zian legt seine Stirn in Falten. „Nur zwei? Selbst in den Lieferwagen passen nicht annähernd so viele Wärter wie sie uns ans College hinterhergeschickt haben.“

Ich fahre mir mit der Hand über den Mund. Mein Körper ist immer noch im Kampfmodus. „Vielleicht wissen sie nicht, dass wir es sind. Wir haben keine Ahnung, ob sie herausgefunden haben, dass wir an Engels altem Arbeitsplatz waren.“

„Das stimmt“, antwortet Dominic. „Sie haben uns auf dem Campus gefunden, nicht dort. Es ist gut möglich, dass sie keine Ahnung haben, auf welcher Spur wir sind.“

Jacob blickt zum Kontrollraum. Seine Miene ist finster und nachdenklich. „Es wäre sinnvoll, wenn die Organisation nach all der Zeit eine Art von Alarm in Verbindung mit dem Öffnen der Tür hätte. Daran hätte ich denken sollen. Wir hätten schneller handeln sollen.“

„Jetzt sind sie hier.“ Zian verzieht das Gesicht. „Und ich schätze, es ist besser, wenn wir keinen von ihnen gehen lassen, um den anderen zu erzählen, was wir getan haben.“

Jacob knackt mit den Fingerknöcheln. „Auf jeden Fall. Selbst wenn Drey uns aus ihrem Gedächtnis löschen konnte, müssen diese Leute mit der jetzigen Einrichtung in Verbindung stehen. Wer auch immer sie zu dem befragt, was sie hier erlebt haben, wird wissen, was die Lücken bedeuten.“

Andreas hebt den Kopf und sieht einen Moment lang gequält aus, bevor er die Augen zusammenkneift. „Wir müssen wenigstens ein paar von ihnen noch eine Weile am Leben lassen, damit ich ihre Erinnerungen nach Engel durchsuchen kann. Wir müssen mehr herausfinden.“

„Ja. Wir können auch versuchen, sie darüber zu befragen, was hier geschehen ist.“ Jacob sieht uns der Reihe nach an. „Nehmt euch die Ältesten vor. Bei ihnen ist die Wahrscheinlichkeit am höchsten, dass sie mit ihr zusammengearbeitet haben und über die Geschichte der

Einrichtung Bescheid wissen. Alle anderen schalten wir so schnell wie möglich aus."

„Wir sollten hier unten bleiben", sage ich und stütze mich mit dem Rücken an der Wand ab. „Draußen im Freien haben sie freie Schussbahn."

„Natürlich. Schwärmt aus und schnappt sie euch."

Jacob wirft einen letzten Blick auf Zian, der sich daraufhin mir anschließt, als ich zum Eingang eines der Büros gehe. Selbst nach allem, was passiert ist, spielt er immer noch den Babysitter.

Ich verkneife mir eine bissige Bemerkung und bereite mich auf den Kampf vor, indem ich meine Krallen ausfahre. Wir haben die letzte Gruppe von Wärtern abgewehrt, obwohl es damals mehr waren und sie uns überrumpelt haben, deswegen mache ich mir im Moment keine allzu großen Sorgen.

Abgesehen von der Tatsache, dass sie uns innerhalb weniger Tage zweimal sehr nahe gekommen sind.

Der Rest der Jungs verschwindet durch andere Türen, von wo aus sie den Flur beobachten können, ohne gesehen zu werden. Zians Lippen entweicht ein leises Knurren, er bleibt aber in seiner menschlichen Gestalt.

So wie er geredet hat, vermute ich, dass er es vorzieht, so zu bleiben, um die Kontrolle über sich nicht zu verlieren. Ich kann es ihm nicht verdenken. Vor allem nicht, da ich ebenfalls meine zerstörerischen Neigungen unter Verschluss halte.

Als ich im Kontrollraum sah, wie er sich verwandelte, war sein Gesicht zu einer verzerrten Verschmelzung von Tier und Mensch verzogen. Er war kein echter Wolf, sondern eher ein Wolfsmensch, wie sie in Horrorfilmen zu sehen sind, eher eine Missbildung als eine Verbesserung.

Doch er war immer noch Zian, egal, wie viel Fell ihm aus der Haut wuchs oder wie sehr sich sein Gesicht verzerrte.

Ich hoffe, er weiß das auch.

Von draußen dringen leise Stimmen herüber, zu leise, als dass ich die Worte verstehen könnte. Wenn sie etwas sagen, das Zian mit seinem scharfen Gehör aufschnappt und für bedenklich hält, lässt er sich nichts anmerken.

Leise knirschend kommen Schritte die Treppe hinunter. Sie wissen, dass *jemand* hier unten ist, und sie versuchen, die Eindringlinge zu überrumpeln.

Das ist ein weiteres Zeichen dafür, dass sie nicht wissen, mit wem sie es zu tun haben. Die Wärter wissen um Zians scharfes Gehör, deswegen würden sie wohl erwarten, dass er ihre Ankunft bereits bemerkt hat, wenn sie wüssten, dass er hier ist.

Und auch auf seinen übernatürlich durchdringenden Blick scheinen sie nicht vorbereitet zu sein. Er tippt mir auf die Schulter und hält sieben Finger hoch. So viele Personen hat er das Gebäude betreten sehen.

Die Schritte kommen auf uns zu, und meine Muskeln spannen sich erwartungsvoll an.

Der Lauf eines Gewehrs kommt hinter einem Türrahmen in Sicht.

Zian und ich springen gleichzeitig hervor und stürzen uns auf die Gestalten, wobei er mir instinktiv den überlässt, der mir näher ist.

Ich zerbreche das Gewehr über meinem Oberschenkel, um es unbrauchbar zu machen, und schleife den Mann, der es in der Hand hielt, in den Büroraum. Sein Helm und seine Weste klappern, als er zu Boden fällt.

Obwohl sie nicht wussten, wer sich hier aufhält, haben sie ihre übliche Schutzkleidung angezogen.

Der Mann holt mit seiner Faust nach mir aus und zieht ein Messer aus einer Scheide an seiner Hüfte. Das Knacken eines brechenden Knochens ertönt, als ich ihm die Waffe aus der Hand trete. Anschließend reiße ich seinen Helm hoch, um einen Blick auf sein Gesicht zu erhaschen.

Er ist jung, nicht viel älter als meine Jungs. Keine gute Wahl für Andreas' Gedächtnisüberprüfung. Ich zögere nur eine Sekunde, doch das reicht dem Mann, um mir sein Knie in den Bauch zu rammen, während er nach einer Pistole an seiner Hüfte tastet. Ich schlage mit meinen Klauen zu.

Sein Kopf fällt zur Seite, und Blut sprudelt aus seiner Kehle. Ich stoße ihn weg.

Um mich herum erfüllen Schläge und Poltern die Luft. Zian hat seine erste Gegnerin bereits gegen die Wand geschleudert. Die Frau liegt zusammengesunken auf dem Boden. Dafür hat er jetzt einen Mann unter seiner massigen Gestalt eingeklemmt, der eher mittleren Alters zu sein scheint.

„Kanntest du Ursula Engel?", knurrt er den Mann an, während er seine zappelnden Glieder festhält.

„Das soll Andreas herausfinden", sage ich und renne zurück zur Tür.

Drei weitere Leichen liegen draußen auf dem Flur, zwei mit eingeschlagenen Helmen, wobei es sich meiner Vermutung nach um Jacobs Werk handelt, und eine weitere mit ein paar Schusswunden in der Brust, die von jedem der Jungs stammen könnten. Im gegenüberliegenden Raum hat Jacob einen weiteren Mann mit seiner telekinetischen Kraft an die Wand gepinnt. Die grauen Strähnen in seinem Haar deuten darauf hin, dass er der Älteste der Truppe ist.

„Hol dir, was du brauchst", schnauzt Jake Andreas an.

Andreas steht steif neben ihm und starrt den Kerl mit seinen rötlich glühenden Augen an. „Ich versuche es ja. Aber irgendwie schafft er es, meine Konzentration durcheinanderzubringen."

Der Mann bringt ein triumphierendes Lächeln zustande, das mir das Blut in den Adern gefrieren lässt.

Haben die Wärter etwa eine Technik entdeckt, mit der sie Dreys Fähigkeiten sabotieren können?

Bevor ich mir darüber Gedanken machen kann, poltern weitere Schritte die Treppe hinunter, und einige Wächter, die sich zunächst zurückgehalten hatten, stürmen vor, um ihre Kameraden zu verteidigen. Zu spät.

Ich springe im selben Moment zurück, wie Dominic mit einer Waffe in der Hand aus dem Kontrollraum kommt. Als er einen Satz nach rechts macht, weiß ich sofort, was zu tun ist.

Ich rase auf die beiden Gestalten auf der linken Seite zu, und meine Füße bewegen sich so schnell, dass die Sohlen meiner Schuhe kaum den Boden berühren. Dominic feuert mehrere Schüsse in schneller Folge auf die beiden Gestalten auf der rechten Seite.

Während die beiden zusammenbrechen, stürze ich mich auf eine Frau, die gerade ihr Gewehr ausrichtet und zu langsam ist, um mit meiner übermenschlichen Geschwindigkeit mitzuhalten. Noch während ich ihr das Genick breche, drehe ich meinen Oberkörper und trete dem Mann hinter ihr ins Gesicht.

Sein Helm wird so stark nach innen gebeult, dass er mit einem fleischigen Knacken den Schädel durchstößt. Das ist Jacobs bevorzugte Taktik. Ich lande auf dem Boden, umgeben von den vier schlaffen Körpern.

Bei dem Anblick flackert das Bild von der Arena wieder vor meinem geistigen Auge auf. Mit einem flauen Gefühl im Magen wende ich meinen Blick vom Eingang ab.

Mir geht es jetzt gut. Uns allen geht es gut. Wir sind mit ihnen allen fertig geworden, ohne dass es einer zusätzlichen Brutalität bedurft hätte ... Oder etwa nicht?

Von draußen sind keine weiteren Stimmen oder Schritte zu hören. Ich sprinte die Treppe hinauf und spähe hinaus in die kühle Abendluft.

Nichts rührt sich in der Nähe des Lieferwagens oder des Autos, das in der Nähe unseres Wagens geparkt ist.

Ich renne zurück in den Flur. „Das waren alle!"

Allerdings wissen wir nicht, wie viel Verstärkung unterwegs sein könnte. Ob die Letzten dieser Gruppe Verstärkung angefordert haben, bevor sie sich in das Gebäude begeben haben?

Auch wenn sie vielleicht nicht wussten, mit *wem* sie es zu tun hatten, war ihnen doch vermutlich klar, dass die Lage schlecht ist.

Als ich den Raum erreiche, in dem Jacob und Andreas einen Mann in die Mangel nehmen, stelle ich fest, dass Zian seinen Gefangenen auch dorthin geschleppt hat und ihn in einer Ecke festhält.

Andreas runzelt die Stirn, Schweißperlen bedecken seine Stirn, und seine Augen flackern auf und verdunkeln sich.

„Verdammte Scheiße", schnauzt er und starrt den Mann an, den er an die Wand drückt. „Wenn du mich nicht hineinlässt, müssen wir dich umbringen."

Er wirft einen Blick auf den anderen Kerl, bei dem er es wohl ebenfalls versucht hat. „Das gilt für euch beide."

Der Mann, den Zian festhält, spuckt ein wenig Blut aus. „Das werdet ihr sowieso tun. Von mir erfahrt ihr nichts."

Dominic ist neben mir eingetreten. Wir tauschen einen Blick aus. Wir wissen beide nicht, wie wir helfen sollen.

„Ich kann den Tod viel schmerzhafter machen", warnt Jacob und verdreht dem Mann die Hand, der daraufhin gequält aufstöhnt und das Gesicht verzieht.

Andreas stößt Jake mit dem Ellbogen an. „Das hilft nicht", murmelt er ihm leise zu. „Wenn ihr Hirn voller Schmerz ist, kann ich nicht mehr viel damit anfangen."

Jacob blickt finster drein, verringert den Druck aber.

Ich schlinge die Arme um meine Mitte, und Unbehagen

macht sich in meiner Brust breit. Was sollen wir tun, wenn wir keine Antworten von ihnen bekommen?

Jacob hatte recht, es gibt Millionen von Orten, an denen Engels Hütte sein könnte. Sofern sie überhaupt existiert.

Der Blick des Mannes verweilt einen Moment auf mir, und ich sehe, wie sich sein trotziger Gesichtsausdruck ein wenig beruhigt. Er ist da und dann wieder weg, doch für eine Sekunde dachte ich, ich sähe einen Hauch von … Besorgnis?

Meine erste Reaktion ist ein Anflug von Wut. Wer zum Teufel ist er, dass er Mitleid mit mir hat?

Dann macht es Klick, und ich verstehe.

Die feindseligen Worte, die Zian mir vor weniger als einer Stunde an den Kopf geworfen hat. All die spöttischen Kommentare von Jacob über meine „Mitleidsnummer". Der Grund, warum ich all die Jahre in der Arena so beliebt war.

Ich sehe nicht wie eine Bedrohung aus. Ich bin ein kleines, dünnes Mädchen, das auf den ersten Blick zerbrechlich aussieht. Mein einziges äußerliches Merkmal sind meine Krallen, und die habe ich in meine Fingerspitzen zurückgezogen.

Ich kann es nicht ausstehen, wenn ich für schwach und zerbrechlich gehalten werde … Doch möglicherweise kann ich uns dadurch einen Vorteil verschaffen. Vielleicht kann ich meine vermeintliche Verletzlichkeit nutzen, um diesen Kerl von der Technik abzulenken, mit der er seinen Geist verschließt.

Mitleid erregen, um seine Emotionen und seine Konzentration auf eine ganz andere Weise als durch Schmerz zu erschüttern.

Obwohl es meine eigene Idee ist, sträubt sich mein Körper ein paar Sekunden, bevor ich mich dazu durchringen kann, einen Schritt vorwärtszugehen. Meine Haut kribbelt vor Unbehagen, als ich mich in Sichtweite unserer beiden

Gefangenen stelle. Mal sehen, ob das Spielchen bei den beiden funktioniert.

„Was zum Teufel machst du da?", schnauzt Jacob mich an und gibt mir damit die perfekte Gelegenheit.

Ich ziehe die Schultern ein und lasse meine Stimme zittern. „Ich versuche nur zu helfen. Bitte schrei mich nicht an."

Jacobs Miene ist so überrascht, dass ich mir ein Lachen verkneifen muss, um nicht genau den gegenteiligen Eindruck zu erwecken. Ich wende mich wieder den Gefangenen zu und fahre mir mit den Händen über die Augen, als würde ich mir Tränen aus dem Gesicht wischen.

Irgendwo in mir sind Tränen, das Brennen von Trauer und Verzweiflung, das ich öfter gespürt habe, als ich zählen kann, seit ich wieder mit meinen Jungs zusammen bin. Seit ich Griffin zusammenbrechen sah und wusste, dass ich uns alle im Stich gelassen hatte.

Ich blinzle heftig und öffne einen Kanal in mir, um diese Gefühle an die Oberfläche zu bringen, anstatt sie wie üblich so weit wie möglich in meinem Inneren zu vergraben. Hitze baut sich hinter meinen Augen auf.

Ich will es nicht riskieren, es vorzutäuschen. Wenn das funktionieren soll, muss die Flut der Verletzlichkeit so schnell und effektiv wie möglich kommen.

Also öffne ich den Mund und lasse all meine schwächsten Gedanken heraus, während ich zu Boden blicke und so tue, als würde ich mit meinen Jungs sprechen, anstatt unseren Geiseln etwas vorzuspielen.

„Ich will immer nur helfen, aber ihr glaubt mir nie. Ihr habt mich schwach und krank gemacht und dann seid ihr sauer auf mich, weil ich nicht genug tun kann. Ich *versuche* es ja. Ich bemühe mich so sehr, alles richtig zu machen und so zu sein, wie ihr es wollt, doch es ist nie genug."

Ich muss den Kloß nicht erzwingen, der sich in meiner

Kehle bildet, und ein paar echte Tränen laufen mir über die Wangen. Ich atme tief durch, beuge mich der Zurschaustellung von Erbärmlichkeit und ignoriere die Proteste meiner Würde.

Die Jungs um mich herum schweigen, aber ich wage es nicht, sie oder unsere Gefangenen anzusehen. Ich kann nicht sagen, ob sie schockiert oder skeptisch sind oder ob sie wissen, was ich hier versuche.

Ich drücke meine Augen für eine Sekunde zu, und weitere Tränen fließen. „Ihr wollt, dass ich sterbe. Ich habe die letzten vier Jahre an nichts anderes gedacht, als daran, zu euch zurückzukehren und euch zu befreien, und ihr scheint nur darauf aus zu sein, mir so viel Schmerz wie möglich zuzufügen. Tagtäglich lasst ihr mich spüren, wie furchtbar ihr es findet, dass ich da bin. Was für eine große Last ich bin. Ich weiß nicht, was ihr noch von mir wollt.“

Beim letzten Wort bricht meine Stimme wie von selbst. Ich kann mir ein Schniefen nicht verkneifen, aber vielleicht ist das auch gut so.

Ich umarme mich noch fester und hoffe, dass ich so zerbrechlich aussehe, wie ich mich gerade fühle.

„Ihr könnt mich hassen, sosehr ihr wollt, aber wisst ihr was? Ihr könnt mich nicht mehr hassen, als ich mich bereits selbst hasse. Die Fehler, die ich gemacht habe, die Katastrophen, die ich nicht kontrollieren konnte … Doch ich wollte nie einen von euch verletzen. Weder Griffin noch den Rest von euch. Und wann immer ich die Wahl hatte, habe ich alles getan, was ich konnte, um euch zu schützen. Wenn ihr das nicht glauben könnt, dann weiß ich auch nicht.“

Meine Beine zittern unter mir, und ich lasse sie nachgeben und sacke auf dem Boden zusammen, als hätte ich jegliche Hoffnung verloren. Und in diesem Moment habe ich das auch irgendwie.

Was, wenn nicht einmal das funktioniert? Was, wenn ich mich nur zum Narren gemacht habe und wir trotzdem nicht weiterkommen?

Ich kann bereits die ätzenden Beleidigungen hören, die Jacob wahrscheinlich gerade in seinem Kopf formuliert. Ein Schluchzen, das ich nicht unterdrücken kann, bricht aus mir heraus.

Ich stütze meinen Kopf in meine Hände. Ich möchte mich zu einem Ball zusammenrollen, damit sie mich nicht sehen können, damit ich wieder eine Art Schutzschild gegen die Welt habe, doch das würde den Sinn dieser Demonstration zunichtemachen.

Doch ich werde durchhalten und in diesem schrecklichen Eintopf von Gefühlen bleiben, so lange ich kann …

„Erledigt", flüstert Andreas. „Ich habe alles."

Als ich meinen Kopf hebe und sich ein seltsamer Schmerz in meiner Brust ausbreitet, saugt Jacob einen Atemzug durch seine Zähne ein. Zwei Wirbelsäulen knacken gleichzeitig, und die Köpfe unserer Gefangenen erschlaffen.

FÜNFUNDZWANZIG

Andreas

„Wir sollten nicht länger als nötig in dieser Schrottkarre bleiben“, verkündet Jacob, der uns aus dem unterirdischen Gebäude führt. „Wir wissen nicht, ob die Wärter jemandem etwas per Funk mitgeteilt haben.“

Er blickt zu mir hinüber. „Wo genau müssen wir hin?“

„Ich bin noch dabei, das herauszufinden“, sage ich, ohne von dem Handy aufzublicken. Es wäre viel einfacher, diese Suche an einem Computer mit einem großen Bildschirm und einer richtigen Tastatur durchzuführen, doch da ich keine andere Wahl habe, begnüge ich mich mit meinen Daumen.

Das Gespräch, das ich aus den Erinnerungen des einen Wärters entnommen habe, geht mir immer wieder durch den Kopf. Ich habe mich auf nichts anderes konzentriert, seit ich erkannt habe, dass es unsere beste Chance ist, Engel zu finden.

Sie fährt bis nach Glen Lily?

Und noch ein Stück weiter nördlich, wie es scheint.

Muss verdammt kalt da oben sein.

Offenbar war Glen ein Ort und keine Person. Ich blinzle durch das reflektierte Sonnenlicht auf die Suchergebnisse, die auf dem Bildschirm auftauchen.

„Irgendwann, als sie ihre Sachen packte, um die Einrichtung zu verlassen – zumindest glaube ich, dass sie das getan hat –, beobachtete einer der Männer, den wir erwischt haben, zusammen mit einem anderen Wärter sie vom Flur aus in ihrem Büro. Sie machten ein paar Bemerkungen darüber, wo sie hinwollte." Ich runzle die Stirn. „Scheinbar wollte sie zu einem Ort in Kentucky. Ich kann nicht sagen, ob es eine richtige Stadt ist oder nur eine Mülldeponie oder ein Straßenname."

Zian wird hellhörig. „Kentucky ist nicht weit von Kansas entfernt."

„Ja, aber … Das passt nicht zu dem Rest, den sie gesagt haben. Sie sprachen davon, dass sie noch weiter nach Norden wollte. Kentucky liegt nicht nördlich von den Einrichtungen, die wir kennen."

„Such weiter und schau, ob du noch etwas findest", befiehlt Jake.

Als wir das Auto erreichen, reißen die anderen Jungs die Türen auf. Ich lasse das Telefon kurz sinken und sehe Riva an.

Seit ihrem Zusammenbruch vor den Wärtern hat sie nichts mehr gesagt, unabhängig davon, wie sehr es tatsächlich ein Zusammenbruch war und keine Inszenierung. Doch ihr Schweigen verstärkt meine Vermutung, dass zumindest der Schmerz in ihrer Stimme nicht gespielt war, selbst wenn sie all diese Emotionen absichtlich herausgelassen hat.

Die Tränen, die ihr über die Wangen liefen, sind bereits getrocknet, aber ihre Augenränder sind immer noch leicht gerötet. Ihr Blick ist distanziert, als hätte sie sich in ihr Inneres zurückgezogen, um sich zu sammeln.

Um den Damm wieder aufzubauen, der den Sturzbach der Trauer und Verzweiflung zuvor zurückgehalten hat.

Wenn der Ausbruch sie nicht wirklich mitgenommen hätte und alles nur gespielt gewesen wäre, würde er sie jetzt nicht mehr beeinträchtigen. Und selbst vorhin habe ich nicht geglaubt, dass er nur gespielt war.

Ich musste mich auf unsere Gefangenen konzentrieren und darauf achten, dass ihre mentale Abwehr gegen meine Kraft schwächer wurde, doch der Schmerz in ihrer Stimme passte zu dem, was sie gestern im Auto zu mir gesagt hat.

Ich setze mich zu ihr auf den Rücksitz, um ihr zu verstehen zu geben, dass ich bei ihr bin, auch wenn sie sich vorher von mir abgewandt hat. Ich weiß nicht, was ihr durch den Kopf geht, doch es ist viel mehr, als wir wahrhaben wollten.

Bevor ich die Tür erreiche, wirft Jacob mir einen scharfen Blick zu und winkt mich auf den Beifahrersitz, während er sich hinter das Lenkrad setzt. Mein Kiefer verkrampft sich, doch wir haben keine Zeit, jetzt darüber zu diskutieren.

Wenn ich am Ende das Steuer übernehmen soll, macht es mehr Sinn, wenn ich vorne sitze. Vielleicht versucht er gar nicht, mich von Riva zu trennen.

Doch wenn man bedenkt, wie er sie behandelt hat, seit sie wieder bei uns ist, bin ich mir ziemlich sicher, dass das zumindest ein Teil seiner Motivation ist.

Kaum sind alle Türen geschlossen, gibt Jacob Gas. Ich vertiefe mich wieder in meine Suchergebnisse.

Ich grabe tiefer und probiere ein paar verschiedene

Wörter aus. Schließlich seufze ich. „Nichts scheint zu passen."

„Sind wir uns sicher, dass es immer noch der beste Weg ist, Engel zu verfolgen?", fragt Zian ungeduldig vom Rücksitz aus. „Wir könnten doch einfach hierbleiben. Bestimmt werden irgendwann noch mehr Wärter kommen. Wenn wir auf sie vorbereitet sind, könnten wir ein paar von ihnen befragen."

Jacob schüttelt den Kopf. „Das sind nur entbehrliche Handlanger. Niemand, der das Sagen hat und das Gesamtbild wirklich versteht, würde unvorbereitet in einen Kampf ziehen. Alle, die wissen, was sie uns angetan haben, werden auf den Schutz der Einrichtung achten."

„Und wie es aussieht, war Engel diejenige, die das Gesamtbild gemalt hat", bemerke ich, während ich weiter im Internet stöbere. „Sie weiß mehr als alle anderen."

„Glaubt ihr, sie werden sie beschützen, wenn sie merken, dass wir dort eingebrochen sind?", fragt Dominic.

Einen Moment lang herrscht Schweigen, während wir über seine Frage nachdenken.

Jacob verzieht das Gesicht. „Schon möglich. Ich glaube allerdings nicht, dass sie eine Ahnung haben, wie wir in der alten Einrichtung gelandet sind oder warum. Engel war nicht oft genug bei uns, als wir älter waren, als dass wir uns an sie erinnern könnten. Es gibt keinen Grund für die Wärter anzunehmen, dass wir uns auf sie konzentrieren."

Ich nicke. „Sie wissen nicht einmal, dass wir wissen, dass sie existiert. Außerdem *wollten* sie Engel offenbar nicht mehr in der Einrichtung haben. Die Wärter, die ich gerade überprüft habe, hatten keine aktuellen Erinnerungen an sie. Zumindest scheinen sie nicht mit ihr über unsere Flucht gesprochen zu haben."

Als Nächstes ertönt Rivas Stimme, leise, aber deutlich. „Deshalb ist sie die beste Option. Wir waren zuerst ihr

Projekt, und die anderen haben sie irgendwie ausgeschlossen. Die Wärter sind bereit zu sterben, um ihre Geheimnisse zu bewahren. Wir könnten Dutzende von ihnen verhören, ohne weiterzukommen. Aber Engel … Womöglich ist sie sogar der Meinung, dass wir es verdienen, es zu erfahren. Vielleicht wurde sie deswegen aus der Einrichtung geworfen."

„Ja", stimmt Jacob zu und klingt ein wenig verärgert darüber, dass er ihr zustimmt. „Also, spüren wir sie auf und sehen, was das bringt. Und wenn sich herausstellt, dass die Wärter sie wieder unter ihre Fittiche genommen haben, um sie zu schützen, dann ist das genau dasselbe Szenario, das uns droht, wenn wir nie nach ihr suchen."

Zian lässt sich tiefer in seinen Sitz sinken. „Also … Wohin fahren wir?"

„Daran arbeite ich noch." Den Blick fest auf den Bildschirm gerichtet, scrolle ich erst durch eine und noch eine weitere Ergebnisliste. „Ich schätze, es ist möglich, dass ich mich geirrt habe …. Oh, Moment!"

Jake blickt hinüber. „Was hast du gefunden?"

„Es gibt eine Stadt namens Glenlily in British Columbia, Kanada. Sie liegt definitiv im Norden." Vor lauter Aufregung scrolle ich durch die Fotos und lächle. „Jackpot. Das sieht aus wie eine verschneite Landschaft mit einsamen Hütten, oder Tinkerbell?"

Ich halte das Telefon so, dass Riva es vom Rücksitz aus sehen kann.

Sie holt tief Luft. „Dort könnte sie sein."

Dominic stößt ein ersticktes Glucksen aus. „Bis nach British Columbia ist es eine ganz schöne Strecke."

„Vielleicht sollten wir zuerst in Kentucky suchen, nur für den Fall?", schlägt Zian vor.

Ich zucke angesichts des Vorschlags zusammen. „Das liegt in der entgegengesetzten Richtung. Wir würden Tage verlieren. Je länger wir warten, desto größer ist die Wahrscheinlichkeit, dass die Wärter uns finden."

Ich drehe mich auf meinem Sitz und fange Rivas Blick auf. Sie nickt und versteht meine Frage, ohne dass ich sie aussprechen muss.

Ich wende mich an Jacob. „Ich schlage vor, wir fahren direkt nach British Columbia. Das ist bei weitem unsere beste Chance."

Jake zögert einen Moment und winkt mir dann mit der Hand zu. „Lasst uns aufbrechen. Gib mir unsere Route und sieh nach, wo wir uns unterwegs nach einem neuen Fahrzeug umsehen könnten."

Schnell rufe ich die Karte für unseren Standort auf. Eigentlich wollte ich mich auf die Straßen konzentrieren, die sich um uns herum durch den Staat ziehen, doch während ich die Landschaft studiere, fällt mir etwas anderes auf.

Ich zoome heran und verfolge die Markierungen kreuz und quer auf der Karte. „Was wäre, wenn wir uns nicht sofort ein neues Auto besorgen würden?"

Jake wirft mir einen Blick zu, während er unser jetziges Fahrzeug die holprige Landstraße entlangsteuert, über die wir hergekommen sind. „Womöglich halten die Wärter schon nach diesem hier Ausschau. Wir wollen doch nicht …"

Ich hebe meine Hand. „Das meinte ich nicht. Sie werden uns generell in Autos suchen. Wir haben einen weiten Weg vor uns, und es wäre nicht schlecht, wenn wir uns unterwegs ein wenig ausruhen könnten. Es gibt mehrere Güterzugstrecken in Kansas. Wir könnten per Anhalter fahren, so wie bei dem Lastwagen."

Dom meldet sich von hinten zu Wort. „Könnten wir mit einem Zug bis nach Kanada fahren?"

Ich neige meinen Kopf und mustere den Bildschirm. „Ich kenne mich mit den Routen nicht aus, aber da ist ein Netz von Gleisen, die nach Nordwesten bis zur Grenze führen. Es sieht so aus, als ob wir durch Nebraska, Wyoming und Montana fahren könnten, um dann nach British Columbia zu gelangen. Wir müssten regelmäßig das GPS überprüfen, und ich vermute, dass wir ein paar Mal umsteigen müssten, doch wir könnten den Großteil des Weges so zurücklegen."

Jacobs Miene wird nachdenklich. „Diese Methode könnte schneller oder langsamer sein, je nachdem, wie regelmäßig die Züge fahren. Natürlich können wir jederzeit aussteigen, sobald wir uns ein wenig von hier entfernt haben, und uns ein Auto besorgen."

Ich nicke. „Ja, genau. Je mehr unterschiedliche Fortbewegungsmittel wir nehmen, desto schwieriger wird es für die Wächter, vorherzusagen, was wir tun oder wohin wir gehen."

„In Ordnung. Finde heraus, wo wir uns am besten ein neues Fahrzeug besorgen und wir diesen Wagen loswerden können."

Ich schenke Jake ein angespanntes Lächeln. „Schon dabei."

☾

Mit der untergehenden Sonne wird es im Waggon immer dunkler. Der Zug fährt ruckelnd auf den Gleisen dahin, während wir unseren Proviant essen. Einen kleinen Rest heben wir auf, damit wir noch einen Snack zu uns nehmen können, wenn wir aus dem ersten Zug aussteigen.

Alle halbe Stunde schaue ich auf das Telefon, um mich zu vergewissern, dass uns die Strecke des Güterzugs näher an unser Ziel bringt. Als ich mich auf einer muffigen Plane neben gestapelten Holzkisten zusammenrolle, um mich ein wenig auszuruhen, übernimmt Jacob die Wache.

Ich bin mir nicht sicher, ob er geschlafen hat. Er geht immer bis an seine Grenzen, selbst wenn er es nicht muss, und es ist mir ein Rätsel, dass wir ihn überhaupt dazu bringen konnten, eine Pause zu machen.

Als ich von einem leisen Knarren geweckt werde, fällt mein Blick auf Jake und Zian, die auf das Telefon starren. Das Licht des Bildschirms erhellt ihre Gesichter. Dominic lehnt an einem anderen Kistenstapel und hat die Kapuze seines Parkas hochgezogen, um seinen Kopf zu schützen. Als ich zu den anderen gehe, regt er sich und setzt sich auf.

Alles, was ich von Riva sehen kann, sind ihre Füße, die aus der Dunkelheit zwischen mehreren Kisten hervorragen.

„Lass es nicht zu lange an", sage ich mit gedämpfter Stimme und lasse mich neben Jacob nieder. „Wir wissen nicht, wann wir den Akku wieder aufladen können."

„Wir haben doch den Ersatzakku", murmelt er.

„Ja, und irgendwann muss auch der wieder aufgeladen werden."

Seufzend schaltet er das Telefon aus. „Wir nähern uns einem Umsteigebahnhof. Nach der Geschwindigkeit zu urteilen, mit der dieses Ding fährt, sind wir in etwa zwanzig Minuten da. Dann müssen wir abwarten, ob er in die richtige Richtung weiterfährt, zum Entladen anhält oder in die falsche Richtung abbiegt."

Möglicherweise müssen wir also aussteigen. Ich nicke und schaue zu Riva. „Sollen wir sie wecken?"

„Das hat keinen Sinn, bevor wir es nicht sicher wissen, oder?", erwidert Zian, bevor Jacob antworten kann.

Jacob verzieht das Gesicht. „Wenn sie überhaupt schläft und nicht nur so tut, damit sie uns belauschen kann."

Was denn belauschen? Welche geheimen Pläne schmieden wir denn, die sie seiner Meinung nach ausspionieren könnte?

Ich unterdrücke den Drang, den Kerl zu schütteln. Mir ist bewusst, dass ich nicht verstehe, wie es ihm in den letzten vier Jahren ergangen ist, doch irgendwann muss er die Augen aufmachen und erkennen, dass er sich ein Monster einbildet, das nicht da ist.

Dominic schleicht sich leise an Riva heran und legt seine Hand sanft auf ihre Wade. „Sie schläft definitiv", murmelt er einen Moment später. „Ziemlich tief sogar. Ich bin mir nicht sicher, ob sie in den letzten Tagen viel Schlaf bekommen hat."

Wenn sie uns nicht hören kann, hat Jake wohl nichts dagegen, dass ich das Thema anspreche, das mich in den letzten Tagen belastet hat. Ich drehe mich zu ihm um und spreche mit so fester Stimme, wie es mir möglich ist.

„Ich denke, es ist an der Zeit, dass wir sie von dem Gift heilen."

Jacob schnaubt. „Du bist also voll auf ihre zerbrechliche Opferrolle hereingefallen, was?"

Ich schaue ihn böse an. „Sie hat sich *nicht* wie ein Opfer verhalten, und die einzigen Male, in denen sie zerbrechlich war, waren, als das Gift sie geschwächt hat. Sie hat in mindestens zwei verschiedenen Kämpfen für uns *getötet*. Was auch immer in der Vergangenheit passiert ist, jetzt ist sie offensichtlich auf unserer Seite."

„Fragt sich nur, für wie lange." Jacobs Stimme ist rau und er spricht leise, um sie nicht zu wecken. „Du hast doch vorhin gesehen, wie sie weinerlich wurde und geheult hat. Entweder war das eine fantastische schauspielerische Leistung, was bedeutet, dass wir ihr gar nicht mehr trauen können, oder sie denkt, dass sie sich nach allem, was sie vorher getan hat, nicht mehr beweisen muss."

„Ist es das, was du aus den Dingen, die sie gesagt hat, herausgelesen hast?" Ich schüttle den Kopf. „Wir haben sie ununterbrochen niedergemacht, und sie hat es über sich ergehen lassen. Glaubst du wirklich, dass das *angenehm* für sie war? Wenn ihr etwas an uns liegt, und das ist eindeutig der Fall, dann war es natürlich hart für sie, wie wir sie behandelt haben. Doch sie hat kein Wort darüber verloren, bis sie merkte, dass sogar das uns helfen könnte."

„Und als sie betrunken war."

„Auch das war nicht ihre Schuld", sagt Dominic. „Der Alkohol in Verbindung mit dem Gift hat sie völlig durcheinandergebracht."

Außerdem hat sie mir ein wenig von ihrem Schmerz anvertraut, doch ich werde unser Gespräch im Auto nicht erwähnen. Ich habe sie ermutigt, mich als die einzige Person unter uns zu sehen, der sie sich öffnen kann, und ich werde nicht erwähnen, was sie damals gesagt hat, wenn mir das nur noch mehr abfällige Bemerkungen von Jake einbringt.

„Sie tut, was sie tun muss, um zu überleben", sagt Zian abrupt. „Wenn uns etwas zustößt, weiß sie, dass das Gift sie töten würde. Wir können nicht sicher sein, ob sie sich aus einem anderen Grund um uns sorgt."

Okay, jetzt will ich ihn auch schütteln. Warum muss er ausgerechnet jetzt seine Sturheit an den Tag legen?

„Es steht zu viel auf dem Spiel", sagt Jacob, bevor ich weitere Argumente vorbringen kann. „Wenn sie uns jetzt an die Wärter verrät, sind alle unsere Fortschritte dahin, und wir finden Engel vielleicht nie. Dann stehen wir mit nichts da."

Er schaut mich unverwandt an. „Nachdem wir alles über die Wissenschaftlerin herausgefunden haben, können wir darüber reden, sie vollständig zu heilen."

Jake ist viel zu gut darin, seine Sichtweise als die vernünftigste erscheinen zu lassen. Mein Kiefer verkrampft sich, doch ich habe kein Gegenargument, von dem ich mir vorstellen kann, dass er es akzeptiert.

Dom, der Einzige von uns, der Jacobs Entscheidung in dieser Sache überstimmen könnte, wenn er wollte, ist wieder zu seinem typischen Schweigen zurückgekehrt.

Ich habe das Bedürfnis, es trotzdem noch einmal zu

versuchen. „Selbst falls sie den Wärtern damals ein Versprechen gegeben hat, oder …“

Jacob lässt mich nicht einmal zu Wort kommen. Er zuckt nach vorn, und selbst die leichte Wärme, die er mir eben noch entgegengebracht hat, verschwindet hinter seinem eisigen Blick.

„*Falls*? Wir *wissen*, was sie getan hat. Versuch jetzt nicht, das abzutun. Griffin hat etwas Besseres verdient als das.“

Mir bleibt der Mund offen stehen. Es gibt nichts, was ich sagen kann, wenn der Kerl erwähnt wird, der nicht mehr unter uns weilt. Und selbst wenn, zerrt innerlich eine Frage an mir, die nicht verschwinden will.

Wie viel wissen wir wirklich?

Der Waggon ruckelt mit einem metallischen Quietschen, und Riva zuckt zusammen. Sie richtet sich auf und sieht dabei panisch und müde gleichermaßen aus. Ein paar Strähnen ihres zerzausten Haars, die sich aus ihrem Zopf gelöst haben, fallen ihr ins Gesicht.

„Wir müssen am Umsteigebahnhof sein“, sagt Jacob, ignoriert sie und zückt das Telefon. „Mal sehen, wohin uns unsere Fahrt von hier aus führt.“

Während er den Bildschirm studiert, und der Wagen erneut ruckelt, schleicht sich Riva näher heran. Sie setzte sich ein paar Meter von uns entfernt in den Schneidersitz und fühlt sich offensichtlich nicht wohl dabei, sich direkt in unseren Kreis zu setzen. Das schwache Licht erhellt die Müdigkeit in ihrem hübschen Gesicht, und mir wird flau im Magen.

Ich möchte sie an mich ziehen und sie umarmen, so wie ich es früher getan habe, doch ich bin mir nicht sicher, ob sie diese Geste gutheißen würde. Es würde ihr sowieso nicht viel nützen.

Stattdessen wende ich mich an Dominic. „Du solltest Riva heilen, falls wir fliehen müssen.“

Dom tritt trotz seiner angespannten Miene an ihre Seite, denn das ist eine Erklärung, die sie alle akzeptieren werden. Nicht um sie vollständig zu heilen, sondern um sicherzustellen, dass sie nicht zu einer Belastung wird. Denn anscheinend ist es das, worauf wir dieses Mädchen jetzt reduzieren.

Das Mädchen, das einst genauso wichtig für unsere Gruppe war wie Griffin.

Ich erinnere mich an einen Nachmittag, nicht lange vor unserem Fluchtversuch, als Riva und Griffin im Trainingsraum nebeneinanderstanden und er sich zu ihr beugte, um ihr etwas ins Ohr zu flüstern. Sie lachte ihr geheimnisvolles kleines Lächeln, bei dem ihr ganzes Gesicht strahlte ...

Nur er konnte sie so zum Strahlen bringen.

Ich erinnere mich auch an den Stich der Eifersucht, der mich durchfuhr, als ich mich in diesem Anblick sonnte. Natürlich konnte ich sie auch zum Lachen bringen, aber nicht so. Er war immer besser darin.

Das Einzige, was ich nie verstanden habe, egal, was wir gesehen haben, war, wie sie dieses Licht aufgeben konnte. Sie hat es nicht nur aufgegeben – sie hat es zerstört und den Mann, der es entfacht hat.

Doch was, wenn sie es nicht getan hat? Was ist, wenn wir uns die ganze Zeit über geirrt haben?

Wenn es jemand schafft, das herauszufinden, dann ich. Erstens, weil sie begonnen hat, sich mir zu öffnen, und zweitens, weil keiner der anderen Jungs bereit ist, diese Möglichkeit auch nur in Betracht zu ziehen.

Und wenn ich etwas herausfinde, dann sollte ich es um unser aller willen besser bald tun.

Der Zug wackelt und rattert, und Jacob schaut von dem Handy auf. „Er nimmt die Südwestroute. Wir müssen raus." Er erhebt sich. „Seid ihr bereit, zu springen?"

Sechsundzwanzig

Riva

Steine knirschen unter meinen Füßen am Rande der Bahngleise. Gelegentlich fliegt ein Kieselstein in das dunkle Gebüsch.

Es fällt gerade genug Mondlicht auf die Gleise, die in dem lichten Wald verlaufen, dass ich die Silhouetten der beiden Männer vor mir erkennen kann. Jacob marschiert mit zielstrebigen Schritten vorwärts, als könnte er die ganze Nacht weiterlaufen. Womöglich könnte er das tatsächlich. Dominic sieht hingegen aus, als würde er ein wenig schlapp machen.

Anhand des Knirschens ihrer Schritte hinter mir kann ich nicht beurteilen, wie es Andreas und Zian geht, doch sie klingen nicht besonders energiegeladen. Seit einer Ewigkeit hat niemand mehr etwas gesagt.

Meine Muskeln könnten noch stundenlang

weitermachen, doch meine Augen werden langsam schwer. Ich habe im Zug nur ein oder zwei Stunden geschlafen.

Ich unterdrücke ein Gähnen und spähe durch die lichten Bäume neben den Gleisen. Wir folgen der Route, die uns unserem Ziel näher bringen soll, doch seit wir uns auf den Weg gemacht haben, sind keine Züge vorbeigerauscht. Und wir haben auch kein Fahrzeug entdeckt, das wir stehlen könnten, obwohl ich mir nicht ganz sicher bin, nach welchen Kriterien Jacob diese Entscheidung trifft.

Nach einigen weiteren Minuten verschwindet die Baumgrenze zu unserer Linken. Stattdessen erstrecken sich kilometerweite Felder bis zu niedrigen Hügeln, die sich schwach gegen den Nachthimmel abheben.

Dominic dreht den Kopf und betrachtet ebenfalls die Landschaft. Ich spüre, dass er innehält, bevor er spricht.

„Da unten steht ein Haus. Es brennt kein Licht, und das Garagendach sieht beschädigt aus. Ich sehe keine Fahrzeuge in der Einfahrt. Vielleicht sollten wir es auskundschaften und dort übernachten, falls es leer steht?"

Jacob gibt einen verärgerten Laut von sich, doch er scheint die Möglichkeit in Betracht zu ziehen, bevor er antwortet. „Das ist vielleicht nicht die schlechteste Idee. So kommen wir nicht wirklich weiter, und wer weiß, wann der nächste Zug vorbeikommt."

„Vielleicht können wir im Haus etwas Brauchbares auftreiben", fügt Zian hinzu.

Andreas tritt neben mich und streckt die Arme aus. „Ich würde mich gerne auf etwas legen, das nicht wackelt."

Niemand fragt mich nach meiner Meinung, und ich sage nichts, als ich mit den anderen durch das Gras und über das Feld zum Haus stapfe. Wenn es in diesem Haus *Betten* gäbe, wäre das der reinste Luxus.

Als wir auf das Haus zugehen, sehe ich ein Schild an

einem Pfosten vor dem Haus. Selbst in der Dunkelheit kann ich die dicken Buchstaben darauf lesen.

„Das Haus steht zum Verkauf", sagt Zian mit leiser Stimme.

Dominic deutet auf die Schmutzflecke und die brüchigen Kanten des Schilds. „Das steht schon länger hier. Sieht nicht so aus, als hätte in letzter Zeit eine Besichtigung stattgefunden."

Jacob blinzelt auf das Garagendach, das zur Hälfte eingestürzt zu sein scheint. „Es könnte sein, dass sie aufgegeben haben, als das Dach kaputt war, oder sich zumindest nicht die Mühe gemacht haben, es sofort zu reparieren."

Wir schauen uns am Rande des Grundstücks um und vergewissern uns, dass keine Fahrzeuge in dem überdachten Bereich der Garage stehen oder anderswo außer Sichtweite geparkt sind. Nichts rührt sich, weder im Haus noch darum herum.

Mit angespannter Miene lässt Zian seinen Blick über die Wände schweifen, so wie er es immer tut, wenn er durch Dinge hindurchschaut. „Ich sehe niemanden drinnen. Es ist so gut wie leer. Da stehen nur ein paar einfache Möbel, aber das war's."

Jacob geht auf die Eingangstür zu. „Na, gut. Wir sollten das Beste daraus machen."

Ich kann nicht sagen, ob die Tür bereits entriegelt ist oder ob er seine Kräfte einsetzt. Auf jeden Fall betreten wir kurz darauf den Eingangsbereich.

Bis auf das Knarren der Dielen unter unseren Schuhen ist alles still.

Wie Zian angedeutet hat, ist die Einrichtung sehr spartanisch. Im Wohnzimmer stehen nur ein Futonsofa und ein einfacher Couchtisch.

Im Esszimmer befinden sich ein Tisch und vier Stühle.

Küchengeräte sind vorhanden, aber der Kühlschrank und die Schränke sind leer.

„Kost *und* Logis wären wohl etwas zu viel verlangt", bemerkt Andreas trocken und probiert den Wasserhahn aus. Nach einem kurzen Gurgeln schießt ein Wasserstrahl in die Spüle.

Er zieht die Augenbrauen hoch, und ein Lächeln huscht über sein Gesicht. „Ich für meinen Teil könnte eine Dusche vertragen, bevor ich mich schlafen lege."

Meine Haut juckt, und plötzlich wird mir bewusst, wie dreckig ich bin. „Ich auch."

Jacob wirft mir einen spitzen Blick zu. „Du bist zuletzt dran." Dann wendet er sich Andreas zu. „Mach schon, aber lass dir nicht zu viel Zeit. Wir wissen nicht, wie viel heißes Wasser es gibt, wenn überhaupt."

Andreas nickt und joggt die Treppe hinauf. Er ist schon im Bad, als wir anderen ihm folgen.

Oben gibt es nur zwei weitere Zimmer, ein größeres und ein kleineres, beide sind bis auf die Doppelmatratzen auf den klobigen Holzgestellen unmöbliert. Nachdem Jacob einen Blick darauf geworfen hat, geht er wieder nach unten.

Ich nehme an, dass er mir sagen wird, dass ich auf dem Boden schlafen muss, da er und die Jungs die Betten nehmen werden, doch das ist mir im Moment egal. Ich fahre mir mit der Hand über den Mund, um ein weiteres Gähnen zu verbergen, und warte, bis ich mit Duschen an der Reihe bin.

Die Jungs sind wenigstens rücksichtsvoll genug, um Jacobs Anweisungen zu befolgen und beeilen sich, obwohl sie das wahrscheinlich eher den anderen zuliebe als meinetwegen tun. Ich glaube nicht, dass Jacob bedacht hat, dass ich mir so viel Zeit nehmen kann, wie ich will, da nach mir niemand mehr kommt, der meinetwegen warten oder wegen dem ich sparsam mit dem heißen Wasser umgehen muss.

Ich ziehe alle meine Sachen aus, bis auf meine Halskette,

da ich Angst habe, dass Jacob versuchen könnte, sie mir wegzunehmen, wenn ich sie auch nur für eine Sekunde abnehme. Dann stelle ich das Wasser an.

In der Dusche finde ich keine Pflegeprodukte, doch auf dem Waschbecken steht eine Pumpflasche mit flüssiger Handseife, die noch feucht ist. Ich nehme sie mit zur Duschwanne.

Das lauwarme Wasser, das auf mich herabprasselt, ist besser als das Nichts der letzten Tage. Ich verteile die perlweiße Seife auf meiner Haut.

Meine Finger streifen das Mond-und-Tropfen-Tattoo auf meinem Oberschenkel. Ich blinzle durch das Wasser und verschlucke mich.

Ein weiteres Zeichen dafür, dass ich zu den Jungs gehöre, mit denen ich hergekommen bin. Eine weitere Tatsache, die sie für unwichtig zu halten scheinen.

Ich wende meinen Blick ab und seife mich weiter ein.

Meine Haare sind seit meiner letzten Dusche zu einem Zopf gebunden, und das ist schon so lange her, dass ich nicht einmal mehr weiß, wann das war. Ich ziehe das Gummiband ab, doch die Strähnen verhaken sich ineinander und lassen sich nicht vollständig entwirren. Ich massiere die Seife so gut wie möglich in meine Kopfhaut ein und spüle sie anschließend ab.

Als ich das Wasser abstelle, öffnet sich die Tür quietschend, und ich höre, wie etwas auf den Boden geworfen wird. „Wir haben im Keller eine Kiste mit Klamotten gefunden", sagt Andreas. „Und eine Waschmaschine und einen Trockner. Ich dachte, du würdest dich über ein paar frische Klamotten freuen, auch wenn sie ein bisschen groß sind. Ich nehme deine alten Klamotten mit nach unten, wenn das okay ist?"

„Danke", rufe ich und fühle mich trotz des blickdichten Vorhangs zwischen uns seltsam entblößt.

Als er weg ist, steige ich aus und stelle fest, dass er mir ein einfaches Baumwollkleid hingelegt hat, das um die Taille ein wenig locker sitzt und mir bis zu den Waden reicht, obwohl es vermutlich knielang sein sollte. Es ist nicht wirklich mein Stil, doch wenn ich meinen Kapuzenpulli, mein Tanktop und meine Cargohose in ein paar Stunden wieder sauber zurückbekomme, ziehe ich es nur zu gerne an.

Er hat *alle* meine Sachen mitgenommen, auch meinen Slip und meinen Sport-BH. Ich bin froh, dass sie gewaschen werden, fühle mich jedoch etwas nackt, selbst wenn das Kleid wie ein Vorhang über meinem Körper hängt.

Ich ziehe meine Turnschuhe an und mache mich auf den Weg nach draußen.

Jacob wartet oben an der Treppe. Er trägt ein T-Shirt, das seinen muskulösen Körper betont, und eine Sporthose, die er sich offensichtlich ebenfalls ausgeliehen hat.

„Ich begleite dich auf dein Zimmer, damit wir endlich schlafen können", sagt er.

Ich blinzle ihn an. „Mein Zimmer?"

Er schenkt mir ein kühles Lächeln und bedeutet mir, ihm zu folgen.

Wir gehen die Treppe hinunter und durch die Küche zu einer weiteren, schäbigeren Treppe, die in den Keller führt. Ein feuchter, schimmeliger Geruch kitzelt meine Nase, als wir in die Tiefe hinabsteigen. Die Jungs haben es riskiert, das Licht dort unten anzumachen, da es keine Fenster gibt, also ist es wenigstens nicht stockdunkel.

Auf der einen Seite befindet sich eine Waschküche, in der die Waschmaschine vor sich hin rattert. Der Raum auf der anderen Seite soll potenziellen Käufern wohl als Gästezimmer dienen. Er ist mit einem stahlgerahmten Einzelbett und einem winzigen Beistelltisch ausgestattet, auf dem die Lampe steht, die den Raum erhellt.

Es scheint nicht wirklich übel zu sein, bis Jacob mir eine

bissige Bemerkung über die Schulter zuruft, als er zur Treppe geht. „Der Keller ist der einzige Teil des Hauses, den wir von außen abschließen können. Du kannst hier unten bleiben, bis wir dich abholen."

Oh. Es geht also nicht darum, mir Privatsphäre zu gewähren, sondern mich einzusperren. Wahrscheinlich sollte mich das nicht allzu sehr überraschen, oder?

Ich lasse mich auf die Bettkante sinken und warte darauf, dass die Tür am oberen Ende der Treppe zugeschlagen wird. Stattdessen höre ich ein gemurmeltes Gespräch, das ich erst am Ende verstehen kann.

„Gut", murmelt Jacob. „Aber du solltest dich auch etwas ausruhen."

Es ist Andreas' Stimme, die antwortet. „Das werde ich. Ich muss mich sowieso erst einmal ein bisschen erholen."

Seine schlaksige Gestalt schlendert die Treppe hinunter. Auch er hat sich umgezogen. Das neue T-Shirt hängt lockerer an seinem schlanken Körper, und er hat eine Jeans gefunden, die ihm gut zu passen scheint.

Ich schaue ihn an. „Hast du noch etwas zum Waschen?"

Andreas bleibt am Fußende des Bettes stehen und schenkt mir ein Lächeln, das seltsam zögernd wirkt. „Nein, ich dachte nur … du würdest dich über ein wenig Gesellschaft freuen, ohne dass Jake wie eine Gewitterwolke über dir schwebt. Es sei denn, du willst gleich schlafen?"

Mein Herz setzt einen Schlag aus, und ich bin überrascht und glücklich zugleich. „Nein, ich bin noch ziemlich aufgedreht."

Und ich werde jedes bisschen Freundschaft aufsaugen, das mir entgegengebracht wird.

Außer dem Bett gibt es hier unten nichts, worauf man sich setzen könnte. Ich überlege kurz und rutsche dann ans Kopfende, wo das dünne Kissen liegt. Dann klopfe ich ein paar Zentimeter weiter auf die Decke.

Als Andreas am anderen Ende des Bettes Platz nimmt und darauf achtet, viel Abstand zwischen uns zu lassen, ist mein Mund auf einmal völlig ausgetrocknet. Seit meinem vorgetäuschten Zusammenbruch in der alten Einrichtung habe ich nicht wirklich mit ihm geredet – mit keinem der Jungs.

Erneut greife ich in mein Haar und versuche, die Knoten zu lösen. Drey beobachtet mich einen Moment lang und sieht, wie ich zusammenzucke, als ich an ein paar Strähnen fester als beabsichtigt ziehe.

„Es ist ziemlich verheddert, was?"

„Das kommt davon, wenn man einen geflochtenen Zopf tagelang nicht aufmacht." Ich stoße einen Seufzer aus und fahre mit den Fingern zwischen zwei verknoteten Locken hindurch. „Es wird noch schlimmer, wenn ich so schlafe." Vielleicht muss ich das ganze Vogelnest abschneiden.

Bei dem Gedanken an eine Glatze spüre ich ein Kribbeln im Nacken, als ob mein Haar tatsächlich eine Art Schutz wäre.

Andreas stützt seine Hände auf die Matratze und fragt dann vorsichtig: „Soll ich dir helfen? Ich kann wenigstens sehen, was ich tue."

Mein Körper scheint sich auf ihn zuzubewegen und gleichzeitig zurückzuweichen. Ich will ihn in meiner Nähe haben, habe aber Angst, dass ich dann mehr wollen werde. Ich befeuchte meine Lippen, und der Anflug von Enttäuschung, der angesichts meines Zögerns über sein wunderschönes Gesicht huscht, macht meine Zweifel zunichte.

„Sicher. Alleine komme ich offensichtlich nicht weit."

Ich drehe mich auf der Matratze mit dem Rücken zu ihm, und er rückt näher an mich heran. Durch den dünnen Stoff des Kleides spüre ich sein Knie an meinem Rücken.

Plötzlich wird mir noch mehr bewusst, dass ich unter dieser dünnen Schicht vollkommen nackt bin.

Andreas hebt die verhedderten Locken an und beginnt, vorsichtig einen Knoten zu lösen. Natürlich streifen seine Hände dabei meinen Hals.

Jede kurze Berührung jagt einen Hitzeschwall über meine Haut. Sie sammelt sich in meinem Gesicht – und weiter unten, wo er es wenigstens nicht sehen kann.

Seine nächsten Worte jagen mir jedoch einen Schauer über den Rücken. „Denkst du oft an Griffin?"

„Ich …" Meine Stimme stockt, und ich muss schlucken, bevor ich fortfahren kann. Ich wünschte, ich könnte seinen Gesichtsausdruck sehen. „Ja, natürlich. Jeden Tag."

„Ich glaube nicht, dass *ihm* die Art gefallen würde, wie Jake versucht, ihn zu ,rächen'."

Die Bemerkung lockert meine Anspannung. Drey macht mir keine Vorwürfe.

Trotzdem flackert ein Gefühl der Schuld in mir auf. „Schwer zu sagen."

Ob ein Teil von Griffin mich für meine Dummheit verflucht hat, während die Kugel ihn durchbohrte und ihm klar wurde, dass er sterben würde? Würde er seinem Zwilling zustimmen, dass alles meine Schuld war?

Andreas löst ein paar Strähnen und lässt sie über meine Schulter fallen. Ich muss mich zurückhalten, um mich nicht in seine sanfte Berührung hineinzulehnen.

„Erinnerst du dich an die Kekse, als wir noch ganz klein waren?", fragt er.

„Die Kekse …", wiederhole ich und durchforste meine Erinnerungen.

Andreas brummt leise, und seine Fingerknöchel streifen meinen Nacken. „Wir saßen um den Tisch im Schulungsraum und aßen zu Mittag. Gleich nachdem Griffin auf die Toilette wollte, brachten die Wärter einen Teller mit

Schokoladenkeksen heraus. Es war das erste Mal seit Wochen, dass wir etwas Süßes bekamen. Wir haben unsere Kekse verschlungen, als hätten wir noch nie in unserem Leben Zucker gegessen, und Griffin war noch nicht zurück ...“

Der Moment flackert aus den Tiefen meines Geistes auf, und meine Lippen zucken. „Und Dominic hat seinen gegessen.“

Andreas gluckst. „Genau. Dom hat sich den Letzten geschnappt und sofort verschlungen. Als Jake bemerkt hat, dass Griffins Keks weg war, wollte er wissen, wer ihn gestohlen hat. Er war schon damals ein selbstgerechtes Arschloch, meinst du nicht?“

Ich lächle. „Ich glaube, ich sollte lieber die Aussage verweigern, sonst lässt er mich das nächste Mal in der Garage schlafen.“

Andreas’ Hände halten nur kurz inne, bevor sie meine Haare weiter bearbeiten. „Zian wurde ganz nervös und sah schuldbewusst aus, obwohl er nichts getan hatte. Da er *sonst immer* am meisten aß, dachte er, dass alle ihm die Schuld geben würden. Doch dann entdeckte Jake die Krümel neben Doms Platz und funkelte ihn böse an.“

„Ich dachte, Dom würde tot umfallen, so verängstigt sah er aus.“ Das Bild der jüngeren Version des Mannes, den ich jetzt kenne, taucht vor meinem geistigen Auge auf.

„Kein Scherz. Als Griffin endlich zurückkam, hat Jake sofort Dom beschuldigt. Dom schaute vollkommen entsetzt drein, und seine Augen begannen zu tränen. Doch bevor er eine Entschuldigung vorbringen konnte, lächelte Griffin ihn einfach an und sagte: ‚Wenn Dom ihn genommen hat, muss er ihn sehr gewollt haben. Das ist schon okay.‘“

Ich habe einen Kloß im Hals. „Ja. So war er.“ Griffin wusste, dass Dominic sich wegen seines kleinen Vergehens mies fühlte, ohne dass er etwas sagen musste.

Andreas schüttelt amüsiert den Kopf. „Der Kerl war schon mit fünf oder sechs Jahren reifer als wir anderen jetzt."

Ich ziehe eine Augenbraue hoch. „Du kannst nur von dir sprechen." Ein unerwartetes Gefühl der Ruhe hat sich über mich gelegt, auch wenn es nur von kurzer Dauer sein mag.

Ich habe mir schon lange nicht mehr erlaubt, an ein *so* frühes Erlebnis mit Griffin zu denken. Meistens habe ich mich nur mit den Bildern unserer letzten gemeinsamen Nacht gequält.

Ich drehe meinen Kopf so weit wie möglich, dass ich Andreas ins Gesicht blicken kann, ohne ihn beim Entwirren meiner Haare zu stören. „Du warst schon immer der Bewahrer und Leser unsere Erinnerungen, stimmt's? Du hast den Überblick über unsere ganze Geschichte."

Er lächelt mich an. „Ich mag meine Geschichtensammlung."

Ja, all die Geschichten, die er von den Menschen gesammelt hat, die er auf seinen Missionen gesehen hat und in deren Gedanken er eingetaucht ist. Bei seiner Bemerkung steigt Neugierde in mir auf. „Haben die Wärter euch nach unserem Fluchtversuch noch auf Missionen geschickt?"

„Ja", antwortet Andreas so beiläufig, dass meine Angst vor der Frage schwindet. „Allerdings nicht mehr so oft wie früher, und sie haben uns immer eine niedrige Dosis von irgendeiner Droge verabreicht, damit wir nichts zu Verrücktes anstellen konnten. Außerdem gab es wieder die gleiche alte Drohung, dass die anderen dafür bezahlen würden, wenn wir uns danebenbenehmen."

Sein Lächeln verzieht sich. „Nachdem sie gesehen haben, wie wir auf Griffins Verlust reagiert haben, waren sie sich der Wirksamkeit dieser Warnung wohl noch sicherer."

Er hat Griffins Verlust gesagt. Nicht Griffins und mein Verlust.

Weil sie mich nicht für verloren hielten. Weil sie

annahmen, ich hätte sie absichtlich zurückgelassen, aus Gründen, die ich nach wie vor nicht ganz verstehe.

Doch ich will dieses Thema nicht schon wieder zur Sprache bringen. Nicht, wenn es mich bisher nicht weitergebracht hat und sich gerade alles fast gut anfühlt.

Ich lasse meinen Blick durch den Raum und zur Waschmaschine schweifen. „Was waren die besten Geschichten, die du auf deinen Missionen von Leuten wahrgenommen hast?"

Andreas schnalzt mit der Zunge. „Lass mich mal überlegen."

Er lässt einen ganzen Abschnitt des Zopfes, der jetzt knotenfrei ist, los und wendet sich einer verfilzten Stelle in der Mitte zu. Seine Finger streifen meine Wirbelsäule.

„Einmal ist mir in einem Park in Seattle eine Frau aufgefallen", erzählt er. „Sie sah aus wie eine schüchterne Leseratte. Ihre Haare waren zu einem festen Dutt verschlungen, ihre Strickjacke bis oben hin zugeknöpft, und ihr karierter Rock reichte ihr bis zu den Knöcheln. Sie hatte ein Buch auf dem Schoß und ein Notizbuch neben sich, in das sie etwas kritzelte. Ich nahm an, sie wäre eine fleißige Studentin, die für ihre Prüfungen lernt."

Ich atme langsam ein und widerstehe dem Drang, mich zurückzulehnen und seinen warmen Moschusduft tief einzuatmen. „Ich nehme an, dass du in ihrem Kopf etwas völlig anderes gefunden hast."

„Allerdings. Stattdessen waren da jede Menge Erinnerungen an Tauchgänge, Bootsfahrten und Radarkarten. Daran, wie sie in die Tiefe tauchte, um Schiffswracks zu erkunden." Er lacht. „Eine weibliche Unterwasser-Indiana Jones. Ich wette, sie hat sich Notizen gemacht, wo sie als Nächstes tauchen gehen könnte."

„Ich wette, sie hatte auch viele interessante Geschichten auf Lager."

„Bist du schon auf der Suche nach einem Ersatz für mich?" Drey zupft spielerisch an meinem Haar. „Ich habe eine ganze Bibliothek im Kopf. Du brauchst niemand anderen."

„Na gut", sage ich und wünsche mir, dass es immer so mit ihm sein könnte. Und mit den anderen Jungs. „Dann erzähl mir noch eine Geschichte."

Er schweigt einen Moment lang und denkt nach, während er eine weitere Haarsträhne entknotet. Mit etwas leiserer Stimme als zuvor fährt er schließlich fort.

„Auf meiner letzten Mission sah ich ein älteres Ehepaar in einem Café. Sie fielen mir auf, weil die Frau abwesend und verträumt aussah, während der Mann einfach nur … erschöpft wirkte. Traurig und niedergeschlagen. Ich konnte nicht anders, als mich zu fragen, wie sie so geworden sind. Warum er bei ihr geblieben ist."

Mein Magen verkrampft sich, in Erwartung einer schrecklichen Erklärung. „Und warum?"

„Nun, ich habe seinen Kopf nach Erinnerungen an sie durchsucht. Es waren unglaublich viele, die Jahrzehnte zurückreichten, als sie gerade einmal in ihren Zwanzigern gewesen sein mussten. In den meisten Erinnerungen waren sie sehr glücklich, hatten Spaß und bauten sich ein gemeinsames Leben auf. In den neueren Erinnerungen, in denen sie bereits deutlich älter aussahen, vergaß sie Dinge, war launisch und erkannte ihn oft nicht einmal."

Ein schmerzhafter Stich durchbohrt mein Herz. „Sie hatte Alzheimer."

„Oder so etwas in der Art", stimmt Andreas zu. „Doch ich kann nicht wirklich sagen, dass es eine traurige Geschichte ist, weißt du? Weil sie so viele Jahre zusammen waren, bevor es schlimm wurde. Und selbst als ich sie beobachtete, drehte sie sich einmal zu ihm um, sagte seinen Namen und strahlte ihn einfach an, und all seine Traurigkeit verschwand. Er sah aus, als würde er sich für den glücklichsten Menschen auf Erden halten."

Der Schmerz verwandelt sich in etwas Helleres und Bittersüßes. Die Worte sprudeln einfach aus mir heraus. „Griffin hätte diese Geschichte geliebt."

„Ja, das hätte er."

Andreas legt seine Hand auf meine Schulter. Es ist keine richtige Umarmung, sondern eher das Angebot einer Umarmung. Als ich stillhalte, macht er sich daran, die letzten verhedderten Strähnen meines Haares zu entwirren, und der Schmerz des Bedauerns lässt mich innerlich zusammenzucken.

„Er war das Herz unserer Gruppe", fährt Drey fort. „Das war schon klar, als er noch da war, aber es wurde noch viel deutlicher, als er weg war. Ich habe versucht, diese Lücke zu füllen, weil die anderen Jungs nicht wissen, wie das geht. Leider bin ich mir nicht sicher, ob mir das so gut gelungen ist."

Seine Stimme ist rau, und der Klang erschüttert mich geradezu.

Ich greife nach hinten und halte seinen Unterarm fest. Seine Hände halten inne.

„Du warst für mich da", sage ich. „Du hast keine Ahnung, wie viel mir das bedeutet."

Andreas schluckt hörbar. Er neigt seinen Kopf nach vorne, und ich spüre, wie sein Atem mein Haar streift. Mein ganzer Körper kribbelt, und ein noch stärkeres Verlangen erwacht in mir, das ich nicht leugnen kann.

Doch wie kann ich überhaupt so über ihn denken, wenn …

Als hätte er meine Gedanken gelesen, spricht Andreas mit stockender, aber sanfter Stimme.

„Tinkerbell, als Griffin und du aus der Einrichtung

geflohen seid, ist etwas passiert, von dem du uns nicht erzählt hast, habe ich recht?"

Siebenundzwanzig

Riva

Andreas' Frage trifft mich wie ein Schlag ins Gesicht, und ich verschlucke mich. „Ich …"

Mehr bringe ich nicht heraus.

Da ist tatsächlich etwas, was ich ihnen nicht über unseren gescheiterten Fluchtversuch erzählt habe. Und es gibt Gründe, warum ich es nicht getan habe.

Andreas fährt mit seinen Fingern durch mein offenes Haar, bevor er sie von der Schulter bis zum Ellbogen über meinen Arm gleiten lässt. Mit seiner anderen Hand nimmt er die meine.

„Wenn du es mir erzählst, kann ich es den anderen vielleicht erklären. *Ich* weiß, dass du niemandem von uns absichtlich schaden würdest."

Meine Augen füllen sich mit Tränen. Eine Sekunde lang kann ich nicht einmal atmen. Ich kämpfe gegen den Impuls an, mich von ihm loszureißen, denn ich bin mir nicht sicher, ob ich sein Mitgefühl wirklich verdiene.

Andererseits hat er mir seine Sorgen anvertraut. Er hat mir Geschichten erzählt, als ich gefragt habe.

Wie kann ich mich vor ihm verschließen, wenn er der Einzige ist, der überhaupt versucht, mich an sich heranzulassen?

Ich möchte es jemandem erzählen. Mein Verstand sträubt sich gegen das Eingeständnis, während mich gleichzeitig ein Gefühl der Erleichterung durchströmt.

Ich fange langsam an, mein Körper ist darauf vorbereitet, zurückzuziehen, falls es zu heikel wird. „Es ist alles so passiert, wie ich es euch erzählt habe. Bis wir draußen waren und auf den Rest von euch gewartet haben. Niemand *schien* in der Nähe zu sein. Und ich ... Es war dumm, es in diesem Moment zu tun, aber ich wollte es schon so lange, und es fühlte sich so gut an, der Freiheit so nahe zu sein ...“

Meine Stimme verstummt. Andreas wartet geduldig und schweigt, sodass ich mich nicht unter Druck gesetzt fühle.

„Ich habe ihn geküsst“, flüstere ich. Plötzlich muss ich gegen die Tränen anblinzeln, die aus meinen Augen sickern. „Ich habe Griffin geküsst, anstatt aufzupassen, dass niemand kommt. Sobald wir aufhörten, uns zu küssen, haben sie ihn erschossen. Einfach so. Er war einfach weg, und ich konnte nicht einmal bei ihm bleiben oder etwas zu ihm sagen, während er starb, weil sie mich packten und wegschleiften.“

Ein Schluchzen unterbricht alles, was ich noch hätte sagen können, und ich lasse den Kopf sinken.

Andreas legt beide Arme um mich. Er drückt mich fest an sich, wie er es schon vorhin im Auto getan hat, doch ein ungläubiger Tonfall schwingt in seiner Stimme mit, als er spricht. „Ist *das* der große Fehler, wegen dem du dich so schuldig fühlst?“

„Ich habe es vermasselt“, murmle ich, und mein Atem

stockt, während ich darum kämpfe, die Kontrolle über meine Gefühle wiederzuerlangen. „Was für eine Idiotin lässt sich mitten in einer gefährlichen Mission auf einen Kuss ein, wenn das Leben aller auf dem Spiel steht? Ich wollte unbedingt, dass wir da herauskommen, und habe alles verspielt für ein paar Sekunden … mit *ihm*.“

„Du hast gesagt, dass du es schon lange wolltest“, meint Andreas heiser.

„Ja.“ Meine Stimme wird noch leiser. „Ich habe ihn geliebt. Sehr. Doch am Ende hat ihm das nichts genützt, oder?“

Ich halte inne und hebe meinen Kopf und begegne Andreas' Blick.

Im ersten Moment sieht er trotz seiner beruhigenden Worte seltsam betroffen aus, doch er erlangt schnell die Kontrolle wieder. „Natürlich hast du das. Und das ergibt auch Sinn. Du dachtest, du wärst in Sicherheit. Wenn dir so viel an ihm lag …“

Mit einem Mal fühlt es sich unglaublich wichtig an, eine Sache ein für alle Mal zu klären. Griffin hat mein Geheimnis mit ins Grab genommen, doch möglicherweise hätte es von Anfang an kein Geheimnis sein dürfen.

Wenn meine Jungs von Anfang an gewusst hätten, wie wichtig sie mir sind, hätten sie vielleicht nie geglaubt, dass ich sie verraten würde.

„Ich habe euch alle geliebt“, unterbreche ich ihn so nachdrücklich, dass Andreas seinen Mund schließt. Ich streiche mir mit der Hand über das Gesicht und wische mir die Feuchtigkeit von den Wangen. „Ich wollte euch alle küssen. Ich wollte das haben, was der alte Mann, den du gesehen hast, mit seiner Frau hatte. Mit euch allen und für genauso viele Jahrzehnte oder sogar mehr. Doch solange wir in der Einrichtung waren, konnte nichts passieren, und ich hatte keine Ahnung, wie ihr reagieren würdet. Griffin wusste es, weil er immer wusste, wie es allen ging, doch ich wusste nicht, was ich dem Rest von euch sagen sollte."

Andreas' Augen sind geweitet. Falls er sich zuvor unwohl fühlte, ist jetzt keine Spur mehr davon zu sehen.

Er hebt seine Hand und streicht mit dem Daumen über meine Wange. Ein wenig von seiner üblichen Heiterkeit flackert in seinen Augen.

„Mir ist aufgefallen, dass du die Vergangenheitsform benutzt", sagt er. „Ich schätze, wir waren in letzter Zeit nicht besonders liebenswert, hm?"

Sein Tonfall ist nicht gerade heiter, und Schmerz schwingt in seiner Stimme mit.

Ich schmiege meinen Kopf an seine Hand und schaue ihm in die Augen. „Alles ist ziemlich durcheinandergeraten. Trotzdem glaube ich nach wie vor, dass wir alle zusammengehören. Wir müssen nur dorthin zurückkehren, wo wir vorher waren. Oder vielleicht müssen wir etwas Neues finden, das zu dem passt, was wir jetzt sind. Wir sind vom gleichen Blut. Das wird immer so sein. Ich liebe dich im Grunde schon mein ganzes Leben, Drey. Ein paar Wochen werden daran nichts ändern."

Wieder durchflutet mich die Erleichterung, die ich zuvor verspürt habe. Sie fegt durch meine Nerven und wäscht die Last weg, die ich mit mir herumtrage, als ob ich jetzt direkt in die Luft schweben könnte.

Das ist Freiheit. Ein Teil der Antwort war die ganze Zeit in mir.

Andreas' Kiefer bewegt sich, und eine weniger vertraute Emotion schimmert in seinen Augen. Dann lässt er seine Finger zu meinem Kinn hinuntergleiten und zieht meinen Mund zu seinem.

Ich bin nicht auf den Strudel der Emotionen vorbereitet, der mich beim Zusammentreffen unserer Lippen erfasst. Hitze lodert zwischen uns auf, und meine Finger umklammern die Vorderseite seines geliehenen Shirts so fest, als ginge es um mein Leben.

All der Hunger, der jedes Mal, wenn wir uns berührten, in mir brodelte, erfüllt meinen Körper. Er bringt mich dazu, meinen Mund fester auf seinen zu pressen und ihn mit einer Leidenschaft zu küssen, die mich von innen heraus verbrennt.

Dennoch reicht diese Wärme nicht aus, um die eisige Panik zu vertreiben, die mich gleichzeitig durchströmt. Selbst als ich mich an Andreas festklammere, versteift sich meine Wirbelsäule.

Ich möchte mich an ihn schmiegen und mich gleichzeitig losreißen, bevor eine schreckliche Katastrophe über uns hereinbricht.

Andreas neigt seinen Kopf, um den Kuss zu unterbrechen, und legt seine Stirn an meine. Er streichelt meinen Kiefer, so wie er es vorhin mit meiner Wange gemacht hat, ganz sanft, immer und immer wieder, während das Adrenalin mein Herz zum Rasen bringt.

„Es ist in Ordnung", sagt er sanft. „Siehst du? Es passiert nichts Schreckliches. Du kannst mit einem Kuss nichts kaputtmachen. Es war nicht deine Schuld, und du wirst es auch jetzt nicht vermasseln. Das verspreche ich dir."

Mein Atem stockt mit einer seltsamen Mischung aus Angst und Zuneigung. Er versteht es, und … Er hat recht. Es sind weder Schüsse oder donnernde Schritte zu hören.

Nichts an diesem Moment fühlt sich wie ein Fehler an.

Meine Finger krallen sich in sein Shirt, und ich ziehe ihn zu mir zurück, bevor ich die Chance habe, zu zweifeln und zu zögern. Und wenn ich Zweifel *hatte*, ob er mich nur geküsst hat, um mir etwas zu beweisen, so werden sie durch den rauen Laut, der ihm entweicht, und die Dringlichkeit, mit der sein Mund den meinen beansprucht, im Nu ausgelöscht.

Sobald wir einmal angefangen haben, scheinen wir nicht mehr aufhören zu können. Unsere Lippen treffen immer wieder aufeinander, und jeder Kuss macht noch süchtiger als der Letzte. Ich inhaliere ihn, trinke ihn wie den süßesten aller Cocktails und kann nicht genug davon bekommen.

Eine berauschende Energie strömt durch meine Glieder, als würde der Rauch in meinen Adern, der aus uns herausströmt, wenn wir bluten, ihn noch näher zu mir ziehen. Als würde er aus unserer Haut sickern und uns miteinander verbinden, Atem mit Atem und Blut mit Blut, auf eine Art und Weise, wie es kein normales menschliches Wesen erleben kann.

Andreas' Finger fahren durch mein Haar, das er soeben entwirrt hat, während seine andere Hand seitlich an meinem Körper hinuntergleitet und eine glühende Spur bis zu meiner Hüfte hinterlässt.

Dann hebt er mich auf seinen Schoß und hebt den Rock des Kleides, der sich um meine Oberschenkel legt, sodass ich mich rittlings auf ihn setzen kann. Er saugt meine Unterlippe zwischen seine Zähne, und ein leichter Schmerz durchfährt mich, der sich kurz danach in ein Wohlgefühl verwandelt.

Er könnte mich auffressen, und es würde mir nichts ausmachen. Ich möchte mich ganz und gar in ihm verlieren.

„Riva", murmelt er zwischen Küssen. „Ich will dich schon so lange. Ich *liebe* dich schon so lange. Du gehörst uns – und mir. Ganz mir."

Ich stoße ein zustimmendes Wimmern aus, das er direkt aus meinem Mund trinkt. Seine Hand gleitet unter mein Kleid und umfasst meine nackte Brust.

Als er mit dem Daumen über meinen Nippel streicht, keuche ich auf und winde mich auf seinem Schoß. Andreas stöhnt und lässt seine andere Hand nach unten gleiten, um mich näher an ihn zu ziehen, an die Beule, die durch unsere Kleidung gegen meine Muschi drückt.

Als er sich an mich presst, durchströmt mich eine intensive Lust. Ich kann kaum noch denken und nehme nichts mehr wahr, außer dem Brüllen des unerfüllten Bedürfnisses. Die Rauchfäden in meinem Blut winden sich und greifen nach ihm.

Ich wusste nicht, dass es sich so anfühlen kann – dass ich mich so sehr nach jemandem sehnen kann, dass ich fast schluchzen muss. Der verzweifelte Drang, meinen Hunger zu stillen, lässt mich noch näher an ihn heranrücken.

„Riva", murmelt Andreas erneut, gefolgt von einer Reihe gedämpfter Schimpfwörter, während er sich auf das Bett sinken lässt und mich mit sich zieht. Sein Mund streift meinen Hals, meine Schulter und mein Schlüsselbein, bevor er mein Kleid so weit hochschiebt, dass er einen meiner Nippel in den Mund nehmen kann.

Ich schreie auf, meine Muschi pulsiert jetzt regelrecht. Meine Finger wandern über seine Brust und über die definierten Muskeln unter seinem Shirt, während er mich verschlingt.

„Drey, bitte", stoße ich hervor.

„Verdammt", krächzt er, während sein Atem über meine Nippel streicht und er seine Hand zwischen uns hindurchschiebt. Als er zum ersten Mal mit dem Daumen über meinen Kitzler streicht, zucke ich bei seiner Berührung zusammen.

Glückseligkeit singt durch mein Inneres und verstärkt den Ruf der Sirenen in mir, die nach mehr verlangen.

Es ist nicht genug. Wir könnten uns noch näher kommen. Jede Faser meines Seins zittert vor Verlangen und reißt an mir.

Ich weiß nicht genau, was ich tue, aber ich habe diese Momente bereits in genug übertriebenen Hollywood-Filmen gesehen, um zu wissen, was zu tun ist. Meine Hand tastet nach dem lockeren Bund seiner Jeans, und es gelingt mir, den Knopf zu öffnen.

Wir sind füreinander bestimmt. Wir gehören zusammen. Das weiß ich schon lange, und die Vorfreude darauf, uns auch endlich körperlich miteinander zu vereinigen, hallt durch meine Seele.

Andreas streichelt mich kräftiger, und meine Nässe macht seine Finger glitschig. Sein Atem geht stoßweise, und als er sich mit meiner Hilfe aus seiner Jeans und den Boxershorts windet, streift meine Hand den steifen Schaft zwischen seinen Beinen.

Er ist hart und heiß.

Zu diesem Zeitpunkt bin ich mir nicht sicher, ob unser leidenschaftliches Intermezzo durch irgendetwas unterbrochen werden könnte. Andreas stützt sich über mir ab. Seine Brust hebt und senkt sich, und seine Lippen öffnen sich, als wolle er etwas sagen und würde nicht die richtigen Worte finden.

Ich umfasse seinen Schwanz und hebe meine Hüften, um ihm entgegenzukommen. Mit einem weiteren Stöhnen dringt er in mich ein.

Ausgefüllt zu werden löst eine andere Art von Brennen in mir aus, und ein weiterer Anflug von Verlangen schießt durch meinen Körper. Ich schreie auf, und Andreas beugt seinen Kopf über mich und berührt mein Gesicht, während er erneut in mich eindringt.

„Ich will dir nicht wehtun", sagt er mit der gleichen Dringlichkeit, die ich auch verspüre.

Ich komme ihm mit meiner Hüfte entgegen und umklammere seine Schultern. „Tust du nicht. Es ist gut. Hör nicht auf."

Als ob wir das überhaupt könnten.

Ein seltsames Klingeln erfüllt meine Ohren, als ob ich in meinem Kopf wäre, aber gleichzeitig auch nicht. Als wäre ich ebenso in Drey wie er in mir. Ich atme mit ihm, bewege mich mit ihm und genieße die Glückseligkeit, die sich immer schneller ausbreitet.

Wir lösen uns auf und fügen uns wieder zusammen, als wären wir zwei Wesen, die nur aus dem dunklen Dunst in unseren Adern bestehen und miteinander verschmelzen. Eine Bewegung, ein Rhythmus, eine Welle der Lust, die immer wieder durch uns beide hindurchhallt.

Meine Krallen schießen aus meinen Fingern, und der Geschmack des Verlangens strömt in meine Nase und meinen Mund, bis meine Lunge davon durchtränkt ist.

Andreas' Augen schimmern rot. Er senkt seinen Kopf direkt neben meinen und zittert, während er in mich hineinstößt und mir Worte ins Ohr flüstert wie ein verzweifeltes Gebet.

„Meine. Ich liebe dich. Für immer. Ich brauche dich. Riva. Bleib bei mir."

Als ob ich irgendwo hingehen könnte. Als ob es irgendeinen Teil von mir gäbe, der nicht mit ihm verschmolzen ist, gefangen in der Kraft, die uns beide gleichermaßen durchströmt.

Ich fahre mit den Fingern durch sein Haar, wobei ich darauf achte, seine Kopfhaut nicht mit meinen Krallen zu berühren. Er atmet zischend ein und stößt schneller in mich.

Bis ich explodiere.

Ich fühle mich wie ein Wirbelsturm, der in alle Richtungen rast, und die letzte Woge der Glückseligkeit hallt in mir nach wie die Glut eines Feuerwerks. Andreas stößt einen erstickten Laut aus, und ich spüre, wie er mit mir kommt. Wie wir uns beide in dem Rausch der Lust verlieren.

Bis wir schließlich wieder von unserem Höhenflug herunterkommen und auf dem Bett zusammenbrechen, noch halb angezogen und schweißnass.

Andreas küsst mich lange und leidenschaftlich, legt

seinen Arm um meinen Rücken und drückt mich an sich. Dann schmiegt er seinen Kopf an den meinen, während er mich an sich drückt, als wolle er mich nie wieder loslassen.

Ein zittriges Lachen entweicht ihm. „Das war der Hammer."

„Ja." Und irgendwie will etwas in mir noch mehr. Meine Nerven zittern, als würde tief in mir noch ein Feuer schwelen.

Andreas lehnt sich zurück, runzelt die Stirn und berührt mit einem Finger zaghaft mein Schlüsselbein. „War der blaue Fleck hier schon vorher da? Ich wollte nicht so grob werden."

Als ich meinen Kopf senke, kann ich nicht sehen, worauf er zeigt, aber mein Blick verweilt auf seiner Brust. Ich greife nach oben und streiche mit dem Finger über sein Brustbein. „Du hast auch einen."

Da ist ein fingerabdruckgroßer, runder Abdruck auf seiner kupferfarbenen Haut, der allerdings nicht wie ein Bluterguss aussieht. Oder vielleicht doch. Allerdings einer, der durch den Rauch und nicht durch unser rotes Blut entstanden ist. Wie ein Schattenfleck, der an die Oberfläche seines Fleisches aufgestiegen ist.

Das Gefühl, dass sich unsere Wesen verflechten und verschmelzen, kehrt mit einem berauschenden Schauer zu mir zurück. Ich blicke zu ihm auf.

„Wir sind uns so nahe gekommen, dass wir uns gegenseitig einen Abdruck verpasst haben."

Er mustert die Stelle noch ein paar Sekunden lang, bevor er seinen Blick hebt und mir in die Augen schaut. Fältchen bilden sich um seine Augen, als er mir ein liebevolles Lächeln schenkt, das ich automatisch erwidere.

„Ich hoffe, dass es das ist", sagt er. „Das ist mir lieber als das Symbol, mit dem sie uns gekennzeichnet haben."

Ich streiche mit meinen Fingern an seiner Seite entlang zu der Tätowierung auf seinem Oberschenkel, die genauso aussieht wie meine. Er folgt meiner Bewegung mit seinem Blick, bis er schließlich auf meinem Oberkörper verweilt.

Er berührt einen erhöhten Narbenkamm, der quer über meine Rippen verläuft. Da ist noch ein flacherer, aber breiterer in der Nähe meines Bauchnabels. Und eine dünne, weiße Linie, die sich bis zu meiner Hüfte zieht.

Seine Stimme klingt angespannt. „Die sehen ziemlich neu aus. Sind die von den Käfigkämpfen?"

Ich nicke und fühle mich plötzlich seltsam schüchtern. „Es war schwer, sie völlig unbeschadet zu überstehen. Ich habe es ziemlich gut hinbekommen."

„Das war keine Kritik." Sein Kiefer verkrampft sich, und ich spüre, wie sich seine definierten Muskeln anspannen. „Wenn wir mit dieser Mission fertig sind, werden wir diese Arschlöcher aufspüren und sie auslöschen."

Mir ist mulmig zumute. Er hat keine Ahnung, wie gründlich sie bereits ausgelöscht wurden. Doch das ist das Letzte, worüber ich jetzt reden oder gar nachdenken möchte.

Stattdessen küsse ich ihn erneut. Unsere Lippen berühren sich zärtlicher als zuvor, aber zwischen meinen Beinen lodert ein neuer Hauch von Verlangen auf.

Andreas weicht mit einem zittrigen Lachen zurück. „Es ist unglaublich, mit dir zusammen zu sein. Ich fühle mich … als wäre jeder Teil von mir *lebendiger*."

Mein Lächeln wird breiter, und mein flüchtiges Unbehagen schwindet. „Ja."

Wir setzen uns auf, wobei Andreas mich weiter in seinen Armen hält und meine Stirn küsst. Doch mir entgeht die Anspannung in seiner Haltung nicht.

„So gern ich auch hier bei dir bleiben würde, ich muss gehen", sagt er. „Jacob und die anderen müssen ihren Kopf aus dem Arsch ziehen und begreifen, was für Idioten sie sind. Du hast das alles nicht verdient. Dieser Schwachsinn muss aufhören."

ACHTUNDZWANZIG

Riva

Kaum ist Andreas hastig wieder in seine geliehene Jeans geschlüpft und gegangen, fühlt sich der Raum schmerzhaft leer an.

Ich sitze auf dem Bett und reibe meine Arme. Das weckt jedoch nur die Erinnerung an seine Hände, die über mich streichen und macht mir noch mehr bewusst, dass ich ihn jetzt vermisse. Ich bin zu einem lebendigen stromführenden Draht geworden, und meine Nerven sind so empfindlich, dass jedes Gefühl doppelt so stark ist.

Meine Krallen sind immer noch ausgefahren. Ich kann sie im Moment nicht ganz einziehen. Der Geruch unserer Lust, der noch in der Luft hängt, ist so stark, dass ich ihn mit jedem Atemzug schmecke.

Mein Blut pulsiert in meinen Adern, und ich weiß nicht, wohin ich die berauschende Energie richten soll.

Ich berühre die Stelle an meinem Schlüsselbein, wo

Andreas das Mal entdeckt hat. Wieder durchfährt ein Kribbeln meinen Körper.

Ich kann ihn spüren. Vage zwar, doch es besteht kein Zweifel, dass er es ist. Er steht in einem Raum über mir, vermutlich im zweiten Stock.

Das ist alles, was ich sagen kann, doch bei der Erkenntnis läuft mir ein weiterer Schauer über den Rücken. Wenn wir wieder getrennt werden, muss ich mich nicht mehr ritzen, um ihn aufzuspüren.

Ist es einfach nur passiert, weil wir Sex hatten, oder ist unsere Verbindung durch die intensiven Emotionen noch enger geworden?

Kann er mich auch spüren?

Ein Lächeln umspielt meine Lippen, und die Waschmaschine kommt mit einem schrillen Piepton rumpelnd zum Stillstand.

Offenbar bin ich für die Wäsche zuständig, denn ich sitze hier unten fest. Ich springe vom Bett und gehe hinüber, um die feuchte Wäsche in den Trockner zu werfen.

Es ist nicht viel, also sollte es nicht lange dauern. Ich kann es kaum erwarten, wieder meine normalen Klamotten anzuziehen. In diesem Kleid fühle ich mich wie ein Zwerg.

Eines Tages werde ich vielleicht eine richtige Garderobe haben, mit mehreren Outfits, zwischen denen ich wählen kann und die ich nicht nach ein paar Tagen zurücklassen muss, weil ich von brutalen Wärtern angegriffen werde. Nicht, dass ich modisch besonders anspruchsvoll wäre, doch ein wenig Abwechslung wäre schon schön.

Als ich den Trockner einschalte, nehme ich ein anderes Gefühl wahr. Der Geruch von Stresshormonen erfüllt die Luft.

Sie kommen nicht von mir, und außer mir ist niemand im Raum. Stirnrunzelnd drehe ich den Kopf und versuche, der Spur zu folgen.

Ich lande unter dem Lüftungsschacht des Ofens, der im Moment nicht läuft. Ein weiterer Anflug von Spannung sticht von oben in meine Lunge.

Die Lüftungsschächte verlaufen durch das ganze Haus. In meinem übermäßig empfindlichen Zustand reicht ein Hauch aus den oberen Stockwerken vermutlich aus, damit ich ihn wahrnehme.

Die Jungs müssen ziemlich aufgebracht sein, wenn sogar eine Spur bis hierher durchsickert.

Ich stelle mich auf die Zehenspitzen, drehe mich zum Lüftungsschacht und stelle fest, dass ich auch Stimmen wahrnehmen kann. Sie sind viel zu leise und gedämpft, als dass ich Worte verstehen könnte, doch sie sind eindeutig laut, schroff und feindselig.

Streitet Andreas sich meinetwegen mit den anderen Jungs? Es würde mich nicht wundern, wenn er versuchen würde, sie davon zu überzeugen, sich nicht länger wie Idioten zu verhalten.

Ich verlagere mein Gewicht von einem Fuß auf den anderen, und Unbehagen macht sich in meinem Bauch breit. Ich will nicht, dass er meine Kämpfe für mich austrägt.

Wenn er sich schon für mich einsetzt, sollte ich wenigstens dabei sein, um ihn zu unterstützen.

Ich erwarte nicht wirklich, dass ich weiterkomme, als ich die Kellertreppe hinauflaufe. Meine Nerven liegen blank. Der Türknauf lässt sich mühelos drehen.

Ich erstarre für eine Sekunde, bevor mir die Erkenntnis dämmert. Drey hat sich nicht die Mühe gemacht, den Keller abzuschließen, als er gegangen ist.

Offenbar hielt er es nicht für nötig.

Trotz meiner Beunruhigung steigt ein Anflug von Freude in mir auf. Das bedeutet, ich *kann* hochgehen und ihm beistehen.

Bevor ich diesen Gedanken weiterspinnen kann, eilt

mein Körper bereits vorwärts. Meine nackten Füße stapfen über die abgenutzten Dielen zur Haupttreppe, und ich steige schnell und lautlos die Stufen hinauf.

Die Stimmen werden immer deutlicher. Andreas spricht, und sein Tonfall ist so knapp, dass mir das Herz wehtut.

Dann verstehe ich, was er sagt.

„… ich war bei ihr, um mit ihr zu ‚kuscheln‘, weil sie mir Dinge anvertraut hat, die sie uns sonst nicht erzählt hätte. Ich habe meinen Teil der Abmachung eingehalten. Jetzt müsst ihr zuhören.“

Wie bitte?

Oben an der Treppe bleibe ich stehen. Ich starre durch die Türöffnung in das dunkle Schlafzimmer vor mir, wo Andreas neben dem Bett steht.

Die drei anderen Jungs haben sich um Andreas versammelt, der Jacob gegenübersteht, dessen Blick von Andreas zu mir gleitet. Sein Blick ist noch kälter als sonst.

„Ja“, sagt er und schenkt Drey ein Lächeln, das so scharf ist, dass es jemanden häuten könnte. „Das war die Abmachung. Und jetzt weiß sie es auch.“

Andreas dreht sich um, und sein Blick bleibt an meinem hängen. Er öffnet den Mund, doch es kommt kein Ton heraus.

Meine Füße tragen mich vorwärts, einen Schritt nach dem anderen und schließlich durch die Tür. Dann halte ich es nicht mehr aus, mich ihm nicht zu nähern.

Meine Stimme versagt, bevor ich die Frage aussprechen kann. „Deine Freundlichkeit war also nur gespielt, damit ich dir etwas erzähle?“

Andreas verzieht das Gesicht. „So war es nicht. Und so ist es auch jetzt nicht.“

„Genau so war es“, wirft Jacob ein und richtet seinen Blick wieder auf mich. „Wir hatten eine Unterhaltung, gleich nachdem wir an der Uni angekommen waren, während du in deinem Zimmer eingesperrt warst. Ich wollte dich aus unseren Ermittlungen heraushalten, aber Andreas bestand darauf, dass wir dich einbeziehen, um zu sehen, ob du etwas verraten würdest. Er hat versprochen, dein Vertrauen zu gewinnen, damit du dich öffnest."

Ein Schmerz schießt mitten durch mich hindurch. Meine Finger krümmen sich, und die Spitzen schmerzen um meine Krallen herum.

„Ihr habt vor mir darüber gestritten, ob ich mitkommen soll", sage ich, meine Stimme ist kaum mehr als ein Krächzen.

Jacobs bösartiges Grinsen tritt wieder in sein Gesicht. „Ja, das haben wir. Schließlich musste es glaubwürdig wirken. Außerdem hatte Drey dadurch die Chance, deinen Helden zu spielen."

Das ganze Gespräch war also inszeniert. Sie *alle* haben sich gegen mich verschworen.

Mein Blick huscht zu Zian und Dominic, und ihre angespannten Mienen bestätigen es. Keiner von ihnen ist überrascht, nur besorgt, wie ich reagieren werde.

„Riva, ich schwöre, das hat nichts mit heute Abend zu tun oder …" Andreas schwankt kurz, bevor er sich wieder fängt. „Ich glaube dir. Ich habe eingesehen, dass wir uns geirrt haben. Ich …"

„Er ist gut, oder?", unterbricht Jacob ihn. „Immerhin hat er dich dazu gebracht, ihm zu vertrauen." Er wirft Andreas einen Blick zu. „Du kannst jetzt aufhören. Ich glaube nicht, dass du noch mehr aus ihr herausbekommen wirst."

„Wirst du wohl endlich die Klappe halten, Jake?", schnauzt Andreas, doch meine Gedanken kreisen schon wieder um unser Intermezzo im Keller.

Er hat Griffin erwähnt und eine Geschichte über schuldige Geheimnisse erzählt. Er hat mich gefragt, ob es etwas gibt, das ich ihnen in der Nacht, in der Griffin starb, nicht erzählt habe.

Die ganze Sache – die Zuneigung, die angeblichen Geständnisse – das alles diente nur dazu, mich einzulullen und mir das Gefühl zu geben, ich könnte mich öffnen.

Hat er ihnen erzählt, wie sehr ich mich ihm gegenüber geöffnet habe? So wie Jacob redet, klingt es, als ob er alles wüsste.

„Warum solltest du … Wie konntest du …?" Ich weiß nicht, wie ich die Frage stellen soll, an der ich ersticke. In meinem Hals steckt ein Heulen, das sich mit einem dumpfen Pochen ausbreitet.

Ich habe dich geliebt. Euch alle, und ihr …

Jacob sieht mich mit zusammengekniffenen Augen an. „Glaubst du wirklich, dass du etwas Besseres verdient hast?"

Bei seinem höhnischen Tonfall steigt Wut in mir auf. Sie pocht in meinen Rippen und hält die Vibration fest, die sich in meinem Gaumen aufbaut.

Meine Hand schießt nach oben und schließt sich um meinen Anhänger. Mein Daumen klickt die Katze und das Garn auseinander und zusammen, auseinander und zusammen, doch der Rhythmus trägt nicht dazu bei, die quälende Wut zu beruhigen, die durch meine Nerven pulsiert und sich zu einem Brüllen steigert.

Ich könnte ihnen genauso wehtun, wie sie mir wehgetan haben. Ich könnte sie verdammt noch mal in Stücke reißen.

Ich schaue Dominic und Zian wieder an und frage mit heiserer Stimme: „Seid ihr beide mit all dem einverstanden?"

Zians Mund öffnet und schließt sich, bevor er sich wieder öffnet. „Wir mussten es wissen - wir mussten sicher sein …", sagt er schwach.

Dominics Gesicht ist angespannt. „Wir mussten auf uns aufpassen."

Damit meint er die vier. Ich bin nur noch eine Außenseiterin.

Ich knirsche mit den Zähnen, und das Kribbeln breitet sich bis in meine Kehle aus.

Nein. Ich schließe meine Augen und will den teuflischen Drang unterdrücken, der mich von innen heraus erschüttert. Doch ich bin schon zu aufgewühlt. Ich kann ihn nicht verdrängen.

Jacobs Stimme folgt mir in die Dunkelheit hinter meinen Augenlidern. „Du brauchst jetzt nicht mehr unsere Freundin zu spielen. Damit kommst du nicht weiter. Also zeig uns ruhig, wer du wirklich bist."

Meine Lunge schmerzt vor Verlangen, ihn anzuschreien, um ihm zu zeigen, wozu er mich herausfordert. Damit er sich wünscht, er hätte mich nie verspottet und beschimpft.

Nein, nein, *nein*.

Als ich meinen Anhänger diesmal mit dem Daumen öffne, zerbricht das Bindeglied. Die beiden Teile zerfallen in meiner Hand. Das Garnknäuel fällt in meine Handfläche, während die Katze noch immer an der Kette um meinen Hals baumelt.

Ich habe Griffins Halskette kaputtgemacht.

So wie ich ihn zerstört habe. So wie ich sie *alle* zerstören könnte, wenn ich es zulassen würde.

„Riva", sagt Andreas, und ich habe den Eindruck, dass er schon länger redet, und ich ihn erst jetzt höre. „Er ist ein verdammter Idiot. Hör mir zu. Ich …"

Er macht einen Schritt auf mich zu, doch mein Körper schreckt zurück. Ein leiser Schrei entweicht meiner Kehle.

Ich halte mir die Hand vor den Mund, doch ich sehe, wie er zusammenzuckt. Ich schmecke den Schmerz, den der kurze Anflug der Macht in mir ausgelöst hat.

Das Ding, das sich in mir windet und pulsiert, verlangt

nach mehr. Es zieht sich mit seinen Krallen in meiner Brust hoch und ist kurz davor zu explodieren.

Ich werde alles zerstören, und ein Teil von mir wird sich daran erfreuen.

Auch Jacob macht einen Schritt auf mich zu, seine Augen glitzern wie Eis. „So ist es gut. Sag uns, was du wirklich fühlst."

Ich lenke meinen Blick von ihm auf Andreas, der wie erstarrt dasteht. Er sieht mich an, als könne er den Sturm der Gefühle sehen, der in mir tobt. Oder vielleicht ist er so nah an der Oberfläche, dass er mir ins Gesicht geschrieben steht.

Als ich zurückweiche, schlägt Jacob mithilfe seiner Kraft die Tür hinter mir zu. Mit einem grausamen Grinsen, das ich ihm am liebsten aus dem Gesicht kratzen würde, kommt er auf mich zu.

Ich verspüre das intensive Verlangen, ihn zu brechen, zu verstümmeln, ihn leiden zu lassen. Die anderen stehen einfach nur da und sehen zu, wie er mich verletzt. Sie verletzen mich auf ihre eigene Art und Weise.

Zeig ihnen, was wahre Schmerzen sind.

Nein.

Der Protest kann die Welle der Wut in mir kaum bremsen. Meine Sicht beginnt, sich zu trüben.

Ich muss hier weg.

Meine Hand schießt hervor und zerreißt die Kette. Die Kette gleitet mir aus den Fingern und fällt klirrend zu Boden.

„Haltet euch von mir fern!", stoße ich hervor. „Ich möchte euch nicht wehtun."

Obwohl, eigentlich will ich genau das.

Die einzige Möglichkeit, den Druck in meinem Körper zu lindern, besteht darin, zum Fenster zu stürzen, das sich zwischen Jacob und mir befindet.

Ich ramme meine Schulter mit einer solchen Wucht gegen die Scheibe, dass das Glas zerspringt und ich hinausstürze.

Die Scherben zerschneiden meine Arme und Waden, doch ich nehme die Schmerzen kaum wahr. Ein paar Sekunden lang befinde ich mich im freien Fall.

Mein Körper dreht sich instinktiv, dann schlage ich keuchend auf dem Boden auf.

Aus dem Gebäude hinter mir dringen bereits Stimmen, und mein Name schallt durch das Durcheinander der Rufe. Panik durchfährt mich, bevor mir erneut ein wütendes Brüllen entweicht.

Sie werden hinter mir her sein.

Sie werden mich nicht gehen lassen.

Meine Beine treiben mich vorwärts. Ich sprinte so schnell ich kann über die Wiese und weg von der Fahrbahn und der Straße.

Weiter unten, in der Nähe der Bahngleise, bieten mir ein paar Bäume etwas Deckung. Ich renne automatisch auf sie zu. Mein Puls rast in meinen Ohren, und meine Lunge zittert, so stark ist die Kraft, die aus mir herauszubrechen droht.

Ich bin ein Monster. Nur ein Monster würde den Männern, die sie geliebt hat, die Qualen zufügen wollen, zu denen ich fähig bin.

Nur ein Monster würde sich an dem Gedanken *erfreuen*.

Wieder hallt mein Name durch die Luft. Jemand ruft mir zu, dass ich stehenbleiben soll.

Nein, ich kann nicht. Ich kann nicht.

Sie haben mich vergiftet und mich mit Worten und Lügen niedergeschlagen. Vielleicht sind sie auch Monster, und zwar nicht wegen der Kräfte, über die sie verfügen.

Vielleicht wäre es richtig, wenn ich sie vernichten würde.

Halt die Klappe!

Ich muss einfach nur weg, weit weg, und dann …

Und was dann? Sie sind mein Leben.

Wir sind vom gleichen Blut.

Wenn wir das nicht sind, wenn ich nichts für sie bin, wenn alles, was ich dachte, was wir hatten, weg ist, wie kann ich dann etwas anderes sein als ein Monster?

Meine Füße poltern über den unebenen Boden. Dann ertönt vor mir ein anderes Geräusch: das Dröhnen eines Motors.

Die Lichter des Zuges blinken zwischen den Bäumen. Er rast auf mich zu und ist nur noch Sekunden entfernt.

Tränen trüben meine Sicht, und doch ist da immer noch der schreiende Hunger in mir, der mir befiehlt, Schmerzen zu verursachen. Er wird nicht nachlassen.

Nicht, solange ich noch am Leben bin.

Ich denke nicht nach. Mein Körper schwankt von selbst auf die Gleise zu. Zu der einen einfachen Lösung, die sowohl dem Monster als auch meinen Qualen ein Ende setzen könnte.

Der Kies knirscht unter meinen Füßen, und der Zug rast mit einem Hupkonzert auf mich zu.

Ich werfe mich ihm entgegen, und ein letzter Schrei durchdringt den quälenden Dunst in meinem Kopf.

„Wildkatze, *nein!*"

Es ist Jacobs Stimme. Er hat mich früher immer Wildkatze genannt. Doch seit wir uns wiederbegegnet sind, hat er den Spitznamen kein einziges Mal verwendet.

Er trifft mich wie ein Appell, der aus der Vergangenheit aufsteigt und mich dorthin zurückkreißt, wo ich immer dachte, dass ich hingehören würde.

Was zum Teufel mache ich da?

Ich springe zur Seite, allerdings ein wenig zu spät.

Die Wucht des vorbeirasenden Zuges schleudert mich

herum, reißt meinen Arm aus der Gelenkpfanne und zerschmettert meine Rippen.

Schmerz schießt durch jede Faser meines Seins, als ich auf dem Gras zusammenbreche. Dann verliere ich das Bewusstsein.

Neunundzwanzig

Dominic

Riva sieht so zerbrechlich aus, als sich ihr kleiner Körper im Scheinwerferlicht des Zuges abzeichnet. Ich habe mir schon vorher Sorgen gemacht, doch bei diesem Anblick packt mich die reine Angst.

Sie würde doch nicht wirklich … Sie hat doch nicht vor …

Trotz der leisen Proteste meines Verstandes bewege ich meine Beine noch schneller. Oder zumindest versuche ich es. Auf dem unebenen Boden verliere ich fast das Gleichgewicht.

Die anderen sind alle vor mir, aber sie sind immer noch nicht nah genug dran. Ich strecke den Arm nach ihr aus, als ob ich sie über diese Distanz hinweg packen und in Sicherheit bringen könnte.

Jacobs raue Stimme schallt verzweifelt durch die Nacht. „Wildkatze, nein!"

Auf seinen Schrei hin scheint Riva in die

entgegengesetzte Richtung zu schwenken. Doch bevor auch nur ein Fünkchen Hoffnung in mir aufsteigen kann, wird sie von dem heranrasenden Zug erfasst.

Sie wird durch die Luft geschleudert, und ich stoße einen Schrei aus, als ich den Schwall aus flüssigem Blut und Rauch sehe. Die verdrehte Gestalt, die in der Nähe einer Gruppe von jungen Bäumen zu Boden fällt, sieht kaum noch menschlich aus, geschweige denn wie unsere Riva.

„Dom!", schreit Jacob in demselben panischen Tonfall wie zuvor.

Jetzt liegt es an mir. Auch wenn ich im Moment nicht weiß, wie wir den Schlamassel, in den wir geraten sind und der sie zur Flucht veranlasst hat, wieder in Ordnung bringen können, bin ich der Einzige, der dafür sorgen kann, dass sie überlebt und wir überhaupt eine Chance dazu haben.

Falls noch genug von ihr übrig ist, um sie zu retten. Und falls ich es rechtzeitig zu ihr schaffe.

Eine Welle meiner eigenen Panik lässt meine Glieder über das hinauswachsen, was ich für möglich gehalten hätte. Der Zug braust an uns vorbei, doch ich nehme die ratternden Waggons auf den Gleisen kaum wahr.

Meine gesamte Aufmerksamkeit gilt der kleinen, schattenhaften Gestalt, die regungslos zwischen den Bäumen liegt.

Zian ist zuerst bei ihr. Er fällt auf die Knie und streckt seine Hände nach ihr aus, wobei er seine Finger zusammenpresst, bevor er sie berührt, als hätte er Angst, er könnte alles noch schlimmer machen.

Sein Gesicht nimmt wölfische Züge an, als er sich nach hinten beugt und den Kopf zum Himmel neigt. Ein gequältes Stöhnen hallt durch die Luft.

Mein offener Mantel flattert gegen meine Seiten. Ohne langsamer zu werden, schüttle ich ihn ab und lasse ihn zu Boden fallen.

Ich muss in diesem Moment alles geben, was ich kann, jeden Teil von mir, der etwas beitragen kann. Ohne etwas zu verstecken oder zurückzuhalten.

Andreas kommt stolpernd neben Zian zum Stehen. Mit einem Blick auf Rivas Körper weiten sich seine Augen, und ein gemurmelter Fluch kommt ihm über die Lippen.

Jacob ist bereits bei ihr. Er lässt sich neben ihr auf den Boden sinken und führt seine Hände mit einer plötzlichen Sanftheit zu ihrem Gesicht, von der ich nicht gedacht hätte, dass sie noch in ihm steckt.

Seine Finger gleiten hinunter zu ihrem Hals. „Sie hat noch einen Puls. Aber er ist schwach. Dom. Sie braucht dich."

„Ich komme", stoße ich hervor und laufe die letzten paar Schritte zu der Stelle, an der sie liegt.

Selbst im schwachen Mondlicht, das teilweise von den spindeldürren Schatten der Baumstämme verdeckt wird, ist der Anblick, der sich mir bietet, erschreckend. Sie sieht aus wie eine Gliederpuppe, die von einem bösartigen Kind auf den Boden geschmettert wurde.

Einer ihrer Arme ist voller Blut und in einem Winkel verbogen, bei dem ich mich frage, ob er überhaupt noch an ihrer Schulter befestigt ist. Auf der gleichen Seite ist ihr Oberkörper eingeknickt, noch mehr Blut durchtränkt das helle Kleid und das Gras unter ihr. Ihr regungsloses Gesicht ist bis auf den Blutfleck auf ihren Lippen schneeweiß.

Dunkler Rauch steigt in die Luft und vermischt sich mit den Schatten.

Ich lasse mich neben Riva auf den Boden fallen und werfe bereits eines meiner zusätzlichen Gliedmaßen um den nächsten Baumstamm. Während die Saugnäpfe an der glatten Rinde des Stammes andocken, schlinge ich den anderen Tentakel um ihre Taille und lege meine Hand auf ihre Kehle.

Jake, der sich zurückzieht, um mir Platz zu machen, zittert am ganzen Körper.

„Tu *etwas*", sagt er. Seine Stimme ist so heiser, dass ich weiß, dass er es nicht als Kritik meint.

Nur dieses eine Mal bin ich der Starke, und die anderen können nur hilflos zusehen.

Er hatte recht mit ihrem Puls. Er ist so schwach, dass ich ihn kaum an meiner Handfläche spüren kann.

Ich konzentriere mich darauf, schließe die Augen und entziehe dem Baum, den ich umklammere, so viel Energie, wie ich kann.

Der junge Baum ist voller Leben. Er hat so viel Potenzial, dass ich vor meinem geistigen Auge den riesigen Baum sehe, zu dem er irgendwann herangewachsen wäre.

Mit zitterndem Rücken ziehe ich all das aus ihm heraus und lasse es in Riva fließen.

Ich weiß nicht genau, welche Teile von ihr zerschmettert oder zerdrückt sein könnten, doch das ist auch egal. Meine Kraft spürt, was sie ausrichten und versiegeln soll.

Mein eigenes Herz schlägt in einem kränklichen, rasenden Rhythmus, während ich mehr und mehr Leben aus dem Bäumchen ziehe.

Der Baum biegt sich, die Äste sacken ab und die Rinde wird schwarz. Unter meiner Berührung wächst Rivas Fleisch wieder zusammen.

Die Knochen greifen ineinander und verschmelzen dort, wo sie gebrochen sind. Blutgefäße vernetzen sich wieder.

Ich sorge dafür, dass sich mehr von der lebenswichtigen Flüssigkeit in ihren Arterien und Venen bildet. Der Geschmack von rohem Fleisch bildet sich in meinem Mund, und mir wird übel, doch ich ignoriere beide Empfindungen.

Ich lasse den Baum sterben, während ich ihr Leben schenke, doch nur Letzteres ist wichtig.

Nur Riva ist wichtig.

Hinter meinen geschlossenen Augenlidern flackern Erinnerungsfetzen auf. Die Momente, in denen wir im selben Augenblick auf die Lösung eines Problems kamen und sie mir ein sanftes, verschmitztes Lächeln schenkte.

All die Momente, in denen sie zu mir kam, weil ich in einem Wirrwarr von Gefühlen versunken war, nachdem die Wärter mich dazu gezwungen hatten, meine Talente auf eine Weise einzusetzen, die ich nie gewollt hätte. Sie stand mir geduldig zu Seite, bis ich mich entschieden hatte, ob ich darüber reden wollte.

Als sie einen von ihnen anflehte, eine Wildblume von der Trainingswiese in einen Topf für mich zu stecken, damit ich sie in mein Zimmer stellen konnte, weil ich ihr erzählt hatte, dass sie bald zertrampelt werden würde.

Das eine Mal, als Andreas mich herausforderte, mit ihr huckepack um die Bahn zu laufen, und wir am Ende lachend zusammenbrachen, war das glücklichste und befreiendste Gefühl, das ich seit langem hatte.

Und dann war da noch der Moment, als ich sie nach dem Clubbesuch geheilt habe, als sie davon sprach, wie sehr sie alles in Ordnung bringen wollte. Wie sie zögerte, mich um Hilfe zu bitten, selbst als sie am Rande des Zusammenbruchs stand, weil sie merkte, dass ich meine Fähigkeit nur ungern einsetze.

Wieso haben wir nicht früher erkannt, dass die Wärter diejenigen waren, die uns hintergangen haben? Wieso habe *ich* das nicht früher erkannt?

Ich war so damit beschäftigt, mir Sorgen über meine Monstrosität und die Missbildungen an meinem Rücken zu machen, dabei ist sie nicht wegen meiner körperlichen Absonderlichkeit vor mir davongelaufen. Sondern wegen meines Verhaltens. Ich war kalt und schweigsam zu ihr, während Jacob sie fertigmachte und ihre Gesten der Freundschaft zurückwies.

Ich kann nicht einmal hassen, was ich jetzt bin, selbst wenn Teile davon durch die schrecklichen Tests der Wärter entstanden sind. Doch letztendlich sind es genau diese Teile und meine Andersartigkeit, die sie jetzt retten könnten.

Das Bäumchen verschwindet vollständig und zerfällt zu Staub. Mittlerweile sickert zwar weniger Blut aus Rivas Körper, doch ich kann immer noch spüren, wie es in Form von Rauch und zähflüssiger Flüssigkeit aus ihr herauströpfelt.

Ich verändere meine Position und strecke mein Anhängsel nach dem nächstgelegenen Baum aus. Ein weiterer Schwall von Lebensenergie, ein weiteres Wesen, das ich dem Tod weihe.

Die Frau unter meiner Hand atmet jetzt stockend. Ihr Herz schlägt immer noch langsam, aber zumindest etwas stärker gegen meine Finger.

Sie kommt zu uns zurück, Stück für Stück. Hoffentlich schafft sie es.

Als die schlimmsten Verletzungen heilen, wird mir bewusst, welchen Tribut die Heilung von mir gefordert hat, selbst wenn ich nur als Kanal fungiere. Meine Schädelbasis pocht vor Schmerz, und ich habe einen Geschmack nach Asche und Blut im Mund.

Ich spüre ein Zittern in meinen Knochen, und eine Hand legt sich beruhigend auf meinen Rücken. „Du machst das wirklich gut, Dom", sagt Andreas mit stockender Stimme.

Das Scharren von Schritten verrät mir, dass Jacob auf und ab geht. Auch ohne Griffins Talent, Emotionen zu lesen, spüre ich, wie die Spannung von ihm abfällt.

Zian stößt ein weiteres gequältes Grunzen aus. „Brauchst du etwas? Können wir irgendetwas tun?"

Ich öffne die Augen und schaue mit einem tiefen Atemzug auf Riva hinunter. Kopfschmerzen durchbohren mein Gehirn, und ich bin mir nicht sicher, ob ich ihr noch mehr Energie zuführen kann, bevor ich mich nicht wenigstens ein bisschen ausgeruht habe.

„Vielleicht … Wasser?", krächze ich. Das könnten sowohl Riva als auch ich gebrauchen.

Jake macht eine brüske Geste in Zians Richtung. „Du kannst am schnellsten zum Haus zurück. In der Tasche, in der das Essen war, sind ein paar Flaschen."

Zee rennt ohne zu zögern los, und Jake beugt sich über Riva und betrachtet ihr Gesicht. Seiner harten Miene nach zu urteilen, würde ich denken, dass er so kühl und emotionslos ist wie immer, wäre da nicht das nervöse Zucken seiner Hände.

Er blickt ruckartig zu mir auf. „Warum ist sie noch nicht aufgewacht? Hast du alle inneren Organe in Ordnung gebracht?"

Drey runzelt die Stirn, und seine Hand drückt beruhigend meine Schulter. „Er hat offensichtlich alles getan, was er konnte, so gut er konnte."

Ich huste und schaffe es, ein wenig deutlicher zu sprechen. Ich will ihm nicht sagen, dass ich nicht mit Sicherheit sagen kann, ob sie wieder aufwachen *wird*.

„Ich glaube, ich habe die wichtigsten Teile geheilt. Sie scheint stabil zu sein." Ein weiterer Gedanke durchdringt meinen Geist und ist zu eindringlich, als dass ich ihn ignorieren könnte. „Ich werde sie auch von dem Gift heilen."

Jacobs Gesichtszüge zucken. „Natürlich", erwidert er schroff. „Heile alles. Mach einfach weiter."

Ich versuche, den Kloß in meiner Kehle hinunterzuschlucken. „Ich … Ich mache gleich weiter, ich brauche nur einen Moment …"

„Ist schon gut, Dom. Das war unglaublich." Andreas drückt mir noch einmal die Schulter, doch als er zu Riva hinunterschaut, ist der Schmerz in seinem Gesicht nicht zu übersehen.

„Sie wollte sich vor den Zug werfen", flüstert er.

Jacob streicht sich mit der Hand über den Kiefer. „Sie ist vor uns weggelaufen. Sie wollte *unbedingt* von uns weg …"

Seine Stimme verklingt mit einem Krächzen.

„Ich glaube nicht, dass es nur das war." Andreas zögert. „Als du sie provoziert hast, hatte ich kurz das Gefühl … *Wir* alle haben in den letzten Jahren neue Talente entdeckt. Bei ihr haben wir keine neue Fähigkeit gesehen. *Noch* nicht."

Meine Aufmerksamkeit richtet sich auf die bewusstlose Frau in unserer Mitte. Ich mustere den Körper, den ich wieder zusammengeschmolzen habe.

Verfügt sie auch über neue Kräfte, die sie für sich behält, so wie ich meine verheimlicht habe?

Ich habe keine körperliche Anomalie an ihr wahrgenommen, während ich sie geheilt habe, doch das muss nichts heißen.

„Das ist egal", knurrt Jacob und rappelt sich auf. „Wir haben es versaut. Ich habe es versaut …"

Seine Stimme bricht mit einem erstickten Laut ab. Aus der Erde ist das Reißen von Wurzeln zu hören. Einer der anderen jungen Bäume wird von seiner Kraft mitgerissen und wirbelt über das Feld.

Drey spannt sich an. „Dom braucht vielleicht …"

Den Rest seines Satzes höre ich nicht, denn in diesem Moment flattern Rivas Augenlider. Dann öffnet sie die Augen, und ihre hellbraunen Iriden leuchten zu mir auf.

DREISSIG

Riva

Mir tut alles weh.

Und das ist keine Übertreibung. Ich habe Schmerzen in der Brust, den Rippen, meinem Bauch und meinem Kopf. Und auch meine Schulter, meine Hüfte und mein Knie werden von einem tiefen Schmerz verzehrt, der mit meinen Atemzügen abwechselnd stärker und schwächer wird.

Sogar meine Ohren kribbeln. Meine großen Zehen pochen. Und mein verdammter kleiner Finger kribbelt. Als würde er von Nadelstichen durchbohrt werden.

Was zur Hölle! Wo bin ich?

Ich blinzle und starre zu Dominic hinauf, dessen schattenhaftes, hübsches Gesicht von Sorgen und Anspannung gezeichnet ist. Sterne funkeln am Nachthimmel hinter ihm.

Ich liege auf meinem Rücken, und das Gras kitzelt meine

nackten Arme. Die Luft kühlt die feuchten Stellen an meinem Oberkörper und meinen Beinen.

Dominic nimmt seine Hand von meinem Hals, und ich spüre etwas anderes über meinen Bauch gleiten. Etwas Dünnes und Sehnenartiges. Wie die Dinger, die über Doms Schultern ragen.

Die Formen sind undeutlich im Mondlicht, aber ich erkenne etwas Gebogenes mit Saugnäpfen an den Unterseiten. Ich blinzle noch einmal, doch der Anblick ändert sich nicht.

Aus seinem oberen Rücken wachsen zwei *Tentakel.*

Die Worte kommen mir über die Lippen, bevor ich sie zu Ende denken kann, und meine Stimme ist eher ein Quietschen. „Wann bist du ein Krake geworden?"

Dominics Miene verfinstert sich. Ich spüre, wie er sich vor mir verschließt, und die Erinnerungen an das, was kurz vor diesem Moment geschah, kehren mit einem Ruck zurück.

Das Bauernhaus. Andreas, der Keller. Und alles, was sie gesagt haben. All die Dinge, die mir bis dahin nicht klar waren, …

Ich schließe meine Augen und versinke wieder in den körperlichen Schmerz, der irgendwie beruhigender ist als die Wogen der Angst, die meinen ganzen Geist zu verschlingen drohen. Dom beantwortet meine Frage.

„Vor ungefähr dreieinhalb Jahren. Wir haben uns alle weiterentwickelt."

Seine Stimme ist fest, aber ruhig. Es schwingt keine Feindseligkeit darin mit. In meinem Kopf fügen sich weitere Teile zusammen.

Deswegen also der Parka und die Mäntel. Und das war es also, womit er die Wärter attackiert hat, als sie uns auf dem Campus angriffen. Was er mir nie zeigen wollte.

„Warum …?", krächze ich, kann die Frage aber nicht richtig formulieren.

Dominics Hand kommt auf meinem Brustbein zum Liegen. „Ich heile dich. Du bist ziemlich übel zugerichtet worden. Ich flicke dich so schnell zusammen, wie ich kann, aber es ist ein ganz schönes Stück Arbeit."

Als ich meine Augen wieder öffne, sind seine geschlossen. Ein Schwall von Wärme durchströmt mich, sowohl an meiner Brust, wo seine Finger liegen, aber hauptsächlich dort, wo seine Tentakel meinen Bauch berühren.

Das Gefühl strahlt durch mein Fleisch. Wenn die heilende Energie, die er vorher beschworen hat, ein Strom war, dann ist dies ein Fluss, der durch jede Wunde und jede Verletzung fließt, die geheilt werden muss.

Der andere Tentakel, der nicht um meinen Bauch geschlungen ist, legt sich gelegentlich um einen Baum. Die Spitze windet sich um den dünnen Stamm.

Die Äste sacken nach unten und der ganze Baum neigt sich in Richtung Boden, während die Rinde dunkel wird, als würde sie verfaulen.

Dominic scheint meinen Blick zu bemerken. „Irgendwoher muss die Energie ja kommen. Es gleicht sich alles aus, so oder so."

Oh. Er schöpft seine Heilenergie also aus den Blumen und dem Unkraut, das er immer pflückt.

Als ich meine Aufmerksamkeit wieder auf ihn richte, *vergrößern* sich die Tentakel, die ich über seine Schultern sehen kann. Nur ein wenig, vielleicht einen Zentimeter, aber unverkennbar. Als ob sie sich weiter aus seiner Haut herausziehen würden.

„Sie wachsen", murmle ich.

Dom stößt ein ersticktes Kichern aus. „Ja, das tun sie. Wenn ich meine Kräfte einsetze."

Die Erkenntnis trifft mich wie ein Schlag ins Gesicht.

Oh, Scheiße. „Deshalb wolltest du nicht … Du musst nicht …"

Seine andere Hand schließt sich sanft um meine, um keine neuen Schmerzen in den empfindlichen Gelenken hervorzurufen. „Es ist in Ordnung, Riva. Du brauchst das. Ich bin *froh*, dass ich das tun kann." Seine Stimme wird leiser. „Ich bin froh, dass du noch bei uns bist."

Ich brauche das … wegen des Zuges. Die letzte Erinnerung drängt an die Oberfläche, und ich zucke instinktiv zusammen, als würde ich den Aufprall noch einmal spüren.

Schritte nähern sich. „Geht es ihr gut? Tu nichts, was sie verletzen könnte."

„Natürlich nicht", antwortet Dominic, fast knurrend, während mein Blick von ihm zu dem anderen Mann wandert, der jetzt über mir steht.

Jacob starrt mich mit angespannter Miene an, und seine sonst so kühlen Augen glühen, als wären sie von blauen Flammen erleuchtet. Seine Hände sind zu Fäusten geballt, und die Sehnen in seinen Armen treten hervor.

Ich verspüre erneut einen Stich ins Herz und wende meinen Blick ab. Ich will … ihn nicht mehr sehen, nicht mehr mit ihm sprechen und mich nicht mehr mit seinem Blödsinn auseinandersetzen.

Jacob stößt ein frustriertes Grunzen aus, dann ertönt ein ächzendes Geräusch, wie ein dünner Ast, der vom Wind bewegt wird. Irgendwo außerhalb meines Blickfelds flucht Andreas, und das Gras knirscht unter seinen Schritten, als er auf uns zugeht.

„Du kannst so nicht weitermachen. Beruhige dich, verdammt noch mal."

„Wie soll ich mich beruhigen, wenn sie …"

Weitere Schritte poltern auf uns zu, und Zians atemlose

Stimme ertönt: „Ich habe drei Wasserflaschen mitgebracht." Ruckartig kommt er zum Stehen. „Ist sie wach?"

Ich bin mir nicht sicher, ob ich Zian sehen oder sprechen will, und schließe wieder die Augen, um in der schmerzhaften Dunkelheit meines Körpers zu versinken.

„Gib Dom eine", befiehlt Andreas. „Er muss sich ziemlich anstrengen. Und Riva sollte vielleicht auch eine bekommen."

Dominics Stimme ist unsicher. „Ich weiß nicht, ob sich ihr Magen und ... alles, was damit zusammenhängt, schon vollständig erholt hat. Sie wurde ziemlich hart an der Seite getroffen."

Als Nächster meldet sich Jacob zu Wort, und sein scharfer Tonfall verärgert mich. „Dann mach mit der Heilung weiter."

„Er tut sein Bestes", schnauzt Andreas. „Warum machst du nicht etwas Sinnvolleres, als Bäume auszureißen?"

Durch ein Flüstern von Stoff und eine Luftverschiebung weiß ich, dass Andreas gegenüber von Dominic auf meiner anderen Seite gekniet hat. Ich will ihn *auf keinen Fall* ansehen. Ich will nicht daran denken, wie verletzlich und leidenschaftlich ich ihm gegenüber war, wenn sein einziges Ziel darin bestand, mir Informationen zu entlocken.

Ich kann das nicht mehr. Auch wenn es mir lieber wäre, ich hätte den Zug nicht frontal umarmt, hat sich eine Sache nicht geändert.

Wenn ich noch länger bei meinen Jungs bleibe, werden sie mich entweder in Stücke reißen, oder ich werde ihnen das Gleiche antun. Womöglich sogar beides.

Sie wollen mich nicht. Welchen Sinn hat es dann, bei ihnen zu bleiben?

Dominics Hand an meinem Brustbein erschlafft abrupt. Der Wärmestrom lässt nach, doch ich merke, dass meine Schmerzen nicht halb so stark sind wie vorhin, als ich aufgewacht bin. Ich fühle mich nicht viel schlechter als in den letzten Tagen, in denen Jacobs Gift an mir gezehrt hat.

Als ob er diesen Gedanken gespürt hätte, fährt Dom mit den Fingern über meine Stirn und streicht mir eine Haarsträhne aus den Augen. „Ich habe auch das ganze Gift aus dir herausgezogen. Es wird dich also nicht mehr schwächen."

Worüber er wahrscheinlich froh ist, da das bedeutet, dass er sich dann auch nicht mehr damit auseinandersetzen muss. Doch wenn er auf jemanden wütend sein will, weil seine Tentakel dadurch größer geworden sind, sollte er das mit Jacob klären, nicht mit mir.

Ein Teil von mir möchte am liebsten im Erdboden versinken und nie mehr an die Oberfläche kommen, doch ich weiß, dass mich das nicht weiterbringen würde.

Ich zwinge mich, meine Augen zu öffnen und konzentriere mich auf die schattige Landschaft hinter meinen Füßen und nicht auf die Männer um mich herum. Ich spanne meine Muskeln an und bringe mich in eine sitzende Position.

Auf halber Höhe schwanke ich. Dominics Hand schießt hervor, um mich zu stützen, und sie zittert, als er mein Gewicht auffängt.

Wie viel hat ihm der Heilungsprozess abverlangt?

Ich stütze mich mit den Händen im Gras ab, um das Gleichgewicht zu halten, und spanne die einzelnen Gliedmaßen an, um ein Gefühl dafür zu bekommen, wie viel sie aushalten können.

Womöglich kann ich ja sogar laufen. Rennen kommt vermutlich nicht in Frage. Und auf keinen Fall kann ich Klippen erklimmen oder mich durch Lüftungsschächte zwängen.

Hoffentlich muss ich nichts von beidem jemals wieder tun, schließlich war das nicht meine Idee.

Einen Moment lang herrsch Schweigen, als ob die Männer darauf warten, dass ich etwas sage. Andreas räuspert sich.

„Riva, es tut mir leid", sagt er mit heiserer Stimme. „Es tut mir so leid. Ich wollte nur sichergehen, dass wir dir vertrauen können. Und inzwischen ist mir klar geworden, dass wir das können. Heute Abend ging es nicht darum, dich auszutricksen. Ich wollte wirklich nur mit dir reden. Alles andere war nicht geplant."

Ich schnaube, und gleichzeitig brennen lächerliche Tränen in meinen Augenwinkeln.

Wegen dieses manipulativen, verlogenen Arschlochs werde ich verdammt noch mal keine Träne vergießen.

Andreas fährt fort, immer noch angespannt, doch meine Reaktion scheint ihn nicht zu beleidigen. „Ich bin nach oben gegangen, um den Jungs zu sagen, dass sie sich geirrt haben. Dass *wir* uns geirrt haben. Und dass du die Wahrheit gesagt hast. Ich hätte dir alles erzählt, sobald sie zur Vernunft gekommen wären."

Natürlich behauptet er das jetzt.

Meine Hand hebt sich instinktiv zu meinem Hals, doch da ist nichts, was meine Finger umschließen könnten. Mit einem Anflug von Schmerz erinnere ich mich daran, dass ich die Halskette zerbrochen und fallen lassen habe.

Wahrscheinlich liegt sie im Bauernhaus auf dem Boden. Nicht, dass das eine Rolle spielt. Sie ist sowieso kaputt.

Eine andere Gestalt geht direkt vor mir in die Hocke und hält mir eine ausgestreckte Hand hin. Ich will gerade vor Jacob zurückweichen, als mein Blick an dem glitzernden Splitter hängen bleibt, der auf seinen Fingern liegt.

„Die hier gehört dir, Wildkatze", sagt er und sieht mich durchdringend an. „Ich habe das abgebrochene Stück wieder befestigt. Es sollte halten, bis wir es richtig verlöten können."

Eigentlich möchte ich nichts von ihm annehmen. Doch wenn es sowieso schon mir gehört, zählt es nicht, oder?

Meine Hand schießt hervor, um ihm den Anhänger aus der Hand zu reißen. Ich lege mir die Kette um den Hals, und fühle mich plötzlich wie ein wildes Tier, das gezähmt werden soll.

Ich bin nicht diejenige, die grundlos Leute angreift.

„Okay", sage ich steif. Meine Stimme ist immer noch ein wenig schwach. „Ich bin genug geheilt, dass ich zurechtkomme. Ihr könnt euch jetzt wieder auf eure Mission konzentrieren."

Zian tritt vor und bleibt am Rande meines Blickfelds stehen. „Was sagst du da?"

Muss ich wirklich noch deutlicher werden?

„Ihr braucht mich nicht. Ihr wollt meine Hilfe nicht. Ich habe es verstanden. Ihr könnt aufhören, mich zu schikanieren. Ich werde mir überlegen, was ich mit meinem Leben mache, und ihr könnt euer Leben weiterführen."

„Riva."

Andreas berührt meine Schulter, doch ich zucke zurück. Ich werfe ihm einen bösen Blick zu, bevor ich mich umdrehe und die vier Jungs anschaue.

Trotzdem füllen sich meine Augen erneut mit Tränen. Die Sache mit Andreas im Keller hat etwas in mir aufgerissen, was trotz Dominics Behandlung nicht wieder zugewachsen ist.

Meine Gefühle sprudeln schneller an die Oberfläche, als ich sie auffangen kann. „Ich dachte, wir wären vom gleichen Blut und würden füreinander da sein, so wie wir es bisher immer waren. Dass euch klar werden würde, wie viel ihr mir immer noch bedeutet und dass ich mich nicht verändert habe. Doch das war offensichtlich dumm von mir, also akzeptiere ich die Realität."

Als ich aufstehen will, hält Jacob mich fest. Er ragt über

mir auf und hält mein Gesicht mit beiden Händen fest, sodass ich ihn ansehen muss.

Es sei denn, ich schließe meine Augen.

Doch obwohl ich seinen Blick nicht erwidere, spricht er trotzdem. Seine Stimme ist angespannt und nachdrücklich. „Es war nicht dumm. Ich bin ein Riesenarschloch gewesen und ein Idiot obendrein. Ich weiß nicht, was ich getan hätte, wenn wir dich auch noch verloren hätten. Bitte geh nicht!“

Es war seine Stimme, die mich zurückholte, bevor ich zu weit gehen konnte. Mein Spitzname, sein flehender Tonfall. Bei der Erinnerung daran spanne ich mich an.

Selbst nach allem, was passiert ist, lassen seine Berührung und seine Nähe ein heißes Kribbeln auf meiner Haut zurück. Das *will* ich nicht. Auf keinen Fall.

Ich weiche so schnell zurück, dass Jacob seinen Griff löst, stoße dafür aber mit Dominic zusammen. Mit einem erstickten Laut rapple ich mich schließlich auf.

Meine Beine wackeln, aber sie halten mich. Das zerrissene Kleid klebt durch das getrocknete Blut an meinem Körper.

„Ich weiß nicht, warum das plötzlich eine Rolle für euch spielt“, schnauze ich und blinzle gegen die Tränen an. „Offensichtlich kanntet und mochtet ihr mich schon vorher nicht, wenn ihr dachtet, dass ich mich so einfach gegen euch wende.“

Zians Mund verzieht sich. „Du verstehst nicht.“

„Nein“, schieße ich zurück. „Das tue ich nicht. Und das muss ich auch nicht.“

Andreas macht einen Schritt auf mich zu, versucht aber diesmal nicht, mich zu berühren. „Ich kann es dir zeigen.“

Mein Blick wandert automatisch zu ihm. Beim Anblick der aufgewühlten Emotionen in seinen Augen bildet sich ein Kloß in meinem Hals.

„Ich kann die Erinnerung in deinen Geist projizieren“,

fährt er fort. „Meine Erinnerung an die Nacht, wie wir vier sie erlebt haben. Das rechtfertigt zwar nichts, aber vielleicht erklärt es einige Dinge."

Mein Körper protestiert, doch die Neugierde nagt an meinem Verstand. Was könnte passiert sein, das einen Unterschied machen würde?

Möglicherweise gar nichts. Vielleicht wird es nichts an meiner Einstellung zu ihnen ändern.

Wie dem auch sei, zumindest werde ich es wissen.

Ich schaue mich um, um zu sehen, ob einer der anderen Jungs etwas gegen seine Aussage einzuwenden hat, doch sie warten nur schweigend und gespannt. Ich wende mich wieder an Andreas.

„Gut. Aber mach schnell."

Er zögert. „Du solltest dich vielleicht lieber setzen."

So ungern ich es auch zugebe, er hat recht, wenn man bedenkt, wie zittrig meine Muskeln noch sind. Ich lasse mich auf ein Stück Gras sinken, das nicht von meinem Blut durchtränkt ist, und Andreas kniet sich ein paar Schritte von mir entfernt auf den Boden.

Er sieht mich mit dem rötlichen Schimmer in den Augen an, und die mondbeschienenen Felder um mich herum verschwinden.

Ich stürme durch die Tür meiner Zelle und sehe Dominic, der aus seinem Zimmer am Ende des Flurs rennt.

„Sie haben es geschafft", sage ich mit einem Grinsen auf dem Gesicht, doch es ist Andreas' Stimme. Weil es Andreas' Erinnerung ist. Ich sehe die Geschehnisse jener Nacht mit seinen Augen.

Wir laufen im Treppenhaus nach oben, um so schnell wie möglich zu den anderen zu kommen, und ein Trupp von Wärtern stürmt auf uns zu.

Als wären sie die ganze Zeit bereitgestanden. Als hätten sie gewusst, dass wir kommen würden.

Ich höre ein Grunzen von unten, und schon trifft mich ein Betäubungspfeil im Nacken. Ein anderer Wärter springt mit einem Elektroschocker vor, der Strom durch meinen Körper jagt. Ich stolpere über die Stufen.

Einen Moment lang wird alles schwarz. Dann sitze ich mit Dominic, Zian und Jacob in einem der kleineren Trainingsräume. Unsere Hände sind mit Handschellen auf dem Rücken gefesselt.

Ein paar bewaffnete Wärter stehen um uns herum. Ein anderer schreitet vor uns auf und ab.

„Was ihr heute Abend versucht habt, war höchst unverantwortlich, undankbar und völlig unangebracht. Dachtet ihr wirklich, dass da draußen ein wunderbares Leben auf euch wartet, ohne unsere Hilfe?"

Andreas' Kiefer verkrampft sich bei der Andeutung, dass wir die Wärter brauchen und dass sie uns helfen, anstatt uns festzuhalten. Wir schweigen.

Der Wärter fährt fort. „Wenigstens hatte eine von euch die Weitsicht zu erkennen, dass sie besser dran ist, wenn sie mit uns zusammenarbeitet, anstatt den Rest ihres Lebens auf der Flucht zu sein."

Andreas' Kopf ruckt unaufgefordert hoch. Ich starre den Wärter durch seine Augen an. Die anderen tun das Gleiche.

Die Erinnerung enthält keine Gedanken oder Gefühle, nur das, was ich aus den Sinneseindrücken interpretieren kann, doch ich nehme an, dass sie alle bemerkt haben, dass weder ich – als Riva – noch Griffin im Raum waren. Bestimmt haben sie sich gefragt, was mit uns passiert ist.

Der Wärter nimmt ein Tablet von einem Schreibtisch an der Seite des Raums und schlendert zu uns zurück. „Wir sind alle dafür geschaffen, auf uns selbst aufzupassen. Ihr habt Glück, dass wir uns hier so gut um euch kümmern. Daran solltet ihr denken, wenn ihr das nächste Mal den Drang verspürt, Intrigen zu schmieden."

Er dreht das Tablet zu uns, während auf dem Bildschirm ein Video abgespielt wird. Es ist ein Überwachungsvideo. Das Bild ist körnig und dunkel.

Es ist ein Blick auf den leeren Garten vor dem Gebäude, der nur durch den dunstigen Schein einiger Sicherheitslampen erhellt wird. Einen Moment später kommen zwei Gestalten ins Bild.

Ich – mein eigentliches Ich – und Griffin. Aus der Ferne spüre ich, wie mein echtes Herz schneller klopft, in entsetzter Erwartung dessen, was kommen wird.

Ich will ihn nicht noch einmal sterben sehen.

Doch ich kann meine Augen nicht schließen, denn es sind Andreas' Augen, und er hat jede Sekunde mitangesehen.

Die Gestalten auf dem Bildschirm scannen die Umgebung. Die Eine, mein jüngeres Ich, hält inne und geht dann auf Griffin zu, um ihn zu einem Kuss heranzuziehen.

Andreas schreckt zurück.

In dem Moment, in dem das echte Ich Griffin loslässt, wird er von dem Schuss getroffen. Er zuckt, und seine Beine knicken ein.

Das ist jedoch nicht das Schlimmste an der Sache.

Das Ich auf dem Bildschirm schreit nicht auf und wehrt sich nicht gegen den Ansturm der Angreifer, so wie ich es getan habe. Sie blickt vollkommen ruhig auf Griffins Körper hinunter und hebt dann den Kopf, um jemandem außerhalb des Bildes zuzunicken.

Eine kleine Gruppe von Wärtern erscheint. Einer von ihnen klopft mir auf eine fast freundliche Art auf die Schulter.

Sie führen mich zu einem Pick-up und lassen mich einsteigen. Ich lächle ihnen aus dem Fenster zu, bevor der Wagen wegfährt.

Ich *lächle* verdammt noch mal.

Jacob reißt an seinen Handschellen und drängt sich in

Richtung des Wärters. „Wo ist er? Wo ist mein Bruder? Was habt ihr mit ihm gemacht?"

Der Wärter schaltet das Tablet aus und wirft Jacob einen gleichgültigen Blick zu. „Dein Bruder hat leider nicht überlebt. Eine wichtige Erinnerung an die möglichen Konsequenzen, wenn man aus der Reihe tanzt."

„Du verdammter Mistkerl!", knurrt Jacob, und die Erinnerung fällt von mir ab.

Ich bin wieder in meinem eigenen Körper, umgeben von kühler, frischer Luft und saftigem Gras. Ich atme tief ein, und meine Augen brennen erneut.

„So ist es nicht passiert!", platze ich heraus. „So ist es nicht gewesen. Ich habe nie ... Sie haben mich auch angegriffen. Ich habe versucht, mich zu wehren, ich habe versucht, zu Griffin zu gelangen ..."

„Ich weiß", sagt Andreas leise. „Ich glaube dir. Sie müssen das Video manipuliert und gefälschte Aufnahmen eingebaut haben."

Ich starre ihn an. „Aber ihr habt es geglaubt. Ihr habt es die ganze Zeit geglaubt."

Dominic meldet sich zu Wort, leise und ein wenig zerknirscht. „Als sie uns die Aufnahmen zeigten, standen wir schon unter Schock. Dann sahen wir, dass Griffin gestorben war ... Wir sind durchgedreht und wussten nicht, was wir glauben sollten. Und du bist nie zurückgekommen."

Ich klopfe mit der Hand auf den Boden. „Doch, bin ich. Ich bin zurückgekommen, so schnell ich konnte."

„Das bist du", stimmt Jacob zu. „Und wir haben es vermasselt. Allen voran ich." Sein Kiefer bewegt sich, und er senkt den Blick.

Und vielleicht ergibt das auch Sinn, wenn man bedenkt, dass er derjenige war, den es am schlimmsten getroffen hat. Schließlich war es sein Zwillingsbruder, der gestorben ist.

Doch wenn ich ihn nur ansehe, erschaudere ich bei der

Erinnerung an all die harten Worte und bösartigen Befehle, die er mir entgegengeschleudert hat, seit ich sie befreit habe.

Ich weiß nicht, was ich mit all dem anfangen soll. Ich weiß nicht, wohin ich gehen soll. Ich sitze hier in einem zerrissenen, blutverschmierten Kleid, das nicht einmal richtig passt, und bin mir nicht einmal sicher, in welchem Zustand ich bin, ohne Geld, ohne Essen …

In mir lauert ein Monster, das nur darauf wartet, dass mich jemand wütend genug macht.

Ich fahre mir mit der Hand über den Mund und sehe die Jungs wieder an. „Wie geht es jetzt weiter? Was habt ihr vor?"

Sie zögern und tauschen Blicke aus. Jacob spricht zuerst.

„Wir suchen weiter nach Engel, finden heraus, was wir sind und wie wir das, was sie uns angetan haben, wieder in Ordnung bringen können. Und dann vernichten wir die Arschlöcher, die uns das angetan haben. Sie sind diejenigen, die dafür bezahlen müssen. Für Griffin. Für alles."

Zians Schultern sacken nach unten, und es ist offensichtlich, dass er sich unwohl fühlt. „Ich will nur diese beschissene Fähigkeit loswerden."

„Wir sind nah dran", sagt Andreas. „Womöglich finden wir sie schon in ein paar Tagen. Und je nachdem, was wir von ihr erfahren, können wir entscheiden, wie es weitergeht."

Ich ziehe meine Knie an meine Brust und umarme sie, während mir die ganzen Geschehnisse durch den Kopf gehen.

Ich will auch Antworten. Ich will die Frau treffen, die aus der Einrichtung vertrieben wurde, die sie aufgebaut hat. Die mein erstes Lächeln aufgenommen hat, als ob es ihr Freude bereitet hätte.

Es wird viel einfacher sein, zu ihr zu gelangen, wenn wir alle zusammenarbeiten. Außerdem können wir besser dafür sorgen, dass die Wärter uns nicht wieder schnappen, wenn wir uns gegenseitig den Rücken freihalten.

Vertraue ich darauf, dass die Jungs *mir* tatsächlich den Rücken freihalten? Ich denke, das haben sie in gewisser Weise immer getan. Selbst als sie mich für eine Verräterin hielten, sind sie jedes Mal eingeschritten, wenn ich in irgendeiner Weise in Gefahr war.

Die Einzigen, vor denen sie mich nicht beschützt haben, waren sie selbst.

Ich weiß, was ich am liebsten tun würde, und ich weiß, was Sinn ergibt, und das ist nicht dasselbe. Doch wenn ich mich entscheiden muss …

Ich habe über eine Woche überlebt, in der sie mich wie den Feind behandelt haben. Da kann ich es wohl noch ein paar Tage mit ihnen aushalten, solange sie sich *nicht* wie Arschlöcher verhalten, oder?

Solange sie sich nicht wie Idioten benehmen und mich verärgern, sollten sie diese unheimliche Kraft in mir nicht anstacheln.

Und das Gift ist weg. Wenn ich meine Meinung ändere, kann ich jederzeit gehen.

Schwankend rapple ich mich auf und straffe die Schultern. „In Ordnung. Dann sollten wir uns an den Plan halten.“

EINUNDDREISSIG

Riva

Der kühle Herbstwind, der nördlich von Glenlily zwischen den Bäumen hindurchweht, leckt an meinem Zopf, und ich bereue es, dass ich keine richtige Jacke, sondern nur diesen Kapuzenpullover angezogen habe. Wir wollten es nicht riskieren, in ein richtiges Geschäft zu gehen, und in dem Bauernhaus haben wir keine Jacken gefunden.

Wenigstens trage ich wieder mein bequemes Shirt und meine Cargohose statt des viel zu großen Kleides.

Ich ziehe mir den Pulli bis zum Kinn hoch und stapfe weiter, wobei ich die Jungs um mich herum am Rande meines Blickfelds wahrnehme. Wir haben uns in dem hügeligen Gelände verteilt, damit wir Wege wählen können, auf denen wir uns möglichst unauffällig durch das Gestrüpp wühlen können, und gleichzeitig einen besseren Überblick über unsere Umgebung haben.

Vor etwa einer Stunde haben wir die winzige Stadt Glenlily passiert, nachdem wir den Pick-up zurückgelassen haben, den wir uns direkt hinter der kanadischen Grenze zugelegt haben. Wenn die Wärter vermuten, dass wir hierherkommen könnten, überwachen sie sicherlich die Straßen.

Wir haben keine Ahnung, wie weit ihre Überwachung reichen wird. Möglicherweise ist auch gar keiner von ihnen hier oben, wenn sie nicht bedacht haben, dass wir uns für ihre ehemalige Chefin interessieren könnten. Oder was auch immer Ursula Engel für sie war.

Wir müssen jedoch nicht nur nach möglichen Angreifern Ausschau halten, sondern auch nach Engels Anwesen. Andreas weiß nur, dass es sich irgendwo nördlich von Glenlily befindet. Er hat keine Ahnung, wo genau.

Ich hoffe, dass „nördlich" zumindest relativ genau war. In diesem dichten Wald wäre es furchtbar einfach, einfach an einem abgelegenen Haus vorbeizulaufen.

Zunächst folgten wir einer Schotterstraße, die sich für den ersten Kilometer nördlich der Stadt erstreckte. Irgendwann mündete sie allerdings in einen Privatweg und dann in einen überwucherten Pfad, bei dem ich mir nicht sicher bin, ob er für die meisten Fahrzeuge überhaupt befahrbar ist.

Zian behält ihn jedoch im Blick, da wir davon ausgehen, dass Engel *irgendwie* Vorräte hierhertransportieren musste. Irgendwie bezweifle ich, dass sie den ganzen kanadischen Winter von ihrem eigenen Anbau lebt.

Ob man sich ausschließlich von Ahornsirup und Tannennadeln ernähren kann?

Ein loser Stein verschiebt sich unter meinem Fuß, doch es gelingt mir, mein Gleichgewicht wiederzuerlangen, bevor ich richtig stolpere. Sofort richten sich zwei Augenpaare auf mich. Dominics zu meiner Linken und Jacobs zu meiner Rechten.

Diesmal liegt jedoch keine Feindseligkeit in ihren Blicken. Dom kommt ein wenig näher und hebt die Augenbrauen, was ich als Frage verstehe, ob es mir gut geht.

Ich nicke ihm kurz zu. Meine Eingeweide zucken immer noch gelegentlich, als wären da ein paar winzige Risse, die noch nicht zusammengewachsen sind. Gestern habe ich mich den Großteil des Tages im Zug ausgeruht.

Im Moment fühle ich mich *besser* als die letzten Wochen.

Das liegt vor allem daran, dass kein Gift mehr durch mich hindurchfließt und mich zermürbt.

Ich ignoriere Jacobs Blick, obwohl ich spüre, wie er auf mir verweilt, während wir uns weiter zwischen den Bäumen hindurchbewegen. Seit der Nacht, in der ich beinahe von dem Zug überfahren worden wäre, verhält er sich mir gegenüber eher beschämt als anklagend. Trotzdem habe ich mich noch nicht ganz von dem emotionalen Peitschenhieb erholt.

Wie kann ich sicher sein, dass er es sich nicht wieder anders überlegt, wenn ich eine andere Entscheidung treffe?

Ich atme tief ein, fülle meine Lunge mit der kühlen Luft, die nach Kiefern riecht, und erstarre beim Geräusch eines knackenden Zweiges.

Knack, knack, knack, dreimal in schneller Folge. Das ist das Signal, das wir mit Zian vereinbart haben, falls er etwas entdeckt.

Ohne ein Wort zu sagen, schleichen wir anderen durch den Wald auf ihn zu. Er ist ein wenig vorausgeeilt und steht jetzt auf dem Kamm einer niedrigen, moosbewachsenen Klippe.

Er wartet, bis wir uns alle um ihn versammelt haben, und deutet dann den steilen Abhang hinunter. Ich sehe nichts als Bäume, doch Zian sieht vermutlich durch sie hindurch.

„Der Pfad zweigt dort oben in zwei Richtungen ab", raunt er leise. Seine Stimme ist kaum lauter als das Rauschen des Windes in den Blättern über ihm. „An der Abzweigung steht eine kleine Hütte. Ich glaube, da ist jemand drin."

Andreas blickt in die Richtung, als ob er glaubt, dass er auch durch feste Gegenstände hindurchsehen könnte, wenn er sich nur genug anstrengt. „Meint ihr, das ist ein Wachposten?"

Zian nickt. „Oder so etwas in der Art. Vielleicht wird es von den Park-Rangern benutzt, aber … Wenn der Blick, den ich erhaschen konnte, das ist, was ich denke, dann trägt der Kerl da drin einen Metallhelm."

Ein Wärter. Mein Puls beschleunigt sich, und meine Muskeln spannen sich instinktiv an.

Jacobs Mund verzieht sich grimmig. „Wir gehen hinunter und befragen ihn, aber wir müssen vorsichtig sein. Es könnten noch mehr von ihnen in der Nähe sein, und er hat bestimmt eine Möglichkeit, sie zu alarmieren, wenn es Probleme gibt."

Dom sieht ihn an. „Wenn niemand anderes in der Nähe ist und wir nahe genug herankommen, um nachzusehen, könntest du ihn mit deinen Kräften herausziehen, bevor er uns überhaupt sieht."

Andreas schüttelt den Kopf. „Nein. Erinnerst du dich an die Wächter, die uns in der alten Einrichtung erwischt haben? Er könnte seine Erinnerungen vor mir verbergen, wenn er weiß, dass er das tun muss."

Jacob schenkt ihm ein zögerliches Lächeln, als wäre er sich nicht sicher, wie Andreas auf seine Bedenken reagiert, selbst wenn sie berechtigt sind. „Ja, zuerst sollte Drey so viel wie möglich herausfinden, bevor wir in eine körperliche Auseinandersetzung geraten."

Ich gehe davon aus, dass wir das geklärt haben, doch Doms Blick gleitet zu mir. „Was meinst du, Riva?"

Es ist das erste Mal, dass einer von ihnen mich nach meiner Meinung zu einer Strategie fragt. In den letzten Wochen haben sie meine Meinung weitgehend ignoriert, selbst wenn ich darauf bestand, sie ihnen mitzuteilen.

Ich zögere und spüre die Aufmerksamkeit aller auf mir. Ich habe nicht wirklich etwas hinzuzufügen. Meine Fähigkeiten werden bei einem Verhör nicht besonders hilfreich sein.

Zumindest nicht die typischen.

„Klingt gut", sage ich. „Falls er etwas merkt, kann ich wieder meine Mitleidsnummer abziehen, um ihn von Andreas abzulenken."

Jacobs Kinnlade zuckt bei dem Wort „Mitleidsnummer". Er hat mir diese abschätzige Bezeichnung mehrmals ins Gesicht geschleudert.

Andreas schenkt mir ein Lächeln, das noch unsicherer ist als das von Jacob vorhin. „Ich werde mein Bestes tun, damit du das nicht tun musst."

Ich zucke mit den Schultern, als ob es keine große Sache wäre, doch ich würde es wirklich vorziehen, nicht noch einmal meine Seele vor einem Fremden zu entblößen, wenn ich die Wahl habe.

Ich will einfach nur diese Frau finden und die Mission zu Ende bringen. Dann werden wir wissen, was wirklich Sache ist und ob das alles einen Sinn hatte.

Wir gehen langsam den Berg hinunter, wobei wir uns noch vorsichtiger fortbewegen als zuvor. Als wir den Fuß der Klippe erreichen, kann ich durch die Bäume hindurch ein paar Splitter einer Struktur erkennen. Die Holzhütte fügt sich perfekt in den Wald ein, und die Stämme sind im Laufe der Jahre durch die Witterung dunkler geworden.

Andreas übernimmt die Führung, denn für diesen ersten Teil des Plans ist die Reichweite seiner Fähigkeit entscheidend. Leise schleicht er durch das Gebüsch, den Blick geradeaus gerichtet.

Als er anhält, bleiben wir ein paar Schritte hinter ihm stehen.

Mehrere Minuten lang warten wir alle einfach nur. Außer unserem Atem ist alles still. Auch Andreas steht schweigend da, doch ich kann die Anstrengung in seiner Haltung erkennen.

Seine Schultern senken sich abrupt, als er leicht röchelnd ausatmet. Er schreitet wieder auf uns zu.

„Er arbeitet definitiv mit Engel zusammen", flüstert er. „Er hat schon lange mit ihr zu tun. Ich kann nicht sagen, welche seiner Erinnerungen, die aktuellsten sind, und ich konnte in keiner von ihnen erkennen, wie man von hier aus zu dem Haus kommt und ob es überhaupt in der Nähe ist."

„Kannst du sagen, wie viele andere Wärter hier in der Nähe sein könnten?", fragt Zian, der sich mit besorgter Miene im Wald umsieht.

Andreas verzieht das Gesicht. „Als er mit ihr gesprochen hat, waren auf jeden Fall ein oder zwei andere bei ihm, also denke ich nicht, dass wir uns darauf verlassen sollten, dass außer ihm niemand hier ist."

Ich schlinge die Arme um meine Mitte. „Weißt du, ob er uns gehört hat?"

„Nein, aber ich kann das, was ich sehe, nur durch direkte Interaktionen eingrenzen. Er hat uns noch nie persönlich gesehen. Wenn jemand mit ihm über uns gesprochen oder ihm Bilder gezeigt hat, würde ich das nicht unbedingt in seinem Geist finden."

Dominic runzelt die Stirn. „Wir könnten uns einfach an ihm vorbeischleichen und einen der Wege ausprobieren. Wenn uns das nicht weiterbringt …"

Seine Andeutung wird von einem plötzlichen elektronischen Geräusch unterbrochen, das uns alle aufschrecken lässt. Als es durch den Wald schallt, greift Jacob in seine Tasche.

„Das Telefon. Was zum Teufel? Ich hatte es doch auf lautlos gestellt."

Andreas deutet wild auf ihn. „Das muss eine Art Notfallalarm sein. Schalte es aus!"

Aber es ist zu spät. Noch während Jacob auf den Bildschirm tippt, geht die Tür zur Hütte auf.

„Jake!", knurrt Zian, leise und eindringlich, und ich weiß, dass es nicht um das Telefon geht.

Jacob dreht sich zu dem Wärter um, der mit erhobenem Gewehr auf uns zumarschiert, und macht eine rasche Bewegung mit seinen Händen.

Das Gewehr fliegt durch die Luft, während der Mann zu Boden stürzt und ein erschrockenes Grunzen ausstößt.

Wir rennen durch die Bäume zu dem zugewachsenen Pfad, wo der Wärter gestürzt ist. Er starrt unter seinem Helm zu uns auf und zappelt mit seinen Händen, die von Jacobs Kraft am Boden festgehalten werden.

Dem Zucken seiner zusammengepressten Lippen nach zu urteilen, vermute ich, dass Jacob auch seinen Mund geschlossen hält. Nur gedämpfte, verzweifelte Laute sind zu hören.

„Durchsucht ihn nach Waffen oder Kommunikationsgeräten", befiehlt Jacob mit einem Hauch von Anspannung in der Stimme.

Wir stürmen auf den Wärter zu. Andreas zieht dem Mann den Helm vom Kopf, und Zian reißt seine Metallweste auf und tastet sein Hemd ab, während Dominic seine Hüfttaschen durchsucht.

Ich ziehe erst einen Stiefel und dann den anderen aus, durchsuche sie nach Messern und werfe sie dann in den Wald. Ich will es diesem Arschloch nicht noch leichter machen, zu fliehen.

Die Jungs finden ein Walkie-Talkie und eine Pistole. Zian reicht sie Dominic, da er am meisten eine Waffe braucht.

Während er das Walkie-Talkie in seine breite Hand nimmt, blickt Jacob auf unseren Gefangenen hinab. „Du wirst unsere Fragen beantworten, oder du wirst eines langsamen, schmerzhaften Todes sterben. Die Entscheidung sollte dir also nicht allzu schwerfallen."

Für die Wärter, die wir zuvor verhört haben, war es das allerdings nicht. Und dieser Mann wirkt auch nicht viel gesprächiger. Seine zusammengekniffenen Augen verdunkeln sich vor Zorn, obwohl ich seine Angst riechen kann.

„Wo können wir das Haus von Ursula Engel finden?", fragt Jacob.

Ich nehme an, dass er den Mann nun nicht mehr am Sprechen hindert, doch als sich die Lippen des Wärters öffnen, schnappt er nur hastig nach Luft.

Nur der Bruchteil eines Warnschreis entweicht seinem Mund, bevor Jacob ihn wieder dazu bringt, ihn zu schließen. Der Mann gibt ein frustriertes Wimmern von sich und windet sich auf dem Boden.

„Falsche Antwort", schnauzt Jacob und biegt dem Mann die Finger um. Der Daumen knackt, als würde ein Knochen brechen.

Ein frischer Hauch von Stress-Pheromonen steigt mir in die Nase, und mir kommt eine Idee in den Sinn. Vielleicht gibt es eine Möglichkeit, wie ich mit meinen normalen Fähigkeiten dazu beitragen kann, dass wir ein paar Antworten bekommen.

„Warte", sage ich und strecke meine Hand aus.

Ich erwarte, dass Jacob widerspricht, doch stattdessen beobachtet er mich schweigend. Ich gehe auf den Mann zu und steige über ihn hinweg, sodass meine Füße links und rechts neben seiner Brust stehen.

Die Hände in die Hüfte gestemmt, starre ich auf ihn hinab. Es fühlt sich gut an, bei einer Konfrontation ausnahmsweise mal die größere Person zu sein.

Dieser Mann weiß nicht, über welche Kräfte ich verfüge. Selbst den Wärtern, die für uns verantwortlich waren, muss inzwischen klar sein, dass wir über Fähigkeiten verfügen, die wir vor ihnen geheim gehalten haben.

Warum also nicht so tun, als könnte ich seine Gedanken lesen.

Ich fixiere ihn ein paar Augenblicke lang und deute dann auf die linke Abzweigung. „Da lang."

Nichts rührt sich in der Luft. Ich runzle die Stirn, als hätte ich etwas Neues aufgeschnappt, und stoße dann ein leises Glucksen aus. „Oh nein, so leicht lassen wir uns nicht austricksen. Da lang."

Als ich auf den rechten Weg zeige, steigt mir der erwartete Anflug von Stress in die Nase. Ein Grinsen umspielt meine Lippen, und Erleichterung flackert in mir auf.

Ich habe ihn.

„Auf jeden Fall da lang", sage ich mit noch mehr Zuversicht und werfe einen Blick auf den Weg, der nach rechts führt, bevor ich unseren Gefangenen wieder ansehe. „Mal sehen, mit wie viel Gesellschaft wir unterwegs zu rechnen haben und wie wir sie am besten überrumpeln können."

Ein weiterer Schwall nervöser Pheromone. Es *gibt* also noch mehr Wärter, und jetzt macht er sich Sorgen um ihre Sicherheit.

Dank seiner animalisch geschärften Sinne durchschaut Zian meine Taktik als Erster. Seine muskulösen Arme sind angespannt, als er näher an den Mann herantritt.

„Er versucht, zu schreien. Jemand muss ganz in der Nähe sein."

„Ja", erwidere ich, als ich einen Hauch von Bestätigung wahrnehme. „Aber wir müssen uns nur um den kümmern und dann noch um einen … nein, zwei …" Ein weiterer Anflug von Angst. „Drei insgesamt, und wir haben freie Bahn."

Zian knackt mit den Fingerknöcheln und grinst mich an. Die Bewunderung in seinen Augen wärmt mich, obwohl ich mir vorgenommen habe, mich von diesen Typen fernzuhalten. „Das sollte nicht allzu schwierig sein."

„Nein. Vor allem, weil sie nur die gleichen Waffen haben wie dieser Kerl, und vielleicht ein paar Betäubungsmittel."

Ein weiteres Aufflackern von Stress bestätigt meine Vermutung. Er würde sich keine Sorgen machen, wenn ich seine Kollegen unterschätzen würde, wenn sie noch mehr Tricks auf Lager hätten.

Ich mustere ihn noch einige Sekunden lang. „Pech für die Wärter, dass sie nicht geglaubt haben, dass wir hierherkommen würden. Sonst hätten sie womöglich eine ganze Armee geschickt."

Der Mann verzieht das Gesicht, unfähig, seine Wut auf andere Weise zum Ausdruck zu bringen. Meine Aussage scheint also zumindest relativ nahe an der Wahrheit zu liegen, denn sie hat ihn wieder einmal wütend gemacht und in Angst versetzt.

Ich trete von ihm weg und sehe Jacob an. „Ich denke, das ist alles, was wir wissen müssen."

Jacob sieht mich unverwandt an und neigt den Kopf. Die Geste des Vertrauens versetzt mir einen unerwarteten Stich ins Herz. Er glaubt mir, einfach so.

Dann richtet er seine Aufmerksamkeit wieder auf den Mann am Boden und bricht ihm ohne ein weiteres Wort das Genick.

Zian setzt sich automatisch in Bewegung und schleift die

Leiche außer Sichtweite in den Wald. Andreas sieht mir in die Augen und stößt einen leisen Pfiff aus.

„Das war eine ziemlich krasse Nummer, Tinkerbell. Den Trick müssen wir uns merken.“

Ich wende meinen Blick ab. Das Kompliment und die Zuneigung in seinem Tonfall bringen meine Nerven zum Flattern. „Hoffentlich nicht. Also los. Wir müssen noch mit drei weiteren Arschlöchern fertig werden.“

Und dann, wenn ich recht habe, werden wir der Frau gegenüberstehen, mit der alles begann.

ZWEIUNDDREISSIG

Riva

Das Haus erinnert mich so sehr an den alten Zeitungsausschnitt, dass ich einen Moment innehalten muss, um sicherzugehen, dass ich nicht halluziniere.

Die Bäume darum herum sind zwar nicht mit Schnee bedeckt, doch die nadeligen Zweige schmiegen sich in einer waldigen Umarmung um die Blockwände. Die Mauern erheben sich über zwei Stockwerke an dem niedrigen Hang, und das spitze Dach lässt mich vermuten, dass sich darunter eine gewölbte Decke befindet.

In den großen Fenstern spiegelt sich der Wald. Die Nachmittagssonne ist zu hell, um hineinschauen zu können.

Zumindest für meine Augen. Zian blickt hinein und schaut dann zu uns.

„Ich werde mich etwas näher heranschleichen, um einen

besseren Blick hineinwerfen zu können. Um sicherzugehen, dass da drin keine Wärter sind."

Jacob nickt. „Sei vorsichtig."

Während Zian sich im Schutz der Bäume an das Haus heranschleicht, reibt sich Andreas den Mund. Seine Miene ist ungewöhnlich nachdenklich. „In den Erinnerungen der Wärter wirkte es eher so, als wären sie ihre Kerkermeister und nicht ihre Beschützer. In den Gesprächen klang sie stets so, als wäre sie genervt, dass ihr Haus bewacht wurde."

Entlang des Waldweges waren drei weitere Wärter stationiert, genau wie ich es vermutet hatte. Abgesehen von dem, was Andreas gerade sagte, haben wir allerdings von keinem von ihnen etwas Nützliches erfahren.

Ich denke zurück an die anderen Dinge, die wir über Ursula Engel herausgefunden haben. „Sie haben sie aus etwas herausgedrängt, das sie aufgebaut hat. Bestimmt haben sie Angst, dass sie irgendwelche Geheimnisse verrät."

An uns? Oder an die Öffentlichkeit?

Was *würden* die normalen Menschen denken, wenn sie herausfänden, dass es Menschen wie mich und die Männer um mich herum gibt?

Ein Bild von Brookes verstümmeltem Körper schießt mir durch den Kopf. Das war zwar nicht unsere Schuld, doch auch wir haben schon viel Gewalt ausgeübt.

Irgendwie glaube ich nicht, dass die Durchschnittsmenschen uns besonders freundlich gesonnen wären. In jedem Monsterfilm, den ich je gesehen habe, werden die seltsamen Kreaturen, die Mutanten und die Freaks mit Schreien und Schüssen begrüßt, nicht mit offenen Armen.

Doch die Frau in diesem Haus weiß, was wir sind, und hat sich beinahe schon mütterlich um uns gekümmert. Ich nehme an, dass sie an unserer *Erschaffung* beteiligt war, entweder direkt oder indem sie anderen Anweisungen erteilte.

Und vielleicht werden wir bald herausfinden, wie und warum.

Andreas macht eine Bewegung in meine Richtung. Seine Finger streifen nur wenige Zentimeter von meinem Arm entfernt durch die Luft, ohne mich zu berühren. „Riva, kann ich kurz mit dir reden?"

Er winkt mich von Jacob und Dominic weg. Als die anderen Jungs ihm einen neugierigen Blick zuwerfen, verkrampfen sich meine Beine instinktiv.

Andreas schluckt hörbar, und ein Anflug von Unbehagen huscht über sein Gesicht. „Bitte", fügt er hinzu. „Ich werde dir nicht zu nahe kommen. Ich möchte wirklich nur mit dir reden."

Das Reden hat überhaupt erst alles kaputtgemacht, doch seine raue Stimme dringt gegen meinen Willen zu mir durch.

Wenn mir nicht gefällt, was er zu sagen hat, kann ich jederzeit wieder zu den anderen gehen.

„Na gut."

Er führt mich durch das Gebüsch vom Haus weg, bis die anderen nur noch Farbfetzen zwischen den Bäumen sind. Dann bleibt er stehen. Wie versprochen hält er gute anderthalb Meter Abstand zwischen uns und dreht sich zu mir um.

Andreas war schon immer der lebenslustigste von uns, derjenige, der Witze reißt oder herumalbert. Doch jetzt ist in seinem Gesicht nicht die geringste Spur von Humor zu erkennen.

Seine grauen Augen sind dunkler als sonst, und seine Lippen sind zu einer dünnen Linie zusammengepresst. Seine normalerweise braune Haut sieht selbst im hellen Tageslicht fahl aus, als wäre ihr die Grundfarbe entzogen worden.

Als ich ihn so sehe, möchte ich ihn trotz allem am

liebsten umarmen. Doch ich widerstehe dem Drang und behalte meine Arme bei mir.

„Es tut mir leid", sagt er mit leiser Stimme. „Ich weiß, dass ich das schon mal gesagt habe, und ich weiß, dass es nicht genug ist, aber ich habe keine Ahnung, was ich sonst tun soll. Und wer weiß, was geschehen wird, wenn wir dieses Haus betreten."

Er hält inne und nimmt einen zittrigen Atemzug, während ich einfach nur stumm und mit einem flauen Gefühl im Magen dastehe. Wie kann es sein, dass mir sowohl die Qualen, die dieser Mann mir zugefügt hat, als auch der Schmerz, den ich in seiner Stimme höre, so wehtun?

Andreas sieht mir tief in die Augen, und Entschlossenheit flackert in seinem Blick auf. Seine Hand zuckt, als wolle er nach mir greifen, doch er hält sich zurück.

Ich kann seine Nervosität schmecken. Er denkt, dass das, was ich hier tue, was ich sage, ihn verletzen könnte.

„Ich hätte die Geschichte der Wächter oder das dumme Video nicht glauben sollen", fährt er fort. „Mir hätte vom ersten Moment an, als du zu uns zurückkamst, klar sein müssen, dass du die Wahrheit sagst."

Mein Kiefer verkrampft sich. „Ja, das hätte es."

Sein Kopf sinkt leicht nach unten, doch er bricht den Blickkontakt nicht ab. „Ich war ein Idiot und habe mich geirrt. Und ich werde alles tun, was nötig ist, um das wiedergutzumachen, egal, wie lange es dauert. Doch du musst wissen, dass ich in jener Nacht in dem Bauernhaus versucht habe, Jake davon zu überzeugen, dass wir dir vertrauen können. Ich wusste, dass du auf unserer Seite bist. Ich wollte verstehen, was du durchgemacht hast, und ich hoffte, wenn ich mehr von der Geschichte wüsste, könnte ich ihn dazu bringen, das zu erkennen, was ich bereits begriffen hatte."

„Trotzdem hast du mich ..." Ein Kloß bildet sich in

meiner Kehle, während ich nach den richtigen Worten suche, „… manipuliert. Du hast das Gespräch in eine bestimmte Richtung gelenkt. Du hast mir Geschichten erzählt und es so hingestellt, als würdest du denken, *du* würdest die anderen Jungs hintergehen …"

„Das war alles wahr", unterbricht mich Andreas mit einem rauen Lachen. „Verdammt, ich habe versagt. Sie sind damals alle zusammengebrochen. Ich war der Einzige, der nicht am Boden war, und ich habe immer noch keinen Weg gefunden, sie wieder aufzubauen. Zumindest nicht richtig. Und jetzt habe ich auch bei dir versagt."

„*Ich* kann das nicht in Ordnung bringen."

„Ich weiß." Er senkt seinen Blick für eine Sekunde, bevor er wieder zu mir aufschaut. „Ich habe alles ernst gemeint, was ich in dieser Nacht gesagt habe. Jedes Detail. Ich liebe dich, und zwar schon so lange, wie ich überhaupt eine Ahnung hatte, was dieses Wort bedeutet. Es ist eine verdammte *Ehre*, Teil deines Lebens zu sein, wie auch immer das aussehen mag."

Er hebt seine Hand an seine Brust, zu der Stelle, wo sich das Mal befindet, das gerade von seinem Shirt verdeckt wird. „Ich habe es vermasselt, ich habe das Wertvollste kaputt gemacht, was ich je im Leben hatte, und egal, was passiert, egal, was diese Arschlöcher uns als Nächstes antun, ich werde bis zu meinem letzten Atemzug dafür kämpfen, es wiedergutzumachen. Ich hoffe nur, dass ich meinen letzten Atemzug nicht in den nächsten ein oder zwei Stunden nehmen werde."

Seine Worte lösen eine Gefühlswelle nach der anderen in mir aus. Der letzte Satz reißt mich aus dem Dunst. „Glaubst du, es ist wirklich so gefährlich, da hineinzugehen?"

Andreas verzieht das Gesicht. „Ich weiß es nicht. Aber das ist eine große Sache, und wir haben nicht annähernd den vollen Überblick … Ich werde das Gefühl nicht los, dass wir in etwas hineingeraten, aus dem wir nicht mehr so leicht herauskommen. Und ich wollte das Risiko nicht eingehen, ohne dir zu sagen, wie viel du mir bedeutest."

Er berührt erneut seine Brust. Diesmal legt er seine Hand direkt auf sein Herz. „Wir sind vom gleichen Blut."

Meine Finger krümmen sich von selbst und wollen sich zu der gleichen Stelle auf meiner eigenen Brust heben.

„Wir sind vom gleichen Blut", murmle ich. „Ich weiß nicht, was passieren wird. Doch ich will herausfinden, was genau das bedeutet. Und dann … Was auch immer wir tun und was auch passieren wird, es wird dort beginnen."

„Ja."

Andreas betrachtet einen Moment lang mein Gesicht, doch wenn er sich mehr Absolution von mir erhofft hat, kann ich sie ihm nicht geben. Dominic hat erstaunliche Arbeit geleistet, um meinen Körper zusammenzuflicken, doch meine Gefühle sind immer noch zerklüftete Scherben, die von meiner Kehle bis hinunter zu meinem Bauch aneinander kratzen.

Diesmal drängt Drey nicht auf die Antworten, die er haben will. Er neigt einfach den Kopf und dreht sich langsam um, um mir zu verstehen zu geben, dass er zu den anderen zurückgeht.

Ich halte den ganzen Rückweg über Abstand, doch vielleicht kratzen einige der Scherben in mir nicht mehr ganz so stark wie früher.

Als wir Jacob und Dom erreichen, kommt Zian aus der anderen Richtung auf uns zu.

„Ich konnte sonst niemanden drinnen sehen", sagt er leise. „Engel ist da. Oder zumindest eine Frau, die so aussieht, wie Drey sie beschrieben hat. Sie sitzt im Wohnzimmer mit einer Tasse und einem Buch. Ansonsten ist das Haus leer."

Wir tauschen alle einen Blick aus. Ich hebe mein Kinn und spreche, bevor Jacob das letzte Kommando geben kann.

„Worauf warten wir dann noch? Mal sehen, was sie zu sagen hat.“

DREIUNDDREIßIG

Riva

Jacob nutzt seine Kraft, um das Kellerfenster zu entriegeln und es mit leisem Rütteln Stück für Stück nach oben zu schieben. Zian hat mit seinen scharfen Augen eine Alarmanlage entdeckt, die an den Türen des Hauses angebracht ist, die Fenster sind allerdings nicht gesichert.

Einer nach dem anderen schleichen wir uns in die Dunkelheit. Der Geruch von Kiefernharz hängt in der Luft. Er kommt zweifellos von den Holzstapeln, die den größten Teil des unmöblierten Raums einnehmen.

Die Kälte folgt uns von draußen nach drinnen. Sobald Zian sich als Letzter hindurchgezwängt hat, schiebt Jacob die Scheibe wieder zu.

Wer weiß, ob Engel sensibel genug ist, um einen seltsamen Luftzug zu bemerken? Doch sie wird früh genug erfahren, dass wir hier sind.

Wir schleichen uns zwischen den Holzstapeln hindurch zu der schmalen Treppe, die ins Erdgeschoss führt. Am oberen Treppenabsatz gibt es keine Tür, nur ein Rechteck aus Licht, durch das etwas Wärme weht.

Wie abgesprochen geht Andreas voran. Wir wissen nicht, ob er in der Lage sein wird, Engels Erinnerungen heimlich zu lesen, doch wenn er die Chance dazu hat, soll er sie nutzen.

Auch wenn sie der Einrichtung, aus der wir geflohen sind, nicht wohlgesonnen ist, können wir nicht wissen, wie sie uns empfangen wird.

Zian hat uns den Grundriss beschrieben, und was wir vorfinden, entspricht tatsächlich meinen Vorstellungen. Das Hauptgeschoss ist ein offener Raum mit einer Kellertür am Ende der großen Küche. Dunkle Holzschränke und schwarze Geräte glänzen um uns herum.

Eine Kücheninsel trennt die Küche vom Ess- und Wohnzimmer, und wir schleichen über die glatten Fliesen auf sie zu.

Als Andreas die Insel erreicht, späht er um die Seite. Er reckt seinen Hals und blickt dann mit finsterer Miene und kopfschüttelnd zu uns zurück.

Von hier aus kann er Engel nicht sehen, um in ihren Geist einzudringen. Wir werden uns auf unsere anderen Fähigkeiten verlassen müssen. Und auf ihre mögliche Bereitschaft zu reden.

Mit einer Geste erinnert uns Jacob an die Anweisungen, die er gegeben hat, bevor wir eintraten. *Wir nähern uns langsam, bleiben wachsam und halten Ausschau, falls sie eine Waffe hat. Ich werde sie entwaffnen, falls es nötig ist.*

Wir sollten nicht zu forsch an die Sache herangehen, sagte Dominic. *Womöglich ist sie nicht unsere Feindin. Wir müssen ihr die Chance auf ein friedliches Gespräch geben.*

Jacob verzog das Gesicht, nickte aber. Das erhoffen wir uns alle. Keine Kämpfe mehr, nur noch Antworten.

Ist es verrückt, dass wir das überhaupt hoffen?

Ich kann Engel auch nicht sehen, doch das Flüstern einer Seite, die umgeblättert wird, dringt an meine Ohren, gefolgt vom Klirren ihrer Tasse, die sie auf einem Beistelltisch abstellt.

Durch die Geräusche entsteht ein Bild von ihr vor meinem geistigen Auge, auf der linken Seite des Raumes, wo die Decke am höchsten ist. Der zweite Stock füllt nur die Hälfte des Raumes über der Küche und dem Esszimmer aus. Dunkle Balken durchziehen die hintere Wand des Wohnzimmers um die hoch aufragenden Fenster herum. Sie reichen so hoch, dass ich sie sogar sehen kann, wenn ich hinter der Kochinsel hocke.

Eigentlich sollten Gäste nicht auf diese Weise eintreten, doch wir können es nicht riskieren, wieder hinauszuschlüpfen und einfach an die Tür zu klopfen, ohne zu wissen, wie sie reagieren wird. Stattdessen erheben wir uns vorsichtig.

Die Frau, die für mich bisher nur ein Name war, zuckt in ihrem Sessel unter den hohen Fenstern zusammen. Ihr Buch fällt ihr aus der Hand und auf den Boden.

Meine Augen gleiten über sie hinweg, und zum ersten Mal habe ich einen richtigen Blick auf die Frau, über die ich so oft nachgedacht habe.

Sie hat leicht gekräuseltes, mittelbraunes Haar, das von grauen Strähnen durchzogen ist. Ihre ovale, drahtgefasste Brille rutscht ihr die Nase hinunter und enthüllt helle Augen, die von Fältchen umrandet sind. Ein gemütlicher Pullover und verblichene Jeans verhüllen ihre leicht gerundete Figur.

Selbst in ihrem erschrockenen Zustand sieht sie fast mütterlich aus. Wie die Mütter, die ich im Fernsehen gesehen habe, die ihre erwachsenen Kinder aufs College schicken oder sie bei Herzschmerz trösten.

Es fällt mir nicht schwer, mir vorzustellen, wie sie uns in

eine herzliche Umarmung schließt oder uns beruhigende Worte zumurmelt. Zumindest, wenn sie uns nicht anstarren würde, als hätte sie fast einen Herzinfarkt bekommen.

Andreas hat seine Hände kapitulierend erhoben. „Es tut mir leid, dass ich mich so an Sie herangeschlichen habe. Wir wollen nur mit Ihnen sprechen. Wir haben nichts Böses im Sinn."

Solange sie nicht versucht, uns etwas anzutun, meint er.

Wir anderen stehen still da und beobachten. Engel schiebt sich die Brille auf die Nase, und mustert uns. Dann wandert ihre Hand in einer seltsamen Bewegung, die ich nicht ganz verstehe, nach unten.

Einen Moment denke ich, sie würde ihre Tasse aufheben, doch stattdessen verschwinden ihre Finger zwischen die Armlehne des Sessels und dem Beistelltisch. Es ist eine kurze Bewegung, dann faltet sie ihre Hände im Schoß.

Jacob verkrampft sich für eine Sekunde neben mir, doch sobald ihre beiden Hände wieder leer im Blickfeld sind, entspannt er sich. Zumindest ein bisschen.

„Wissen Sie, wer wir sind?", fragt er, und es gelingt ihm, mehr neugierig als feindselig zu klingen, auch wenn er den fordernden Tonfall in seiner Stimme nicht ganz unterdrücken kann.

Das leichte Lächeln, das die Lippen der Frau umspielt, lässt Hoffnung in meiner Brust aufflackern.

„Meine Schattenblutkinder", sagt sie mit klarer, aber sanfter Stimme. „Ich habe seit Jahren keine Bilder mehr gesehen, aber ihr habt euch seit dem letzten Mal kaum verändert."

Diese Stimme. Eine schwache Erinnerung, die nicht einmal wirklich eine Erinnerung ist, weil sie so vage ist, flackert in meinem Kopf auf, wie die verschwommenen Eindrücke, die ich im Spielzimmer der alten Einrichtung hatte.

Diese Stimme hat mir schon mal ein Schlaflied vorgesungen, da bin ich mir sicher.

Jetzt, wo ich das Wohnzimmer richtig sehen kann, fällt mir auf, dass es diesem Spielzimmer sehr ähnlich sieht. Wände aus Holz, Sitzgelegenheiten aus Wildleder, ein Kamin, in dem die Flammen über Kiefernholzscheiten prasseln.

Das Bild ist so vertraut und doch so fern, dass mich ein Anflug von Heimweh überkommt.

Wenn wir jemals ein richtiges Zuhause hatten, dann war es diesem Haus sehr ähnlich.

Während ich diese Eindrücke verarbeite, zieht Engel die Stirn in Falten. „Ihr seid nur zu fünft?"

Sie weiß nicht, was mit Griffin passiert ist. Die Erkenntnis trifft mich wie ein Schlag in die Magengrube, als würde er noch einmal sterben.

Ich schlucke schwer, doch Dominic spricht, bevor ich es kann. „Er ist tot. Wir haben vor vier Jahren versucht, abzuhauen, aber es hat nicht geklappt."

„Ah." Engel scheint ihre Emotionen im Zaum zu halten. Nur ein Hauch von Traurigkeit huscht über ihr Gesicht. „Ich habe von dem Fluchtversuch gehört, aber nicht von dem ganzen Ausmaß. Mein Beileid."

Sie beugt sich langsam vor, und mir kommt der Gedanke, dass sie uns gegenüber genauso misstrauisch sein muss wie wir ihr gegenüber. Sie weiß nicht, wie viel wir wissen und was wir von ihr denken.

Sie nimmt ihre Tasse und steht auf. „Auch wenn euer Besuch etwas unerwartet ist, will ich eine gute Gastgeberin sein. Möchtet ihr eine heiße Schokolade, bevor wir uns unterhalten?"

Ich erinnere mich vage daran, wie ich einmal bei einem Außeneinsatz eine Tasse gekauft habe. Und ich erinnere mich mehr daran, dass ich mir die Zunge verbrannt habe, als an den eigentlichen Geschmack.

Doch angesichts der Tatsache, dass sie es überhaupt anbietet, steigt Freude in mir auf. „Sehr gerne", antworte ich automatisch.

Jacob wirft dem Rest von uns einen misstrauischen Blick zu, und ich weiß, was er denkt. So freundlich sie auch sein mag, wir müssen wachsam bleiben. Und wahrscheinlich sollten wir nichts zu uns nehmen, was sie uns gibt, so unschuldig es auch wirken mag.

Trotzdem kann ich nicht anders, als die Vorstellung zu genießen, eine warme Tasse in der Hand zu halten und den süßen Dampf einzuatmen, der daraus aufsteigt.

Als Engel in die Küche geht, setzen wir fünf uns in Bewegung, als wären wir eine Einheit. Einerseits um ihr Raum zu geben und andererseits, um aus unserem ausgeprägten Sinn für Selbstschutz heraus die Distanz zu wahren. Wir stellen uns rechts neben die Insel, während sie auf der linken Seite vorbeigeht, sodass die Insel eine Barriere zwischen ihr und uns bildet.

Ich habe das Gefühl, dass es ihr nichts ausmachen würde, wenn wir uns auf die gemütlichen Sessel im Wohnzimmer setzen würden, doch keiner von uns ist bereit, sich auch nur annähernd zu entspannen.

Engel bewegt sich mit beruhigender Leichtigkeit durch die Küche, holt einen Topf heraus und stellt ihn auf den Herd. Dann holt sie einen Messbecher und eine Dose Kakaopulver aus den Schränken. Als sie eine Packung Milch aus dem Kühlschrank nimmt, schenkt sie uns ein sanftes Lächeln.

„Es ist beeindruckend, dass ihr mich hier gefunden habt. Allerdings habt ihr immer schnell gelernt, ihr alle."

Ich kann nicht länger schweigen. „Sie haben die erste

Einrichtung gegründet. Sie waren da, als wir geboren wurden."

Ihr ist klar, was ich wissen will, bevor ich die Frage richtig formulieren kann. „Ich habe dafür gesorgt, dass ihr geboren wurdet."

„Wir sind keine normalen Menschen", meint Zian. „Wir haben …" Er hebt die Hand und streckt seine wölfischen Krallen aus. „Wir können Dinge tun, die sonst niemand kann."

„Ja. Ihr seid etwas ganz Besonderes, meine Schattenblüter."

Etwas an Engels Tonfall irritiert mich, doch mein Verstand bleibt an dem letzten Wort hängen, das sie vorhin schon einmal benutzt hat. „Was bedeutet ‚Schattenblüter'? Was *sind* wir?"

„Deshalb sind wir hier", fügt Jacob hinzu und legt seine Hände auf den Rand der Insel. „Wir wollen verstehen, was in der Einrichtung vor sich ging und wie wir so geworden sind."

Dominic meldet sich zu Wort, seine Stimme ist ruhig, aber fest. „Und warum."

„Ich verstehe." Engel schüttet die Milch aus dem Messbecher in den Topf. „Ich nehme an, wir haben noch Zeit für diese Geschichte."

Erwartungsvoll lehnen wir uns vor. Andreas' Augen schimmern karmesinrot. Er durchsucht ihre Erinnerungen.

Engels Lippen spitzen sich, und ihre Miene spannt sich kurz an, als sie noch etwas mehr Milch in die Kanne gießt. Dann dreht sie sich zu uns um, während sie den Deckel des Kakaopulvers abschraubt.

„Ihr wisst, dass ihr nicht so blutet wie normale Menschen."

Ich berühre meinen Arm, wo ich mir so oft die Haut aufgeritzt habe. „Da kommt auch Rauch raus."

Sie neigt den Kopf. „Wie Schatten. Deshalb habe ich euch in meiner Vorstellung immer als ‚Schattenblüter‘ bezeichnet.“

Als sie etwas von dem dunkelbraunen Pulver in den Topf löffelt, beschleunigt sich mein Puls. „Unsere Tattoos.“ Ein Mond für die Nacht – für die Schatten? Und ein Tropfen – ein Blutstropfen?

„Ja, das war die Inspiration für das Design, obwohl es nicht meine Idee war, euch das Motiv zu tätowieren.“ Wieder presst sie die Lippen aufeinander. „Vor vielen Jahren, als ich noch jünger war als ihr, habe ich herausgefunden, dass Wesen in diese Welt kommen, die nur aus Schatten bestehen. Sie bluten überhaupt nicht rot. Stattdessen steigt dunkler Rauch aus ihren Wunden auf.“

„Wesen?“, fragt Zian.

Engel rührt mit einem Schneebesen in dem Topf und schlägt ihn dann mit einem leisen Klirren an den Rand. „All die Märchen und Erzählungen, die Monster und Mythen, von denen wir gerne glauben würden, dass sie nur erfunden sind, sind echt. Diese Wesen schleichen sich in unsere Welt und mischen sich unter uns, so gut sie können, benutzen uns, jagen uns …“ Sie atmet tief ein. „Und kaum jemand weiß es.“

Mir läuft ein unbehaglicher Schauer über den Rücken. Monster und Mythen … mit Kräften wie den unseren?

„Aber einige Leute wissen es“, sagt Jacob. „*Sie* wissen es.“

„Ja. Und diejenigen, die es wissen, bekämpfen sie, so gut es geht. Meine Schwester und ich schlossen uns einer Gruppe von Wissenden an, die unter dem Namen Lichtarmee operierten. Das Licht, das die Schatten bekämpft. Wir hielten das für sehr klug.“

Engels Miene verfinstert sich. „Nach einiger Zeit wurde mir klar, dass wir nicht genug tun konnten. Selbst wenn alle Menschen auf der Welt Bescheid wüssten, würde das nicht ausreichen, um die Menschheit zu schützen, weil die Monster so stark und so schwer zu vernichten waren."

„Also haben Sie uns gemacht." Andreas' Stimme ist distanziert. Mein Kopf zuckt in seine Richtung, doch auch sein Blick ist in die Ferne gerichtet, und seine Iris schimmert immer noch rötlich.

Vermutlich spricht er über etwas, das er in ihren Erinnerungen gesehen hat.

Er atmet scharf ein und fährt fort. „Sie dachten, wir könnten diese Wesen bekämpfen, wenn Sie uns stark genug machen."

Falls es Engel stört, dass Andreas diese Information aus ihren Gedanken gezogen hat, zeigt sie ihr Unbehagen nicht. „Einige Mitglieder der Lichtarmee haben Schattenwesen gefangen und Tests an ihnen durchgeführt, um mit der Essenz, aus der sie bestehen, zu experimentieren. Obwohl ich dieses Ziel für unrealistisch hielt, begriff ich, dass die Möglichkeit bestand, normale Menschen mithilfe der Essenz der Monster zu verbessern."

Jacob verzieht den Mund. „Soll das bedeuten, dass wir etwas von dieser Ungeheuerlichkeit in uns haben?"

„Ja. Ich wollte Menschen erschaffen, die es mit unseren Feinden aufnehmen können und uns zur Seite stehen. Leider musste ich dafür im Kindesalter bei Null anfangen, doch dieser Krieg ist ohnehin eine langfristige Angelegenheit."

Auf einmal ergeben einige Dinge viel mehr Sinn als vorher. „Deshalb haben wir auch so viel trainiert", platze ich heraus. „Um uns körperlich zu stärken und unsere Kampffähigkeit auszubauen." Ich bin mir nicht sicher, wozu die Missionen dienten. Vielleicht haben wir dadurch etwas gegen die Schattenwesen ausgerichtet, ohne dass es uns bewusst war?

Rechtfertigt das die qualvollen Inhalte des Trainings? Die

Tatsache, dass die Wärter dachten, sie würden uns auf etwas noch Schlimmeres vorbereiten?

Andreas runzelt die Stirn. „Warum haben die anderen Wärter Sie gezwungen zu gehen? Es war Ihr Projekt. Sie haben uns nicht mehr gesehen, seit wir etwa zehn Jahre alt waren.“

„Und wir haben Sie nicht mehr gesehen, seit wir uns erinnern können“, fügt Dominic hinzu.

Engel rührt die heiße Schokolade noch einmal um, und Dampf steigt aus dem Topf auf. „Ja. Über die Zeit und aufgrund der sich verändernden Umstände unterschieden sich meine Vorstellungen davon, wie das Projekt ablaufen sollte, von denen der Wärter. Wir waren uns uneinig, was unsere spezifischen Ziele betraf und darüber, wie ihr behandelt werden solltet.“

Eine leichte Schärfe schleicht sich in ihre Stimme. Sie fand es also nicht gut, wie sie uns behandelten.

„Aber wenn es Ihr Projekt war, konnten Sie dann nicht für die anderen entscheiden?“, fragt Zian.

Engel seufzt. „So viel Macht hatte ich nicht. Ich war von der Finanzierung und Beratung abhängig. Ich wurde überstimmt, in meiner Beteiligung eingeschränkt und schließlich ganz verdrängt, außer wenn sie das Bedürfnis hatten, mich zurate zu ziehen.“

Ich kann mir nicht erklären, warum die Bitterkeit in ihrer Stimme mir einen Schauer über den Rücken jagt. Warum sollte sie nicht verärgert sein, wenn sie schlecht behandelt wurde?

Die Frage purzelt mir aus dem Mund. „Was wollten Sie, das mit uns passiert?“

Hat sie gesehen, wie grausam die anderen uns behandelt haben, und wollte sie uns befreien? Hat sie deshalb so gelassen auf uns reagiert?

Ihr Lächeln kehrt zurück und scheint meine Vermutung

zu bestätigen. „Ich werde es euch zeigen. Jetzt, wo ihr hier seid, kann ich meine Absichten verwirklichen."

„Besteht die Möglichkeit, unsere Schattenanteile zu deaktivieren?", fragt Dominic unvermittelt. „Wenn wir nicht …"

Vermutlich haben seine Tentakel gezuckt, denn der Schulterbereich seines Parkas bewegt sich.

„Leider nicht", sagt Engel, „sonst würde ich euch diesen Gefallen tun. Aber die Schattenessenz ist mit eurem genetischen Code verwoben. Das wäre so, als würde man versuchen, einem Geigen-Wunderkind das musikalische Talent oder einem Sportler die Koordination herauszuschneiden."

Dominics Miene verfinstert sich, und auch Zians Gesicht ist angespannt. Mir ist flau im Magen.

Wenn es nicht möglich ist, dieses Ding zu entfernen, das in mir gewachsen ist und versucht, die Kontrolle über mich zu übernehmen …

Jacob verschränkt die Arme vor der Brust. „Was machen wir jetzt? Wie soll es weitergehen? Die Wärter werden wahrscheinlich bald herausfinden, dass wir hier sind, und …"

Engel hält inne und unterbricht seine besorgte Aussage mit einer abweisenden Handbewegung. „Um *die* braucht ihr euch keine Sorgen zu machen. Als sie mir erzählten, dass ihr auf freiem Fuß seid, habe ich ihnen gesagt, dass ich bezweifle, dass ihr Interesse an mir habt, und dass sie ihre Zeit hier oben nicht verschwenden sollen. Der nächste Stützpunkt ist Stunden entfernt. Ich wusste, dass sie euch nur wieder einfangen würden."

Ihre Worte sollten mich eigentlich beruhigen, doch stattdessen werden meine Befürchtungen immer größer. Sie hat die Frage nicht wirklich beantwortet, oder? Trotz der Tatsache, dass sowohl Jacob als auch ich sie gestellt haben.

Als sie den Herd ausschaltet, gehe ich einen Schritt auf sie zu, mustere ihre Haltung und versuche herauszufinden, was mein Unterbewusstsein wahrnimmt. „Was wollen *Sie*?"

„Gebt mir etwas Zeit, um meine Gedanken zu sortieren, dann können wir darüber sprechen."

Engel schenkt mir ein weiteres Lächeln, doch der Duft, der mir in die Nase steigt, lässt mich erstarren.

Obwohl sie so tut, als wäre sie ruhig und froh, dass wir hier sind, geht ein unverkennbarer Hauch von Stress von ihr aus. Wenn sie keine Angst hat, dass die Wärter über uns herfallen, und sie keine Angst hat, dass wir ihr etwas tun, was beunruhigt sie dann?

Ich atme tiefer ein, und die Erkenntnis versetzt jeden einzelnen Nerv in mir in Alarmbereitschaft.

Es ist nicht der metallisch scharfe Geschmack der Sorge, die ich bei den Wärtern geschmeckt habe, die wir verhört haben. Es ist eher eine beißende Erwartung, die ich so oft in der Kampfarena eingeatmet habe, von Gegnern, die wegen meines Rufes besorgt, gleichzeitig aber auch entschlossen waren, mich zu vernichten.

Als würde sie uns als feindliche Kämpfer sehen, gegen die sie eine echte Chance hat.

Doch sie kämpft nicht gegen uns. Sie *hätte keine* Chance, wenn sie es versuchen würde.

Dann macht es plötzlich Klick in meinem Kopf, und ich begreife. Sie hält uns hin. Weil sie auf etwas wartet.

Noch bevor ich diese Erkenntnis richtig verarbeiten kann, drehe ich mich im Kreis. Ich flitze durch das Wohnzimmer zu dem Stuhl, auf dem sie saß, als wir hereinkamen.

Ich schiebe meine Finger zwischen die Stuhllehne und den Tisch, so wie sie es vorhin getan hat. In diesem Moment konnte ich mir die merkwürdige Geste nicht erklären und habe sie bis jetzt vergessen. Meine Finger ertasten einen Knopf unter der Tischkante.

Engels Haltung versteift sich. Ich wirble zu den Jungs herum.

„Hier ist ein Knopf. Sie muss einen Alarm ausgelöst haben. Bestimmt, um jemanden zu rufen.“

Alle Jungs gehen sofort in Verteidigungsstellung. Jacobs Blick wird eiskalt.

„Wen haben Sie …?“

Noch bevor er die Frage zu Ende bringen kann, seilen sich mehrere dunkel gekleidete Gestalten von oben ab und zerschmettern die hohen Fenster, sodass Glassplitter auf uns herabregnen.

VIERUNDDREIßIG

Riva

Als ich von den Fenstern wegspringe, streifen Glasscherben meinen Kapuzenpulli, und eine zerkratzt mir den Kiefer. Schwere Schritte poltern mit so viel Wucht über den Boden in Engels Haus, dass die Dielen erbeben.

Mit dem ohrenbetäubenden Knallen der ersten Schüsse legt sich eine breite Hand um meinen Arm und reißt mich mit einer übernatürlichen Kraft von den Eindringlingen weg. Zian und ich stürzen auf die Kücheninsel zu.

Er stand noch drei Meter entfernt, als die Angreifer hereinplatzten, und sprang auf sie *zu* anstatt von ihnen weg, nur um mich in Sicherheit zu bringen.

Eine Kugel zischt über meinen Oberarm, streift mich und brennt sich durch meine Haut. Ich verkneife mir einen Schmerzensschrei, und Zian, der mich immer noch festhält, zuckt stöhnend zusammen. Mein Herz setzt vor Panik einen Schlag aus.

„Hier!" Jacobs Stimme ertönt, angespannt und wütend. Kratzende, knarrende Geräusche erschallen um mich herum und vermischen sich mit dem Donnern der Schüsse.

Ich springe auf die Füße, drehe mich um und lasse meinen Blick über das Chaos schweifen, das uns jetzt umgibt.

Die anderen Jungs sind ebenfalls in der Nähe der Insel in Deckung gegangen. Jacob hat diesen Platz in der Mitte des Hauses in eine Art dreieckige Festung verwandelt und das Sofa und den umgestürzten Esszimmertisch durch seine Kräfte an die beiden anderen Seiten gezogen.

Der Grund dafür, dass wir nicht *hinter* die Insel gesprungen sind, ist an der Kakophonie der Geräusche zu erkennen, die an meine Ohren dringen. Einige der Schüsse kommen aus der Küche. Andere von der Vorderseite des Hauses, gegenüber vom Wohnzimmer.

Unsere Angreifer sind von allen Seiten eingedrungen – von vorne, von hinten und vom Keller herauf. Wir sind umzingelt.

Und es sind echte Kugeln, kein Beruhigungsmittel. Mein Kapuzenpulli ist blutdurchtränkt von dem Streifschuss an meinem Arm, und Zian …

Zians rechte Schulter ist nach unten gesackt, und ein roter Fleck breitet sich schnell um die Wunde herum aus, genau dort, wo seine Schulter auf die Brust trifft. Ich kann nicht sagen, ob die Kugel noch drinsteckt oder auf der anderen Seite herausgekommen ist, aber nur ein paar Zentimeter weiter rechts und …

Er wäre beinahe gestorben, als er mich gerettet hat.

Die Gestalten, die auf uns schießen, hätten ihn fast *getötet.*

Etwas, das Engel gesagt hat, hallt mir mit erschreckender

Klarheit durch den Kopf. Die Verachtung in ihrer Stimme, als sie von den Wärtern sprach. *Ich wusste, dass sie euch nur wieder einfangen würden.*

In dem Moment dachte ich, sie hätte damit gemeint, dass wir unsere Freiheit nicht behalten würden. Die kranke Gewissheit, die in mir aufsteigt, sagt mir, dass sie genau das Gegenteil meinte.

Sie wollte nicht, dass wir „nur" gefangen genommen werden. Sie wollte nicht, dass wir am Leben bleiben.

Ich spüre ein Kribbeln in meiner Brust. Mit zusammengebissenen Zähnen zwinge ich mich, mich auf den Kampf zu konzentrieren.

Der anfängliche Beschuss ist für einen kurzen Moment abgeklungen. Ein Vorteil davon, umzingelt zu sein, ist, dass unsere Angreifer nicht wild Kugeln auf uns feuern können, ohne dass sie Gefahr laufen, ihre Kollegen zu treffen.

Natürlich hält dieser Vorteil nur so lange an, wie sie nicht nahe genug herankommen.

Meine Krallen schießen aus meinen Fingern, und der Kampfgeist pulsiert durch meine Nerven. Leider kann ich nicht viel tun, um diese Mistkerle abzuwehren, ohne mich auf eine Selbstmordmission zu begeben … oder die aufgewühlte Kraft in mir freizusetzen, die ihren eigenen Willen hat. Sie ist wie ein gemeiner, bösartiger Geist, mit dem ich nichts zu tun haben will.

Jacob ist neben mir. Sein Gesicht ist vor Konzentration verzogen, und seine Hände zucken, als er seine telekinetische Kraft durch den Raum um uns herum schleudert. Knochen brechen und ein schmerzerfülltes Stöhnen erfüllt die Luft.

Andreas verzieht das Gesicht. „Da ich sie von hier unten aus nicht sehen kann, kann ich keine Erinnerungen projizieren, um sie abzulenken. Doch wenn ich …"

Er verstummt und löst sich im nächsten Moment in Luft auf.

Auf einmal geraten mehrere Füße um uns herum ins Stolpern, und verwirrte Schreie ertönen.

Andreas hat sich ungesehen unter die feindlichen Kämpfer geschlichen und ihre Gedanken verwirrt.

Trotzdem sind es zu viele. Gestalten nähern sich polternd unserem behelfsmäßigen Unterschlupf, und Dominic hebt den Kopf. Sein gebräuntes Gesicht ist grünlich verfärbt. Nachdem er seinen Parka abgelegt hat, lässt er seine Tentakel hervorschießen, um die Angreifer wegzuschlagen.

Eine weitere Gestalt stürmt auf den umgestürzten Tisch zu. Ich gehe auf ihn los, bevor er schießen kann, und zerschneide ihm mit meinen Krallen den Unterarm.

Blut spritzt, und Sehnen werden durchtrennt, aber der Mann schlägt mit der anderen Faust weiter auf mich ein.

Zian brüllt. Der massige Kerl schlägt meinem Angreifer so fest ins Gesicht, dass er ihm den Schädel zertrümmert, und entreißt ihm im selben Moment das Gewehr.

Ich drehe mich zu meinem Retter um, und mein Puls stottert bei dem Gedanken an die Wunde, die er bereits davongetragen hat. Noch mehr Blut sickert durch sein Hemd, aber er schiebt mich aus dem Weg, während er einen misstrauischen Blick hinter den Tisch wirft.

In seiner Wut hat sich sein Wolfsfell über seinen Hals und seine Arme ausgebreitet, und sein Kiefer ist um die bestialischen Fleischfalten, die verbreiterte Nase und die hervorstehenden Reißzähne breiter geworden.

Die dunkelbraunen Augen sind immer noch die von Zian, auch wenn sie vor Wut blitzen. Nur ein kurzes Zucken seiner massigen Gestalt verrät seine Schmerzen.

Obwohl er angeschossen wurde, ist er hier bei mir und passt auf mich auf, so wie wir es einander versprochen haben.

Genauso wie die anderen Jungs. Wir wehren die Angreifer in einem seltsamen Tanz ab, Zian und ich stürzen uns auf jeden, der uns zu nahe kommt, während die anderen Jungs den Rest auf Abstand halten.

Ich schlitze einem Bewaffneten, der auf die Insel gesprungen ist, die Wade auf, und Dominic holt im selben Moment mit seinen Tentakeln aus, um einen zweiten Angreifer wegzuschlagen, den ich nicht gesehen habe. Es scheppert und platscht, als die Frau in den Topf mit der heißen Schokolade taumelt.

Als ein anderer Feind die Mündung seines Gewehrs durch einen Spalt zwischen Tisch und Sofa schiebt, breche ich ihm mit einem Tritt den Kiefer, kurz bevor Jacob ihn wegschleudert.

Die ganze Zeit über verraten mir die Schreie und das verwirrte Gemurmel, dass Andreas seine Kräfte einsetzt, um unsere Angreifer zu schwächen. Einem der Kämpfer gelingt es, meinen Arm festzuhalten, und Drey taucht für einen kurzen Moment hinter ihm auf und sticht ihm ein Messer zwischen die Rippen.

Auch wenn das Band der Freundschaft – und was auch immer wir darüber hinaus hätten haben können – zwischen uns zerrissen ist, sind wir immer noch ein Team. In diesem Moment, inmitten des Kampfes, zweifelt keine Faser meines Seins daran, dass ich jedem dieser Männer mein Leben anvertrauen könnte.

Und ich werde auch für sie da sein, koste es, was es wolle. Wir werden nicht zulassen, dass diese Arschlöcher einen von uns zu Fall bringen.

Wäre der Kampf nicht so aussichtslos, würde mich dieser Gedanke vielleicht trösten. Doch gerade als ich glaube, dass wir dem Ansturm standhalten können, gehen sie zu einer neuen Taktik über.

Einer unserer Angreifer schleudert einen Gegenstand über unsere Barriere, und ich stoße einen warnenden Schrei aus.

Jacob wirbelt gerade noch rechtzeitig herum, um den Gegenstand wegzuwerfen, bevor er auf dem Boden aufschlägt. Er explodiert in der Luft.

Instinktiv werfen wir uns alle unter dem Schrapnellhagel auf den Boden. Jacobs Körper verkrampft sich neben mir.

Ich gehe auf die Knie und sehe, wie er sich mit der Hand an die Schläfe schlägt. Unter seinen Fingern sickert Blut hervor, und er blinzelt, als könne er nicht scharf sehen.

„Dominic!", schreie ich. Es ist mir scheißegal, dass Jacob sich mir gegenüber wie ein Idiot verhalten hat, als er vor meinen Augen verblasst.

Dominic streckt einen Tentakel aus, um Jacobs Kopf zu umschließen, doch sein Blick huscht panisch umher. Hier gibt es nichts, woraus er die Lebensenergie ziehen könnte, die er für die Heilung einer schweren Wunde braucht.

Würde er zusammenbrechen, wenn er die Energie aus sich selbst herausholen würde?

Andreas scheint das Problem ebenfalls zu erkennen, denn in der nächsten Sekunde taucht er in der Nähe des Tisches auf und wirft einen unserer Angreifer mit dem Kopf voran darüber. Dominics anderer Tentakel schlingt sich um den Hals des Eindringlings. Fest genug, um ihn zu erwürgen, doch in diesem Moment schießt ein weiterer Feind auf Andreas.

Andreas flackert kurz, bevor er durchsichtig wird und sich zur Seite wirft. Leider nicht schnell genug. Sein Oberkörper zuckt, als ihn die Kugel im Rücken trifft.

Mit einem erstickten Keuchen taumelt er auf uns zu und wird wieder ganz fest. Zian und ich stürzen uns im selben Moment auf ihn und ziehen ihn in unseren Deckungsschutz.

Er bricht zusammen und hat Mühe, sich wieder aufzurichten. „Ich kann nicht ... Ich muss ..."

Eine Blutlache bildet sich unter ihm. Auch Jacob blutet

immer noch, obwohl Dom versucht, ihn zu stabilisieren. Wieder kommen Schritte auf uns zu.

Panik steigt in mir auf. Und die Vibration, die ich unterdrückt habe, dringt so stark durch meine Lunge, dass ich sie nicht ignorieren kann.

Ich kann sie aufhalten. Ich kann sie in Stücke reißen und dafür sorgen, dass sie sich wünschen, sie hätten sich nie mit uns angelegt.

Mit dem unbändigen Verlangen, genau das zu tun, graben sich meine Krallen in die Dielen.

Ich öffne meinen Mund, und mein Blick bleibt an den Gesichtern um mich herum hängen. Dominics Miene ist angespannt, Jacob kämpft gegen die Erschlaffung seiner Muskeln an, Andreas' Augen sind glasig vor Schmerz, und Zians Angst spiegelt sich sogar in seinem wölfischen Gesicht wider.

In diesem Moment spüre ich, dass ich sie vor der bösartigen Wut abschirmen kann. Ich bin nicht wütend auf sie, nicht in diesem Moment. Ich kann diese brutale Energie über die Grenzen unserer kleinen Barriere hinaus lenken, weg von allen, die sich in unserem Schutzraum befinden.

Das ist allerdings nicht das einzige Problem.

Der Schrei, der in meiner Kehle aufsteigt, löst Übelkeit in mir aus. Gleichzeitig schallt der Drang, ihn freizulassen, durch meine Nerven.

Was werden die Jungs von mir denken, wenn sie das sehen? Wenn sie erst einmal wissen, wozu ich fähig bin?

Was immer ein Teil von mir sein wird?

Sie haben gerade erst angefangen zu glauben, dass ich das Mädchen bin, das sie immer kannten, und ich kann diese Illusion mit einem einzigen Schrei zerstören. Ich kann sie davon überzeugen, dass sie recht hatten, mir zu misstrauen und mich zu meiden.

Ich *bin* dieses Mädchen. Ich habe nie um diese Macht gebeten. Diese Macht bin nicht *Ich*.

Das Unrecht dieser ganzen Situation überkommt mich, und es ist eher eine Frage als ein Schrei, der aus meiner Kehle dringt. Er richtet sich an die Frau, von der ich annehme, dass sie noch irgendwo in diesem Haus ist, mit uns und den Soldaten, die sie gerufen hat.

„Warum? Warum tust du das? Du hast uns *erschaffen*."

Gibt es irgendetwas, das sie umstimmen und sie dazu bringen könnte, dem Gemetzel ein Ende zu setzen?

Ursula Engels Stimme ertönt von irgendwo hinter mir, klar wie eh und je und irgendwie ruhig, trotz des Kampfes, der um sie herum tobt.

„Es tut mir leid. Ich wollte nicht, dass es so endet. Aber ich habe euch erschaffen, also ist es meine Verantwortung, euch zu vernichten, wenn niemand sonst bereit ist, das zu tun."

„Aber ..."

Ihr kühler, emotionsloser Tonfall geht mir durch Mark und Bein. „Ich habe dafür gekämpft, seit ihr Kleinkinder wart, als die Lichtarmee von einem Hybridwesen zerstört wurde, das nicht viel anders war als ihr. Ich habe es immer wieder gefordert, als ich sah, wie schnell sich eure Fähigkeiten entwickelten und meine Kollegen darauf drängten, euch aus der Einrichtung zu entlassen. Doch niemand wollte auf meine Warnungen hören, und sie schlossen mich aus."

„Sie sind verrückt!", schreit Dom sie mit heiserer Stimme an. „Wir sind nicht ..."

Engel unterbricht ihn. „Ihr seid Monster der schlimmsten Sorte. Abscheulichkeiten, die außer Kontrolle geraten sind, ohne die wenigen Schwächen, die die anderen Kreaturen verwundbar machen. Außerdem fehlt euch Menschlichkeit, um eure Triebe zu zügeln. Das ist nicht das, was ich erschaffen wollte. Deshalb habe ich meine eigenen Soldaten um mich versammelt, und jetzt kann ich die Katastrophe beenden, die ich in Gang gesetzt habe."

Sie gibt wohl ein Zeichen, denn die gestiefelten Füße stapfen wieder auf unsere Deckung zu. Mein Magen verkrampft sich, diesmal, weil ich weiß, dass dies das Ende ist.

Ich habe keine andere Wahl. Ich kann entweder das Mädchen töten, das ich sein wollte. Für mich und für die Jungs um mich herum, oder ich kann zusehen, wie wir alle sterben.

Es ist nicht einmal wirklich eine Wahl.

Als sich meine Lippen öffnen, fällt mir ein, dass Engel das nicht weiß. Sie ist zuversichtlich, dass ihre Soldaten ausreichen werden.

Sie hat sich das selbst eingebrockt, als sie abtrünnig wurde. Die Wärter haben sie nicht in alle Details eingeweiht. Sie wusste nicht, dass Griffin tot ist. Vermutlich weiß sie auch nichts von den neuen Kräften der Jungs.

Und sie hat eindeutig keine Ahnung von der Zerstörung, die ich vor zwei Wochen in der Arena angerichtet habe, ob ich es nun wollte oder nicht.

Keine einzige Person in diesem Gebäude ist darauf vorbereitet … mich eingeschlossen.

Andreas schnappt nach Luft und unsere Angreifer werfen etwas, das mit einem Knall den Esstisch trifft. Die hölzerne Oberfläche zerspringt in tausend Splitter.

Der letzte Rest an Kontrolle verpufft.

Der Schrei, der in meiner Brust angeschwollen ist, krallt sich in meiner Kehle fest und bricht aus meinem Mund. Das Kreischen ist so laut, dass meine Ohren klingeln.

Meine Sicht verschwimmt, mein Körper schwankt, und die Kraft des Schreis, der durch den Raum schallt, droht mein gesamtes Bewusstsein zu verschlingen.

Ich grabe meine Krallen tiefer in die Bretter unter mir, halte mich fest und weigere mich, mich so überwältigen zu lassen, wie beim letzten Mal, als ich wie von einer giftigen Droge berauscht war.

Wenn es ein Teil von mir ist, muss ich es akzeptieren. Ich muss wach genug sein, um sicherzustellen, dass ich nur die Menschen verletze, die versuchen, uns zu verletzen, und nicht meine Männer.

Unabhängig davon, ob diese Männer nach diesem Moment noch irgendeine Art von Bindung zu mir wollen oder nicht.

Der durchdringende Schrei dringt immer wieder aus meiner Lunge und hallt durch den Raum, und ein Gefühl für die Gestalten um mich herum dringt wie eine Art Echolot in meinen Körper zurück. Ich habe sie fixiert, sechs Männer, die noch im vorderen Bereich hinter dem Esstisch stehen, acht im Wohnzimmer, die sich dem Sofa genähert haben, und drei in der Küche hinter mir.

Und Engel. Ich kann spüren, wie ein vertrauteres Zittern durch die stechende Energie dringt, die ich auf sie schleudere.

Sie hat sich am oberen Ende der Kellertreppe versteckt, von wo aus sie wohl die ganze Szene beobachtet hat, genauso gelähmt wie die anderen.

„Riva?", höre ich einen meiner Männer murmeln. Die Stimme dringt wie aus weiter Ferne durch den Schrei, sodass ich nicht einmal erkennen kann, wem sie gehört.

Ich ignoriere sie und stürze mich immer tiefer in den Strom des Schreis, der jede Zelle in mir durchdringt. Der Hunger verbindet sich mit der bösartigen Energie und kribbelt bis in meine Eingeweide.

Mein Bewusstsein für meine Gefangenen schärft sich, je lauter der Schrei wird. Ich nehme das Pochen ihres Pulses und das Zittern ihrer angespannten Muskeln wahr.

Alle Stellen, an denen die Teile ihrer Körper ineinandergreifen. All die weichen und zarten Stellen, in denen sich empfindliche Nervenenden befinden.

Meine Aufmerksamkeit richtet sich auf den Mann, der mir am nächsten ist. Seine Füße.

Ich lasse die Ballen so schnell zu seinem Schienbein hinaufschießen, dass sich die Gewölbe umstülpen.

Die Knochen knacken, während er einen gutturalen Schrei ausstößt, und der flammende Schmerz strömt in meine Lunge. Doch *mir* tut nichts weh.

Nein, es ist, als würde ich die frischeste Limonade am heißesten Tag trinken, ein Balsam für jede Stelle in mir, die sich nach Erleichterung sehnt.

Ich brauche mehr. Mehr.

Sie müssen bezahlen.

Ich schließe meine Augen und versinke in dem Klingeln in meinen Ohren, dem Kreischen meiner eigenen Stimme und den körperlichen Reaktionen, die in mir widerhallen. Jede empfindliche Stelle unserer Angreifer leuchtet in dem Bild auf, das meine Sinne malen.

Ich zerquetsche seine Kniescheiben, lasse seine Eier platzen und breche ihm jeden Knochen in der Wirbelsäule vom Steißbein aufwärts, wobei ich darauf achte, das Rückenmark nicht zu durchtrennen.

Ich lasse ihn jedes Beben und jeden qualvollen Stich spüren. Ich kann es nur hinunterschlucken, wenn er es auch schmeckt.

Ich knicke seine Ellbogen nach außen, zerquetsche jeden Finger von der Spitze bis zum Knöchel, breche ihm die Rippen und durchbohre seine Nieren mit den Splittern.

Der Strom der Qualen weitet sich zu einem Sturzbach aus. Er überflutet mich, schockierend erheiternd.

In meinem Hinterkopf flackert ein Gefühl des Entsetzens auf, doch es ist nicht stark genug, um mich abzulenken.

Der Strom stoppt, als der Mann ohnmächtig wird. Ich kann ihm nichts mehr abgewinnen. Ich breche ihm das Genick, während mein Bewusstsein bereits zum nächsten Schritt überspringt.

Einer und dann noch einer und noch einer. Mit jedem Mal werde ich schneller.

Gerissene Sehnen, gebrochene Knochen, durchbohrte Organe, ausgerenkte Gelenke.

Die herrliche Flut des Schmerzes kribbelt auf jedem Zentimeter meiner Haut. Vage bekomme ich mit, wie sich die Wunde an meiner Schulter schließt und sich das Fleisch glättet, als wäre es nie aufgerissen worden.

Die letzten verbleibenden Risse, die selbst Dominic nicht vollständig heilen konnte, verschmelzen in mir zu einem neuen Ganzen.

Ich bin stärker, als ich es mir je hätte vorstellen können. Stärker als irgendjemand sonst es sich hätte vorstellen können.

Weitere Feinde fallen wie Dominosteine, und die Welle des Hochgefühls katapultiert mich auf die Beine. Mein Schrei hallt noch immer durch das Gebäude.

Mit jedem Klopfen meines Herzens und jedem Atemzug lösche ich ein weiteres Leben aus.

Bis nur noch einer übrig ist, außer den vier, die um mich herum stehen.

Eine Frau kauert am anderen Ende der Küche und zittert vor Wut und Angst. Spucke spritzt auf ihre Lippen, während sie versucht, Worte herauszupressen.

Ich möchte nicht wissen, was die Experimentatorin, die uns gemacht hat, jetzt über mich zu sagen hat. Wenn ich ein Monster bin, dann habe ich es von ihr gelernt.

Sie hat uns erschaffen, sie hat uns aufgezogen, und dann wollte sie uns abschlachten lassen. Wie kann sie es *wagen*, im Gegenzug etwas Besseres zu erwarten.

Mein Schrei wird noch lauter. Knochen zersplittern von Engels Zehen über ihre Füße, durch ihre Knöchel und Knie bis hinauf zu ihren Beinen.

Ihr Schmerz nährt das Feuer, das in mir brennt. Es ist so verdammt hell.

Ich könnte es mit der ganzen Einrichtung aufnehmen. Ich könnte eine ganze verdammte Stadt auslöschen.

Doch ihre Qualen sind am befriedigendsten von allen. Sie ist das, was einer Mutter am nächsten kommt. Und beinahe wäre sie zur Mörderin ihrer eigenen Kinder geworden.

Ihre Wirbelsäule biegt sich nach hinten, und ihre Rippen bersten aus ihrer Brust.

Alles Schreckliche, was sie über uns gedacht hat, jeder bösartige Plan, den sie für unseren Untergang hatte, wird sich in der Qual auflösen, die ihren Geist verwüstet.

Dann reiße ich ihr Herz entzwei, und sie bricht in einer Pfütze aus Blut und Urin zusammen.

Mein Schrei peitscht durch die Luft, auf der Suche nach einem neuen Ziel, und ich sauge ihn mit einem Keuchen ein.

Nein. Auf keinen Fall. Wir sind fertig.

Wir haben getan, was wir tun mussten.

Der Hunger schreit nach mehr, doch ich spanne meinen ganzen Körper an und ziehe ihn zurück. Ich werde nicht zulassen, dass dieser Horror von mir Besitz ergreift, nicht vollständig.

Das Geräusch verstummt. Mein Kiefer klappt zu.

Mit zitternden Muskeln und einem blutigen Geschmack im Mund stehe ich inmitten eines Gemetzels.

Um uns herum liegen verstümmelte Leichen. Bei ihrem Anblick verspüre ich einen Stich der Scham und einen Anflug von Abscheu, doch der Rausch des Augenblicks summt immer noch durch meine Adern.

Auch die Jungs stehen da und starren auf das Massaker:

Jacob hält sich am Rand der Insel fest, Zians Schultern sind schief, aber er sieht wieder vollkommen menschlich aus, Andreas hat seinen Arm um Dominics Schulter gelegt, während ein Tentakel seinen verwundeten Körper heilt. Der Soldat, der zu ihren Füßen zusammengesackt ist, liegt still und leblos da, aber bei weitem nicht so deformiert wie die Toten, die ich umgebracht habe.

Die Blicke der Jungs gleiten von den entstellten Leichen zu mir, und mir wird flau im Magen.

Ich habe uns alle gerettet. Ich habe unsere Freiheit gesichert.

Und tief in meinem Inneren habe ich jede Sekunde dieses Gemetzels genossen.

Nun werde ich erfahren, ob ich nicht doch alles verloren habe.

Über den Autor

Eva Chase ist eine Amazon Top 100-Bestsellerautorin für Urban Fantasy und paranormale Liebesromane. Sie ist mit Magie, Chaos und Herzschmerz aufgewachsen und bringt alle drei Elemente in ihre Geschichten ein. Aber keine Angst vor dem gefürchteten Liebesdreieck - Evas Heldinnen müssen sich nie entscheiden. Online findet man sie unter www.evachase.com.